Jürgen Reitemeier
Wolfram Tewes
Schweinebande

W0402723

PIPER

Zu diesem Buch

Als Kommissar Schwiete an einen Tatort in einem Paderborner Wohnhaus gerufen wird, fallen ihm sofort die vielen Gemälde auf, die an den Wänden hängen. Doch damit nicht genug, ganze Zimmer sind vollgestellt mit Bildern. Die Sammelleidenschaft für Kunst scheint jedoch das einzige Ungewöhnliche an Lorenz Plückebaum gewesen zu sein, der in seiner Wohnung erschossen aufgefunden wurde. Der pensionierte Lehrer hatte keine Verwandten und galt als Einzelgänger. Von einem Motiv oder gar einem Mörder fehlt jede Spur. Dann entdecken die Beamten einen verschlossenen Kellerraum. Verbirgt sich hinter seiner gepanzerten Tür der entscheidende Hinweis? Gemeinsam mit einem jungen Fachmann vom Landeskriminalamt kommt Schwiete allmählich der Wahrheit auf die Spur, die hinter vielen Schichten Ölfarbe verborgen liegt …

Jürgen Reitemeier, geboren 1957 im westfälischen Warburg, hat Elektrotechnik, Wirtschaft und Sozialpädagogik in Paderborn und Bielefeld studiert. Er arbeitet als Coach und Erwachsenenbildner in seinem Unternehmen modul b in Detmold.

Wolfram Tewes, geboren 1956 in Peckelsheim/Westfalen, arbeitete bei der Norderneyer Badezeitung und ist seit 1987 bei der Neuen Westfälischen Zeitung tätig. Heute lebt er in Horn-Bad Meinberg im wunderschönen Lipperland.

Jürgen Reitemeier
Wolfram Tewes

Schweinebande

Ein Westfalen-Krimi

Piper München Berlin Zürich

Mehr über unsere Autoren und Bücher:
www.piper.de

Von Jürgen Reitemeier und Wolfram Tewes liegen im Piper Verlag vor:
Schützenfest
Totensonntag
Schweinebande

MIX
Papier aus verantwortungsvollen Quellen
FSC® C083411
FSC
www.fsc.org

Originalausgabe
April 2015
© Piper Verlag GmbH, München/Berlin 2015
Umschlaggestaltung und -motiv: Hauptmann & Kompanie Werbeagentur, Zürich
Satz: Satz für Satz. Barbara Reischmann, Wangen im Allgäu
Gesetzt aus der JansonText
Papier: Munken Print von Arctic Paper Munkedals AB, Schweden
Druck und Bindung: CPI books GmbH, Leck
Printed in Germany ISBN 978-3-492-30341-5

Prolog

Warum musste es ausgerechnet an diesem Abend schneien? Den ganzen Januar über hatte sich der Winter vornehm zurückgehalten. Sonnenschein hatte sich mit Nieselregen abgewechselt, es war durchgängig zu warm gewesen für die Jahreszeit. Aber seit ein paar Tagen war es kalt geworden, besonders auf den Höhenlagen des Teutoburger Waldes.

Als der dunkelblaue Mercedes-Transporter am 24. Januar um zehn Uhr abends den teuren Detmolder Vorort Hiddesen verließ, war die Straße bereits von einer dünnen Schneedecke überpudert. Reinhard Graeff, der für diesen Transport als Fahrer eingeteilt worden war, drehte den Heizungsregler höher. Auf der beidseitig von Wald flankierten Lopshorner Allee lag der Schnee noch etwas höher. Graeff zerbiss einen Fluch und versuchte, durch das dichte Schneetreiben hindurch die Straße im Auge zu behalten. Eigentlich hätte er diesen Transport schon im Laufe des Tages erledigen sollen, da aber viele seiner Kollegen mit Grippe im Bett lagen, hatte er einige von ihren Fahrten übernehmen müssen und kam erst jetzt zu dem Auftrag. Das kleine Unternehmen, bei dem er beschäftigt war, hatte sich auf Kurierfahrten für Wertgegenstände spezialisiert. Diesmal galt es, ein Gemälde von Hiddesen nach Rietberg zu transportieren.

Sein Beifahrer, der zu dieser Uhrzeit ebenfalls lieber ganz woanders gewesen wäre, schaltete mürrisch das Radio ein und ließ verschiedene Sender durchlaufen, bis etwas nach seinem Geschmack zu hören war.

»Hast du dir das Gemälde mal angeschaut?«, fragte er Graeff, ohne den Blick vom Radiodisplay zu nehmen. »So was soll wertvoll sein? So malt mein kleiner Sohn auch, und der ist gerade mal in der dritten Klasse.«

Graeff antwortete ihm nicht. Die beiden Männer fuhren oft zusammen und waren aufeinander eingespielt. Während Graeff ein schweigsamer Zeitgenosse war, der nicht mehr sprach als unbedingt erforderlich, plapperte sein Beifahrer unaufhörlich. Graeff hatte gelernt, dessen Besserwissereien einfach zu ignorieren.

Die schmale Straße zog sich in einigen Kurven immer höher bergauf. Der Schneeschauer hatte noch einmal an Stärke zugelegt. Die dicken, nassen Flocken wirbelten so dicht durch den Lichtkegel ihres Transporters, dass von der Straße kaum etwas zu sehen war. Obwohl die Scheibenwischer bereits auf der höchsten Stufe hin- und herjagten, musste Graeff seine ganze Konzentration mobilisieren, um den Weg zu finden, während sein Beifahrer ohne Pause weiter über seine Sicht der Welt dozierte.

»Jetzt halt mal kurz die Klappe und pass mit auf«, raunzte Graeff ihn an, »sonst kleben wir gleich an einem Baum.«

Sein Kollege kannte diese gelegentlichen Zurückweisungen und war bloß ein kleines bisschen beleidigt.

»Wieso fährst du auch diese unmögliche Strecke?«, brummte er nur. »Wir hätten den Weg über Pivitsheide nehmen sollen. Ist zwar ein bisschen länger, aber deutlich flacher und weniger verschneit. Bist ja selbst schuld.«

Reinhard Graeff blickte wütend zu ihm hinüber und sagte scharf:

»Weil auf der Stoddardstraße diese verdammte Baustelle ist. Hast du davon nichts gehört? Freiwillig fahre ich da nicht lang. Dauert ewig, bis du da durch bist. Da fahre ich lieber hier oben durch den Schnee.«

Dass hier deutlich mehr Schnee lag, als er erwartet hatte, erwähnte er lieber nicht. Nun galt es aufzupassen, denn jeden Augenblick musste eine scharfe Rechtskurve kommen. Geradeaus führte der Weg direkt in das Gelände des Truppenübungsplatzes. Da wollte er auf gar keinen Fall hinein.

Angestrengt schaute Graeff nach vorn, kniff die Augen zusammen, aber weiter als zwei oder drei Meter konnte er nicht sehen. Die Straße schien immer weiter ins Leere zu führen, alle Konturen lösten sich im Wirbel der Schneeflocken auf. Kein einziges Auto war ihnen auf den letzten zwei Kilometern entgegengekommen. Vermutlich würde auch niemand so verrückt sein, zu dieser Uhrzeit und bei diesem Wetter hier entlangzufahren. Straßenlampen gab es nicht, auch keine Sterne am Himmel. Das Abblendlicht des Transporters war das einzige Licht in dem dichten Bergwald.

»Fahr langsam!«, rief der Beifahrer plötzlich. »Da kommt die Kurve!«

Doch Graeff hatte alles im Griff. Langsam rollte der Transporter auf die 90-Grad-Kurve zu, und er schaffte es, die Kurve zu nehmen, ohne einen Zentimeter zu rutschen. Nun fuhren sie genau gegen den Wind, und die Sicht nahm noch weiter ab. Trotzdem beschleunigte Graeff wieder vorsichtig, denn er wusste, dass die Straße nun für etwa einen Kilometer geradeaus führen würde, bevor sie auf die Panzerringstraße traf. Der Transporter hatte gute Winterreifen und meisterte die rutschige Strecke souverän. Plötzlich schrie Graeffs Beifahrer aufgeregt:

»Pass auf! Da liegt was.«

Graeff trat auf die Bremse, der Mercedes brach hinten aus, schlitterte ein paar Meter schräg über die Fahrbahn und war auf dem besten Weg, in den Straßengraben zu rutschen. Aber als routinierter Fahrer brachte Graeff es fertig, direkt vor dem Hindernis zum Stehen zu kommen. Atemlos starrte er auf die Straße, um zu erkennen, was da lag. Es war ein äußerst kräftiger Baumstamm, der die Fahrbahn komplett versperrte.

»Und was jetzt?«, fragte der Beifahrer.

»Ja, was wohl?«, brummte Graeff genervt. »Du steigst jetzt

aus und schiebst diesen Baumstamm zur Seite, damit wir weiterfahren können. Das kann doch nicht so schwer sein.«

Ein eisiger Wind pfiff herein, als der Beifahrer unter Protest die Tür öffnete und ächzend aus dem Transporter kletterte. Augenblicklich war der nun verwaiste Sitz mit Schneeflocken übersät. Dann wurde die Tür wieder zugeschlagen.

Graeff beobachtete seinen Kollegen, der versuchte, den Stamm zu bewegen. Aber da der mit einer dicken Eiskruste überzogen war, rutschte er immer wieder ab. Graeff sah die Atemwolke seines Beifahrers, der verbissen weitere Versuche startete, dann aber entnervt aufgab. Kurz darauf flogen erneut Schneeflocken auf den Beifahrersitz, als der Mann die Beifahrertür wieder öffnete. Er schwang sich schimpfend auf seinen Sitz, schaute Graeff vorwurfsvoll an und polterte:

»Du hast es ja bequem hier. Ich friere mir da draußen den Arsch ab, und du hockst hier im Warmen und schaust zu. Los, komm mit raus. Allein habe ich keine Chance. Das Ding ist viel zu schwer. Außerdem hat es einer ziemlich gründlich bearbeitet. Da ist kein einziges Ästchen mehr dran, wo man mal anfassen könnte. Alles fein säuberlich abgetrennt. Die ganze Sache gefällt mir nicht, Graeff. Aber guck es dir selbst an, du bist ja der Klügere von uns.«

Graeff blieb nichts anderes übrig, als sich die dicken Lederhandschuhe überzuziehen, eine Taschenlampe mitzunehmen und nun ebenfalls die wohlige Wärme des Autos mit dem schneidend kalten Wind des Waldes zu tauschen. Was hätte er tun sollen? Eine Winde gab es an diesem Transporter nicht, es war ja schließlich kein Geländewagen. Gemeinsam versuchten sie nun, am Baumstamm zu zerren, zu schieben. Aber weder Hände noch Füße fanden einen Halt, immer wieder rutschten sie ab, stürzten mehrmals zu Boden.

Sie starrten, um Atem ringend, auf den mächtigen Stamm. Immerhin hatten sie ihn einen halben Meter zur Seite bewegt. Das war mehr als nichts, aber deutlich weniger als erhofft.

So konnte es nicht weitergehen. Graeff erwog, den Baum mit dem Transporter per Abschleppseil wegzuziehen, hatte aber Angst, damit den Firmenwagen zu beschädigen. Wieder versuchten sie es mit bloßen Händen, wieder ernteten sie nur Erschöpfung und einige Zentimeter. Graeff spürte ein ungutes Gefühl im Rücken, irgendetwas klemmte dort im Bereich der unteren Wirbelsäule. Er wusste, wenn er noch einmal bei dieser Kälte an dem Baumstamm rucken würde, wäre ihm der gewaltigste Hexenschuss seines Lebens sicher.

Eben wollte er seinem Beifahrer signalisieren, dass er aufgeben würde. Dass er den Transporter wenden, zurückfahren und kleinlaut einen anderen Weg nehmen würde. Da zuckte plötzlich der Doppellichtkegel eines Autos durchs Schneetreiben, kam näher und blieb dann hinter dem Mercedes stehen. Als die Lichter verloschen, konnte Graeff für kurze Zeit nichts mehr erkennen. Nur noch wirbelnden Schnee, der das Licht der Taschenlampe reflektierte. Als weiter nichts passierte, schaute Graeff verblüfft seinen Beifahrer an. Der zuckte ratlos mit den Achseln, schrie dann aber, um den Wind zu übertönen:

»Warum kommt der Kerl nicht näher? Wir können ihn verdammt gut gebrauchen. Hoffentlich ist es auch ein Kerl und kein kleines Mädchen. Ich gehe mal hin. Gib mir die Taschenlampe!«

Graeff schaute seinem Kollegen hinterher, dessen Gestalt von Meter zu Meter immer undeutlicher wurde und schließlich eins wurde mit den wild durcheinandertobenden Schneeflocken. Nichts war mehr von ihm zu sehen, nur noch der ganz schwache Schimmer seiner Taschenlampe. Dann war auch der verschwunden.

Graeff wartete, fror, schlug sich die Arme um die Schultern und wartete weiter. Nichts geschah. Von einer plötzlichen Unruhe erfasst, setzte auch er sich in Bewegung und tastete sich vorsichtig durch die Dunkelheit in Richtung des anderen

Autos. Als er den Mercedes-Transporter hinter sich gelassen hatte, konnte er ganz schwach die Konturen des anderen Autos ahnen. Kein Licht war zu sehen, kein Mensch zu erkennen, kein Laut zu hören. Nur der Wind pfiff in seinen Ohren. Wo war sein Kollege? Wo der andere Autofahrer? Graeff wurde es unheimlich zumute.

Urplötzlich flammte direkt vor ihm ein starkes Licht auf, so stark, dass Graeff geblendet war und nichts mehr erkennen konnte. Er hörte nur noch Schritte, die im Schnee knirschten. Bevor er etwas fragen, bevor er auch nur einen Gedanken fassen konnte, donnerte etwas Hartes an seinen Schädel. Bereits wankend, wollte er protestieren, bekam aber die Lippen nicht mehr auseinander. Dann sackten ihm die Knie weg, er schlug im weichen Schnee lang hin und spürte nichts mehr.

1

Das ruhige, gleichmäßige Atmen neben ihm klang schöner als die lieblichste Musik. Horst Schwiete lag in seinem Bett. Er hatte in dieser Nacht den Boden unter den Füßen verloren. Und das war ein verdammt gutes Gefühl. Das erste Mal in seinem Leben war er neben einer Frau aufgewacht. Das war unfassbar für ihn. Er dachte an die vergangenen Stunden zurück. Wie hatte er in seinem bisherigen Leben nur auf so wunderbare Momente verzichten können?

Doch dann kamen die Zweifel. Erst ganz vage, kaum wahrnehmbar, dann immer heftiger, bis sie ihn letztendlich mit aller Macht ergriffen. Er war fünfzig Jahre alt und hatte heute Nacht das erste Mal mit einer Frau geschlafen. Wahrscheinlich hatte er sich angestellt wie ein dummer Junge. Welcher Teufel hatte ihn da nur geritten? Scham und Unsicherheit überfielen ihn. Plötzlich hatte Horst Schwiete das Bedürfnis, sich aus dem Bett zu stehlen, sich aus dem Zimmer zu schleichen und sich im nächsten Mauseloch zu verkriechen.

Mühevoll hatte sich Schwiete Bedingungen aufgebaut, die ihn befähigten, sein Leben zu leben. Und jetzt das! Was hatte er nur getan? All das, was ihm Sicherheit gegeben hatte, all das hatte er über Bord geworfen wie einen faulen Apfel.

Dabei hatte er in den vergangenen Stunden gelebt, geliebt, genossen. Er hatte die Zärtlichkeit, mit der ihn Karen Raabe überschüttet hatte, mit jeder Nervenzelle seines Körpers gespürt. Er hatte sie mit einer unfassbaren Intensität empfunden, er hatte sie in sich aufgenommen wie ein trockener Schwamm das Wasser. Schwiete hatte gar nicht genug davon bekommen können. Doch die Liebkosungen zu Beginn waren nur der Auftakt gewesen. All das, was sich angeschlossen hatte, war noch unglaublicher, noch erregender gewesen. Was gab es doch für atemberaubende Möglichkeiten, sich zu lieben.

Und jetzt lag Schwiete hier, in seinem Bett, neben dieser wunderbaren Frau und haderte mit sich. Seine Eingeweide brannten, entzündet durch diese verdammten Selbstzweifel, die in ihm tobten. Die ließen Schwiete jetzt glauben, er müsse sich aus dem Leben stehlen, zumindest aber aus der Welt, in der ihm die Ursache für seine Zweifel irgendwann wieder begegnen könnte.

Er betrachtete seinen zerknitterten Anzug, den er im Dämmerlicht vor seinem Bett erkennen konnte. Karen Raabe hatte ihm die Jacke vor einigen Stunden auf dem Weg zum Bett von den Schultern gezogen und zu Boden gleiten lassen. Und er hatte seine Hose wenig später achtlos danebengelegt.

Noch nie in seinem Leben war Schwiete eingeschlafen, ohne seine Kleidungsstücke ordentlich auf den Bügel gehängt zu haben. Du bist dabei, dich zu verlieren, dachte er. All das, was dir Sicherheit gibt, setzt du leichtfertig aufs Spiel.

Das musste ein Ende haben. Er spannte seine Muskeln an, wollte aus dem Bett steigen, seinen Bademantel überziehen und aufräumen. Erst seine Kleidung und dann sein Leben. Er wollte seine alten Werte und seine Orientierungen zurück. Wenn erst seine Kleider ordentlich auf dem Bügel hingen, war der erste Schritt zurück zu seiner Ordnung getan, und damit auch zu seiner ach so fragilen Sicherheit.

Karen Raabe seufzte im Schlaf. Sie drehte sich zu Schwiete um, schlang ihren Arm um seine Schulter und schmiegte sich an ihn. Er fühlte ihre warme weiche Haut und roch den betörenden Duft, den sie ausstrahlte. Der Wohlgeruch dieser Frau und die darauffolgenden Gefühle waren es, die augenblicklich dafür sorgten, dass all die Beklommenheit, die Schwiete gerade zu erdrücken versuchte, aus dem Hier und Jetzt verschwand. Und damit zerplatzten all seine Zweifel wie Seifenblasen.

Es folgten hunderttausend Nadelstiche der Glückseligkeit, die Schwiete sofort wieder in eine schützende Aura hüllten, die keine Zweifel mehr zuließen. Diese Gefühle, diese Nähe wollte Horst Schwiete nie wieder hergeben. Für das Wiedererleben und auch für das Erhalten dieser neuen glückseligen Momente und Empfindungen würde er alles tun – und wenn nötig, würde er dafür kämpfen wie ein Löwe.

2

Es war verdammt anstrengend, mit dem Fahrrad die Husener Straße in Richtung Uni zu fahren. Else Klingenberg schwitzte und keuchte, aber absteigen kam für sie nicht infrage. In Paderborn erledigte sie alles mit dem Rad. Das war sicher einer der Gründe, warum sie trotz ihrer über fünfzig Jahre immer noch eine, wie sie fand, passable Figur hatte.

Else Klingenberg war sportlich und ehrgeizig. Das war sie schon immer gewesen, und so quälte sie sich auch jetzt auf ihrem Rad zur Arbeit, egal, wie steil es bergauf ging. Wenn sie es sich recht überlegte, war es mehr Lust als Qual, denn sobald sie oben an der Annette-von-Droste-Straße angekommen wäre, würde sie einen Kaffee trinken und nach der absolvierten körperlichen Strapaze eine kleine Pause einlegen.

Schon jetzt dachte sie an das wohltuende Gefühl, wenn sich ihre Muskeln wieder entkrampften. Wenn ihr gut trainierter Körper immer lockerer wurde. Und wenn sie sich dann zufrieden an ihre eigentliche Arbeit begab, war sie mit ihrer Welt wieder im Reinen.

Else Klingenberg putzte in verschiedenen Haushalten Paderborns. »Käsch auf de Täsch«, wie sie zu sagen pflegte. Sie hatte einen festen Kundenstamm und immer wieder Nachfragen von weiteren Interessenten, die sich darum rissen, dass ihr Haus ebenfalls von Else Klingenberg geputzt wurde. Sie wusste, warum. Unter den Teppich gekehrten Dreck gab es bei ihr nicht. Sie putzte schnell und gründlich. Das war ihr Markenzeichen. Es hatte sich noch niemand über ihre Arbeit beschwert. Nicht einmal dieser Lorenz Plückebaum, zu dessen Haus sie gerade unterwegs war. Der war ein Korinthenkacker vor dem Herrn, geizig und pedantisch, besonders wenn es um seine Bilder ging.

Von manchen Familien, bei denen sie putzte, hatte Else Klingenberg einen Wohnungs- oder Haustürschlüssel. Nicht so von Lorenz Plückebaum, der ließ niemanden während seiner Abwesenheit in sein Haus. Da hatte der Mann viel zu viel Angst um seine Bilder. Else Klingenberg war – mal abgesehen von ihren nicht eingehaltenen Verpflichtungen gegenüber dem Finanzamt – die Ehrlichkeit in Person. Plückebaum hätte ihr ruhig einen Schlüssel anvertrauen können. Aber gut, wenn er nicht wollte, dann musste er halt anwesend sein, wenn sie ihrer Arbeit nachging.

Letzte Woche war sie jedoch vergeblich bei ihm aufgelaufen. Trotz des festen wöchentlichen Termins, den sie mit

Plückebaum vereinbart hatte und den sie seit Jahren penibel genau einhielt, trotz dieses verbindlichen Termins hatte Else Klingenberg vor verschlossener Haustür gestanden. Alles Klopfen und Rufen hatte nichts genützt. Die Tür war verriegelt und verrammelt geblieben.

Das war seltsam. Die gewissenhafte Else Klingenberg hatte sich natürlich sehr geärgert. Heute würde sie den entgangenen Lohn einfordern, das hatte sie sich fest vorgenommen. Bevor der nicht ausbezahlt war, würde sie keinen Finger rühren. Und wenn sich Plückebaum weigern würde, die Stunden der letzten Woche zu zahlen, dann könnte er sich jemand anderen suchen. Jetzt stand Else Klingenberg erneut im Vorgarten des großen weißen Hauses in der Annette-von-Droste-Straße. Sie klingelte Sturm, doch wieder blieb die Tür verschlossen. Nichts regte sich, kein Laut war zu hören, kein Rascheln, keine Schritte.

Da stimmte etwas nicht, das war so sicher wie das Amen in der Kirche. Sollte sie die Polizei verständigen? Else Klingenberg überlegte. Wahrscheinlich würden die gleich fragen, was sie denn bei Plückebaum zu suchen hatte. Da könnte ihr schwarzbezahlter Putzjob schnell auffliegen. Das würde nur Ärger geben. Aber sie wollte auch nicht einfach über die Tatsache hinweggehen, dass der sonst so zuverlässige Plückebaum seine Termine nicht einhielt.

Hier stank etwas gewaltig zum Himmel. Dafür hatte sie ein sicheres Gespür. Nein, sie musste etwas tun. Sie griff zu ihrem Handy und wählte Plückebaums Nummer. Das Läuten des Telefons war bis in den Vorgarten zu hören. Also wählte sie doch die 110. Als der diensthabende Beamte sich meldete, berichtete sie von ihrer Beobachtung und nannte Plückebaums Anschrift. Doch als der Polizist fragte, mit wem er denn spreche, da sagte sie, das tue nichts zur Sache, und legte auf.

Wenn Horst Schwiete nicht gerade mit seinen Gedanken ganz woanders gewesen wäre, hätte er sich über den Anblick, der sich ihm bot, sicherlich amüsiert. Er war vor einer Viertelstunde nach Hause gekommen und wollte sich nach dem anstrengenden Arbeitstag etwas ausruhen, als es an seiner Wohnungstür klopfte. Das konnte nur seine Vermieterin Hilde Auffenberg sein, überlegte er, stand auf und ging zur Tür. Doch vor ihm stand sein Nachbar Johnny Winter, zusammen mit zwei älteren Männern. Alle drei trugen die blau-schwarz-weißen Schals und Mützen des hiesigen Fußballklubs, des SC Paderborn.

Johnny Winter war Musiker. Eigentlich Rockmusiker, eigentlich für die große Bühne geboren, eigentlich im besten Alter für einen Rockstar. In der Praxis schlug er sich mehr recht als schlecht mit Tanzmusik durch. Viele Jahre hatte er als Gitarrist in der Tanzcombo Ramona mitgespielt und war bei fast jedem Schützenfest in der Umgebung dabei gewesen. Und immer wieder hatte er sich mit den Schützenfestmusikern gestritten. Johnny hasste diese Art von Musik, aber ihm blieb nichts anderes übrig, als auf solchen Festen seinen Musikgeschmack zu verraten. Gelegentlich fuhr er auch Taxi. Wenn ihm dann noch Zeit blieb, kümmerte er sich hingebungsvoll um die Frauen der alten Bischofsstadt. Gerade war wieder einmal eine seiner Beziehungen zu Bruch gegangen, und so hatte Winter Zeit, mit den beiden alten Herren zum Fußball zu gehen.

Der eine davon hieß Herbert Höveken und war nicht nur Hilde Auffenbergs Nachbar, sondern auch ihr hartnäckigster Verehrer. Höveken war Bestatter und wäre längst im Rentenalter gewesen, wenn er nicht als Selbstständiger einfach zu wenig für seine alten Tage auf die hohe Kante gelegt hätte. So musste er weiterarbeiten – wahrscheinlich, bis er sich eines Tages selbst beerdigen würde, wie Willi Künnemeier, der zweite der beiden betagten Fußballfans, gern lästerte.

Künnemeier war zwar älter als Höveken, aber deutlich rüstiger. Er war schon zum Fußball gegangen, als die Paderborner Mannschaft noch FC Paderborn geheißen und in der Verbandsliga gespielt hatte. Mittlerweile war es die zweite Bundesliga, und Paderborn spielte aktuell eine erstaunlich gute Rolle. Nach einem völlig verkorksten Saisonbeginn mit neuem Trainer hatte der Präsident einen kompletten Neuanfang ausgerufen, und tatsächlich hatten Mannschaft und Trainer von Spiel zu Spiel mehr zusammengefunden. Seit acht Heimspielen waren sie nun ungeschlagen, und mit den ersten Fans ging bereits die Phantasie durch.

»Wo wollt ihr denn hin?«, fragte Schwiete verblüfft.

»So 'ne Frage kann auch nur ein Bulle stellen«, antwortete Johnny. »Wir spielen heute gegen Düsseldorf, zu Hause. Du wolltest doch mitkommen, oder?«

Siedend heiß fiel Schwiete wieder ein, dass er bei einem Treffen in der großen, gemütlichen Küche ihrer gemeinsamen Vermieterin mal etwas in dieser Richtung hatte verlauten lassen. Aber wenn er in sich hineinhorchte, verspürte er nicht die geringste Lust. Fußball interessierte ihn fast gar nicht, große Menschenansammlungen verabscheute er zutiefst, und außerdem wollte er momentan für sich sein und seinen Gedanken nachhängen. Aber damit konnte er diesen Fußballfanatikern nicht kommen, wie er wusste.

»Ich muss gleich noch mal dienstlich los«, log er. »Tut mir leid!«

»Erzähl mir doch nichts!«, meinte Johnny Winter grinsend. »Dienst nennst du das? Wenn du dich mit deiner Karen treffen willst, heißt das Date und nicht Dienst. Du verwechselst da was, mein Lieber. Aber ich wünsche dir trotzdem viel Vergnügen. Auch wenn du vermutlich im Stadion was verpassen wirst.«

»Was denn?«, fragte Schwiete ungläubig.

»Wir werden heute die Düsseldorfer in den Sack stecken!«,

posaunte Künnemeier. »Im Hinspiel haben wir sechs zu eins gewonnen, und das in Düsseldorf. Heute spielen wir zu Hause, da tun wir ihnen noch zwei Tore mehr rein. Kannste dich drauf verlassen!«

Schwiete war das alles ziemlich gleichgültig. Er war froh, als die drei ihren Bekehrungsversuch aufgaben und gingen. Ein Blick auf die Uhr verriet ihm, dass es halb sechs war. Er hatte Karen Raabe versprochen, sie anzurufen.

3

Gleich achtzehn Uhr. »Verdammt!« Linda Klocke schimpfte leise vor sich hin. Wie ihr die Zeit wieder durch die Finger geronnen war. Sie hatte wie so oft den Eindruck, gerade erst mit einer Aufgabe angefangen zu haben, und doch war der Arbeitstag bereits vorbei.

Dabei war für sie alles, womit sie sich den Tag über beschäftigt hatte, höchst unbefriedigend. Stunde um Stunde hatte sie damit verbracht, Formalkram zu erledigen. Sie hatte Statistiken über Ermittlungserfolge ausgearbeitet, die wieder einmal dazu dienen sollten, den Innenminister von Nordrhein-Westfalen gut dastehen zu lassen.

Seit sie bei der Polizei war, hatte sie, wie sie fand, viel zu viele Stunden damit verschwendet, irgendwelchen Politikern Material an die Hand zu geben, um ihnen den nächsten Schritt auf der Karriereleiter zu ermöglichen.

Jetzt hatte sich auch noch der oberste Chef der Paderborner Polizei dazu breitschlagen lassen, für das Bürgermeisteramt der Stadt zu kandidieren. Zur Ehrenrettung ihres Chefs, das musste Linda Klocke eingestehen, war der bisher noch nicht an sie herangetreten, um irgendwelche Statistiken für seinen Wahlkampf geliefert zu bekommen.

Egal, es wurde Zeit, dass sie für heute Feierabend machte. Eilig räumte sie ihren Schreibtisch auf, schnappte sich ihre champagnerfarbene Lederjacke und hastete zum Ausgang. Sie hatte noch einige private Dinge zu erledigen, die keinen Aufschub duldeten. Doch dieser Plan wurde schon am Eingang der Kreispolizeibehörde zunichtegemacht.

Ein junger Kollege, dessen Namen Linda Klocke ständig vergaß, trat zu ihr auf den Flur.

»Sag mal, wohnst du nicht in der Südstadt?«, fragte er.

Linda Klocke nickte. »Ja, warum?«

Dem Kollegen schien sein Ansinnen unangenehm zu sein. »Ich habe da heute Mittag so einen komischen Anruf bekommen, von einer Frau, die ihren Namen nicht sagen wollte. Jedenfalls hat sie behauptet, in der Annette-von-Droste-Straße wohne ein gewisser Lorenz Plückebaum, der von ihr angeblich seit über einer Woche vermisst werde.«

Er reichte Linda Klocke einen zerknitterten Zettel.

»Kannst du auf deinem Heimweg mal kurz vorbeifahren und anklingeln? Die Adresse, die sie durchgegeben hat, stimmt. Das habe ich überprüft.«

Linda Klocke wurde ärgerlich. Was war denn hier los? Seit wann wurden bei der Paderborner Polizei die Kollegen mit kleineren Zusatzaufgaben in den Feierabend entlassen? Linda Klocke hatte Lust, diesem unverschämten jungen Kollegen mal so richtig den Kopf zu waschen. Die aufkommende Wut stand ihr anscheinend ins Gesicht geschrieben, denn noch bevor sie sich den jungen Mann vorknöpfen konnte, hob der abwehrend seine Hände.

»Ist doch Fußball, Paderborn gegen Düsseldorf. Da ist die gesamte Truppe von der Schutzpolizei mit Mann und Maus im Einsatz. Wir haben keinen einzigen freien Kollegen mehr zur Verfügung. Seitdem der SC Paderborn die Chance hat, in die erste Bundesliga aufzusteigen, geht es bei der Schutzpolizei drunter und drüber. Wir sind hoffnungslos unterbesetzt.«

Der junge Kollege von der Zentrale setzte sein charmantestes Lächeln auf und sah die Polizistin verzweifelt und verschmitzt zugleich an.

Linda Klocke schnaubte, riss dem Kollegen den zerknitterten Zettel aus der Hand und murmelte genervt: »Wenn's sein muss.« Dann verschwand sie Richtung Ausgang.

Eine Viertelstunde später hielt ihr flaschengrüner Polo vor einem großen, etwas schmuddeligen weißen Haus aus den Dreißigerjahren. Linda Klocke sah sich das Anwesen von der Straße aus an. Das Gebäude stand mitten in einem verwilderten, aber nicht ungepflegten großen Garten. Das satte Grün, bedingt durch das ungewöhnlich warme Frühjahr, verlieh dem Ensemble etwas Mondänes, ja Parkähnliches.

Nicht schlecht, das Häuschen, dachte Linda Klocke. Hier könnte ich wohl einziehen. Sie ging zu einem schmiedeeisernen Gartentor und drückte dagegen. Es bewegte sich mit einem heiseren, markerschütternden Quietschen. Der mit ausgetretenen Sandsteinplatten gepflasterte Weg führte zu einer braunen Eichentür, die mit geschnitzten Ornamenten und einem ovalen vergitterten Fenster versehen war.

Linda Klocke klingelte mehrfach. Nichts rührte sich. Sie versuchte, ins Innere des Hauses zu sehen, doch die Scheibe war aus Riffelglas und ließ keinen Einblick zu. Wahrscheinlich war dieser Lorenz Plückebaum schlicht und ergreifend nicht zu Hause, dachte sie genervt.

Sie hatte ihre Pflicht und Schuldigkeit getan, fand sie. Gerade wollte sie sich umdrehen, um wieder zu gehen, da bemerkte sie aus den Augenwinkeln etwas, was sie bis jetzt nicht wahrgenommen hatte. Aufmerksam sah sie sich die wellige Glasscheibe noch einmal genauer an. Was war denn das? Brachen sich da in der unebenen Struktur des Glases etwa Lichtstrahlen? Ganz schwach, aber wenn man sich konzentrierte und einen ganz bestimmten Blickwinkel einnahm, waren sie deutlich zu erkennen.

Die Abendsonne konnte es nicht sein, denn der überdachte Hauseingang war nach Südosten ausgerichtet. Das diffuse Licht musste aus dem Inneren des Hauses kommen.

In Linda Klocke breitete sich plötzlich ein unangenehmes Gefühl aus. Gerade noch war sie von dem Sonderauftrag genervt gewesen, der ihr den Feierabend vermieste. Doch mit dem Adrenalin, das gerade in ihre Blutbahn gepumpt wurde, verschwand ihr Desinteresse augenblicklich. In ihrem Hirn schrillten alle Alarmglocken. Irgendetwas stimmte hier ganz und gar nicht. Sie tastete nach ihrer Pistole. Na prima, die lag gut verschlossen in ihrem Sicherheitsfach in der Kreispolizeibehörde.

Doch die Tatsache, dass sie unbewaffnet war, hielt sie nicht davon ab, sich jetzt umzuschauen. Vorsichtig schlich sie an der Hauswand entlang auf die Rückseite des Gebäudes. Auch hier waren die Wege mit Sandsteinplatten gepflastert. Zu einer kleinen, ummauerten und überdachten Terrasse führte eine Treppe. Linda Klocke stieg lautlos hinauf, umrundete einen Tisch und zwei Stühle aus Teakholz und drückte sich an die Wand.

Sie lauschte. Nichts war zu hören. Vorsichtig blickte sie durch die Scheibe der Terrassentür in eine kleine, altmodische Küche. Im diffusen Licht der langsam einsetzenden Dämmerung glaubte sie, einige Teller und Tassen auf der Anrichte ausmachen zu können. Vielleicht kam sie ja auf diesem Weg ins Haus. Sie drückte gegen die Tür, doch die war verschlossen. Hier kam sie also nicht weiter.

Leise ging sie zurück in den Garten. Die Fenster des Hochparterres befanden sich auf der Rückseite des Hauses ungefähr einen Meter achtzig über dem Boden. Linda Klocke sah sich um. An der Dachrinne stand eine Regentonne, die randvoll mit Wasser gefüllt war. Die Polizistin überlegte nicht lange. Sie versetzte dem Fass einen kräftigen Tritt, doch es kippte keineswegs um, sondern nur ein Schwall Wasser schwappte über den Rand. So einfach, wie sie gehofft hatte, war es also doch nicht.

Der Behälter war verdammt schwer. Fluchend stemmte sie sich mit ihrem gesamten Körpergewicht gegen die Tonne. Auch diesmal lief nur ein wenig Wasser über den Rand und landete auf Linda Klockes Hose. Wieder ruckelte sie an dem schweren Kübel, doch es gelang ihr immer noch nicht, ihn so weit auf die Seite zu legen, dass der Schwerpunkt überwunden worden wäre. Also begann sie damit, die Tonne hin- und herzukippen. Dabei nutzte sie die Bewegung des Wassers für sich. Jedes Mal, wenn sie Druck auf den Rand ausübte, vergrößerte sich der Kippwinkel ein wenig.

Das anstrengende Unterfangen hatte die unangenehme Nebenwirkung, dass sich bei jedem Zurückkippen ein Schwall Wasser über Linda Klocke ergoss. Sie war mittlerweile klitschnass, und mit jeder kalten Dusche, die sie abbekam, wurde sie wütender. Der brodelnde Zorn setzte bei ihr ungeahnte Kräfte frei. Dann hatte sie es geschafft: Die Tonne kippte über den Rand und lag quer vor ihr auf dem Boden. Sie rollte sie zu dem einen gardinenlosen Fenster, richtete sie davor auf und kletterte hinauf. Mittlerweile war es noch dunkler geworden. Im dämmrigen Zimmer war nicht mehr viel zu erkennen. Angestrengt suchte Linda Klocke den Raum mit dem Blick ab. Schließlich sah sie zwei Füße durch eine offene Tür ins Zimmer ragen. Aufgeregt griff sie zum Handy und wählte die Notrufnummer und informierte ihre Kollegen von der Polizei.

Schwiete konnte sich noch genau an den Augenblick erinnern, als er Karen Raabe zum ersten Mal begegnet war. Sie war Mitarbeiterin von »Theodora«, einer Organisation, die Prostituierte dabei unterstützte, aus dem Milieu auszusteigen. Letztes Jahr hatten Schwiete und seine Kollegen eine Bande hochgenommen, die junge Frauen aus osteuropäischen Ländern zur Prostitution zwang. Die betroffenen Frauen wurden anschließend von der Sozialarbeiterin Karen Raabe betreut.

Schwiete wusste noch, wie er ihr damals auf dem Flur der Kreispolizeibehörde begegnet war. Er hatte in ihre grünen Augen geblickt, und ihm war dieses vorsichtige Lächeln aufgefallen, das ihren etwas zu breiten Mund umspielte. Diese Begegnung hatte sein Leben verändert.

Nun hielt Schwiete sein Telefon in der Hand und ging unschlüssig in seinem Wohnzimmer auf und ab. Das tat er schon seit Minuten. Er hatte sich morgens von Karen Raabe mit dem Versprechen verabschiedet, sie heute Abend anzurufen. Sie hatte nur verschlafen genuschelt: »Ich freue mich«, dann hatte sie sich die Decke über den Kopf gezogen und war auch schon wieder eingeschlafen. Und Schwiete hatte sich leise aus dem Schlafzimmer geschlichen.

Jetzt sah er auf seine Uhr und dann wieder auf das Telefon. Was sollte er sagen? »Es war schön gestern Nacht.« Oder sollte er das Gespräch einfach mit der Frage: »Wie geht es dir?«, beginnen? Er war verzweifelt. Obwohl die letzte Nacht die schönste gewesen war, die er je erlebt hatte, war alles auf einmal so kompliziert. Schwiete wusste nicht, wie er mit der Tatsache umgehen sollte, dass er die Nacht mit seiner Freundin Karen Raabe verbracht hatte.

Freundin, dachte Schwiete. Ja, das war es wohl, er hatte eine Freundin. Das erste Mal in seinem Leben hatte er eine Freundin. Er merkte, dass er zufrieden lächelte. Er wunderte sich noch kurz darüber. Dann fiel ihm auf, dass sich bei ihm, gleichzeitig mit diesem Lächeln, ein Glücksgefühl eingestellt hatte. Und im nächsten Augenblick wusste Schwiete, was er zu sagen hatte. Er würde Karen Raabe anrufen und ihr sagen, dass er glücklich sei.

Soweit sich Schwiete erinnern konnte, hatte er das zwar auch noch nie zu jemandem gesagt, aber das schien ihm auf einmal völlig bedeutungslos. Er war glücklich, glücklich, weil

Karen Raabe seine Freundin war. Und wenn das so war, dann konnte er ihr das auch so sagen. Das Leben ist so einfach, dachte Schwiete.

Doch dann wurde er aus seinen Gedanken gerissen. Sein Telefon, das er immer noch in der Hand hielt, klingelte. Er hoffte, dass es Karen Raabe war, die ihn anrief, doch das Display zeigte die Nummer seiner Kollegin Linda Klocke an. Verwundert nahm er den Anruf entgegen. Was die Kollegin ihm da von einem Paar Füße erzählte, die man von einer Regentonne aus durchs Fenster sehen konnte, erschloss sich ihm zwar nicht unmittelbar, er versprach jedoch, sich umgehend auf den Weg zu machen, um ihr bei dem weiteren Vorgehen zur Seite zu stehen.

Mit diesem Anruf war für Schwiete das Leben wieder einen Deut komplizierter geworden. Es galt, verschiedene Fragen zu beantworten. Erst zu der Frau fahren, die auf einer Regentonne stand? Oder erst die Frau anrufen, der er noch vor einer Minute sagen wollte, dass er glücklich sei wie nie zuvor?

Schwiete entschloss sich, das Letztere zuerst zu tun.

Er wählte die Nummer von Karen Raabe. Nach dem zweiten Signalton nahm sie das Gespräch an.

»Ja, bitte?«, vernahm Schwiete ihre Stimme. Die hörte sich seltsam an, fast so, als wäre Karen betrunken. Aber das konnte doch nicht sein. Sie hatte in seinem Beisein noch nie Alkohol getrunken. Egal, Schwiete ging nicht auf Karen Raabes seltsame Artikulationsversuche ein.

»Karen, leider habe ich gerade die Nachricht bekommen, dass soeben wahrscheinlich ein Toter aufgefunden wurde. Ich habe daher nicht viel Zeit, um länger mit dir zu telefonieren. Ich wollte dir aber auf jeden Fall noch sagen, wie glücklich ich darüber bin, dass es dich gibt.«

Es folgte ein kurzes Schweigen, das Schwiete als endlos lang empfand.

»Ich freue mich, dass du das sagst.« Schwiete hörte etwas wie Schluchzen. Weinte sie etwa?

»Was ist mit dir?«, fragte er besorgt. »Geht es dir nicht gut?«

»Alles in Ordnung, Schwiete«, hörte er sie lallen. Bevor sie weiterredete, ertönte ein Schniefen. »Das ist gerade alles ein bisschen viel für mich. Ich erkläre es dir später, nicht jetzt am Telefon.«

Sie legte auf.

Schwiete war verwundert. Er sah den Telefonhörer an, so, als sollte der ihm dann eben all das erklären, was Karen Raabe ihm noch vorenthielt. Zögernd lauschte er einen Moment in die Stille und stellte danach das Telefon zurück in die Ladestation. Ihm ging es nicht anders als Karen Raabe. So viel Neues. Auch für ihn war das alles schwer zu verstehen.

In der Annette-von-Droste-Straße stand das Auto eines Schlüsseldienstes, mit dem die Paderborner Polizei immer mal wieder zusammenarbeitete. Als Schwiete den Garten des von Linda Klocke beschriebenen Hauses betrat, sah er, wie sich ein Mann in oranger Arbeitskleidung an der Eingangstür zu schaffen machte.

Linda Klocke kam ihm entgegen. »Den diensthabenden Richter, den Meier, erreiche ich auf die Schnelle nicht. Das ist im Moment unser Ansprechpartner bei Gericht. Seine Ehefrau sagt, er sei mit seinen Kollegen beim Fußball. Langsam geht mir diese Euphorie auf die Nerven. Mittlerweile dreht sich in dieser Stadt anscheinend alles nur noch um Fußball. Dieses sportliche Hochgefühl macht nicht einmal an der Pforte unseres ehrbaren Gerichts halt. Nicht auszudenken, was passiert, wenn der SC auch noch in die erste Bundesliga aufsteigt, dann geht in Paderborn wahrscheinlich gar nichts mehr.«

Mit einem Klicken sprang die Tür auf, und der Handwerker im orangefarbenen Arbeitsoverall kommentierte das Geräusch mit einem stolzen »Voilà!«.

»Gefahr im Verzug«, sagte Schwiete. »Wir gehen rein.« Er zog seine Waffe und erwartete das Gleiche von Linda Klocke. Die zuckte bedauernd mit den Schultern und flüsterte: »Liegt in der Kreispolizeibehörde.«

Schwiete nickte. »Okay, dann gehe ich alleine. Sie bleiben draußen!«

Leise betrat Schwiete das Treppenhaus. Die dahinterliegende Wohnung wurde durch eine mit Riffelglas versehene Tür abgetrennt. Diffuses Licht schimmerte durch die Scheibe. Als der Polizist die Tür vorsichtig öffnete, sah er, dass eine Wandlampe, die eigentlich dazu diente, ein großes Gemälde ins rechte Licht zu setzen, den jetzt einsehbaren Flur spärlich ausleuchtete. Auf der gegenüberliegenden Seite des Wohnungseingangs stand eine Tür offen, durch die er ins Arbeitszimmer sehen konnte. Auf dem Boden lag ein menschlicher Körper. Es roch nach Verwesung. Bunte Fliegen tummelten sich auf dem Gesicht und auf der mittlerweile angetrockneten Blutlache, die den Kopf umgab.

4

Es war April, aber während des gesamten Wochenendes sollte es reichlich Sonnenstunden geben. Es schien so, als würde der Mann von der Wettervorhersage recht behalten. Schon als Linda Klocke ihre Haustür hinter sich ins Schloss zog, schien ihr die Morgensonne warm ins Gesicht. Sie genoss diese Helligkeit, dieses Licht und das damit verbundene gute Gefühl. So ein Wetter macht glücklich, dachte sie.

Leider musste sie heute arbeiten. Diese Tatsache schmälerte die Freude über den Sonnentag ein wenig. Gestern Abend, nachdem die Formalitäten, die ein Leichenfund so mit sich brachte, erledigt waren, hatte ihr Chef, Hauptkommissar Schwiete, sie in den Feierabend entlassen. Aber er hatte sie gebeten, um zehn Uhr in der Kreispolizeibehörde zu sein.

Er selbst war geblieben. Jedes Mal, wenn es einen Fall zu lösen gab, hielt er sich, wenn möglich, eine Zeit lang alleine am Tatort auf. Linda Klocke wunderte sich längst nicht mehr über ihren Chef. Denn dies war nur eine der vielen Marotten, die Hauptkommissar Schwiete aufzubieten hatte. Er war ein Eigenbrötler. Diesen Wesenszug kultivierte er und ließ sich auch nicht von seinen Verhaltensweisen abbringen, wenn alle anderen über ihn lästerten.

Die Tatsache, dass Schwiete die Atmosphäre und die Beschaffenheit eines Tatortes geradezu in sich aufnahm, hatte Linda Klocke schon bei ihrem ersten gemeinsamen Fall bemerkt. Damals hatte sie dieses Verhalten ihres Chefs noch verwundert, ja, sie war geradezu irritiert von dem gewesen, was sie beobachtet hatte. Schwiete hatte einfach nur dagestanden und scheinbar wahllos in die Gegend gestarrt. Linda Klocke fand, dass er in solchen Momenten wie ein indianischer Schamane wirkte, der sich in eine Trance begeben hatte.

Ihr Kollege Kükenhöner machte sich über Schwietes Art, an einen Fall heranzugehen, lustig. Doch es war jedes Mal das Gleiche. Später, wenn alle anderen die Details aus dem Auge verloren hatten, bewiesen sich Schwietes Fähigkeiten, sein akribisches Arbeiten und sein Elefantengedächtnis, oft als ausgesprochen hilfreich. Noch Wochen später konnte er sich an irgendwelche Zusammenhänge erinnern und hatte auch Einzelheiten nicht aus den Augen verloren.

Linda Klocke war absichtlich etwas früher ins Büro gefahren, um sich ihre Aufzeichnungen vom Vorabend noch einmal in Ruhe anzusehen. Doch kaum hatte sie ihr Notizbuch aufgeschlagen, da betrat Kükenhöner missmutig ihr Büro. Ohne Rücksicht auf seine Kollegin zu nehmen, fläzte er sich auf einen Stuhl und streckte die Beine aus. Noch bevor er eine wirklich bequeme Sitzposition gefunden hatte, begann er schon damit, seiner schlechten Laune Ausdruck zu verleihen.

»Das mit dem Aufstieg in die erste Bundesliga, das wird nie was. Verlieren diese Deppen doch zwei zu eins gegen Düsseldorf. Wenn diese Fußballanalphabeten schon bei einer solchen Gurkentruppe wie der Fortuna die Punkte liegen lassen, dann verlieren die gegen Mannschaften wie Greuther Fürth zweistellig.«

Kükenhöner riss sich den blau-weiß-schwarzen Schal vom Hals und pfefferte ihn auf Linda Klockes Schreibtisch.

Die war sichtlich genervt.

»Wenn das mit dem Aufstieg so hoffnungslos ist, warum trägst du dann Tag und Nacht diesen stinkenden Wollschal mit dir rum?«

Kükenhöner winkte ab.

»Habe ich meinem Sohn versprochen. Wir haben uns geschworen, unseren Schal mit den Vereinsfarben Paderborns so lange zu tragen, bis die Mannschaft aufgestiegen ist.«

Linda Klocke grinste kurz, um anschließend eine gespielt sorgenvolle Miene aufzusetzen.

»Wenn das mit dem Aufstieg, wie du sagst, wieder mal nichts wird, dann bitte ich aber darum, dass du dir für die nächsten Jahre ein eigenes Büro zuteilen lässt. Vermutlich wirst du dieses jetzt schon stinkende Teil bis zum Sankt Nimmerleins-Tag tragen müssen. Und das ist wirklich niemandem zuzumuten.«

Kükenhöner wollte gerade etwas entgegnen, da klopfte Schwiete an die offen stehende Tür.

»Prima, dass ihr schon alle im Hause seid. Dann können wir ja gleich anfangen.«

Kükenhöner verzog verächtlich sein Gesicht.

»Was ist überhaupt los, Horsti, dass du an einem so schönen Samstag nach uns verlangst?«

»Leichenfund in der Annette-von-Droste-Straße«, antwortete Linda Klocke für ihren Chef, schnappte sich ihre Unterlagen und folgte Schwiete ins Besprechungszimmer.

Nachdem alle Platz genommen hatten, begann der Hauptkommissar mit seinem Bericht.

»Bei der Kreispolizeibehörde Paderborn ist gestern ein anonymer Anruf eingegangen. Bei der Person, die dieses Telefonat tätigte, handelte es sich wahrscheinlich um eine Frau. Sie meldete einen gewissen Lorenz Plückebaum als vermisst. Die Kollegin Klocke machte einen Kontrollbesuch in der Annette-von-Droste-Straße und fand eine Leiche, die sich meines Erachtens schon in einem fortgeschrittenen Verwesungsstadium befand. Im Moment deutet alles darauf hin, dass der Mann, den wir vorfanden, erschossen wurde. Bei dem Toten handelt es sich, das wissen wir mittlerweile, in der Tat um Lorenz Plückebaum. Die anonyme Anruferin, das haben wir mittlerweile auch herausgefunden, war die Putzfrau des Toten. Die wollte sich nicht zu erkennen geben, weil es sich bei der Putzstelle um eine nicht beim Finanzamt angemeldete Tätigkeit handelte. Als mögliche Täterin kommt die Frau mit größter Wahrscheinlichkeit nicht infrage.«

Schwiete ordnete seine Unterlagen und damit seine Gedanken.

»Lorenz Plückebaum, der Tote, war alleinstehend, ein pensionierter Lehrer. Sein gesamtes Haus gleicht einem Museum für moderne Malerei. An jeder auch noch so kleinen Wandfläche seines Hauses hängen Bilder oder stehen Regale mit Kunstbänden. Im Keller des Hauses sind wir auf eine eingemauerte Tresortür gestoßen. Sie ist verschlossen, und den dazugehörigen Schlüssel konnten wir bisher nicht auftreiben.«

Wieder schob der Hauptkommissar seine Zettel hin und her. Auch diesmal, um etwas Zeit zum Nachdenken zu haben. Dann räusperte er sich und setzte seinen Bericht fort.

»Die Leiche weist eine Schusswunde auf. Und ich bin mir

ziemlich sicher, dass der Mann daran gestorben ist. Eine Obduktion hat bis zum jetzigen Zeitpunkt noch nicht stattgefunden. Daher können wir, was die Todesursache angeht, bis jetzt nur Vermutungen anstellen.«

Schwiete sah in die Runde.

»Frau Klocke, haben Sie noch etwas zu ergänzen? Gibt es Verwandte, die wir benachrichtigen müssen?«

Die Polizistin schüttelte den Kopf.

»Bisher ist unklar, weshalb Lorenz Plückebaum sterben musste«, fuhr der Hauptkommissar fort. »Die Annahme, dass sich in seinem Haus vielleicht einige wertvolle Bilder befanden, die eventuell gestohlen wurden, ist nur eine Vermutung und damit auch nur eine Richtung, in die wir ermitteln müssen. Um in dieser Frage weiterzukommen, habe ich heute Morgen schon versucht, jemanden vom LKA zu erreichen. Bei den Kollegen in Düsseldorf gibt es einige Spezialisten, die sich auf die Aufklärung von Straftaten im Zusammenhang mit Kunst spezialisiert haben.«

Kükenhöner meldete sich.

»Das ist ja alles gut und schön, Horsti, hört sich aber trotzdem an, wie wenn jemand mit der Stange im Nebel stochert. Alles nur Vermutungen, die hättest du uns auch Montag noch mitteilen können. Jetzt habe ich mir den Samstagmorgen um die Ohren gehauen, um von dir Informationen über eine eventuelle Straftat zu bekommen, über die wir heute sowieso nichts mehr herausfinden werden.«

Alle Kollegen kannten Kükenhöners unnachahmliche Art. Selbst sein Chef Schwiete machte sich nicht mehr die Mühe, mit ihm zu streiten. Daher ging er auch heute Morgen über die unangemessenen Worte seines Mitarbeiters hinweg. Ohne jede Emotion sagte er: »Es kann durchaus sein, dass du mit deiner Sicht der Dinge richtigliegst, Karl. Aber das ist nur eine Möglichkeit von vielen. Um also jede Eventualität auszuschließen, beginnen wir noch heute mit dem kleinen Einmaleins der Polizeiarbeit. Will sagen, Klinken putzen. Wir sollten noch heute alle Nachbarn abklappern und sie fragen, ob ihnen in den letzten Wochen etwas aufgefallen ist. Wir sollten sie nach Besuchern fragen, die Lorenz Plückebaum regelmäßig konsultiert haben, und so weiter. Ihr kennt ja alle das Geschäft.«

Jetzt sah Kükenhöner seinen freien Samstag gerade im Nirwana verschwinden.

»Nee, Horsti, das kann jetzt wirklich nicht dein Ernst sein. Wir können doch nicht an einem Wochenende die Nachbarn von diesem Plückebaum stören, wenn es nicht wirklich nötig ist. Ich sehe die sauertöpfischen Mienen der Leute vor mir und höre schon die unverschämten Antworten der Personen, die sich durch unsere Befragung um ihre Samstagsruhe gebracht fühlen. Und soll ich dir etwas sagen, Horsti? Ich kann die Leute verstehen.«

Doch Schwiete blieb hart.

»Keine Diskussion, Karl! Je früher wir anfangen, umso größer ist die Chance, Plückebaums Tod so schnell wie möglich aufzuklären. Also, auf geht's!«

Auch wenn Kükenhöner gerne weiter gegen Schwietes Anweisung interveniert hätte, so gaben ihm die beiden anderen keine Chance. Es wurden Stühle gerückt, Unterlagen zusammengeschoben und sonstige Vorbereitungen getroffen. Karl Kükenhöners Lamento wurde einfach ignoriert.

Der Samstag war arbeitsintensiv gewesen. Die Paderborner Polizei hatte die Nachbarn befragt. Jedoch bis jetzt erfolglos. Linda Klocke war noch dabei, die Ergebnisse auszuwerten. Vielleicht ergaben sich ja im Nachhinein noch weitere Erkenntnisse.

Es war gleich neunzehn Uhr, und Schwiete hatte keine Lust mehr, noch eine neue Facette des Falles zu bearbeiten. Vielmehr beschlich ihn das Bedürfnis, Karen Raabe zu sehen.

Sollte er sie anrufen? Oder sollte er sie überraschen? Er war sich unschlüssig. Wie sollte er mit dieser Situation umgehen? Für ihn war es selbstverständlich, seine Besuche vorher anzukündigen. Er selbst mochte keine unangenehmen Überraschungen, also wollte er anderen Menschen auch keine bescheren. Deshalb gab es für ihn nur eine richtige Vorgehensweise: Er würde Karen Raabe anrufen.

Schwiete griff nach dem Telefon. In dem Moment, als er die erste Zahl der Telefonnummer eintippte, bemerkte er eine Anspannung, aber auch so etwas wie freudige Erwartung. Er war aufgeregt! Schon nach dem zweiten Läuten hörte er Karen Raabes Stimme. Ohne großartige Vorreden kam Schwiete gleich zum Wesentlichen. Er sagte ihr, dass er sie gerne sehen würde. Sie zögerte jedoch einen Moment. Schwiete merkte es sofort und war gleich verunsichert. Nach einer kurzen Bedenksekunde stimmte Karen Raabe aber zu und bat ihn vorbeizukommen.

Als Schwiete über den Flur zum Ausgang der Kreispolizeibehörde ging, dachte er über die eben erlebte Situation nach. Ein winziger Moment des Zögerns hatte ausgereicht, ihn fast in seinen Grundfesten zu erschüttern. Er fragte sich, wie er wohl reagiert hätte, wenn Karen Raabe gesagt hätte: »Lass mal, Schwiete, heute Abend passt es mir nicht so gut. Ich wäre lieber alleine.«

Jahrelang hatte er alleine gelebt. Seit vor einigen Jahren sein Vater gestorben war, hatte Schwiete aufgehört, sich Gedanken über Stimmungen und Gefühle der Menschen zu machen, denen er täglich begegnete. Die Launen und Sorgen der anderen hatten ihn nur marginal berührt. Er bemühte sich darum, allen Personen, mit denen er zu tun hatte, formal freundlich, aber dennoch distanziert zu begegnen. Mehr war von ihm nicht zu erwarten, und mehr ließ er auch nicht zu.

Er ahnte, dass in nächster Zeit viel geschehen würde, was ihm bis jetzt fremd gewesen war. Er musste lernen, mit diesen gewissen Wimpernschlägen des Lebens umzugehen. Eine etwas zu lange Pause, ein falscher Blick, eine unbedachte Äußerung, eben die Dinge, die ihm bis jetzt als völlig unwichtig erschienen waren, bekamen jetzt Bedeutung. Wenn ihm nicht gelingen würde, den Windhauch zu erspüren, den diese Wimpernschläge erzeugten, dann würde ihn Karen Raabe schneller wieder verlassen, als sie sich ihm zugewandt hatte.

In freudiger Erwartung drückte er zehn Minuten später auf die Türklingel des Hauses am Konrad-Martin-Platz, in dem Karen Raabe wohnte. Als er ihre Wohnung betrat, erlebte er die Frau, die gerade sein gesamtes Leben veränderte, völlig anders, als er sie bisher kennengelernt hatte. Sie roch nach Alkohol und schwankte etwas, als sie ihm entgegentrat.

Wieso hatte Karen Raabe getrunken? Bisher hatte sie immer, wenn sie gemeinsam etwas unternommen hatten, Wasser, Tee oder Kaffee getrunken. Wieso jetzt auf einmal Alkohol?

Karen Raabe kam auf ihn zu. In ihren Augenwinkeln glaubte Schwiete ein paar Tränen zu sehen. Sie nahm ihn in die Arme.

»Ich habe getrunken«, sagte sie traurig. »Vorhin, als du anriefst, war ich nicht sicher, ob ich dich sehen wollte. Nein, falsch, ich war mir nicht sicher, ob du mich so erleben solltest. Aber ich will nichts vor dir verstecken. Manchmal, wenn ich überfordert bin, wenn ich nicht mehr weiterweiß, dann trinke ich. Ich weiß, dass das nicht gut für mich ist. Aber manchmal ist das Leben so verdammt schwer.«

Karen Raabe schnäuzte sich. Dann fuhr sie fort:

»Damals, als ich noch als Prostituierte gearbeitet habe, da war der Alkohol für mich die einzige Möglichkeit, mich in eine vermeintlich erträglichere Welt zu flüchten, in der die ganzen widerlichen Gefühle mit jedem Schluck weniger wurden. Doch mit jedem Rausch gewann auch die Gleichgültigkeit mehr und mehr die Oberhand. Irgendwann habe ich mich dazu entschlossen, nicht mehr zu trinken. Meistens gelingt es mir, an meinem Entschluss festzuhalten. Aber manchmal, wenn das Leben mit aller Widerwärtigkeit nach mir greift, dann schaffe ich es einfach nicht, diesem Vorsatz treu zu bleiben.«

Schwiete schwieg und hörte zu. Als seine Freundin dann innehielt und leise in sich hinein weinte, nahm er sie sanft in den Arm und wiegte sie wie ein kleines Kind.

»Was ist denn so schrecklich, dass du so dermaßen mit deinem Leben haderst? Hat es etwas mit mir zu tun?«, fragte Schwiete unsicher.

Karen Raabe schüttelte verzweifelt ihren Kopf.

»Nein, du Blödmann, du bist das Beste, was mir jemals passiert ist. Es ist dieser verdammte Job!«

Sie überlegte einen Moment, ob sie Schwiete ihre Angst mitteilen sollte, dann erzählte sie, was sie bedrückte.

»Ich habe fünf junge Frauen aus der Ukraine dazu überredet, ihren Job als Prostituierte hinzuschmeißen und unterzutauchen. Jetzt bekomme ich seit vorgestern Morddrohungen von ihren Zuhältern. Letzte Nacht haben sie versucht, meine Wohnungstür aufzubrechen. Gott sei Dank war ein Streifenwagen in der Nähe. Als ich die 110 gerufen habe, waren deine Kollegen innerhalb von dreißig Sekunden da. Die Zuhälter oder, besser gesagt, ihre Schläger konnten allerdings entkommen. Seitdem terrorisieren sie mich noch mehr als vorher. Ich glaube, ich werde langsam alt, ich halte einem solchen Druck einfach nicht mehr stand.«

Schwiete überlegte einen Moment.

»Wenn du möchtest, bleibe ich heute Nacht bei dir. Sollten diese Typen noch einmal auf die Idee kommen und sich Zutritt zu deiner Wohnung verschaffen wollen, werden sie sich wundern.«

»Eigentlich möchte ich das nicht«, entgegnete Karen Raabe. »Für meine Dinge bin ich selbst verantwortlich. Aber ich habe einfach im Moment nicht die Kraft dazu. Du würdest mir sehr helfen, wenn du heute Nacht hierbleiben würdest.«

5

Warum eigentlich immer ich?, fragte sich Kükenhöner. Wusste Schwiete etwa, dass er sich vor Leichen fürchtete, ja sogar ekelte? Irgendwie hatte er immer ein komisches Gefühl im Bauch, wenn er mit einem Toten konfrontiert wurde. War das etwa der Grund dafür, dass sein Chef andauernd ihn zu den Obduktionen schickte?

Natürlich tat er in Anwesenheit von Kollegen so, als würde ihn eine Leiche nicht sonderlich berühren oder gar aus der Fassung bringen. Doch das verlangte ihm jedes Mal viel Selbstdisziplin ab. Kükenhöner wollte sich lieber nicht vorstellen, was passieren würde, wenn sich in der Kollegenschaft der Kreispolizeibehörde Paderborn herumspräche, dass er, Kükenhöner, beim Anblick eines Toten jedes Mal kurz vor einem Nervenzusammenbruch stand. Wenn das herauskäme, würde er zum Gespött aller Kollegen, und zwar bis zur nächsten Eiszeit, davon war er überzeugt.

Jetzt war Sonntagmorgen, und er war auf dem Weg zum Johannisstift, in dessen pathologischem Institut Plückebaums Leiche lag. Eine Ärztin der Gerichtsmedizin Münster war eingetroffen, um die Sektion durchzuführen. Als Kükenhöner an die Tür des Büros klopfte, wohin ihn die Frau von der Pforte geschickt hatte, erklang aus dem Inneren des Raumes eine heisere Stimme.

»Herein«, hörte Kükenhöner. Wer eine solche Stimme hatte, musste sich täglich mindestens eine Flasche Whisky hinter den Knorpel schütten. Anders ließen sich solche Töne wohl nicht produzieren.

Diese gruselige Stimme konnte nur einem Toten gehören, dachte Kükenhöner, und ihm stellten sich die Haare auf den Unterarmen auf. Kükenhöner erwartete das Schlimmste. Um sich Mut zu machen, schalt er sich ein altes Weichei, musste sich aber dennoch zwingen, das Büro zu betreten. Der nächste Eindruck sorgte bei ihm nicht unbedingt für Entspannung. Kükenhöner stand einer hageren Frau von indifferentem Alter gegenüber. Sie hatte etwas Gruftiartiges an sich. Die schwarz gefärbten Haare, die schwarze Kleidung, die blasse Haut und die violett geschminkten Lippen mit schwarzer Umrandung unterstrichen diesen Eindruck.

»Was kann ich für Sie tun?«, röhrte sie den Polizisten an.

»Äh, ich komme, um die Obduktionsergebnisse der Leiche eines gewissen Herrn Plückebaum abzuholen.«

»So schnell sind wir nun auch wieder nicht«, krächzte die Schwarzgekleidete. »Frau Dr. Sonnenschein und ich sind erst vor einer halben Stunde hier eingetroffen. Selbst wenn die Bahn keine Verspätung gehabt hätte, wären wir noch nicht sehr viel weiter. Meine Chefin zieht sich gerade um. Sie haben also das Glück, dass Sie der Obduktion sogar noch beiwohnen können.«

Die Sekretärin machte eine Kunstpause, um ihre Worte wirken zu lassen. Dabei beobachtete sie Kükenhöner mit dem Gesichtsausdruck eines Geiers. Nachdem sie sich innerlich über das Unbehagen des Polizisten amüsiert hatte, fuhr sie mit einem, wie Kükenhöner fand, widerlichen Grinsen fort: »Dann kann Ihnen Frau Dr. Sonnenschein die wesentlichen Dinge schon während des Obduktionsvorgangs erläutern. Viele Polizisten finden das sehr hilfreich für ihre weitere Arbeit. Wenn Sie durch diese Tür gehen, finden Sie die Umkleidekabine für Männer.«

Die Frau im Gruftioutfit drückte die Türklinke hinunter und forderte Kükenhöner mit einer eindeutigen Geste auf, den dahinterliegenden Raum zu betreten.

Dem Polizisten stand augenblicklich der kalte Schweiß auf der Stirn. In seinem Kopfkino sah Kükenhöner, wie ein Skalpell durch die Bauchdecke schnitt. Er musste sich am Türrahmen abstützen.

»Nein danke, Frau … äh … Dingenskirchen! Wie heißen Sie eigentlich?«

»Lamberti«, erklärte sie, noch bevor er sich für seine dumme Anrede entschuldigen konnte.

»Also, Frau Lamberti, das ist ja prima, dass ich bei der Obduktion anwesend sein kann. Ein anderes Mal sehr gerne. Aber ausgerechnet heute ist das gar nicht möglich. Wir sind hier in Paderborn knapp besetzt. Unser Chef braucht jeden Mann. Der würde mir den Kopf abreißen, wenn ich meine Zeit hier verbummeln würde.«

Frau Lamberti grinste noch ein bisschen teuflischer als zuvor.

»Wenn Sie möchten, rufe ich kurz bei Ihrem Chef an und teile ihm mit, dass wir Ihre Anwesenheit hier wünschen.«

Kükenhöner blieb für eine Sekunde die Luft weg. Was wollte diese Frau tun? Seinen Chef anrufen? Bloß das nicht!

»Wie gesagt«, stammelte er. »Mein Chef braucht mich, und ich will ihn in der schwierigen Situation wirklich nicht alleinlassen. Das müssen Sie verstehen, Frau Lamberti.«

Der Polizist drehte sich auf dem Absatz um und hastete zur Tür. Er musste alle Disziplin aufbringen, um nicht zu rennen. Als er die Türklinke schon heruntergedrückt hatte, drehte er sich im Bewusstsein, einen sicheren Fluchtweg zu haben, noch einmal um.

»Wie gesagt, Frau Lamberti, wenn Sie Ergebnisse haben, rufen Sie doch kurz an. Hat mich gefreut, Sie kennenzulernen.«

6

Schwiete hatte schlecht geschlafen. Fast die ganze Nacht hatte er wach gelegen. Und dann am Morgen, kurz bevor er hatte aufstehen wollen, musste er noch einmal in eine Tiefschlafphase geglitten sein. Jetzt war er später wach geworden als geplant. Um Karen Raabe etwas zur Ruhe kommen zu lassen und sie von möglichen Drohanrufen abzuschotten, hatte Schwiete mitsamt dem Telefon im Wohnzimmer geschlafen. Das Sofa, das dort stand, war alles andere als bequem gewesen. Jetzt spürte der Polizist jeden Knochen und wunderte sich darüber, dass der menschliche Körper an so verschiedenen Stellen Schmerz empfinden konnte.

In der Nacht hatte mehrfach das Telefon geläutet. Das Display hatte immer eine unterdrückte Nummer angezeigt. Und als er abgenommen hatte, war nur schweres Atmen zu hören gewesen, bevor der Anrufer wieder aufgelegt hatte.

Schlecht gelaunt holte Schwiete sich die Zeitung vom Vortag aus dem Briefkasten und kochte Kaffee. Dann setzte er sich an den Küchentisch und überflog zunächst den Lokalteil. Der Mord an Plückebaum war das beherrschende Thema. Auch im überregionalen Ostwestfalen-Teil widmete sich der Redakteur dem Verbrechen.

Wieder einmal war die Berichterstattung ausführlicher als das, was Schwiete für die Presse freigegeben hatte. Irgendwo musste in Paderborn oder vielleicht auch in einer anderen Polizeidienststelle ein Maulwurf sein. Aber der Redakteur wäre schön dumm, wenn er seinen Informanten preisgeben würde. Daher war die Wahrscheinlichkeit, das Informationsloch zu stopfen, gleich null. Das ärgerte Schwiete zwar schon lange, er wusste jedoch aus leidvollen Erfahrungen, dass jede Aktivität in diese Richtung verschwendete Energie sein würde.

Offenbar war Karen durch den Kaffeeduft wach geworden. Ziemlich verkatert kam sie in ihre Küche. Wortlos hantierte sie am Schrank und hielt nach kurzem Suchen eine Packung Kopfschmerztabletten in der Hand.

»An einem Morgen wie diesem hasse ich mich«, sagte sie mit trauriger Stimme. Gerade wollte Schwiete etwas erwidern, da klingelte das Telefon. Er bedeutete ihr, das Gespräch anzunehmen. Widerwillig hob sie ab und drückte die Taste, mit der die Lautsprecherfunktion aktiviert wurde.

Karen Raabe meldete sich mit ihrem Namen.

»Na, du kleine Schlampe«, war zu hören. »Hat dein Freier sich endlich aus dem Staub gemacht? Dann wollen wir jetzt mal Klartext reden.«

Schwiete nahm Karen Raabe das Telefon aus der Hand.

»Sie sprechen mit Hauptkommissar Schwiete. Und ich rate Ihnen, sehr genau zuzuhören, denn jetzt werde *ich* Klartext reden! Und damit Sie wissen, woran Sie sind: Für jeden weiteren Anruf, den Sie bei Frau Raabe tätigen, gibt es eine Razzia in allen Ihren Bordellen.«

Der Mann am anderen Ende des Telefons schwieg, legte aber auch nicht auf.

»Und damit Sie einen kleinen Vorgeschmack von dem bekommen, was Ihnen blüht, wenn Sie diesen gut gemeinten Rat ignorieren, lasse ich heute, sozusagen prophylaktisch, Ihren Laden in der Marienloher Straße auf links drehen. Ihr Chef wird begeistert sein, das verspreche ich Ihnen!«

Schwiete machte eine bedeutungsvolle Pause.

»Und Ihnen, mein lieber Freund, rate ich, so schnell wie möglich das Weite zu suchen. Verlassen Sie Paderborn, verlassen Sie Ostwestfalen, ach, gehen Sie lieber auf Nummer sicher, verlassen Sie Deutschland. Wenn ich Sie nämlich erwische, dann werden Sie die unruhige Nacht, die Sie mir beschert haben, Ihr Leben lang bereuen.«

Schwiete legte auf.

Karen Raabe sah den Polizisten mit weit aufgerissenen Augen an. So hatte sie Schwiete noch nie erlebt.

»Willst du wirklich eine Razzia im Bordell an der Marienloher Straße veranstalten?«

Schwiete nickte. »Darauf kannst du dich verlassen. Sobald Kükenhöner aus der Pathologie zurück ist, werde ich ihn zusammen mit allen zur Verfügung stehenden Kollegen dort vorbeischicken. Und vorher werde ich ihn anweisen, auf keinen Fall freundlich zu sein. Wir wollen doch mal sehen, ob nach diesem netten Besuch noch irgendein Zuhälter bei dir anrufen wird.«

Schwiete trank den letzten Schluck Kaffee. Dann umarmte er Karen und sagte: »Ich weiß noch nicht, wie mein Tag verläuft, aber ich melde mich. Versprochen.«

»Meine Damen und Herren«, unterbrach ein gut konservierter, sonnengebräunter Mittsechziger das aufgeregte Geplapper der Leute, die sich im hinteren Saal der Paderborner Gaststätte Bobberts zum Stammtisch eingefunden hatten. »Ich bitte Sie um eine Gedenkminute für unseren verstorbenen Vereinsfreund Lorenz Plückebaum.«

Während alle Anwesenden schweigend und mit gesenktem Kopf um den langen Tisch standen, warf Dr. Gunther Levenstein, der Vorsitzende des Freundeskreises Westfälische Moderne, einen forschenden Blick in die Runde. Siebzehn Mitglieder hatte der Freundeskreis, doch heute fehlten zwei. Der eine hatte sich wegen Krankheit abgemeldet, der andere war tot.

Seit die Nachricht von Plückebaums gewaltsamem Tod zu den Mitgliedern des Freundeskreises durchgedrungen war, stand die Gruppe unter kollektivem Schock. Die Mitglieder verband, bei aller Unterschiedlichkeit, die Liebe zur Malerei. Sie hatten sich zusammengeschlossen, um den ihrer Meinung nach viel zu wenig beachteten westfälischen Beitrag zur Malerei der Moderne zu dokumentieren und zu fördern. Es waren Männer und Frauen, die kurz vor dem Ende ihres Berufslebens standen oder bereits als Ruheständler auf eine respektable Laufbahn zurückblicken konnten. Außerdem gehörten der Gruppe einige renommierte Künstler aus der Region an. Lauter gebildete, gut situierte Leute, dachte Levenstein, und er spürte, trotz der bedrückenden Schweigeminute, einen Anflug von Stolz, diesem Freundeskreis vorstehen zu dürfen.

Als die Gedenkminute beendet war, wurden Stühle gerückt und Gläser erhoben. Die unterbrochenen Gespräche wurden weitergeführt, doch es gab nur ein einziges Thema. In unterschiedlichsten Versionen und Schattierungen wurde der Mord an Plückebaum besprochen. Die Kunstfreunde standen in Grüppchen zusammen und redeten sich die Köpfe heiß. Erst allmählich ging man zu anderen Themen über. Levenstein wechselte von einer Gesprächsrunde zur nächsten und gab überall ein paar Worte zum Besten.

Nach einer halben Stunde gesellte er sich zu einer zierlichen, äußerst eleganten älteren Dame, die sich gerade mit einem großen und kräftigen Mann unterhielt. Edda von Sintfeld gehörte zum alten ostwestfälischen Adel und war eines der aktivsten Mitglieder des Freundeskreises. Ihr Gesprächspartner war der Bildhauer Hagen Steiner, der mit seiner Statur und seinen großen, schwieligen Händen auch einen Hufschmied hätte abgeben können. Er wirkte fast unanständig männlich und derb, dünstete förmlich Testosteron aus, sodass oberflächliche Beobachter ihn leicht als etwas schlichten Kraftmenschen unterschätzten. Dabei sprachen seine klug und meist fröhlich blitzenden Augen für einen hellwachen Geist.

Edda von Sintfeld richtete das Wort an den neu hinzugekommenen Levenstein: »Was meinen Sie, Herr Doktor? Unser großes Sommerfest sollte ja bei mir auf dem Schloss stattfinden. Jetzt wird durch den gewaltsamen Tod unseres Freundes Lorenz alles infrage gestellt. Können wir überhaupt ein Fest feiern, wo eines unserer ältesten und wichtigsten Mitglieder ermordet worden ist? Was mache ich denn jetzt? Soll ich die Veranstaltung absagen? Wo ich doch schon so viel vorbereitet habe.«

Dr. Gunther Levenstein nahm einen Schluck Wein und erwiderte in aufmunterndem Tonfall: »Auf gar keinen Fall, meine Liebe. Das Fest muss bleiben. Es war auch dem hochgeschätzten Verstorbenen eine Herzensangelegenheit, wie ich zuverlässig weiß. Wir werden wunderbar feiern und dabei sein Andenken bewahren. Das passt schon, keine Sorge.«

Die Adelige schien fürs Erste beruhigt zu sein, jedenfalls wandte sie sich wieder charmant plaudernd ihrem ursprünglichen Gesprächspartner zu. Levenstein gönnte sich ein inneres Schmunzeln, als er den riesigen Hagen Steiner beobachtete, wie dieser sich tief zu ihr herunterbeugte und ihr aufmerksam lauschte.

Der Vorsitzende schlenderte weiter und stellte sich zu einem hochgewachsenen, dünnen Mann mit langen, schlohweißen Haaren, der wild gestikulierend auf ein Grüppchen von Leuten einredete. Professor Dr. Axel Frier hatte sein ganzes Berufsleben damit verbracht, anderen Leuten die Welt zu erklären, und er konnte von dieser lieb gewordenen Gewohnheit auch im Ruhestand nicht lassen.

»Ich sage Ihnen, an dieser Geschichte stimmt was nicht!«, schimpfte er. Die Unterhaltung drehte sich um den merkwürdigen Fall eines gestohlenen Bildes. Ein Ölgemälde des westfälischen Malers Peter August Böckstiegel war Ende Januar während eines Transportes von Detmold nach Rietberg unter bislang ungeklärten Umständen entwendet worden. Die Diebe hatten die beiden Fahrer des Transportfahrzeuges bei dichtem Schneetreiben mitten im Wald überfallen und das Bild geraubt. Die Fahrer, die man betäubt hatte, waren mit dem Schrecken, heftigen Kopfschmerzen und leichten Erfrierungen davongekommen. Aber das Gemälde war weg.

»Mal ganz ehrlich«, warf Erhard Plate, ein eleganter Mittfünfziger, ein, »ich kann mir nicht vorstellen, dass so ein Böckstiegel sehr wertvoll sein kann. Bei aller Wertschätzung, aber es ist und bleibt doch eben nur ein Böckstiegel.«

»Haben Sie eine Ahnung!«, trompetete der Professor empört. »Böckstiegel galt lange Zeit als Provinzkünstler, das stimmt. Als einer, der zwar ein gewisses Talent hatte, aber nie zu den wirklich Großen gehörte. An dieser Bewertung des Malers hat sich in der letzten Zeit aber einiges geändert, mein Guter. Böckstiegel ist angesagt wie nie zuvor. Sogar in den USA wurde er ausgestellt. Sie werden staunen, wenn ich Ihnen sage, dass dieses Gemälde immerhin einen Versicherungswert von neunzigtausend Euro hatte.«

Plate nickte anerkennend. Offenbar hatte der Professor es wieder einmal geschafft, eine dieser schrecklichen, klaffenden Wissenslücken zu füllen. Zufrieden mit seiner emsigen Lehrtätigkeit, wandte der Gelehrte sich an die Dame, die neben ihm stand und ein Sektglas in der Hand hielt.

»Und Sie glauben tatsächlich, dass die Diebe das Gemälde aus Reue zurückgebracht haben?«, fragte er mit spöttischem Ton.

»Wie, das Bild ist wieder da?«, mischte sich Levenstein ins Gespräch ein. »Davon weiß ich ja gar nichts.«

Nun ergriff Walburga Ansbach-Heller das Wort. Sie gehörte mit ihren achtundvierzig Jahren zu den jüngeren Mitgliedern in diesem Kreis. Als Journalistin wusste sie zu jedem Thema etwas zu sagen.

»Ja, das Gemälde wurde dem Besitzer, einem Sammler aus Detmold-Hiddesen, vor einer guten Woche völlig überraschend zurückgebracht«, erklärte sie. »Anonym, versteht sich. Ich kenne den Besitzer persönlich, und glauben Sie mir, niemand war verblüffter als er. Kurz darauf hat er einen ebenfalls anonymen Anruf bekommen, bei dem einer der Diebe sich bei ihm für den Diebstahl entschuldigt hat. Er habe so starke Gewissensbisse, dass er das Bild wieder zurückgebracht habe. Ist das nicht eine grandiose Geschichte? Sagen Sie selbst, Herr Dr. Levenstein, wann hat es so was schon mal gegeben?«

Bevor Levenstein antworten konnte, grätschte der Professor aggressiv dazwischen: »Noch nie! Und so was wird es auch nie geben. Ich sage Ihnen, die ganze Sache stinkt zum Himmel! Eines Tages, früher oder später, wird sie uns wieder auf die Füße fallen, und dann werden sich einige hier wundern, wie weh so was tun kann. Aber mir hört ja keiner zu.«

7

»Linda«, rief Karl Kükenhöner seiner Kollegin zu, die keinerlei Anstalten machte, sich vom Schreibtisch zu erheben, »komm schon, die Besprechung beginnt. Du weißt doch, wie pingelig Schwiete reagiert, wenn einer zu spät zu seinem morgendlichen Kasperltheater kommt.«

»Sofort!«, erwiderte Linda Klocke und drehte demonstrativ den Schreibblock um, auf dem sie eben noch Notizen gemacht hatte, als sie sah, dass Kükenhöner ihr neugierig über die Schulter lugte. Doch der war nicht so einfach abzuwimmeln. »Immer schreibst du was auf, und keiner darf es sehen«, brummte er. »Da stimmt doch was nicht. Wahrscheinlich schreibst du im Auftrag des Chefs Berichte über deine Kollegen. Und wenn ich mein nächstes Personalgespräch habe, dann steht in meiner Akte: Kükenhöner bohrt während des Dienstes in der Nase. Und schon kann ich mir meine Beförderung sonst wo hinschieben. Habe ich recht?«

»Nee!«, rief sie, leicht genervt. »Das schwarze Buch führe ich nicht über die Kollegen, sondern auf ausdrücklichen Wunsch des Chefs nur über dich. Es wird ein dickes Buch, das kann ich jetzt schon sagen.«

Die junge Polizistin zog eine Schublade auf, legte den Block hinein und schloss ab. Den Schlüssel steckte sie grinsend ein. Ihr Verhältnis zu Karl Kükenhöner war nicht das beste. Zweifellos hatte er seine guten Seiten. Er war im Dienst zuverlässig, und er war nicht nachtragend, musste sie zugeben. Aber damit endete die Positivliste auch schon. Mindestens zu achtzig Prozent der Zeit war er eine unglaubliche Nervensäge. Mit diesem Krawallmacher, in dessen Anwesenheit ihr jeder Raum zu eng wurde, konnte Linda Klocke nicht gut umgehen. Es war ein schwacher Trost, dass auch die anderen Kollegen mit Kükenhöner ihre Schwierigkeiten hatten. Vor allem Horst Schwiete, ihr gemeinsamer direkter Vorgesetzter, rasselte immer wieder mit ihm aneinander.

Hastig lief sie hinter Kükenhöner her zum Besprechungsraum. Tatsächlich war sie einige Minuten zu spät dran, und sie wusste, dass Schwiete Unpünktlichkeit für eine der unverzeihlichsten menschlichen Schwächen hielt.

Der Raum mit dem ovalen Besprechungstisch war bereits gut gefüllt. Linda Klocke ließ sich auf den einzigen noch freien Stuhl nieder. Leider musste sie direkt neben Kükenhöner sitzen. Es gibt eben Tage, da läuft alles schief, dachte sie und warf einen raschen Blick in die Runde. Sie versuchte, dem vorwurfsvollen Blick von Schwiete auszuweichen, und blieb an einem Gesicht hängen, das sie noch nie gesehen hatte. Ein Mann von Mitte dreißig saß neben Schwiete und machte den Eindruck, mit sich und der Welt restlos im Reinen zu sein. Ihr blieb keine Zeit, sich den Strahlemann weiter anzuschauen, denn Schwiete räusperte sich und eröffnete die Sitzung.

»Guten Morgen! Ich möchte Ihnen heute Herrn Felix Johannpeter vorstellen.« Bei diesen Worten wies er mit der rechten Hand auf den Mann neben sich, schaute ihn dabei aber nicht an. »Herr Johannpeter ist ein Kollege vom Landeskriminalamt und Experte für alles, was mit bildender Kunst zu tun hat. Also mit Kunstdiebstahl, Kunstfälschung, Kunstschmuggel und was weiß ich. Er ist auf meinen ausdrücklichen Wunsch hier. Ich habe ihn angefordert, weil wir hier vor einem Fall stehen, der offenbar mit diesem Milieu zu tun hat, und weil wir hier vor Ort einfach nicht das nötige Fachwissen haben. Herr Johannpeter wird uns also mit seiner Fachkompetenz helfen, den Mordfall Plückebaum zu bearbeiten. Ich möchte Sie alle bitten, vertrauensvoll mit ihm zusammenzuarbeiten.«

Dann gab er seinem Nebenmann ein Zeichen, sich vorzustellen. Felix Johannpeter stand auf, und Linda Klocke hatte nun ausreichend Gelegenheit, ihn genauer zu betrachten. Er war groß, etwas schlaksig, aber sportlich gebaut, hatte glatte dunkelblonde Haare, blaue Augen, ein, wie Linda Klocke fand, hinreißendes Lächeln und eine tiefe männliche Stimme, die so gar nicht zum Bild des großen Jungen passen wollte. »Ich bin ursprünglich Paderborner, habe in Münster Kunstgeschichte studiert und anschließend festgestellt, dass dieser Beruf wenig nachgefragt ist«, erzählte er. »Also habe ich mich nach der zweihundertsten Bewerbung dazu entschlossen, einen anständigen Beruf zu lernen. Ich habe die übliche Ausbildung zum Polizisten absolviert und bin dann, dank der Kenntnisse, die ich mir während meines Studiums erworben hatte, nach Düsseldorf zum LKA berufen worden.«

Er blickte in die Runde, grinste Linda Klocke dabei spitzbübisch an und fuhr fort: »Ich bin glücklich, wieder einmal in meiner alten Heimat sein zu dürfen, und freue mich auf die Zusammenarbeit mit euch.« Mit diesen Worten beendete er seine Vorstellung und setzte sich artig wieder auf seinen Stuhl.

»Wieso duzt der Milchbubi uns?«, flüsterte Kükenhöner seiner Kollegin erbost ins Ohr. »Ich habe doch mit dem noch keine Schweine gehütet.«

Sie schüttelte ihn ab wie ein lästiges Insekt und versuchte, sich auf Horst Schwiete zu konzentrieren, der eine Zusammenfassung dessen ablieferte, was bislang zum Mordfall Plückebaum zusammengetragen worden war.

»Ich möchte, dass einer von Ihnen zusammen mit Herrn Johannpeter zu Plückebaums Wohnung fährt, damit unser Kollege sich einen Eindruck verschaffen kann«, sagte Schwiete. »Frau Klocke, würden Sie das übernehmen?«

Bevor sie antworten konnte, flüsterte ihr Kükenhöner ins Ohr: »Hoffentlich benimmt sich das Jüngelchen gut, sonst kommt er ins große schwarze Buch, oder?«

Er sieht gut aus, ist aber ein hundsmiserabler Autofahrer, dachte Linda Klocke, während sie aus dem Dienstwagen stieg, den ihr neuer Kollege, Felix Johannpeter, mehr schlecht als recht in die Annette-von-Droste-Straße gelenkt hatte. Sie fragte sich, wie dieser Mann wohl mit dem Straßenverkehr in Düsseldorf klargekommen war, wenn er schon im vergleichsweise beschaulichen Paderborn derart gestresst wirkte.

Immerhin schien er etwas von schönen Häusern zu verstehen, denn er pfiff anerkennend durch die Zähne, als sie vor dem Gebäude standen. Eben suchten die Männer der Spurensicherung Plückebaums Vorgarten Zentimeter um Zentimeter ab. Linda Klocke grüßte die Kollegen freundlich und freute sich, dass auch Johannpeter ganz entspannt und ungezwungen höflich zu diesen Leuten war. Da war sie von manchem Kollegen anderes gewohnt. Dann betraten die beiden das Haus.

Auch im Innenbereich wurde emsig gearbeitet. Ein dicker Mann, der gerade auf einem Schreibtisch saß und eine Puddingschnecke aß, blickte auf, als sie ins Zimmer kamen, legte das Gebäck zur Seite und kletterte ächzend vom Tisch herunter.

Linda Klocke gab ihm die Hand, stellte sich vor und fragte: »Sie sind sicher der Herr von der Tresorfirma, richtig?«

Der dicke Mann nickte, immer noch kauend. Er musste mehrmals kräftig schlucken, bevor er sprechen konnte.

»Jawoll! Firma Artmann, Tresore und andere Sicherheitstechnik aus Dortmund. Entschuldigen Sie, aber ich komme direkt von der Zentrale und hatte keine Zeit mehr, vorher etwas zu essen. Wo haben wir denn das Schätzchen?«

Linda Klocke führte den Dicken und Johannpeter zu dem verschlossenen Kellereingang. Wieder pfiff der Fachkollege durch die Zähne, als er die gepanzerte Tür sah, die noch mit einer Polizeiplombe versehen war.

»Das sieht ja vielversprechend aus«, murmelte er. »Wer sich eine solche Tür einbaut, der hat auch was zu verbergen.«

Das klang so selbstgefällig, dass Linda Klocke genervt die Augen verdrehte. Wenn er weiter solche Binsenweisheiten von sich gab, würde sie ihm in Zukunft aus dem Weg gehen. Eine jugendliche Ausgabe von Kükenhöner war das Letzte, was sie gebrauchen konnte.

»Dann will ich mal loslegen«, meinte der dicke Mann und kam wenig später in einem blauen Kittel und mit einem großen Koffer in der Hand zurück.

»Das wird einige Zeit dauern«, kommentierte er, während er den Koffer öffnete. »Ich muss mir noch die Unterlagen des Zahlenschlosssystems zu Gemüte führen, dazu war in der Eile noch keine Zeit. Wir haben zu allen Tresoren, die wir verkaufen, entsprechende Unterlagen. Stellen Sie sich doch mal vor, einer unserer Kunden vergisst seine Zahlenkombination oder verliert den Schlüssel – dann käme der Besitzer ja sonst nicht mehr an die Millionen im Tresor ran.«

»Das heißt also, Sie können jeden Tresor, den Sie verkaufen, auch ausrauben?«, wollte Linda Klocke wissen.

Der Dicke überlegte. »Im Prinzip schon«, sagte er dann grinsend. »Ganz so einfach ist es aber auch wieder nicht. Wir verkaufen nicht nur Sicherheitssysteme, sondern sorgen auch dafür, dass sie handhabbar und sicher sind. Dieser Tresor hat zum Beispiel einen Schlüssel. Ein Zweitschlüssel zu diesem Schließsystem ist bei uns hinterlegt. Und dann gibt es zusätzlich ein Zahlensystem. Der Code ist extern bei einem Notar deponiert und wird nur herausgegeben, wenn der Besitzer ihn höchstpersönlich abholt oder ein Richter oder Staatsanwalt die Herausgabe der Zahlenkombination erzwingt. Nun gut, dann mache ich mich mal an die Arbeit.«

Linda Klocke wollte die Zeit nutzen, um ihrem Kollegen das Gebäude zu zeigen, damit er einen Eindruck gewann. Die beiden fanden ein sehr ordentliches Haus vor, für einen allein lebenden Mann sogar ungewöhnlich aufgeräumt und sauber. In den Wohnräumen gab es viele Gemälde, und zwar ausschließlich Arbeiten aus dem letzten Jahrhundert und Zeitgenössisches.

Erst Plückebaums Atelier weckte Johannpeters volle Aufmerksamkeit. Immer wieder nahm er sich eines der an der Wand hängenden oder lehnenden Bilder vor, betrachtete es intensiv, sah sich auch die Rückseiten an, fuhr leicht mit einem Finger über die Farben. Interessiert beobachtete Linda Klocke sein ruhiges, methodisches Vorgehen. Manchmal schürzte er abschätzig die Lippen, manchmal schüttelte er nachdenklich den Kopf, und ab und zu kam wieder dieses anerkennende Pfeifen. Der Kunstexperte gefiel ihr, bis jetzt jedenfalls, deutlich besser als der Autofahrer.

Dann bremste sie sich. Noch hat er keine Ergebnisse geliefert, dachte sie. Vielleicht ist er doch nur ein Blender. Vielleicht war das, was sie in ihrer Unkenntnis für eine methodische Untersuchung hielt, nichts als Wichtigtuerei.

Die Tür zum Atelier wurde stürmisch aufgerissen. Der dicke Tresorfachmann strahlte wie ein Honigkuchenpferd, als er stolz verkündete: »Alles klar! Die Tür ist auf! In Rekordzeit!«

Johannpeter erreichte die Kellertür als Erster.

»Moment!«, rief Linda Klocke, als ihr Kollege vor lauter Eifer in den hinter der Tür liegenden Raum stürmen wollte. »Nicht so schnell. Bevor wir da reingehen, wird das alles fotografisch von der Spurensicherung dokumentiert«, erklärte sie, als sie ihn eingeholt hatte. »Zu unserer eigenen Sicherheit.«

»Sorry«, brummte Johannpeter entschuldigend, »da ist wohl das Jagdfieber mit mir durchgegangen.«

»Schon gut.« Sie gab dem Leiter der Spurensicherung per Handzeichen zu verstehen, dass er nun mit einer Kamera zu ihr kommen solle. Der Mann von der Spusi drückte der Polizistin eine Taschenlampe in die Hand, dann folgte er ihr in den dunklen Kellerraum. Linda Klocke betätigte den Lichtschalter. Mittlerweile war auch Johannpeter hinter ihr aufgetaucht, und wieder hörte sie dieses anerkennende Pfeifen durch die Zähne, das ihr wohl auf die Nerven gegangen wäre, wenn der Anblick, der sich ihnen bot, nicht so überwältigend gewesen wäre.

8

Erschöpft stellte Horst Schwiete seine Aktentasche ab und ließ sich auf den einzigen noch freien Stuhl in der Küche seiner Vermieterin fallen. Hilde Auffenberg, eine gepflegte ältere Dame von Ende sechzig, hielt wieder einmal Hof. Einmal pro Woche wurde ihre Küche zum Treffpunkt der kleinen, aber getreuen Ükernrunde. Neben Hilde Auffenberg selbst gehörten zu diesem illustren Kreis ihre beiden Mieter, Horst Schwiete und Johannes Winter, ihr stiller Nachbar Herbert Höveken und der laut polternde, immer unternehmungslustige Willi Künnemeier. Allesamt waren sie Bewohner des traditionsreichen Paderborner Ükernviertels.

Ein festes Programm gab es in dieser Runde nicht. Man saß locker plaudernd zusammen, kaute die aktuellen Tagesthemen durch, trank Kaffee und danach zwei Flaschen Bier, dann ging man wieder auseinander. Hilde Auffenberg hatte nicht vor, aus ihrer Küche eine Kneipe zu machen. Sie war Lehrerin an einem Paderborner Gymnasium gewesen, bevor sie vor einigen Jahren in den Ruhestand gegangen war. Sie war gern von netten Leuten umgeben und hatte mit ihren Mietern großes Glück gehabt. Bei aller Unterschiedlichkeit verstanden sich die Hausbewohner gut. Johannes »Johnny« Winter war chaotisch, laut und in jeder Hinsicht der Gegenentwurf zu Schwiete mit seiner fleißigen, ordentlichen, ja zwanghaften Art.

»Scheißtag gehabt?«, fragte Winter seinen Mitbewohner mit spöttischem Unterton. Für ihn war Schwietes Arbeitswelt wie ein anderer Planet – weit entfernt und ohne jeden Reiz.

Schwiete nickte und nahm dankbar die Kaffeetasse entgegen, die Hilde Auffenberg ihm reichte.

»Gut, dass ich nicht mehr jeden Tag losmuss«, meinte der alte Willi Künnemeier. »Fünfzig Jahre habe ich Rohre verlegt, gelötet, geschweißt und bei fremden Leuten das verstopfte Klo in Ordnung gebracht. Nee, mir reicht's! Ich habe genug gearbeitet in meinem Leben, was man nicht von allen hier im Raum sagen kann.«

Hilde Auffenberg sah, wie er dabei Johnny Winter einen Seitenblick zuwarf, aber den ließen solche Frotzeleien völlig kalt. Künnemeier und Winter nutzten jede Gelegenheit, um sich gegenseitig in die Pfanne zu hauen. Das hinderte sie aber nicht daran, jetzt einträchtig in der Küche nebeneinanderzusitzen und immer wieder gemeinsam zum Fußball zu gehen. Hilde Auffenberg hatte ihre ganz eigenen Ansichten über Männer und wunderte sich über nichts mehr.

Jetzt fühlte sie sich verantwortlich für Horst Schwiete, der den Kopf hängen ließ und noch melancholischer wirkte als sonst. Als sie ihn bat, von seinem Arbeitstag zu berichten, druckste Schwiete eine Zeit lang herum, bevor er loslegte.

»Ach, so schlimm war es nun auch wieder nicht. Aber wir haben einen Fall an der Backe, der mich irgendwie nervt.«

Er erklärte in groben Zügen, was ihnen beim Todesfall Plückebaum bislang vorlag. Hilde Auffenberg, die ein feines Gespür dafür hatte, ob jemand aufrichtig war oder nicht, horchte auf. Schnell war ihr klar, dass Schwiete seine beruflichen Probleme nur vorschob und andere, vermutlich private Sorgen der eigentliche Grund für seine Schwermut waren. Aber sie hütete sich, Schwiete vor den anderen darauf anzusprechen. Außerdem war ihr an Schwietes Bericht irgendetwas aufgefallen, sie wusste nur noch nicht, was es war.

»Und dann haben wir auch noch einen neuen Kollegen«, stöhnte Schwiete nach einer längeren Pause. »Allerdings nur vorübergehend, und das ist auch gut so.«

»Ein alter Besserwisser?«, wollte der ewig neugierige Künnemeier wissen.

»Nein«, meinte Schwiete, »ganz im Gegenteil. Eher ein junger Schnösel. Ich weiß selbst nicht, was mir an dem Kerl nicht gefällt. Er ist Kunstmarktexperte und scheint etwas von seinem Spezialgebiet zu verstehen. Das war heute schon zu spüren. Aber er hat so eine Art, die mich einfach aus der Fassung bringt. So was Unernstes, Schwebendes, Unsolides, das …«

»Hört sich sympathisch an«, schob Winter lachend dazwischen.

Schwiete schaute ihn prüfend an, winkte dann resigniert ab und versank wieder in seinen dunklen Wolken.

Die Runde wandte sich dem Thema zu, das in diesen Tagen die meisten Gespräche prägte: der überraschenden Rolle der Paderborner Fußballer in der zweiten Bundesliga.

»Das wird nix mehr!«, donnerte Künnemeier laut. »Nach dieser Niederlage gegen Düsseldorf ist die Luft raus, das sage ich euch als alter Fußballkenner. Das war eine kurze Euphorie, und nun geht's wieder runter in der Tabelle. Am Ende können wir froh sein, wenn wir auf Platz zehn landen. Denkt an meine Worte!«

»Vollkommener Quatsch!«, entrüstete sich Winter. »Ich

sage dir, die Jungs haben Charakter. Die stecken das weg. Das liegt am Trainer, der ist auch so eine coole Socke. Ich würde mich gar nicht wundern, wenn es am Ende Platz drei würde. Ha, und dann geht's gegen Hamburg in die Relegation.«

»Wovon träumst du denn nachts?«, fragte Künnemeier. Dann schaute er sich in der Küche um, als suchte er etwas Bestimmtes. »Hilde, gibt es denn heute Abend überhaupt kein Bier?«

Mit gespielter Entrüstung protestierte sie: »Hättest ja auch schon längst mal 'nen Kasten mitbringen können, du alter Geizkragen. Bist ja schlimmer als die Lipper. Das ist hier doch keine Kneipe.«

Aber dann verteilte sie dennoch an jeden Anwesenden eine Flasche. Selbst Schwiete verweigerte sich nicht.

Hilde Auffenberg, die bislang mehr zugehört als gesprochen hatte, knallte plötzlich ihre Bierflasche laut auf den Küchentisch und wandte sich an Schwiete.

»Sagen Sie mal, wie war noch mal der Name des Toten, den Sie eben erwähnt haben?«

Während sie den viel jüngeren Winter wie selbstverständlich duzte, war es zwischen ihr und dem stets distanzierten Schwiete in all den Jahren beim Sie geblieben.

Er schaute verdutzt auf. »Der Mann hieß Lorenz Plückebaum. Warum?«

»War er mal Lehrer? Hier am Pelizäus-Gymnasium?«

Schwiete nickte verblüfft.

»Dann war er ein Kollege von mir«, sagte seine Vermieterin. »Das ist ja eine schreckliche Geschichte.«

Sie war aufgewühlt und wollte mehr wissen. Schwiete, der nun abwägen musste, was er ihr erzählen durfte und was unter seine dienstliche Schweigepflicht fiel, gab in dürren Worten einige weitere Informationen.

»Ich habe nicht geahnt, dass Gymnasiallehrer so gut verdienen«, meinte er. »Der Mann hatte, so sagt zumindest mein neuer superkluger Kollege, eine Gemäldesammlung, die sich wirklich sehen lassen kann. Außerdem war er in der Kunstszene offenbar kein Unbekannter. Er spielte auch eine wichtige Rolle in so einem schöngeistigen Verein, der heißt … Moment … der hat so einen völlig bekloppten Namen. Ach ja, Freundeskreis Westfälische Moderne. Haben Sie schon mal so einen dämlichen Vereinsnamen gehört?«

Hilde Auffenberg schwieg und horchte in sich hinein. Auch dieser Name sagte ihr etwas, davon war sie überzeugt. Und es war nur eine Frage der Zeit, bis der Groschen fallen würde.

9

Als Linda Klocke an diesem Morgen in den Besprechungsraum kam, fand sie einen noch schlechter gelaunten Kükenhöner vor als sonst. Den haben seine Mädels mal wieder zur Hausarbeit verdonnert, war ihr erster Gedanke. Von den anderen Kollegen war noch keiner eingetroffen.

Schon oft war es Kükenhöner gelungen, ihr durch seine miese Stimmung den Tag zu verderben. Doch mittlerweile hatte Linda Klocke ihre Strategien, mit den Miesepetrigkeiten ihres Kollegen umzugehen.

»Na, Karl, hast du in deiner Familie mal wieder den Küchendienst aufs Auge gedrückt bekommen?«, fragte sie und grinste ihn dabei süffisant an. Seltsamerweise half es ihr und auch ihrem Kollegen, wenn sie Kükenhöners Ärgernisse nicht ernst nahm, sondern ins Lächerliche zog. So war es auch heute Morgen.

»Hör bloß auf, Linda, diese ganze Emanzipationsscheiße ist doch nicht mehr zu ertragen. Früher war die Welt noch in Ordnung. Der Kerl brachte das Geld nach Hause, und die Frauen erledigten die Hausarbeit. Bei uns ist das längst vorbei. Selbst meine jüngste Tochter kommandiert mich schon herum und beschimpft mich als Macho, wenn es nicht nach ihrem Willen geht.«

Linda Klocke grinste. »Wieso glaubst du, dass du von ihr beschimpft wirst? Sie spricht doch nur aus, was wahr ist.«

Kükenhöner verzog sein Gesicht zu einem schiefen Grinsen. »Ja, früher war alles besser. Ich musste nicht abwaschen, und bei der Polizei gab es keine Frauen.«

»Stimmt, und seit es Polizistinnen gibt, hast du schlechte Laune«, entgegnete Linda Klocke. »Du bist ein armer Willi.«

Diese Art von Gesprächen taten Kükenhöner offenbar gut. Mit kleinen Streitereien schien er besser umgehen zu können als mit den Realitäten des Lebens. Er war keineswegs beleidigt.

Männer sind schon seltsam, dachte Linda Klocke. Man macht sich lustig über sie, und sie fühlen sich endlich ernst genommen.

»Ja, aber lass mal, Linda. Noch mehr als der Spüldienst zu Hause nervt mich dieses Weichei von Johannpeter. Kunst an sich kann ich schon nicht leiden. Und wenn dann so ein Schnulli wie der andauernd mit Inbrunst und Begeisterung über irgendwelche Kleckserеien redet und das Ganze ein wunderbares Bild nennt, bekomme ich das kalte Kotzen. Vielleicht sind ja auch meine Krakeleien, die ich beim Telefonieren fabriziere, so etwas wie moderne Kunst.«

Linda Klocke grinste. »Schon klar, Kükenhöner, immer wenn es um Sensibilität und Schöngeistiges geht, dann begibst du dich in eine fremde Welt, und der Tag ist für dich gelaufen. Aber ich bin mir ziemlich sicher, dass du dich in den nächsten Tagen und Wochen solchen Themen wie alte Meister, berühmte Bilder und moderne Kunst nicht entziehen kannst. Vielleicht sorgt dieser Fall ja sogar dafür, dass du irgendwann freiwillig ins Museum gehst.«

Kükenhöner wollte sich gerade darüber ereifern, dass Museen das Letzte überhaupt seien. Wenn er Geld verbrennen wolle, habe er genug Methoden. Das brauche er nicht in Eintrittskarten für irgendwelche Kunsthallen zu investieren, in denen Schmierereien an den Wänden hingen und irgendwelche verrosteten Stahlplatten herumlägen.

Doch zu diesem hoch fachlichen Vortrag kam es nicht mehr. Hauptkommissar Schwiete betrat den Raum, grüßte kurz, setzte sich an seinen Platz und ordnete seine Unterlagen. Ab jetzt, das wusste Kükenhöner, waren dumme Sprüche und Blödeleien nicht mehr angesagt. Schwiete hasste Unsachlichkeit und alberne Beiträge während der Dienstbesprechungen.

Als Nächster stieß Johannpeter zu der kleinen Gruppe. Er war, zum Verdruss von Kükenhöner, wie immer gut gelaunt. In der Hand hielt er die Szenezeitschrift *Ruhrgebiet Kulturgebiet*. Ungefragt begann er, daraus vorzulesen: »›Wenn ich meine Nachbarin sehe, bin ich komplett überrumpelt, extrem nervös und komplett ohne einen Plan. Liegt es daran, dass ich nie aufgeklärt wurde? Hat dieser Zustand etwas mit meiner Sexualität zu tun? Ich habe zwar schon gehört, dass das so sein könnte, ich habe aber trotzdem keinen blassen Schimmer.

Liebe Frau Hatz-Nötig, ich benötige Ihre Hilfe. Was raten Sie mir?‹«

Dann begann Johannpeter zu lachen, als hätte jemand einen guten Witz gemacht. Er konnte sich gar nicht mehr einkriegen.

»Kennt ihr die Sexkolumnen von Tina Hatz-Nötig?« Johannpeter wurde von einem neuen Lachanfall geschüttelt. Er wischte sich die Tränen aus den Augen. »Allein schon dieser Name, Tina Hatz-Nötig! Genial, oder? Ist natürlich ein Pseudonym. Aber noch besser sind die Antworten der Frau. Ich will nicht alles vorlesen, hier nur ein kleiner Ausschnitt.«

Er wurde von weiteren, kleineren Lachanfällen heimgesucht. Zwischendurch versuchte er aus dem Text zu zitieren.

»›Sie müssen sich etwas zutrauen! Übung macht den Meister – wie man so schön sagt. In der Bettakrobatik bringt sie einen zumindest zum Kommen, die Freude am Sex wird immer größer, und die Begeisterung wird nie mehr abnehmen.‹ Ist das nicht genial?«

Es gibt Formen von Humor, die verstehe ich einfach nicht, dachte Schwiete und sah den LKA-Mann streng an.

»Kommissar Johannpeter, wenn ich richtig im Bilde bin, wollten Sie uns heute Morgen eine Zusammenfassung Ihrer Eindrücke geben, die Sie im plückebaumschen Haus gewonnen haben.«

Johannpeter bemühte sich augenblicklich darum, ernst zu werden. Er räusperte sich und bemühte sich um die nötige Ernsthaftigkeit. »Entschuldigung, Chef, aber ich finde diese Kolumne einfach kultig.«

»Ich höre!«, sagte Schwiete.

Der Mann vom LKA räusperte sich noch einmal.

»Ein erster Eindruck. Ich bin mir ziemlich sicher, dass in dem plückebaumschen Haus mehrere Originale von berühmten Malern des deutschen Expressionismus hängen. Natürlich muss ich die Bilder noch eingehend prüfen und andere Sachverständige hinzuziehen.«

Johannpeter machte eine Kunstpause. Er sah einmal in die Runde und fuhr mit seinem Bericht fort.

»Was ich noch bemerkenswerter finde, ist die Tatsache, dass wir im Tresorraum Gemälde gefunden haben, die vermutlich dem weiteren Umfeld der Brücke-Maler und des Blauen Reiters zuzuordnen sind. Außerdem befanden sich in dem Kellerraum einige Bilder von Malern der Westfälischen Moderne, darunter mehrere Bilder von August Böckstiegel. Das Besondere an diesen Kunstwerken ist die Tatsache, dass sie meines Erachtens allesamt unbekannt sind. Die Frage, die sich mir aufdrängt, lautet: Warum lagerten diese eher unbekannten Bilder im Tresor? Und wieso hingen wertvolle und bekannte Gemälde weitgehend ungesichert an den Wänden der Wohnräume? Allein die vermeintlichen Originale, die ich als bekannt einstufe, haben, wenn sie denn wirklich echt sind, einen Wert, der sich auf weit über eine Million Euro taxieren lässt.«

Johannpeter machte eine rhetorische Pause. Die Kollegen begannen zu murmeln. Schwiete hob die Hand, um für Ruhe zu sorgen.

»Obwohl die meisten Paderborner Plückebaum nur als Lehrer kannten, war er in der Kunstszene kein Unbekannter«, fuhr Johannpeter fort. »Es ist allgemein bekannt, dass er eine wertvolle Sammlung besaß. Schon sein Vater war ein akribischer Sammler. Ich bin mir nicht sicher, ob Plückebaum der Besitzer all dieser Bilder war. Schließlich suchen wir nach einem Mordmotiv. Womöglich hat sein Tod irgendetwas mit diesen Kunstwerken zu tun. Ich habe begonnen, in Ausstellungskatalogen zu prüfen, welche Bilder Plückebaum gehört haben. Bei dreien steht schon jetzt fest, dass es seine waren. Ich denke, im Laufe des Tages kann ich die bekannten Bilder zweifelsfrei einem Besitzer zuordnen.«

Das Gemurmel im Besprechungsraum wurde wieder lauter.

»Bei den vermeintlich unbekannten Werken will ich mich nicht festlegen. Ich bin mir jedoch jetzt schon sicher, dass wir es mit einer Entdeckung zu tun haben, die in der Kunstwelt Aufsehen erregen wird.«

Stühle wurden gerückt, und die Polizisten begannen, leise miteinander zu diskutieren. Da meldete sich Johannpeter noch einmal zu Wort.

»Ach ja, da fällt mir noch etwas ein. Ich habe beim groben Durchsehen unter anderem ein paar hervorragende Skizzen gefunden. Sie zeigen Ausschnitte eines Bilds von Böckstiegel, das im Januar dieses Jahres in der Nähe von Detmold gestohlen wurde und das seltsamerweise vor einigen Tagen wieder aufgetaucht ist. Ich vermute, dass das gestohlene Bild der Versicherung angeboten wurde, die es zurückgekauft hat. Ob die Skizzen von Böckstiegel sind oder von jemand anderem, kann ich zum jetzigen Zeitpunkt nicht sicher beantworten. Die Zeichnungen weisen auf den ersten Blick keine Signatur auf. Es kommt jedoch vor, dass die Maler ihr Zeichen irgendwo im Bild verstecken. Ob es einen Zusammenhang zwischen diesen Skizzen und dem Diebstahl im Januar gibt, vermag ich im Moment noch nicht zu beantworten.«

Jetzt redeten alle Anwesenden durcheinander.

Schwiete hob wieder beschwichtigend seine Hand und bat um Ruhe. Dann fuhr er fort: »Bevor wir zur weiteren Bewertung des Falles kommen, bitte ich dich, Karl, uns die Ergebnisse des Obduktionsberichtes zu schildern.«

Kükenhöner zog einige zerknitterte Zettel aus seiner Gesäßtasche.

»Den abschließenden Bericht gibt es heute Nachmittag, aber so viel konnte mir die Gerichtsmedizinerin schon sagen …«, sagte Kükenhöner und las dann aus seinen Notizen vor: »Plückebaum hat mindestens eine Woche tot in seinem Haus gelegen, bevor die Putzfrau die Polizei alarmiert hat. Auf Plückebaum ist geschossen worden, das war die Todesursache. Aber zuvor ist er am Hinterkopf verletzt worden. Laut der Gerichtsmedizinerin muss ein Kampf stattgefunden haben, der für Plückebaum jedoch nicht tödlich endete. An seinen Armen waren deutliche Abwehrspuren nachzuweisen, und es gibt eine heftige Wunde am Hinterkopf. Wahrscheinlich hat der Schlag, der diese Wunde verursacht hat, dafür gesorgt, dass Plückebaum danach bewusstlos zu Boden gegangen ist. Anschließend wurde er mit einem Schuss aus kurzer Entfernung getötet.«

»Danke«, sagte Schwiete und begann, die Ergebnisse zusammenzufassen. »Da wir keine Einbruchspuren gefunden haben, ist anzunehmen, dass Plückebaum seinen Mörder kannte.

Ein Mordmotiv ist uns im Moment noch nicht bekannt. Ob zwischen Plückebaums Tod und dem Bilderdiebstahl ein Zusammenhang besteht, muss schnellstens geklärt werden. Ich werde mich mit den Detmolder Kollegen in Verbindung setzen. Frau Klocke, Sie kümmern sich um die Versicherung und den Besitzer des Böckstiegel-Gemäldes, und Sie, Johannpeter, beschäftigen sich mit dem Fundus der plückebaumschen Sammlung. Kükenhöner kann Ihnen helfen.«

»Och nee, Horsti, warum ausgerechnet ich? Ich hasse Kunst.«

Schwiete überging den Einwand. »Außerdem hältst du weiter Kontakt zur Pathologie.«

Jetzt sah Kükenhöner noch zerknitterter in die Welt.

»Ach ja, und wenn du die abschließenden pathologischen Befunde hast, komm bitte noch einmal in mein Büro, ich hätte da noch etwas mit dir zu besprechen.«

10

Hilde Auffenberg genoss es, ihre Küche wieder für sich zu haben. So schön es immer war, wenn die Ükernrunde sich bei ihr traf, so anstrengend war es auch für sie. Sie war es, die Kaffee und Bier spendierte, sie war es, die anschließend die Küche wieder aufräumte. Aber das war für sie in Ordnung, schließlich war sie die Initiatorin dieser Runde.

Als die Küche wieder vorzeigbar war, legte sie eine CD auf, goss sich ein Likörchen ein und ließ sich erschöpft, aber zufrieden in ihren Lieblingssessel fallen. Nachdem sie an dem Bénédictine, einem Kräuterlikör, der in einem Kloster in Fécamp in der Normandie hergestellt wurde, genippt hatte, kam ihr plötzlich wieder der Name Plückebaum in den Sinn.

Eigentlich war Lorenz Plückebaum als Kollege kaum in

Erscheinung getreten. Sie hatten wenige Berührungspunkte gehabt, aber schließlich war er Teil des Lehrerkollegiums gewesen und hatte sich zumindest immer an der Peripherie ihres beruflichen Umfeldes bewegt. Wenn sie sich richtig erinnerte, dann hatte er die Fächerkombination Mathematik und Kunst gehabt. Wie das zusammenpassen sollte, hatte Hilde Auffenberg, die Mathematik für eine völlig überschätzte Hilfswissenschaft hielt, noch nie verstanden. Aber allzu viele Gedanken hatte sie sich darüber nicht gemacht, denn Plückebaum hatte im Kollegium als wenig zugängliches Solitärgewächs gegolten. Er war im persönlichen Umgang stets unverbindlich geblieben, ein brummiger Eigenbrötler, von dem außer einem Gruß niemand etwas erwartet hatte. Irgendein Kollege hatte dennoch herausgefunden, dass Plückebaum nicht nur Kunst lehrte, sondern auch selbst zum Pinsel griff. Aber eigentlich war man auch darüber schnell hinweggegangen. Dass ein Kunstlehrer in seiner Freizeit malte, war ja nichts Aufregendes. Wenn seine Bilder genauso farb- und konturlos waren wie er selbst, dann konnte man sie getrost ignorieren, war damals die Meinung im Kollegium gewesen.

Ein Jahr nach Plückebaums Pensionierung war auch Hilde Auffenberg aus dem Dienst geschieden. Der ehemalige Kollege war komplett aus ihrem Leben verschwunden – bis Horst Schwiete vorhin seinen Namen genannt hatte. Obwohl Plückebaum nur noch eine blasse Erinnerung für sie war, fühlte sie sich durch die Nachricht von seinem gewaltsamen Tod getroffen. Zugleich hatte Schwietes Neuigkeit ihre Neugier geweckt.

Dieser Plückebaum sollte also ein großer Name in der Kunstszene gewesen sein? Kaum vorstellbar für Hilde Auffenberg. Und dann war da doch noch ein Name gewesen, der bei ihr etwas ausgelöst hatte: der Freundeskreis Westfälische Moderne. Was verband sie mit diesem Namen?

Sie stand auf, legte eine andere CD ein, füllte das Likörglas wieder. Mit dem Glas in der Hand wanderte sie durchs Wohnzimmer und grübelte. Aber es gelang ihr nicht, sich zu konzentrieren. Ihre Gedanken drifteten immer wieder ab, und schließlich gab sie auf. Sie schaltete den CD-Spieler aus, stellte den Fernseher an und setzte sich wieder in den Sessel. Als Caren Miosga die wichtigsten Ereignisse des Tages im Überblick verkündete, fiel bei Hilde Auffenberg der Groschen. Hastig schrieb sie einen Namen auf den Rand ihrer Fernsehzeitung, um ihn nicht wieder zu vergessen. Jetzt war es schon zu spät, doch gleich morgen würde sie dort anrufen.

Am Dienstag nach dem Frühstück kramte Hilde Auffenberg das Telefonbuch hervor, machte es sich im Sessel gemütlich und begann zu blättern. Unter der Ortsrubrik Bad Wünnenberg fand sie schnell, was sie suchte. Als sie den Telefonhörer in der Hand hielt, zögerte sie. Hilde Auffenberg war zwar eine couragierte Frau, aber sie war auch gut erzogen und wollte auf gar keinen Fall aufdringlich sein. Als sie überlegte, womit sie das Gespräch, wenn es denn überhaupt zustande kam, beginnen sollte, legte sie den Hörer erst einmal wieder auf den Tisch. Sie versuchte, sich zu erinnern. Wie hatte sie die Baronin Edda von Sintfeld kennengelernt? Was hatte sie mit der Frau verbunden? Woran konnte sie jetzt, nach all den Jahren, anknüpfen?

Sie war noch ein kleines Mädchen gewesen, als sie zusammen mit Edda Hoppe die erste Klasse der Paderborner Karlschule besucht hatte. Seit dem ersten Schultag waren sie Banknachbarinnen und durch nichts und niemanden zu trennen gewesen. Nach der Kommunion waren sie zusammen in dieselbe Gruppe der Katholischen Jungen Gemeinde gegangen und hatten auf dasselbe Gymnasium gewechselt. Als aber die ersten Wehen der herannahenden Pubertät die beiden erreicht hatten, war es plötzlich vorbei gewesen. Von da an waren ihre Interessen völlig auseinandergelaufen. Zwischen den beiden hübschen und von den Jungs begehrten

Mädchen hatte es keinen Streit gegeben, aber eben auch keine Gemeinsamkeiten mehr.

Nach dem Abitur hatten sie sich nur bei sporadisch stattfindenden Klassentreffen wiedergesehen. Irgendwann hatte Hilde Auffenberg von einer anderen Klassenkameradin erfahren, dass Edda Hoppe »günstig geheiratet« hatte, nun Edda von Sintfeld hieß und mit ihrem deutlich älteren Ehemann, dem Baron von Sintfeld, auf dem kleinen, aber feinen Stammschloss in der Nähe von Bad Wünnenberg lebte. Vor dreizehn Jahren war der Baron gestorben, Schloss und Vermögen waren an Edda gefallen.

In den letzten Jahren war Edda von Sintfeld immer wieder einmal in der Zeitung aufgetaucht, wenn sie wieder mal eine Kunstausstellung gesponsert oder organisiert hatte. Sie galt als eine der wichtigsten Förderer der regionalen Kunstszene. Daher hatte Hilde Auffenberg ihren Namen mit dem Verein der Kunstfreunde in Verbindung gebracht. Auch wenn sie es sich niemals eingestehen würde – sie war durchaus neugierig. Von ihrer ehemaligen Freundin, die ja offenbar im gleichen Milieu verkehrte wie Plückebaum, erhoffte sie sich einige erhellende Informationen. Wieder nahm sie den Telefonhörer zur Hand, diesmal wählte sie auch die Nummer.

»Wer spricht da? Hilde Auffenberg? *Die* Hilde Auffenberg, die ich meine?« Edda von Sintfeld schien immer noch voll auf der Höhe zu sein. Keine drei Sekunden hatte sie gebraucht, um zu wissen, wer sie anrief. Und sie schien sich zu freuen über den unverhofften Anruf. Hilde Auffenberg fiel ein Stein vom Herzen, und die beiden älteren Damen führten einen munteren und unverbindlichen Small Talk. Dann kam Hilde Auffenberg ganz vorsichtig auf Plückebaum zu sprechen.

»Das ist eine ganz schreckliche Geschichte«, stimmte Edda von Sintfeld zu. »Kanntest du den armen Lorenz?«

Hilde erklärte, dass Plückebaum jahrelang ihr Kollege gewesen sei.

»Ach, dann hat dich das natürlich auch sehr berührt«, erwiderte Edda. »Furchtbar, das Ganze. Ich selbst bin nicht nur emotional tief betroffen, ich habe dadurch auch ein ganz persönliches Problem.«

Sie berichtete von der geplanten Ausstellung auf ihrem Schloss und von der Rolle als Kurator, die sie Plückebaum zugedacht hatte.

»Hilde, ich finde es großartig, dass du mal angerufen hast«, sagte sie dann. »Doch leider habe ich im Augenblick ganz wenig Zeit. Aber ich mache dir einen Vorschlag. Heute Nachmittag habe ich einen Termin bei einem Mitglied unseres Freundeskreises. Er ist nicht nur Bildhauer, sondern auch ein Bild von einem Mann. Ich hoffe, dass er mir mit der Ausstellung helfen kann. Er hat so was schon häufiger gemacht. Hast du nicht Lust, einfach mitzukommen? Wenn du willst, hole ich dich ab. Wäre doch schön, wenn wir beiden alten Tanten uns nach all den Jahren mal wieder ein bisschen unterhalten könnten, was meinst du?«

11

Das Leben war ein Jammertal. Das jedenfalls war das Gefühl, das derzeit Kükenhöners Grundstimmung beherrschte. Immerhin musste er jetzt nicht mehr in die Pathologie zu der schrecklichen Frau Lamberti. Er hatte den vollständigen Bericht über Plückebaums Obduktion in der Tasche. Den würde er Schwiete gleich auf den Tisch knallen, und dann sähe die Welt schon ganz anders aus.

Doch die Freude auf eine positive Veränderung seines Alltags währte nur wenige Sekunden, denn dann hatte sich Kükenhöner wieder in Erinnerung gerufen, was Schwiete zum Ende der Besprechung zu ihm gesagt hatte. Er sollte zu ihm ins Büro kommen, weil der Chef noch etwas mit ihm zu besprechen hatte.

Kükenhöner überlegte. Er konnte sich nicht erinnern, in letzter Zeit großartig angeeckt zu sein. Wenn Schwiete ihm keinen Rüffel erteilen wollte, was war es denn dann, was der Kerl mit ihm zu besprechen hatte?

Kükenhöner hasste unklare Situationen. Seit einigen Monaten bekam er dann immer Sodbrennen. Waren das die ersten Vorboten des Alters? Oder war er einfach nur überlastet? Seit seine Frau wieder arbeitete und er Aufgaben im Haushalt übernehmen musste, fühlte sich Kükenhöner ständig unter Druck. Diese Doppelbelastungen waren nichts für ihn. Für so was war er nicht geschaffen. Für ihn musste die Welt eine klare Ordnung haben, in der die Frau an den Herd gehörte. Seitdem dieses Gleichmaß ins Wanken gekommen war, ging es ihm von Tag zu Tag schlechter.

Jetzt stand Kükenhöner vor dem Büro seines Chefs. Er versuchte noch ein letztes Mal, den Geschmack von Magensäure loszuwerden, klopfte an und wartete Schwietes »Herein!« ab, bevor er in dessen penibel aufgeräumtes Büro trat.

Der Hauptkommissar stand auf und kam Kükenhöner entgegen. Schwiete bat ihn zu seinem Besprechungstisch, an dem vier exakt im Neunziggradwinkel ausgerichtete Stühle standen. Kükenhöner wusste, dass sein Chef gleich sein Gesicht kaum merklich verziehen würde, und zwar genau in dem Moment, wenn Kükenhöner nach der Stuhllehne griff, um sich das Sitzmöbel so zurechtzustellen, dass er bequem darauf sitzen konnte.

Doch als Kükenhöner den Stuhl fasste und erwartungsvoll Schwiete betrachtete, zuckte in dessen Gesicht kein einziger Muskel. Was war mit dem Kerl los? Seit einigen Tagen schien sich Schwiete irgendwie verändert zu haben. Er war, so schien es Kükenhöner auf einmal, lockerer, nicht mehr so zwanghaft. Diese plötzliche Veränderung, fand Kükenhöner, machte Schwiete noch weniger berechenbar, als er sowieso schon war.

Kükenhöner setzte sich und reichte seinem Chef den Abschlussbericht der Pathologie.

»Es hat sich nichts mehr verändert. Es bleibt beim Stand meines mündlichen Berichts von heute Morgen.«

Schwiete blätterte die Seiten durch, las hier und da etwas und legte schließlich den dünnen Papierstapel, exakt an der Tischkante ausgerichtet, zur Seite.

Kükenhöner verzog seinen Mund zu einem leichten Grinsen und dachte, so richtig kann Schwiete ja nun doch nicht aus seiner Haut heraus.

»Du wolltest noch was mit mir besprechen, Horsti?«, erkundigte sich Kükenhöner.

Schwiete nickte. Er räusperte sich.

»Du kennst doch das Bordell in der Marienloher Straße, oder?«

»Klar, wir hatten ja bei unserem letzten Fall oft genug Grund, uns den Laden genauer anzusehen.«

Schwiete schwieg und betrachtete einen Moment lang etwas verlegen seine Fingernägel. Dann kam er zur Sache.

»Kannst du dir Perreira und ein paar weitere Kollegen nehmen und die Personalien der Frauen überprüfen, die im Moment dort im Einsatz sind?«

Kükenhöner sah seinen Chef an, als würde dieser eine andere Sprache sprechen. »Hat der Puff was mit den Bildern zu tun?«

Wieder besah sich Schwiete seine polierten Fingernägel.

»Nicht direkt«, entgegnete er verlegen. »Es ist mehr ein prophylaktisches Vorgehen.«

Kükenhöner konnte es nicht fassen. Hatte der ach so korrekte Schwiete auf einmal persönliche Interessen zu regeln?

»Du meinst, wir sollen da so einfach reinmarschieren und uns von allen Nutten die Aufenthaltspapiere zeigen lassen?«

Schwiete nickte. »Genau!«

»Und was ist, wenn einer von den Zuhältern sich beschwert? Die Jungens haben auch ihre Anwälte.«

Schwiete ging zu seinem Schreibtisch und kam mit einer Umlaufmappe der Staatsanwaltschaft zurück an den Tisch.

»Das habe ich geregelt. Wäre aber trotzdem gut, wenn du die ganze Angelegenheit hier in der Kreispolizeibehörde nicht an die große Glocke hängen würdest.«

»Ja, und was ist, wenn wir ein paar Mädels aufgreifen, deren Papiere nicht in Ordnung sind?«

»Dann nehmt ihr sie mit und leitet die nötigen Verfahren ein.«

»Und was hat das mit unserem jetzigen Fall zu tun?«

»Vielleicht nichts«, entgegnete Schwiete. »Aber man sollte die Prophylaxe nicht vernachlässigen.«

Das sagt mein Zahnarzt auch immer, dachte Kükenhöner und machte ein ratloses Gesicht.

12

Wären die beiden Frauen sich auf der Straße begegnet, dann hätten sie einander nicht erkannt. Aber auch so, trotz der telefonischen Absprache, musste Hilde Auffenberg zweimal hinschauen, bis sie ihre alte Schulfreundin erkannte. Sie musste zugeben, dass Edda von Sintfeld, geborene Hoppe, sich unglaublich gut gehalten hatte. Sicher sah man ihr an, dass sie auf die siebzig zuging, aber sie war zierlich wie eh und je, sehr gepflegt und dabei elegant und vorteilhaft gekleidet. Ihre aristokratische Bobfrisur schien extra für sie erfunden worden zu sein, das hellbraune Haar war immer noch voll, wenn auch vermutlich gefärbt. Sie trug kaum Schmuck, nur eine schlichte weiße Perlenkette um den schlanken, etwas faltigen Hals und einen goldenen Ring, wahrscheinlich ihren Ehering.

Hilde Auffenberg gefiel, was sie sah. Diese Frau wirkte auf sie, auch wenn die einstudierte Blaublütigkeit etwas irritierte, sehr anziehend. Schade, dass wir uns so lange aus den Augen verloren haben, dachte Hilde Auffenberg, sie hätte vielleicht eine gute Freundin abgegeben.

Nachdem die beiden älteren Damen gegenseitige Komplimente für ihr gutes Aussehen ausgetauscht hatten, betraten sie die Wohnküche.

»Warte einen kleinen Moment!«, rief die Hausherrin. »Ich bin gleich so weit.«

Als Hilde Auffenberg sich umgezogen hatte und wieder zurück in die Küche kam, sah sie Edda von Sintfeld vor einem kleinen Bücherschrank stehen und ein altes Poesiealbum in der Hand halten. Sie drehte sich erschrocken um und fühlte sich offenbar ertappt.

»Bitte entschuldige«, sagte sie verschämt, »aber ich habe dieses Poesiealbum im Schrank gesehen. Ich habe es sofort wiedererkannt. Du hast es damals ja Tag und Nacht mit dir herumgeschleppt. Bitte verzeih mir meine Neugier, aber ich konnte einfach nicht widerstehen.«

»Ist doch überhaupt kein Problem«, erwiderte Hilde Auffenberg lachend, »das hätte ich bei dir vermutlich auch gemacht. Komm, wir blättern es zusammen durch und versuchen, herauszufinden, ob uns die Namen noch etwas sagen!«

Diese ungeplante Aktion dauerte wesentlich länger als vorgesehen, und als Hilde das Album wieder in den Schrank zurückstellte, schaute Edda auf ihre Armbanduhr und rief erschrocken: »Wir kommen zu spät! Ich hatte mich für vier Uhr angekündigt. Das schaffen wir nie und nimmer. Bist du so weit?«

Sekunden später standen beide auf der Hathumarstraße vor einer riesigen dunkelblauen Limousine. Als Edda von Sintfeld die Fernbedienung betätigte, rief Hilde Auffenberg überrascht:

»Das ist dein Auto? Dieser Luxusschlitten?«

»Na ja, es war das Auto meines verstorbenen Mannes. Für ihn war dieses Auto eine Herzensangelegenheit. Es ist ein Bentley Azure, Baujahr 1998. Eine Rarität. Und er fährt sich einfach himmlisch. Du wirst sehen.«

Als sie nach einigen Kilometern Stadtverkehr Paderborn in Richtung Delbrück verließen, konnte Hilde Auffenberg nicht anders, als ihrer alten Freundin aus voller Seele recht zu geben. Sie, die mit Autos eigentlich nichts im Sinn hatte und nur einen betagten Golf besaß, fühlte sich in diesem Prachtstück so sicher wie in einer Festung und so behaglich wie in ihrem Wohnzimmer. Eine kleine Genusseinschränkung war der Geruch von kaltem Zigarettenrauch. In der Mittelkonsole lag eine Zigarettenschachtel. Doch das störte sie nicht, im Gegenteil gab ihr die Erkenntnis, dass diese so perfekt wirkende Frau auch ihre schwachen Seiten hatte, ein gutes Gefühl.

»Dein Ehemann hatte Geschmack«, rief sie angeregt. »In jeder Beziehung.«

Edda von Sintfeld verließ die Bundesstraße, fuhr durch die Ortschaft Anreppen und überquerte kurz darauf ein schmales Flüsschen, die Lippe.

Hilde Auffenberg kannte dieses Dorf und auch die Attraktion des Ortes, das alte Römerlager. Der Bentley stoppte ganz in der Nähe der Lippe vor einer hohen Hainbuchenhecke.

»Wir sind da«, rief Edda von Sintfeld fröhlich und stieg aus dem Auto. Die beiden Frauen hatten noch keine zwei Schritte in Richtung der Hofeinfahrt gemacht, als ihnen zwei Hunde laut bellend entgegensprangen. Ein riesiger dunkelblonder Leonberger-Rüde baute sich vor ihnen auf und machte klar, dass ohne sein Einverständnis niemand auf den kleinen, ziemlich heruntergekommenen Hof hinter der Hecke gelangen werde. Der andere Hund, ein winziger Mischling, kläffte etliche Oktaven höher, dafür ausdauernder. Die Frauen hielten inne. Schon bald rief eine kräftige Männerstimme die beiden ungleichen Hunde zurück. Im nächsten Moment tauchte hinter den Tieren ein Mann von beeindruckender Statur auf. Er lächelte freundlich, als er Edda von Sintfeld erkannte, nahm seine Zigarette aus dem Mundwinkel, ließ sie auf das Pflaster fallen und trat sie aus.

»Mein Lieber, wie schön!«, rief die elegante Dame, lief mit schnellen, kurzen Schritten auf ihn zu, umarmte ihn und verteilte einige oberflächliche Wangenküsse. Dabei musste sie sich erheblich strecken, während der Mann sich zu ihr hinunterbückte. Dann kam er, immer noch lächelnd, auf Hilde Auffenberg zu und gab ihr freundlich die Hand.

»Hallo«, stellte er sich vor, »ich bin Hagen Steiner. Und das hier sind Rodin und Giacometti.« Dabei zeigte er auf die beiden Hunde.

»Na, das sind doch mal ungewöhnliche Namen«, meinte Hilde Auffenberg schmunzelnd und tätschelte den beiden das Fell.

»Nicht, wenn der Besitzer Bildhauer ist«, konterte Steiner. »Da sind das eher Heldennamen. Kommen Sie herein, Frau Auffenberg!«

Edda von Sintfeld schien sich hier auszukennen, denn sie war bereits vorgegangen und wartete vor einer alten Holztür, auf die jemand »ATELIER – kein Zutritt« gepinselt hatte.

»Das gilt natürlich nicht für gute Freunde«, sagte Steiner zu Hilde Auffenberg. »Frau von Sintfeld gehört zweifellos zu meinen besten Freunden. Ich verdanke ihr sehr viel. Eine großartige Frau.«

»Und er ist ein großer Künstler«, gab Edda von Sintfeld das Kompliment zurück. »Hilde, du musst dir unbedingt seine neuesten Arbeiten anschauen, du wirst hingerissen sein.«

Dabei lächelte sie den Bildhauer mit einem Blick an, der deutlich mehr verriet als reine Kunstbeflissenheit.

Kann das sein?, fragte sich Hilde Auffenberg irritiert. Ist sie tatsächlich in ihn verliebt? Edda von Sintfeld war, so gut erhalten sie auch wirkte, immerhin knapp siebzig, während Steiner höchstens Ende vierzig war. Aber es gibt ja die verrücktesten Verbindungen, dachte Hilde Auffenberg und nahm sich vor, diesen pikanten Aspekt weiter zu beobachten.

Verstehen konnte sie ihre alte Freundin schon. Steiner war ein körperlich beeindruckender Mann, der einen interessanten Beruf hatte, durchaus charmant war, aber gleichzeitig diesen Hauch von Ruchlosigkeit besaß, den viele Frauen so faszinierend finden. Wäre sie selbst zwanzig Jahre jünger gewesen …

13

Gegen acht Uhr abends sperrte Hilde Auffenberg ihre Haustür zu und ging die wenigen Schritte zum Haus gegenüber, in dem ihr alter Freund und Verehrer Herbert Höveken sein Bestattungsgeschäft mit angeschlossenem Sarglager hatte. Es kam häufiger vor, dass sie ohne Voranmeldung bei ihm vorbeischaute. Meistens hatte Höveken Zeit, und in der Regel freute er sich über ihre Besuche. Im Sarglager hatte er stets mehrere Flaschen Wein deponiert. Beim Plaudern über Gott und die Welt stellten sie ihre Weingläser auf einem der Särge ab und fanden dies völlig normal. Beim Blick in das kleine Schaufenster des Geschäftes musste Hilde Auffenberg schmunzeln. Höveken hatte als echter Fußballfan einen der drei Särge, die im Schaufenster Werbung für seine reiche Auswahl machen sollten, mit einer großen Fahne des SC Paderborn bedeckt. Als er ihr die Tür öffnete, stellte sie jedoch fest, dass seine Miene in krassem Gegensatz zu dieser kecken Dekoration stand.

»Was ist los?«, fragte Hilde Auffenberg besorgt. »Geht es dir nicht gut?«

»Nee!«, brummte Höveken, drehte sich um und ging vor ihr her in sein Sarglager. »Wein?«, fragte er kurz angebunden, wartete ihre Antwort gar nicht ab, sondern öffnete einen Sarg und holte eine Flasche Weißwein und zwei Gläser heraus. Hilde Auffenberg wartete höflich ab, bis beide den ersten Schluck getrunken hatten. Dann erst fragte sie:

»Was ist mit dir? Du gefällst mir gar nicht.«

Damit hatte sie eher Öl ins Feuer gegossen, denn sein Blick verfinsterte sich noch mehr.

»Soso«, grantelte er, »ich gefalle dir also nicht. Hab ich mir schon gedacht. Aber wer will auch schon was mit einem zu tun haben, der bald auf der Straße wohnt.«

Hilde Auffenberg, die bislang bester Laune gewesen war und eigentlich von ihrem Besuch im Bildhaueratelier hatte erzählen wollen, machte nun große Augen. Sie forderte ihren Nachbarn auf, sich näher zu erklären. Der druckste aber nur lange herum, trank sein Glas leer und schenkte sich ein neues ein, bevor er anfing zu erzählen.

»Hilde, mir steht das Wasser bis zum Hals. Mein Laden war nie besonders groß, und wie du weißt, bin ich eher schlecht als recht herumgekrebst, aber es hat schon irgendwie gereicht. Aber mittlerweile komme ich nicht mehr mit. Meine Kollegen, alles prima Leute, sind modern, haben ein großes Angebot, tolle Präsentationen ihrer Ware, können Dienstleistungen anbieten, die ich als Einzelner nicht schaffen kann, wie Trauerräume und so was. Und das alles zu Preisen, bei denen mir die Augen tränen. Außerdem bin ich wahrscheinlich auch zu alt, um auf der Höhe der Zeit zu bleiben.«

Wieder nahm er einen großen Schluck. Hilde Auffenberg legte ihm mitfühlend eine Hand auf seine geschlossene Faust und fragte leise nach: »Und was heißt das jetzt?«

»Das heißt«, polterte Höveken plötzlich mit einer Lautstärke los, die sie von diesem stillen, feinen Mann nicht kannte, »dass ich sofort den Laden dichtmachen und in Rente gehen muss. Sonst bin ich in einem Monat pleite.«

Mit zitternden Händen griff er zur Weinflasche und wollte nachschenken. Dabei ging ein Gutteil des Weines daneben. Sie nahm ihm wortlos die Flasche aus der Hand und füllte sein Glas. Auch sich selbst schenkte sie großzügig nach. Dies war eine Nachricht, die sie erst mal verdauen musste. Dabei half bekanntlich nichts besser als ein gutes Glas Wein.

Nach minutenlanger Pause fragte sie so vorsichtig wie möglich: »Und was hindert dich, tatsächlich Rentner zu werden? Du hast doch nun wirklich lange genug gearbeitet und hast dir das verdient. Außerdem geht es einem als Rentner ja nicht schlecht. Schau mich an, ich bin schließlich auch schon seit Jahren im Ruhestand und fühle mich prächtig.«

Er schaute sie lange traurig an, bevor er antwortete:

»Das kannst du nicht vergleichen. Du warst Beamtin und bekommst eine fette Pension. Außerdem hast du das Haus und die Mieteinnahmen von Schwiete und Johnny. Ich war aber immer selbstständig. Ja, und wie das so ist mit einem kleinen Laden – die Kosten fressen dich auf, und es bleibt zu wenig übrig, um es zur Seite zu legen. Schwuppdiwupp bist du ein alter Knacker und stellst fest, dass du deine Einnahmen immer wieder ins Geschäft gesteckt hast, aber dass nichts für deine Altersversorgung übrig geblieben ist. Hilde, wenn ich heute den Laden dichtmache, kann ich morgen zum Sozialamt gehen. Und das nach über fünfzig Jahren ehrlicher Arbeit. Ich könnte kotzen, wenn ich daran denke.«

Wieder knallte er das leere Weinglas auf den Sargdeckel, wieder schenkte sie nach. Hilde Auffenberg wusste nicht, was sie sagen sollte. Diese Nachricht kam für sie so unvorbereitet, dass sie sich einfach nur hilflos fühlte. Sie tätschelte ihm die Hand, schwieg und trank. Und diese einfache, direkte Geste der Solidarität verfehlte ihre Wirkung nicht. Nach kurzer Zeit klang Hövekens Stimme schon wieder ruhiger.

»Du bist die Einzige, der ich das erzählt habe. Die anderen wissen davon noch nichts, und ich habe auch keine Lust, damit hausieren zu gehen. Diese ganze Fußballbegeisterung neuerdings hat mir ganz gut in den Kram gepasst. Da konnte ich mich ablenken, mal wieder den Kopf freikriegen. Aber das löst natürlich mein Problem nicht.«

»Herbert, du weißt, dass du auf mich zählen kannst. Wenn du schnell Geld brauchst und die Banken sich querstellen, dann leihe ich dir gern was. Jedenfalls so weit es mir möglich ist. Und ich werde mir ab sofort den Kopf zerbrechen, wie wir gemeinsam die Kuh vom Eis bekommen.«

Nach zwei weiteren Gläsern war die Stimmung bereits deutlich gelöster. Höveken konnte wieder schmunzeln, als Hilde Auffenberg ihm von ihrem Besuch im Atelier des Bildhauers Hagen Steiner erzählte und davon, dass ihre alte Freundin, die elegante Dame, sich offenbar in diesen so viel jüngeren Mann verliebt hatte und auf dem besten Wege war, sich komplett lächerlich zu machen.

»Dabei sieht er gar nicht besonders gut aus«, sprudelte es aus ihr heraus, »aber er strahlt pure, unverfälschte Männlichkeit aus, und das gefällt ihr anscheinend. Außerdem ist er sehr charmant und hat …«

»Aber dir scheint er auch sehr gut zu gefallen, so wie sich das anhört«, warf Höveken ein, nun bereits wieder schlechter gelaunt als noch vor einer Minute. »Du bist ja ganz aus dem Häuschen vor Begeisterung, merkst du das nicht?«

»Quatsch!«, kam es von ihr empört zurück. »Ich weiß doch, wie alt ich bin, und ich habe keine Lust, mich zum Gespött zu machen. Nein, ich beobachte das Ganze nur sehr amüsiert.«

Höveken wirkte wenig überzeugt.

14

Als Hauptkommissar Horst Schwiete auf der Bundesstraße wieder einmal abbremsen musste, weil ein Lkw vor ihm im Schneckentempo fuhr, kamen ihm erste Zweifel am Sinn dieses Ausfluges. Er war auf dem Weg nach Gütersloh, um mit Dr. Gunther Levenstein zu sprechen, dem Vorsitzenden des Freundeskreises Westfälische Moderne. Die Ausführungen seines neuen Kollegen Felix Johannpeter hatten ihn mehr verwirrt als aufgeklärt. Nach der ersten Durchsicht des plückebaumschen Haushaltes war Schwiete davon ausgegangen, dass es sich bei diesem Mann um einen etwas verschrobenen, aber unbedeutenden Sammler gehandelt hatte. Da keine Einbruchsspuren gefunden worden waren, musste Schwiete annehmen, dass hier eine Beziehungstat vorlag, die vermutlich mit den Bildern nichts zu tun hatte.

Nach Johannpeters Darstellung sah die Sache nun völlig anders aus. Offenbar war Plückebaum nicht irgendwer in der westfälischen Kunstszene gewesen. Von dem Gespräch mit dem Vorsitzenden des Vereins erhoffte Schwiete sich einen tieferen Einblick in dieses Milieu.

Nach einer entnervend langen Fahrt rollte sein Auto durch die Gütersloher Brunnenstraße und hielt vor einem schicken frei stehenden Haus im Stil einer Stadtvilla. Als Schwiete das Gartentor durchschritt, sprang ihm ein junger Gordon Setter entgegen. Schwietes Tierliebe beschränkte sich auf einen Koi-Karpfen, der in einem der Teiche des Paderborner Paderquell-Gebietes herumschwamm und den er ab und an besuchte. Alles andere, ob es nun kroch oder schwamm oder flog oder auf vier Pfoten durch die Welt sprang, war ihm einfach suspekt. Tiere brachten seine Ordnung durcheinander und verwirrten ihn zutiefst. Dem Hund war Schwietes Zurückhaltung eher ein Ansporn für eine ganz besonders herzliche Begrüßung, bei der sich Schwiete kaum zu helfen wusste. Endlich erlöste ihn der laute Ruf eines Mannes.

»Bitte entschuldigen Sie! Pablo ist noch jung, er ist gerade im besten Rüpelalter und weiß noch nicht so ganz, was sich gehört«, erklärte der Mann und streckte Schwiete die freie rechte Hand entgegen. Mit der linken Hand hielt er den vor Begeisterung zappelnden Hund am Halsband. »Ich nehme an, Sie sind Herr Schwiete von der Paderborner Polizei?«

Schwiete nickte zufrieden. Offenbar hatte die Abteilungssekretärin einen guten Job gemacht und ihn angekündigt. Er folgte dem braun gebrannten Mann in dessen Haus, das genauso elegant und distinguiert wirkte wie der Besitzer selbst. Dann saßen beide – der Hund war in einen anderen Raum eingeschlossen worden – im Wohnzimmer vor einer Tasse Kaffee.

»Sie leben allein in diesem Haus?«, eröffnete Schwiete das Gespräch.

Dr. Levenstein nickte. »Ja, mittlerweile schon. Meine beiden Kinder sind erwachsen und haben sich längst ganz woanders etabliert. Meine Frau ist leider nach dreißig Ehejahren ausgezogen. Seitdem wohne ich hier allein, wenn man mal von Pablo absieht. Doch womit kann ich Ihnen weiterhelfen, Herr Kommissar?«

Schwiete zuckte wie immer leicht zusammen, wenn er als Kommissar angesprochen wurde. Immerhin war er Hauptkommissar, und die unbeabsichtigte Degradierung störte ihn in seinem Ordnungssinn. Nicht, dass er sich herabgesetzt fühlte, das war nicht sein Problem, aber so was brachte einfach die Dinge durcheinander, und das war für Horst Schwiete unerträglich. Er zwang sich aber, dies nicht zu kommentieren, und bemühte sich, so leicht und locker zu plaudern, wie es ihm nur möglich war.

»Ich möchte gern mit Ihnen über den Freundeskreis im Allgemeinen und über Lorenz Plückebaum im Besonderen sprechen. Wir sind dabei, uns ein Bild von ihm zu machen, und sind auf den Freundeskreis gestoßen. Lorenz Plückebaum war, so weit wir wissen, seit vielen Jahren Mitglied dieses Freundeskreises und …«

»Er war sogar Gründungsmitglied«, warf Levenstein dazwischen. »Lorenz war ein Mann mit Visionen. Er hatte das Ziel, die bislang kaum bekannten Schätze an bildender Kunst der Moderne aus Westfalen den Menschen dieser Region näherzubringen. Dafür hat er sich mit all seiner Kraft eingesetzt. Wir verdanken ihm viel.«

Schwiete hätte jetzt gern noch ein »Amen« gesprochen, hielt sich aber zurück.

»Offenbar war Plückebaum nicht nur die treibende Kraft in Ihrem Freundeskreis, sondern er besaß auch eine ganz erstaunliche Gemäldesammlung«, hakte er nach. »Ein Experte hat den Wert der Sammlung auf über eine Million Euro geschätzt. Wussten Sie davon?«

Die Frage musste gar nicht mehr beantwortet werden. Levensteins komplett überraschter Gesichtsausdruck war so vielsagend, dass Schwiete gleich zur nächsten Frage überging.

»Ganz besonders schien er sich auf Gemälde des Malers Peter August Böckstiegel spezialisiert zu haben. Er besaß Werke dieses Malers, die bislang völlig unbekannt waren. Hat er jemals davon erzählt?«

»Nein!«, stammelte der braun gebrannte Mann, der nun etwas aus der Fassung zu geraten schien. »Keine Ahnung. Ich weiß, dass er ein bisschen gesammelt hat. Aber seine Mittel waren doch wohl nicht ausreichend, um einen solchen Schatz zusammenzubringen. Ausgeschlossen. Und selbst gemalt hat er auch, davon hat er aber nur nach mehreren Gläsern Wein und auch nur im Kreise sehr alter Bekannter gesprochen. Er war ein sehr bescheidener Mann und wäre nie auf die Idee gekommen, seine Arbeiten auszustellen.«

»Dann hat er vermutlich niemals auch nur angedeutet, dass

er einen tresorähnlichen Keller hat, der randvoll mit Bildern ist? Und in seinem Keller waren Sie auch noch nie, oder?«

»Wo denken Sie hin? Ich bin total überrascht von all dem, was Sie mir erzählen. Nein, ehrlich gesagt, war ich, obwohl ich Lorenz schon so lange kenne oder, besser gesagt, kannte, noch nie in seinem Haus. Er lebte sehr zurückgezogen, wollte auch nicht, dass irgendjemand in sein wohlgehütetes Privatleben eindrang. Da bei uns die Kulturförderung im Vordergrund steht und nicht die Geselligkeit, hat das auch jeder akzeptiert.«

»Herr Dr. Levenstein, im Januar wurde ein Gemälde des Malers Böckstiegel beim Transport von Detmold nach Rietberg gestohlen. Erstaunlich ist nicht nur, dass dieses Gemälde nun ganz unvermutet wieder aufgetaucht ist, sondern auch, dass wir Arbeitsskizzen dieses Bildes in Plückebaums Keller gefunden haben. Haben Sie eine Idee, ob es hier einen Zusammenhang geben könnte? Ist doch schon ein ganz erstaunlicher Zufall, oder?«

Der Gastgeber wirkte ehrlich verblüfft. Mit leichtem Beben in der Stimme versicherte Levenstein: »Ich weiß davon wirklich nichts, Herr Kommissar. Dass Lorenz ein ausgesprochener Fan Böckstiegels war, das wusste ich. Daraus hat er nie ein Geheimnis gemacht. Aber dass die Verbindung zu ihm so stark war, überrascht mich völlig. Uns hat das plötzliche Wiederauftauchen des gestohlenen Gemäldes auch alle erstaunt. Das wurde im Freundeskreis intensiv diskutiert. Wir vermuten, dass der Dieb der Versicherung des Sammlers den Rückkauf angeboten hatte. Das kommt die Versicherer eventuell billiger, als Ersatz leisten zu müssen. Nicht schön, aber so läuft es oft.«

Schwiete wollte eben eine weitere Frage stellen, als die Wohnzimmertür leise aufschwang und ein Hundekopf vorsichtig hervorlugte. Der Polizist verkrampfte sich leicht, und als Pablo plötzlich, ohne dass sein Herrchen es hätte unterbinden können, auf den sitzenden Schwiete zusprang und ihm einmal freundschaftlich die lange Zunge über das Gesicht zog, sprang Schwiete entsetzt auf. Levenstein schrie seinen Hund an, der sich daraufhin erschrocken in die hinterste Ecke des riesigen Wohnzimmers verzog.

15

Prüfend schaute sich Hilde Auffenberg in ihrem Wohnzimmer um. Auf dem kleinen Tisch standen Kaffee und Kuchen, im Hintergrund lief leise klassische Musik. Sie hatte geputzt, lange gelüftet, und nun war alles perfekt. Der Besuch konnte kommen. Als sie mit Edda von Sintfeld im Atelier des Bildhauers gewesen war, hatten die beiden älteren Damen sich für diesen Nachmittag verabredet. Sie wollten sich bei Hilde treffen, etwas über alte Zeiten plaudern und dann locker durch die Stadt flanieren. Das Wetter schien mitzuspielen. Es war nicht eben warm, aber nur locker bewölkt und trocken.

Im Haus war es ruhig. Horst Schwiete war bei seiner Freundin, und Johnny Winter, der in der letzten Nacht Taxi gefahren war, schlief noch. Dass Schwiete noch einmal die Frauen entdeckt hatte, freute Hilde Auffenberg, es wunderte sie aber auch. Sie hatte sich an den Gedanken gewöhnt, mit Schwiete einen ewigen Junggesellen im Haus zu haben. Winter war zwar auch nicht fest gebunden, aber der hatte wenigstens immer wieder mal eine Freundin. Er wechselte die Frauen im Quartalsrhythmus. Bei Schwiete hatte sie sich ihre Gedanken über seine sexuellen Präferenzen gemacht, war aber zu dem Schluss gekommen, es hier mit einem komplett asexuellen Menschen zu tun zu haben. Ein netter und umgänglicher Kerl, dieser Schwiete, aber irgendwie seltsam. Na ja, nun schien jedenfalls alles gut zu werden.

Pünktlich um halb drei klingelte Edda von Sintfeld an der Haustür. Sie war ebenso geschmackvoll gekleidet wie beim letzten Treffen und schien glänzend aufgelegt zu sein. Die beiden hatten gerade ihr Kuchenstück verzehrt, als über ihnen lautes Gepolter zu hören war. Edda erschrak.

»Hast du das gehört? Was war das?«

»Das? Das war Johnny«, meinte Hilde Auffenberg und lachte, »der steht gerade auf.«

Als sie den fragenden Blick ihrer alten Freundin sah, erklärte sie: »Johnny heißt eigentlich Johannes Winter und ist einer meiner beiden Mieter. Sein Zimmer liegt genau über uns. Er fährt zurzeit Taxi und hatte gestern Nachtschicht. Jetzt wird er wahrscheinlich gleich duschen. Alles in Ordnung.«

Tatsächlich hörten sie kurz darauf die Wasserleitung rauschen. Edda von Sintfeld plauderte gerade über den Besuch beim Bildhauer, als über ihnen eine kräftige Stimme zu singen begann: »Hermann Löns, es brennt die Heide. Hermann Löns, die Heide brennt …«

Hilde Auffenberg schüttelte lächelnd den Kopf.

»Das singen sie immer im Stadion. Ist so eine Art Hymne der Paderborner Fußballfans. Interessierst du dich für Fußball? Nein? Ich auch nicht, aber ich habe trotzdem mitbekommen, dass die Paderborner gestern Abend in Ingolstadt gewonnen haben. Jetzt stehen sie ziemlich weit oben, sind Dritter, glaube ich. Mein Bekannter, Herbert Höveken, hat mir das zu erklären versucht. Er hat sogar über einen möglichen Aufstieg in die erste Bundesliga spekuliert. Das fehlte ja noch! Dann gibt es überhaupt kein anderes Thema mehr. Möchtest du noch einen Kaffee?«

Eine behagliche Viertelstunde verstrich, als über ihnen plötzlich die Decke bebte. Harte, dröhnende Gitarrenklänge machten jedes Gespräch unmöglich. Doch nach drei, vier Akkorden wurde es deutlich leiser und melodischer. Offenbar hatte Winter ein schlechtes Gewissen bekommen und die Power seiner Gitarrenbox auf Zimmerlautstärke reduziert.

»Das klingt aber gar nicht schlecht«, bemerkte Edda von Sintfeld anerkennend. »Ist das auch dieser Johnny Winter? Macht er das selbst, oder spielt er eine CD ab?«

Hilde Auffenberg war froh, dass ihre Bekannte die Störung so positiv aufnahm.

»Er spielt selbst. Johnny ist eigentlich Musiker, Rockmusiker, genauer gesagt. Aber er wartet noch immer auf seinen Durchbruch. Um sich finanziell über Wasser zu halten, spielt er an den Wochenenden oft in irgendwelchen Tanzkapellen, auf Schützenfesten und so. Und sonst fährt er eben Taxi. Johnny ist ein lieber und etwas verrückter Kerl. Aber Gitarre spielen kann er, das muss man ihm lassen.«

Edda von Sintfeld sah nachdenklich aus. Dann schien sie plötzlich eine Idee zu haben, denn sie sprang vom Sofa auf und drehte einige Kreise um den Wohnzimmertisch.

»Sind die denn gut, diese Tanzkapellen?«, fragte sie aufgeregt.

Hilde Auffenberg zuckte mit den Schultern. »Ich habe nur mal eine davon live gehört. Aber ich glaube, Winter hat einen ganz guten Ruf. Er ist auch nicht gerade billig.«

Wieder drehte Edda von Sintfeld ihre Runden.

»Was ist los?«, fragte Hilde Auffenberg besorgt. »Geht es dir nicht gut?«

»Doch, doch«, antwortete Edda. »Was meinst du, Hilde, würde er mit seiner Kapelle auch für mich spielen? Gegen Bezahlung, versteht sich.«

Bevor Hilde Auffenberg antworten konnte, setzte sich Edda wieder aufs Sofa und erklärte: »Ich bin doch jetzt, nach Plückebaums Tod, kommissarisch im Vorstand des Freundeskreises Westfälische Moderne, wie du weißt. Und in diesem Jahr ist es an mir, das Sommerfest auszurichten. Eigentlich wollte ich es schon wegen Plückebaums Tod absagen. Aber man drängt mich, das Fest trotzdem stattfinden zu lassen. Und mir ist es noch nicht gelungen, eine gute Tanzkapelle zu finden. Was meinst du, kannst du diesen Johnny Winter mal bitten, kurz herunterzukommen? Ich würde mich gern mal mit ihm unterhalten.« Sie sah ihre Jugendfreundin an und fuhr fort: »Ich glaube, es ist ein Wink des Schicksals, dass wir beide uns wiedergetroffen haben. Aber jetzt bin ich ganz gespannt auf deinen Musiker.«

16

Wütend warf der Mann den Auktionskatalog in die Ecke. Dieser ganze korrupte Kunstbetrieb konnte ihn mal kreuzweise. Auf der einen Seite standen die Sammler und Kenner. Meist aufgeblasene Wichtigtuer, die zwar mit ihren guten persönlichen Beziehungen zu Künstlern prahlten und sich gern im Glanz der Kreativen sonnten, aber ebenso verächtlich auf die »armen Schlucker« hinabschauten. Geld schlägt Genie. Auf der anderen Seite standen die Künstler, die zwischen völliger Selbstüberschätzung und devotem Kriechertum im Umgang mit ihren Gönnern hin- und herschwankten. Sie waren von den Sammlern abhängig, spuckten aber, wenn keiner hinschaute, auf die »Geldsäcke«. Er fand sie alle erbärmlich. Aber die bildende Kunst war nun mal seine große Leidenschaft, sein Lebensinhalt.

Rund zwei Monate war er Besitzer eines wertvollen Gemäldes gewesen. Nun ja, nicht wirklich der legitime Besitzer. Aber das Bild hatte gut versteckt bei ihm zu Hause gelegen. Es war vor drei Jahren von seinem regulären Besitzer, einem Sammler in Detmold, für rund sechzigtausend Euro bei einer Kunstauktion gekauft worden. Mittlerweile, dank der guten Lobbyarbeit einiger Böckstiegel-Freunde, war dieser Maler im Wert deutlich gestiegen. Sogar in den USA waren einige seiner Werke in den Feuilletons günstig besprochen worden. Dieses Gemälde, *Herbstlicher Sonnenuntergang*, war nun locker seine neunzigtausend Euro wert.

Es war nicht das erste Gemälde, das er sich widerrechtlich angeeignet hatte. Aber es waren immer kleine Fische gewesen, nichts von Bedeutung, nichts, dessen Verkauf in der Kunstwelt hohe Wellen geschlagen hätte. Und bislang hatte der Verkauf auch stets reibungslos funktioniert. Irgendwie war er die Sachen immer losgeworden. Nur diesmal nicht. Ausgerechnet dieses Gemälde, dessen »Erwerb« mit so viel Aufwand und persönlicher Gefahr verbunden gewesen war und von dem er sich so viel versprochen hatte. Dabei hatte er doch eigentlich alles richtig gemacht. Der Raub war nahezu perfekt abgelaufen, ohne Spuren zu hinterlassen, und auch bei den beiden Fahrern des Transports war außer Kopfschmerzen und Übelkeit nichts zurückgeblieben. Besser hätte es kaum laufen können. Danach hatte er die Nerven behalten und keinem etwas von diesem Gemälde gesagt. Das war ihm nicht ganz leichtgefallen, denn es bedurfte großer Selbstdisziplin, etwas wirklich Großartiges zu leisten und eisern darüber zu schweigen. Doch er hatte es geschafft.

Nach rund acht Wochen hätte dann sein großer Tag kommen sollen. Er hatte schon lange vorher recherchiert, welche Versicherung das Gemälde und den Transport versichert hatte. Das war bei seinen Beziehungen nicht schwierig gewesen. An jenem Tag Anfang April hatte er voller Vorfreude von seinem Prepaid-Handy aus bei dieser Versicherung angerufen. Es hatte eine Weile gedauert, bis er einen Mann an der Strippe gehabt hatte, der für diesen Versicherungsfall zuständig war und der offenbar auch eine gewisse Entscheidungskompetenz besaß. Dann hatte er diesem Mann, einem gewissen Plöger, ein Angebot unterbreitet, das dieser eigentlich nicht hätte ausschlagen können.

»Ich weiß, dass Sie diesen Schadensfall nicht unter neunzigtausend Euro abwickeln können. Ein ordentlicher Batzen Geld, auch für eine Versicherung. Ich bin bereit, Ihnen zu helfen.«

Dann hatte er diesem Lackaffen eine Summe genannt, die ein so unglaubliches Schnäppchen für die Versicherung darstellte, dass er einfach hätte zugreifen müssen.

»Für sechzigtausend können Sie das Gemälde unbeschädigt an einem gewissen Ort abholen. Den werde ich Ihnen nennen, sobald wir uns über die Modalitäten der Geldübergabe geeinigt haben. Haben Sie bis dahin alles verstanden?«

Doch anstatt dankbar zu sein, hatte dieser verdammte Plöger nur gelacht. Laut gelacht. Als wenn er gar nicht mehr aufhören wollte.

»Ich habe auf jeden Fall verstanden, dass ich es hier mit einem unglaublichen Trottel zu tun habe«, hatte er geantwortet. »Mit einem trotteligen Hochstapler. Völlig gleichgültig, welchen Preis Sie mir anbieten, werde ich Ihnen nichts abkaufen, was schon längst wieder da ist, wo es hingehört. Haben Sie mich verstanden?«

Nein, nichts hatte er verstanden. Ihm war schwindelig geworden, und er hatte sich mehrmals schütteln müssen, um wieder einen klaren Kopf zu bekommen. Unerbittlich war die unangenehme Stimme dieses Herrn Plöger durchs Telefon gedrungen:

»Ich weiß überhaupt nicht, wovon Sie reden. Das Gemälde ist da, wo es hingehört, nämlich bei seinem Besitzer. Wenn Sie mir jetzt dieses Bild anbieten, bluffen Sie entweder ganz plump, oder Sie wollen mir eine Fälschung andrehen. Eine andere Erklärung gibt es nicht. Ob ich die Polizei von diesem Anruf informieren werde, überlege ich mir noch. Aber wenn Sie es noch einmal wagen sollten, mir so unverschämt zu kommen, dann hetze ich alle Hunde auf Sie. Haben Sie jetzt verstanden?«

Damit war das Gespräch zu Ende gewesen. Einfach so.

Er war noch heute, einen halben Monat später, schockiert über das, was ihm da passiert war. Er besaß einen mit absoluter Sicherheit echten Böckstiegel. Und der war nun von einer Sekunde auf die andere wertlos geworden. Es gab nur zwei Erklärungen: Entweder war der Versicherungsmann unentschuldbar dumm und arrogant, oder aber, und das war wahrscheinlicher, hing nun beim Sammler eine Fälschung. Vermutlich eine ziemlich gute Arbeit, vom Original nur durch eine aufwendige technische Untersuchung zu unterscheiden, aber eben falsch. Und keiner hatte das bemerkt. Vielleicht wusste Plöger sogar, dass er seinem Kunden eine Fälschung untergejubelt hatte. Diesem Kerl hätte er alles zugetraut.

Noch immer stark erschüttert, setzte er sich in einen Sessel, schob den großen Hund beiseite, der seinen zotteligen Kopf auf seinen Schoß legen wollte, und goss sich ein Glas Rotwein ein, das er in einem Zug leer trank. So musste er nicht daran denken, was er nach jenem schicksalhaften Anruf getan hatte.

17

Horst Schwiete strich sich mit den gespreizten Fingern durchs feuchte Haar. Auf dem Weg zum Bäcker, wo er sich ein belegtes Brötchen hatte holen wollen, war er nass geworden. Das Wetter war durchwachsen, es regnete in unregelmäßigen Abständen, und das Thermometer war jetzt, zur Mittagszeit, auf gerade einmal vierzehn Grad gestiegen. Keine Einladung, sich länger als nötig im Freien aufzuhalten. Dieser April machte seinem Namen alle Ehre.

Hastiger als geplant und mit weniger Genuss als erhofft, schlang er das Brötchen hinunter, wischte sich sehr gründlich den Mund und die Finger ab und nahm das Telefon zur Hand.

Er wählte die Nummer einer großen Versicherung, deren nächste regionale Niederlassung sich in Bielefeld befand. Als die Verbindung hergestellt war, stellte er sich mit Namen und Funktion vor und fragte nach einem geeigneten Ansprechpartner.

Schwiete ließ die Frage nicht los, wieso ein Gemälde erst gestohlen worden und dann so mir nichts, dir nichts wieder aufgetaucht war. Als wäre nichts gewesen. Vor allem interessierte ihn die Rolle der Versicherung bei diesem dubiosen Kunstraub. Dr. Levensteins Mutmaßungen am Vortag hatten ihn neugierig gemacht.

Er geriet in eine nicht enden wollende Warteschleife und war kurz davor, die Verbindung abzubrechen, als endlich eine energische Männerstimme erklang. Der Mann am anderen Ende stellte sich als Herr Plöger vor und wies sich als zuständiger Gesprächspartner aus.

Schwiete wiederholte etwas barsch seine nun bereits mehrfach gestellte Frage: »Es geht um den Diebstahl und die Rückgabe des Gemäldes *Herbstlicher Sonnenuntergang* von Peter August Böckstiegel. Bin ich denn jetzt mit dem Mann verbunden, der diesen Fall bearbeitet hat?«

»Allerdings«, erwiderte Plöger in selbstzufriedenem Tonfall.

»Sehr gut. Zuerst einmal, wie ist die Rückgabe des Gemäldes abgelaufen? Das ist ja erstaunlich schnell und offenbar reibungslos gegangen. Kommt das in dieser Form häufiger vor?«

Plöger räusperte sich. Es dauerte eine Weile, bis er antwortete: »Ich fürchte, Herr Hauptkommissar, dass ich Ihnen dazu keine Angaben machen kann. Es handelt sich hier um eine versicherungsinterne Angelegenheit. Für uns ist der Diebstahl mit der Rückgabe des Gemäldes abgeschlossen. Der strafrechtliche Teil dieses Versicherungsfalls ist nicht unsere Sache. Ich kann Ihnen nur empfehlen, sich diesbezüglich an Ihre Detmolder Kollegen zu wenden, die den Fall seinerzeit bearbeitet haben.«

»Es ist doch sicherlich Geld geflossen bei der Rückgabe des Bildes. Können Sie mir dazu denn etwas sagen?« Schwiete hatte das Gefühl, durchs Telefon das arrogante Grinsen dieses Herrn Plöger sehen zu können. Er ahnte bereits, dass auch diese Frage nicht beantwortet werden würde, und bekam prompt recht.

»Bedaure, aber wie unser Haus seine Schadensfälle abwickelt, ist unsere Sache. Dazu kann ich nichts sagen, erst recht nicht am Telefon. Ich stehe Ihnen natürlich für alle anderen Fragen des Versicherungsschutzes sehr gern zur Verfügung. Wenn Sie ein persönliches Beratungsgespräch wünschen, wird Ihnen meine Sekretärin gern einen Terminvorschlag machen. Ich wünsche Ihnen noch einen schönen Tag.«

Schwiete zerbiss einen Fluch und knallte den Hörer auf das Gerät. Er hatte das starke Bedürfnis, jetzt irgendeinen armen Teufel so richtig nach allen Regeln der Kunst fertigzumachen, um sich abzureagieren. Da niemand zur Verfügung stand, räumte er seinen Schreibtisch auf. Als alles in Reih und Glied lag, fühlte er sich schon wieder etwas besser. Langsam wurden auch die Gedanken wieder klarer. Er sollte wirklich die Detmolder Kollegen anrufen, dachte er. Oder besser noch, ins Lipperland fahren und direkt mit dem Polizeirat Jupp Schulte sprechen, den er noch nie persönlich kennengelernt, aber von dem er schon viel gehört hatte.

18

»Zurzeit geben sich die Besucher aber die Klinke in die Hand«, meinte Hilde Auffenberg, als sie das Telefon zurücklegte.

»Wieso?«, fragte Herbert Höveken, der an ihrem Küchentisch saß und Kaffee trank. Der ältere Herr war auf einen kurzen Nachbarschaftsbesuch herübergekommen. In Wahrheit fiel ihm in der Werkstatt bisweilen die Decke auf den Kopf, wie seine Nachbarin durchaus wusste. Aber da sie Herbert Höveken mochte, hatte sie ohne weiteren Kommentar Kaffee gemacht und sich mit ihm an den Küchentisch gesetzt. »Meinst du mich damit?«

»Nein«, erwiderte sie schmunzelnd. »Ich habe dir doch von diesem Bildhauer erzählt. Der hat gerade angerufen und sich angekündigt. Er habe etwas mit mir zu besprechen, sagte er. Bin mal gespannt, worum es geht.«

Höveken warf ihr einen kritischen Blick zu. Ihn schien der Gedanke an den jungen, kraftstrotzenden Künstler wenig zu erfreuen.

»Mit diesen Kunstvereinsleuten hast du es jetzt aber ziemlich dicke«, brummte er missmutig. »Gestern diese Adelige und heute dieser Bildhauer. Bin jetzt wohl überflüssig geworden, oder?«

Hilde Auffenberg schaute ihn lange und prüfend an.

»Herbert, du redest dummes Zeug. Was haben denn diese Leute mit dir zu tun? Komm, nun sei ein netter Kerl und freu dich drauf, mal einen neuen und sehr interessanten jungen Mann kennenzulernen. Irgendwie seid ihr doch Kollegen, ihr beide.«

Nun machte Höveken große Augen.

»Wieso Kollegen? Wie meinst du denn das?«

»Na, ihr schafft beide mit euren Händen hochwertige Objekte. Der eine aus Stein, der andere aus Holz. In gewisser Weise seid ihr doch beide Künstler – ob ihr nun einen weiblichen Akt modelliert oder einen edlen Sarg herstellt.«

Doch Herbert Höveken war nicht mehr zu befrieden.

»Und für so einen Akt willst du jetzt wohl Modell stehen, oder was?«, dröhnte er und sprang auf. »Dabei möchte ich nicht stören. Ich gehe wohl besser.« Beim Hinauslaufen knallte er die Küchentür zu. Zwei Sekunden später flog auch die Haustür wummernd ins Schloss.

Hilde Auffenberg stand sprachlos in ihrer Küche. Mit allem Möglichen hatte sie gerechnet, aber nicht mit Eifersucht. Dass Höveken sie schätzte und sich auf seine stille Art um sie bemühte, war für sie immer Teil ihrer Freundschaft gewesen. Daran hatte sie sich gewöhnt, es war Alltag geworden, und sie hatte es kaum noch zur Kenntnis genommen. Nun schockierte sie dieser heftige Ausbruch eines Mannes, der ihr als Freund und Nachbar lieb und teuer war, von dem sie aber weiter nichts erwartete.

Während sie sich noch fragte, wie sie mit dieser Situation fertigwerden sollte, ging die Haustürklingel. Sie öffnete und musste hochschauen, um Hagen Steiner in die leuchtend blauen Augen sehen zu können. Obwohl sie das Bussi-Bussi-Begrüßungsgetue eigentlich nicht mochte, ließ sie es sich von Steiner gern gefallen.

»Kaffee?«, fragte sie, als Steiner im Flur stand.

»Ja, aber ich würde gern ein bisschen bummeln und dann irgendwo einen Kaffee trinken«, antwortete er. »Heute regnet es ausnahmsweise mal nicht, das sollten wir nutzen.«

»Gut«, erwiderte sie, »ich muss mich nur noch kurz fertig machen, dann können wir gehen. Bin gleich wieder da.«

Damit ließ sie ihn allein im Flur stehen und ging ins Badezimmer.

Als sie einige Minuten später wieder in den Flur kam, polterte Johnny Winter gerade die Treppe hinunter. Im Schlepptau hatte er eine noch sehr junge Frau, vielleicht Ende zwanzig. Winter sah so zauselig aus wie immer, als wäre er gerade aus dem Bett gekommen. Und das war jetzt, um vierzehn Uhr, durchaus möglich. Die auf etwas eigenwillige Art hübsche Dame hatte ihm dabei offenbar Gesellschaft geleistet.

Hilde Auffenberg stellte die beiden Männer gegenseitig vor und lernte dabei auch den Namen der Frau kennen, vergaß ihn aber sofort wieder. Es lohnte sich nicht, die Namen von Winters Freundinnen zu lernen, dafür wechselten sie einfach zu häufig.

Kurz nachdem Winter mit seiner Freundin das Haus verlassen hatte, verriegelte auch Hilde Auffenberg die Haustür und trat mit ihrem hünenhaften Begleiter auf die sonntäglich stille Straße. Im Haus gegenüber wurde in diesem Augenblick rasch eine Gardine zugezogen. Herbert Höveken hatte sie offenbar beobachtet. Kurz spürte sie einen Anflug von schlechtem Gewissen. Doch dann besann sie sich eines Besseren. Sie war eine allein lebende Frau und niemandem Rechenschaft schuldig. Und überhaupt – was waren das für lächerliche Verdächtigungen? Sie und dieser zwanzig Jahre jüngere Riese? Das war doch komplett abwegig.

Sie bummelten munter plaudernd die Mühlenstraße hoch und bogen vor der Gaststätte »Biergarten« rechts ab in eine der schönsten Ecken dieser alten Stadt. Hier fließt die Pader in mehreren nahezu parallel laufenden, unterschiedlich breiten Bächen durch eine grüne Landschaft, um kurz darauf unter tosendem Lärm zusammenzuströmen und von dort aus einen zwar kurzen, aber stattlichen Flusslauf zu bilden.

»Hier war ich noch nie«, bekannte Steiner und sah sich staunend um. Die beiden folgten dem weiteren Verlauf des Flusses und schlenderten durch die Paderauen, die bei diesem kühlen Wetter wenig belebt waren.

»Ich habe eine Bitte«, sagte Steiner nach einer Weile. »In Rietberg findet demnächst eine Ausstellung statt, die ich kuratieren werde. Sie wissen vielleicht schon davon. Als ich Sie neulich kennengelernt habe, kam mir gleich die Idee, dass Sie mir vielleicht helfen können.«

Daraufhin erklärte er ihr, dass zu seinen Aufgaben auch so etwas wie Ausstellungspädagogik gehören solle. Schülergruppen sollten durch die Ausstellung geführt werden, und Hilde Auffenberg als ehemalige Lehrerin schien ihm dafür besonders geeignet zu sein. Sie fühlte sich geschmeichelt, aber auch irritiert. Sicher, als Lehrerin hatte sie so was häufiger gemacht und besaß eine Menge Erfahrung.

»Aber es gibt doch sicher eine Menge deutlich jüngerer Leute, die das viel besser können«, wandte sie ein.

»Glaube ich nicht«, meinte Steiner und blickte mit strahlenden Augen auf sie herab, »unsere gemeinsame Freundin Edda von Sintfeld hat mir eine Menge über Sie berichtet, und wenn sie sagt, dass Sie die Richtige sind, dann zweifele ich keine Sekunde daran. Also, was meinen Sie?«

19

An der Abfahrt Kohlstädt musste er die B1 verlassen, um die landschaftlich schönere Strecke nach Detmold zu nehmen – das wusste Schwiete noch von den wenigen Besuchen, die er der alten Residenzstadt abgestattet hatte. Es ging über die sogenannte Gauseköte, so nannte man die kleine, schmale Straße über den Teutoburger Wald. Früher waren hier sogar einmal Autorennen gefahren worden, glaubte Schwiete zu wissen. Gott sei Dank gab es einen solchen Unsinn heute nicht mehr auf öffentlichen Straßen.

Er genoss die landschaftliche Schönheit, der die Hobbyrennfahrer von damals mit Sicherheit wenig Aufmerksamkeit gewidmet hatten. Wahrscheinlich war es ihnen nur darum gegangen, so schnell wie möglich die kurvenreiche Strecke ins Tal zu fahren.

Schwiete brachte seinen Dienstwagen vor der Kreispolizeibehörde Detmold zum Halten. An der Pforte der Behörde fragte er nach Polizeirat Schulte. Ein dicker Polizist mit einem Panzerknackergesicht griff nach einem Telefonhörer und tippte eine Kurzwahl.

»Jupp, Besuch für dich! Soll ich ihn hochschicken?«

Im nächsten Augenblick nickte der dicke Polizist jemandem Imaginärem zu, als stünde sein telefonischer Gesprächspartner ihm gegenüber.

»Alles klar, mache ich.«

An Schwiete gewandt, sagte er: »Sie können hochgehen, Schulte erwartet Sie.« Dann nannte er dem Paderborner Kollegen noch eine Zimmernummer und kümmerte sich nicht mehr um ihn.

Irgendetwas störte Schwiete, doch er wusste nicht genau, was. War es allgemein üblich, dass die Polizisten, die in der Telefonzentrale arbeiteten, einen Polizeirat einfach mit Jupp anredeten? Oder war er selbst nur wieder einmal zu korrekt? Während er noch nachdachte, war er vor der Bürotür mit der Nummer angekommen, die der dicke Polizist ihm genannt hatte.

Schwiete klopfte an.

»Ist offen, Kollege!«, hörte er eine laute Stimme hinter der Tür.

Schon wieder so ein jovialer Umgangston. Schwiete fühlte sich an den neuen Kollegen Johannpeter erinnert, der alle Welt wie selbstverständlich duzte. War das schon immer so gewesen, dass man allgemein einen so saloppen Umgangston pflegte? Und war ihm das nur deshalb nicht aufgefallen, weil er nicht darauf geachtet hatte? Weil er seine Welt, so wie er sie sah, als Maß aller Dinge angenommen hatte und vieles, was da nicht hineinpasste, einfach übergangen hatte?

Oder lag es daran, dass sich sein Leben, seit er Karen Raabe kennengelernt hatte, gerade so sehr veränderte, dass er bei dem, was er früher einfach übersehen konnte, plötzlich genau hinschaute? Und schier verwundert war, wie sich alles darstellte, wenn man einen anderen Blickwinkel einnahm?

Schwiete hatte wohl einige Sekunden zu lange vor der Tür gestanden und war seinen Gedanken nachgehangen. Denn plötzlich wurde die Tür, vor der er stand, von innen geöffnet. Ein unrasierter, etwas untersetzter Mann mit zerzausten grauen Haaren stand ihm gegenüber.

»Sag mal, Kollege, bist du taub? Alle Welt behauptet immer, ich würde zu laut reden. Aber für dich scheine ich zu leise zu sein.«

Schwiete brauchte einen Moment, um die Situation zu erfassen.

»Nein, ich kann sehr gut hören, und die Lautstärke war in Ordnung«, entgegnete er noch etwas verdattert. »Aber in dem Moment, als ich an die Tür klopfte, kam mir ein Gedanke, über den ich noch nachdenken musste.«

»Endlich mal eine gute Antwort«, erwiderte dieser Schulte grinsend. »Ich kann dumme Ausreden nämlich nicht leiden. Warte mal eben, dann bin ich so weit.«

Mit dieser Antwort hingegen konnte Schwiete nun gar nichts anfangen. Er war gekommen, um mit dem Polizeirat über seinen aktuellen Fall zu sprechen. So etwas tat man gewöhnlich in einem Büro oder einem Besprechungsraum. Wieso wurde er also nicht in Schultes Zimmer hereingebeten, und wieso sollte er warten?

Weitere Gedanken konnte sich Schwiete nicht mehr machen, denn der seltsame Detmolder Polizist stand schon wieder vor ihm. Über den rechten Arm hatte er eine speckige Lederjacke gehängt, und in der linken Hand hielt er eine Akte.

»Meine Tochter muss kurzfristig einen wichtigen Termin wahrnehmen. Daher habe ich mich bereiterklärt, meinen Enkel aus der Schule abzuholen. Da habe ich mir gedacht, ich nehme dich einfach mit zu uns auf den Hof. Da kannst du mit uns essen, und anschließend besprechen wir den Fall. Ist doch okay, oder?«

Schwiete nickte, fragte sich aber insgeheim, ob man einen wildfremden Menschen einfach so mit zu sich nach Hause zum Mittagessen nahm. Während sich Schwiete schon wieder wunderte, tat Schulte so, als wäre das alles das Normalste von der Welt.

»Dein Auto kannst du auf dem Parkplatz stehen lassen. Ich liefere dich später wieder hier ab. Das ist kein Problem für mich, ich muss sowieso noch mal ins Büro.«

Okay, es ist Mittagszeit, dachte Schwiete. Da hat jeder Beamte die Möglichkeit, eine Pause zu machen. Schwiete tat das auch manchmal. Dann ging er zu einem Bäcker und kaufte sich ein Brötchen. Eine ausgedehntere Mittagspause hatte er noch nie gemacht.

Schwiete fragte sich, ob das, was er gerade erlebte, dem kulturellen Unterschied zwischen Lippe und Paderborn geschuldet war. Doch noch bevor er den Gedanken weiterverfolgen konnte, blieb Schulte vor einem uralten Volvo-Leichenwagen stehen und fummelte mit seinem Schlüssel an dem Schloss der Fahrertür herum.

»Klemmt manchmal«, erklärte er dem verdatterten Schwiete, der gerade überlegte, ob er wirklich mit diesem Auto mitfahren sollte. »Ich habe das Schloss gleich geknackt«, kommentierte Schulte sein Gefummel an der Autotür. »Du kannst schon mal einsteigen. Die Beifahrertür ist offen. Die lässt sich gar nicht mehr abschließen.«

Schwiete wäre wahnsinnig geworden, wenn er irgendwo ein Auto hätte abstellen müssen, bei dem sich eine Tür nicht verschließen ließe. Als er die Autotür aufzog, sah er im Fußraum des Fahrzeugs einige leere Colaflaschen liegen und auf dem Beifahrersitz ein fettiges Butterbrotpapier. Gegen den Kerl ist unser Johnny Winter ja ein Ordnungsfanatiker, dachte er.

»Wirf einfach alles in den hinteren Fußraum«, hörte er Schulte neben sich sagen.

Schwiete war unangenehm berührt. Er sah sich um, fasste das Papier mit spitzen Fingern an und trug es zu einem Papierkorb, der am Eingang der Kreispolizeibehörde stand. Auf dem Weg hörte er, wie Flaschen aneinanderschlugen. Schulte schien inzwischen selbst Hand anzulegen.

Bereits nach kurzer Fahrt stoppte der Leichenwagen wieder, und zwar gegenüber von einer Schule. Ein etwa neunjähriger Junge hielt direkt auf Schultes Auto zu, riss die hintere Tür auf, kletterte auf den Rücksitz und rief: »Hi!«

Schulte nickte, und Schwiete sagte: »Guten Tag.«

»Ein Kollege von mir aus Paderborn, Horst Schwiete. Mein Enkel, Linus«, machte Schulte die beiden miteinander bekannt.

»Paderborn? Cool! Gehst du auch zum SC?«, begann der Kleine gleich ein ungezwungenes Gespräch.

Schon wieder Fußball, dachte Schwiete. Anscheinend war die Erfolgswelle der Paderborner Fußballmannschaft sogar bis ins Lippische geschwappt. Wie auch immer, ihm ging dieses Thema mittlerweile ziemlich auf die Nerven.

»Nein, ich war noch nie beim Fußball«, sagte er zu dem Jungen.

»Mann, da hast du aber was verpasst. Opa und ich gehen am Sonntag zum Spiel Paderborn gegen Greuther Fürth.«

»Moment, Moment!«, fiel Schulte seinem Enkel ins Wort. »Ich habe gesagt, wir gehen, wenn du in der Mathearbeit eine Eins hast.«

Linus grinste so breit, dass seine Mundwinkel fast die Ohren berührten.

»Genau, Opa, das hatten wir abgemacht.«

»Wahnsinn! Von Vier auf Eins! Du musst ja richtig gebüffelt haben für die Arbeit. Und was hat deine Lehrerin dazu gesagt?«

»Die hat erst geglaubt, ich hätte abgeschrieben. Aber das konnte sie sich abschminken. Ich war nämlich das einzige Kind in der Klasse, das eine Eins bekommen hat. Ich kann also gar nicht abgeschrieben haben.«

Schulte stoppte sein Auto auf einem schönen alten Bauernhof.

»Wir können erst was essen. Anschließend gehen wir zu mir und sprechen den Fall durch.«

Sie gingen durch ein großes Dielentor und standen wenig später in einer großen, gemütlichen Wohnküche. Der Raum erinnerte Schwiete an sein Zuhause. Die Küche im Kotten seines Vaters war längst nicht so groß gewesen wie diese, aber irgendwie ähnlich. Es duftete wunderbar. Am Herd hantierte ein alter Mann.

Als die Männer und Linus den Raum betraten, drehte der Alte sich um. Ohne Schwiete besonders zu würdigen, meinte er:

»Wird aber auch Zeit, dat ihr kommt. Ich hab schon chedacht, ich müsste alles alleine verputzen.« Er zeigte auf einen dampfenden Kochtopf. Dann wandte der Alte sich an den Jungen.

»Linus, deck schon mal den Tisch. Et chibt Durchennander.«

Der Junge grinste verschmitzt und verriet Schwiete hinter vorgehaltener Hand: »Mit Durcheinander meint Anton einen Eintopf.«

Schulte stellte den alten Bauern als Anton Fritzmeier vor. Der gab Schwiete seine schwielige Hand, nachdem er sie an seiner Hose abgewischt hatte.

»Jupp hat dich schon anchekündicht. Wat wollt ihr trinken? Ein Detmolder oder Wasser?«

Schulte und Schwiete entschieden sich für Wasser und der alte Bauer für Bier.

Eine halbe Stunde später gingen zwei zufriedene, satte Männer über den Hof zu Schultes Wohnung. Schwiete hatte zweimal nachgenommen. So einen köstlichen Eintopf hatte er seit seiner Kindheit nicht mehr gegessen. Gut gesättigt, hatte er den leeren Teller nach dem zweiten Nachschlag weggeschoben und sich fest vorgenommen, so ein Gericht in den nächsten Tagen nachzukochen.

Über eine Stunde gingen die beiden Polizisten den Fall durch. Für Schwiete war ein Faktor besonders entscheidend: Der Kunsträuber musste von dem Transport gewusst haben. Und das schränkte den Kreis an Verdächtigen erheblich ein. Schulte hatte ihm zwar versichert, dass die infrage kommenden Personen alle vernommen worden seien und deren Alibis habe man auch geprüft. Alle seien absolut wasserdicht. Der Name Plückebaum allerdings tauchte in den Unterlagen an keiner Stelle auf, obwohl er einige Skizzen von dem gestohlenen Bild besessen hatte. Ob die Zeichnungen tatsächlich von Böckstiegel angefertigt worden waren oder von jemand anders, war noch ungeklärt.

Auf jeden Fall mussten die Personen, die seinerzeit als mögliche Täter infrage gekommen waren, ein weiteres Mal vernommen werden. Das Alibi von Plückebaum musste man – soweit möglich – noch einmal überprüfen und ebenso eventuelle Querverbindungen zwischen dem Toten und den Mitgliedern des Vereins Freunde der westfälischen Moderne, die mit dem Kunstdiebstahl in Verbindung gebracht werden konnten.

Als Schulte seinen Kollegen später wieder an dessen Auto ablieferte, sicherte er ihm, wenn es nötig würde, seine Hilfe zu. Dann verabschiedete er sich.

Mann, der Kerl hat aber einen Stock im Arsch, dachte Schulte und versuchte mal wieder verzweifelt, sein Autoschloss zu überlisten. Schwiete hingegen wunderte sich, dass es ein solcher Chaot, wie sein Detmolder Kollege es anscheinend war, bis zum Polizeirat gebracht hatte.

20

»Was ist dir denn über die Leber gelaufen?«, fragte Hagen Steiner verblüfft, als er seiner Lebensgefährtin Alena die Tür zum Atelier öffnete. Die beiden waren seit mehr als drei Jahren ein Paar, wohnten aber nach wie vor getrennt. Alena gegenüber hatte er dieses Arrangement damit begründet, dass er ungestört arbeiten wolle. Sie hatte es leider so interpretiert, dass er nur in aller Ruhe jede dahergelaufene Schlampe ins Bett zerren wolle. Denn Alena war eifersüchtig. Ständig. In den drei Jahren hatte Steiner in ihrer Gegenwart keiner Frau auch nur einen Blick zuwerfen dürfen, der länger als zwei Sekunden währte, ohne ihren Vorwürfen ausgesetzt zu sein. Seine Freunde fragten sich oft, warum er sich das gefallen ließ. Schließlich hatte Steiner einen mächtigen Schlag bei Frauen und hätte ohne Alena keineswegs vereinsamen müssen.

Wovon sie nichts wussten, waren Alenas Qualitäten als Geliebte. Sie war ein atemberaubendes Vollweib und in guten Momenten durchaus in der Lage, einem Mann restlos den Verstand zu rauben. Im nächsten Augenblick konnte sie zur keifenden Nervensäge mutieren, ihn mit unsinnigen, haltlosen Vorwürfen bombardieren und ihr Schicksal beklagen, mit so einem Scheusal wie Steiner liiert zu sein. Er kannte beide Seiten an ihr. Während er die eine in vollen Zügen genoss, ertrug er die andere weitgehend klaglos und mit unendlicher Geduld. Langweilig war es den beiden nie.

Warum Alena an diesem Abend wieder ihre stachelige Seite zeigte, konnte er sich nicht erklären, aber da er es aufgegeben hatte, in ihren Attacken einen Grund zu finden, wollte er sie in den Arm nehmen und ihr einen Begrüßungskuss geben. Aber sie drückte seinen Arm zur Seite, drehte sich von ihm weg, schaute ihn angewidert an und holte tief Luft. Er ahnte schon, was nun kommen würde. Sie riss die Tür wieder auf, jagte die beiden verängstigten Hunde aus dem Atelier und knallte die Tür hinter ihnen wieder zu. Dann schrie sie:

»Ich habe mir ja schon viel von dir gefallen lassen, aber jetzt reicht es! Das ist ja widerwärtig! Du verdammtes Ekel!«

Steiner hatte nicht die geringste Ahnung, was sie meinte. Doch er versuchte auch gar nicht, sie zu fragen, sondern drehte sich um und ging ruhig zu seinem Bildhauerblock, auf der ein großer Steinblock erste, noch sehr grobe Formen eines weiblichen Oberkörpers erkennen ließ. Diese Arbeit konnte nicht der Grund für Alenas Eifersucht sein, dachte er, schließlich hatte sie selbst dafür Modell gestanden. Er brauchte nicht lange auf weitere Vorwürfe zu warten.

»Dass du alles vögelst, was nicht schnell genug auf den Baum kommt, weiß ich ja schon lange. Aber nie hätte ich an so was gedacht. Bah! Ich glaube, ich kann dich nie wieder berühren, denn dann bekomme ich sofort Ausschlag. Du Monster!«

Steiner spielte genervt mit dem schweren Fäustel, ließ ihn von einer Hand in die andere fallen, legte ihn dann aber auf den Bildhauerblock und holte tief Luft.

»Jetzt bleib doch bitte mal …«

Ihm blieb jedoch keine Zeit, den Satz zu beenden, Alena hatte sich mit Schwung von ihm abgekehrt und brüllte nun die Wand an.

»Mit allem habe ich bei dir gerechnet! Es hätte mich nicht gewundert, wenn du mit kleinen Mädchen aufgetaucht wärst. Auch nicht, wenn du urplötzlich schwul geworden wärst. Alles kein Problem. Hätten wir drüber reden können. Aber das jetzt? Nein, das geht zu weit!«

Ihre blonden, schulterlangen Locken wirbelten durcheinander, als sie sich wieder umdrehte und ihn hasserfüllt anstarrte. Trotz der unangenehmen Situation verspürte er eine starke Erregung beim Anblick ihrer vor Wut und Anstrengung heftig wogenden Brüste. Auch das flammende Rot auf ihren Wangen wirkte auf ihn wie eine Einladung. Mit

Mühe riss er sich vom Anblick dieser Walküre los, zwang sich zur Ruhe, nutzte eine ihrer wenigen Atempausen und rief dazwischen:

»Was habe ich denn verdammt noch mal angestellt?«

»Du Schwein treibst es mit einer Urgroßmutter! Mit einer welken Greisin! Reicht das nicht?«

Als sie seine Verblüffung sah, lachte sie schrill.

»Jetzt tu doch nicht so, du Lügner. Ich habe euch gesehen. Heute Nachmittag, in der Stadt. Ja, rein zufällig war auch ich in Paderborn. Ha! Jetzt staunst du, was? Ich habe mit einer Freundin im Biergarten gesessen, im Glaspavillon. Du hast mich nicht gesehen, aber ich habe dich sofort erkannt. Dich kann man ja nicht übersehen, mit dieser Elefantenfigur. Du hast eine Oma dabeigehabt, und du hast mit ihr so vertraut gesprochen wie mit einer Geliebten. Du Drecksau!«

Obwohl Steiner wusste, dass er damit alles nur noch schlimmer machen würde, konnte er einen wüsten Lachanfall nicht verhindern. Noch während er nach Luft rang, schnappte Alena sich eine zierlich geformte Marmorfigur und schleuderte sie mit aller Kraft gegen die Wand, an der sie in hundert kleine Splitter zerbarst.

»Bist du irre?«, schrie Steiner, urplötzlich wieder ernüchtert. »Das Ding war wertvoll!«

»Ebendrum!«, konterte sie, offenbar mit sich zufrieden. Nach diesem Ausbruch wirkte sie etwas entspannter. »Ich bin euch gefolgt. Ihr seid dann durch den Park gebummelt. Wie zwei Turteltauben. Okay, ihr habt euch nichts anmerken lassen, habt euch zurückgehalten, wahrscheinlich wegen der Leute. Aber du hast es gewollt, die ganze Zeit. Das habe ich dir angesehen. Niemand kennt diesen Blick so gut wie ich. Mir machst du nichts vor!«

Steiner wusste, dass es sinnlos gewesen wäre, sie von der kompletten Unsinnigkeit dieser Unterstellung zu überzeugen. Dennoch machte er einen Versuch:

»Alena, diese Frau könnte meine Mutter sein. Sie ist locker zwanzig Jahre älter als ich. Was denkst du denn?«

»Nur das Schlimmste!«, gab sie zurück. »Und dafür hast du mir schon tausend Gründe geliefert. Die Frau hat sich für ihr Alter unglaublich gut gehalten. Das kannst du nicht abstreiten.«

»Das streite ich auch gar nicht ab«, rief er. »Ja, diese Frau, sie heißt übrigens Hilde Auffenberg, geht locker auch noch für Ende fünfzig durch. Aber das interessiert mich gar nicht, ich will sie nicht ins Bett kriegen, ich will, dass sie mir bei der Ausstellung hilft. Nicht mehr und nicht weniger.«

Jetzt lachte Alena wieder schrill. Kein Wort schien sie ihm zu glauben und überschüttete ihn weiter mit Vorwürfen. Dennoch wurde sie von Sekunde zu Sekunde ruhiger, ihre Körperspannung lockerte sich, ihre Stimme wurde leiser und weicher, bis sie sich schließlich, restlos erschöpft, mit dem Rücken an die Wand lehnte und versuchte, wieder zu Atem zu kommen. Die Marmorsplitter auf dem Boden knirschten unter den Absätzen ihrer hochhackigen Schuhe. Dann herrschte für eine Minute fast vollkommene Stille. Nur das leise Winseln der beiden Hunde draußen vor der Tür war zu hören.

Wieder spürte Steiner eine Welle der Erregung über sich schwappen, als er sie dort an der Wand stehen sah. Still, erschöpft, der weiblich üppige Körper von der Anstrengung noch leicht vibrierend, gleichzeitig waffenstarrende Amazone und gefallener Engel – das war zu viel für ihn. Er ging zu ihr und schloss sie in die Arme. Als seine riesige Hand über ihren Körper glitt, wusste er, dass auch dieser Abend da enden würde, wo die Abende mit Alena immer endeten. Im Bett. Vor dem Einschlafen würde alles wieder gut sein. Jedenfalls bis zum nächsten Morgen.

21

Es war ein anstrengender Tag gewesen. Jetzt saß Schwiete in seinem Wohnzimmer und hatte eigentlich nur noch ein Bedürfnis: sich aufs Sofa zu fläzen. Aber heute war sein Trainingstag. Seit vielen Jahren war er Mitglied im Polizeisportverein und ging zweimal die Woche zum Ju-Jutsu. Und weil Schwiete ein Mann mit Prinzipien war, packte er seine Sporttasche, und das Sofa blieb heute Abend unbesetzt.

Schon lange beschäftigte er sich mit verschiedenen asiatischen Kampfkünsten. Sein großer Traum war es immer gewesen, einmal vor Ort in Japan, China oder Korea seine Techniken zu verfeinern. Bisher hatte sein finanzielles Budget lediglich einen dreiwöchigen Aufenthalt in Japan zugelassen, wo er in einer berühmten Kampfschule trainiert hatte. Seitdem hatte er sich vorgenommen, das dort Kennengelernte zu perfektionieren.

Als Schwiete seinerzeit mit seinen Sonderübungseinheiten begann, hatten alle anderen Sportkollegen sich sehr über seine, wie sie es nannten, Verrenkungen amüsiert. Um nicht immer Opfer des Spotts zu sein, hatte Schwiete sich daher entschlossen, stets eine halbe Stunde vor seinen Kollegen mit seinem persönlichen Vortraining zu beginnen. Mit der Zeit hatten sich die Sportkameraden an Schwietes Verhaltensweisen gewöhnt. Sie trudelten nach und nach zum Training ein und kümmerten sich nicht mehr um Schwietes Extratouren. Lediglich Kükenhöner machte ab und zu ein paar dumme Bemerkungen.

So war es auch heute. Schwiete absolvierte seine Übungen. Die anderen Kollegen machten sich warm. Und Kükenhöner frotzelte: »Na, Horsti, was für eine Choreografie ist es denn heute? Der sterbende Kranich, oder tanzt du gerade deinen Namen?«

Doch außer ihm selbst lachte niemand über Kükenhöners Witz. Noch während er sich prächtig amüsierte, tauchte hinter ihm Johannpeter auf, grüßte in die Runde und lächelte.

Warum nur kann ich diesen smarten Kerl nicht leiden?, dachte Kükenhöner. Aber jetzt ist vielleicht eine gute Gelegenheit, den Kleinen mal so richtig rundzumachen.

»Na, Peterchen, auch ein bisschen kämpfen üben? Wie wäre es denn mit uns beiden?«

Johannpeter gab sich unsicher.

»Na ja, ein bisschen Training ist ja gar nicht schlecht, und da dachte ich, ich gucke mal bei eurer Polizeisportgruppe vorbei. Vielleicht kann ich hier ja noch ein bisschen was lernen.«

»Gute Idee«, meinte Kükenhöner und grinste. »Also, wie ist es nun mit uns beiden? Soll ich dir etwas beibringen?«

»Ja, wenn es dir nichts ausmacht, warum nicht? Wann hat man schon mal die Gelegenheit, mit so einem erfahrenen Mann, wie du es bist, zu kämpfen?«

Die anderen Polizisten wurden auf die zwei Männer aufmerksam. Nach und nach unterbrachen sie ihre Aufwärmübungen und sammelten sich um die beiden, die sich mittlerweile konzentriert taxierten. Die plötzliche Aufmerksamkeit veranlasste Kükenhöner dazu, genau das zu tun, was er bei den vielen Auseinandersetzungen in seiner Dorfkindheit gelernt hatte. Er präsentierte sich wie ein Gockel, eitel und siegesgewiss. Schon oft hatte er mit diesem Gehabe sein Gegenüber dermaßen eingeschüchtert, dass allein dieses Aufplustern ausgereicht hatte, um jede weitere Auseinandersetzung zu verhindern.

»Klar, es wäre schön, wenn ich mir von dir die eine oder andere Kampftechnik abgucken könnte«, entgegnete Johannpeter beinahe devot. »Muss aber auch nicht sein, du hast sicher deinen Trainingsablauf, den ich jetzt vielleicht störe. Das will ich natürlich auch nicht.«

Kükenhöner grinste den jungen Polizisten frech an.

»Du störst in keiner Weise, Bubi, aber wenn du die Hosen voll hast, können wir das Ganze natürlich auch lassen.«

»Hosen voll, na ja, das jetzt nicht gerade, aber wenn du meinst, wir sollten es lassen, ist das für mich auch okay.«

Dem Kurzen geht ja der Arsch auf Grundeis, dachte Kükenhöner. Aber aus der Nummer lass ich den jetzt nicht mehr raus. An Johannpeter gewandt sagte er nur »Bitte« und deutete mit der rechten Hand einladend auf die Matte.

Auch Schwiete hatte den Dialog mit angehört. Er musste zugeben, dass er gespannt war, wie diese Geschichte ausgehen würde. Wieder einmal wurde er aus Johannpeter nicht schlau. War der wirklich nur schüchtern, oder war dieses unterwürfige Verhalten ein Teil seiner Kampfstrategie?

Kükenhöner war ein Hitzkopf und Raufbold, außerdem verschlagen und – wenn es sein musste – auch brutal. In diesem Moment bot sich ihm eine hervorragende Möglichkeit, Johannpeter zu demütigen. Schwiete wusste, dass Kükenhöner genau das vorhatte. Und zwar mit einer solchen Konsequenz, dass der junge Polizist sich anschließend niemals mehr trauen würde, Kükenhöners Kreise in irgendeiner Weise zu stören. Johannpeter würde ihm aus der Hand fressen, und Kükenhöner würde es verlangen.

Wenn der LKA-Mann morgen mit einem blauen Auge in die Kreispolizeibehörde käme, dann würde Kükenhöner schon dafür sorgen, dass jeder erfuhr, wie der zu dem Veilchen gekommen war. Allen würde er erzählen, ob sie es hören wollten oder nicht, wie er es diesem Milchbubi vom LKA mal so richtig besorgt hatte.

Schwiete wusste aber auch, dass Kükenhöners aufbrausende Art auch zu seiner größten Schwäche werden könnte. Und Schwiete hatte eine vage Ahnung, dass Johannpeter das ebenfalls wusste.

»Was ist nun, Peterchen? Machen wir jetzt den Gang oder nicht?«, setzte Kükenhöner nach.

Johannpeter nickte irgendwie unschlüssig.

»Meinetwegen«, sagte er fast unbeholfen. »Wir können es ja mal versuchen.«

Die beiden Männer standen sich mitten auf der Matte gegenüber, verbeugten sich voreinander und nahmen Kampfhaltung ein. Lauernd umrundeten sich die beiden. Schwiete merkte, dass Johannpeters Verhalten Kükenhöner überhaupt nicht gefiel, sondern ihn vielmehr provozierte.

Von jetzt auf gleich fiel er über den jungen Kollegen her. Besser gesagt, er versuchte, über ihn herzufallen. Denn seine Attacke landete da, wo Johannpeter längst nicht mehr stand. Geschickt hatte er sich aus dem Angriff herausgedreht und stand nun hinter Kükenhöner. Er tippte ihm mit dem rechten Zeigefinger auf die Schulter.

»Nicht so ungestüm, alter Mann«, sagte Johannpeter. Aus dem devoten Gegner war auf einmal ein arroganter junger Schnösel geworden. Und dieser Strategiewechsel verfehlte seine Wirkung bei Kükenhöner nicht. Er schlug blitzschnell nach Johannpeters ungedecktem Kopf. Doch der Schlag ging ins Leere.

Teufel, ist der Junge schnell, dachte Schwiete.

Kükenhöner hingegen hörte nach diesem zweiten misslungenen Angriff augenblicklich auf zu denken. Er fühlte nur noch Wut und stürzte sich wie ein Stier, der rotsah, auf sein Gegenüber. Doch wieder war Johannpeter ihm mit einer geschickten Körperdrehung ausgewichen. Noch während er sich nach links wegdrehte, zog er mit dem rechten Fuß Kükenhöner die Beine unter dem Körper weg. Wie ein nasser Sack krachte dieser auf die Matte.

»Denk dran, du bist nicht mehr der Jüngste, Karl. Wir sollten das Ganze jetzt beenden. Nachher tust du dir noch weh«, bemerkte Johannpeter, verbeugte sich und machte Anstalten, die Matte zu verlassen.

Da hörte er hinter sich einen wütenden Schrei. Blitzschnell

drehte er sich um hundertachtzig Grad und streckte Kükenhöner den Handballen entgegen. Der traf den heranstürmenden Mann genau auf dem Solarplexus. Wie eine gefällte Eiche ging Kükenhöner zu Boden. Im Bruchteil einer Sekunde war sein Gesicht blau angelaufen. Er röchelte und versuchte, Luft in seine leeren Lungen zu bekommen. Zwei Kollegen griffen ihm schnell unter die Achseln, stellten ihn auf die Füße und zwangen ihn dazu, die Arme in Richtung Hallendecke zu strecken. In dieser Haltung gelang es Kükenhöner, langsam wieder etwas zu atmen.

»War nett mit dir, Karl«, meinte Johannpeter grinsend. »Ach ja, eine Bitte hätte ich noch: Sag nie wieder Milchbubi zu mir.«

22

Wie sie es drehten und wendeten – sie kamen nicht weiter. Den ganzen Morgen hatte Schwiete gegrübelt, und je mehr er nachdachte, desto klarer wurde ihm, dass er mit dem Besitzer des Böckstiegel-Bilds sprechen musste. Er griff zum Telefon und rief in Hiddesen an. Schwiete hatte Glück: Der Kunstsammler konnte es noch am selben Nachmittag einrichten, ihn zu empfangen.

Nach dem Telefongespräch stellte Schwiete einige Recherchen zum Besitzer des Bildes an. Otto Nolte war einer der letzten Sprösslinge einer alteingesessenen lippischen Dynastie von Möbelproduzenten. Vor fünfzehn Jahren hatte das Unternehmen, dem er einst vorgestanden hatte, einen sauberen Konkurs hingelegt. Das war für die meisten Beschäftigten eine Katastrophe gewesen. Allein die ehemaligen Besitzer schienen durch den Exitus des angestammten Unternehmens nicht ärmer geworden zu sein.

Anschließend hatte Schwiete sich mit Johannpeter zusammengesetzt, um die Befragung des Kunstsammlers vorzubereiten.

»Bei Otto Nolte handelt es sich um einen der bedeutendsten Sammler der Westfälischen Moderne«, wusste Johannpeter. »Er unterscheidet sich von vielen anderen namhaften Sammlern dadurch, dass er den Besitz seiner Bilder nicht an die große Glocke hängt. Ich habe mich schon darüber gewundert, dass dieser Nolte sein Bild überhaupt für die Rietberger Ausstellung zur Verfügung gestellt hat. Der Mann tritt selten als Leihgeber bei Ausstellungen auf.«

»Gibt es aus Ihrer Sicht irgendetwas, das wir bei unserem Besuch heute Nachmittag besonders beachten sollten?«, wollte Schwiete wissen.

»In der Tat. Das Thema der Ausstellung in Rietberg, in die das Bild ja angeblich integriert werden sollte, lautet: *Peter August Böckstiegel – Im Krieg. Werke von 1915 bis 1919.* Im Zentrum der geplanten Ausstellung stehen in erster Linie Aquarelle, Zeichnungen und Druckgrafiken, die Böckstiegel während seiner Jahre als Soldat im Ersten Weltkrieg geschaffen hat. Er diente damals als Landsturmmann, hatte aber die Möglichkeit, nebenher künstlerisch zu arbeiten.«

»Schön und gut«, ging Schwiete ungeduldig dazwischen. »Aber was ist daran so erwähnenswert?«

»Abwarten, Kollege. In den Jahren 1916 bis 1919 war Böckstiegel in Russland, Rumänien und in der Ukraine eingesetzt. Da gab es selten, wahrscheinlich nie, die Möglichkeit, mit Ölfarbe zu malen.«

»Ja gut, aber Böckstiegel war beim Landsturm«, fiel Schwiete dem jungen Kollegen ins Wort. »Dieser Landsturm war doch sicher so etwas wie der Volkssturm des Zweiten Weltkriegs, sozusagen das letzte Aufgebot, bestehend aus mangelhaft ausgerüsteten und ausgebildeten Kindern, Greisen und

Kriegsinvaliden. Da wird Böckstiegel doch Freiräume gefunden haben, um zu malen.«

Johannpeter grinste fast arrogant, zumindest kam es Schwiete so vor.

»Das stimmt so nicht, mein Lieber.« Johannpeter machte eine Kunstpause. »Der Landsturm des ersten Aufgebots wurde aus Reservisten rekrutiert. Schon am 15. August 1914 wurden diese gut ausgebildeten Soldaten einberufen.«

Schwiete war genervt. »Ich verstehe Sie nicht, Johannpeter, wieso halten Sie mir einen Vortrag über die Soldaten des Ersten Weltkriegs? Was hat das mit unserem Fall zu tun?«

»Gemach, gemach. Wissen Sie, das Malen eines Ölbildes ist immer recht aufwendig. Bei manchen Bildern betragen die Trocknungszeiten der in Schichten aufgetragenen Farben mehrere Tage, oft sogar Wochen. Und Peter August Böckstiegel wird als Soldat im Krieg keine Sonderbehandlung erfahren haben.«

»Das heißt?«, fragte Schwiete unwirsch.

»Das heißt, wenn Böckstiegel während des Ersten Weltkriegs künstlerisch tätig war, dann wird er Maltechniken gewählt haben, die weniger aufwendig waren. Mit anderen Worten: Er ist mit leichtem Gepäck gereist und hat mit Sicherheit keine Ölbilder gemalt. Heute würde man ein Objekt fotografieren, um es dann später als Ölbild weiterzuverarbeiten. Zu Böckstiegels Zeit hat man entweder Zeichnungen angefertigt oder, wenn farbliche Eindrücke von Bedeutung waren, diese mithilfe von Aquarellen festgehalten. Vielleicht hat man noch die eine oder andere Grafik vorbereitet, wenn man Material für eine Druckplatte zur Verfügung hatte.«

Langsam begriff Schwiete, worauf der LKA-Mann hinauswollte.

»Sie meinen, dass Böckstiegel während dieser Zeit kaum Ölbilder gemalt haben wird. Somit passt das Bild, das gestohlen wurde, thematisch gar nicht zur Ausstellung in Rietberg.«

»Ganz genau. Und wenn das so ist, dann frage ich mich, wieso man das Bild im Januar nach Rietberg bringen wollte, obwohl es wahrscheinlich überhaupt nicht für die Ausstellung angefragt war beziehungsweise gar nicht zum Ausstellungsthema passte.«

Schwiete überlegte. »Um diese Fragen zu klären, sollten wir nicht nur mit dem Besitzer des Bildes reden, sondern auch mit dem Kurator der Ausstellung. Ich kann mir nicht helfen, aber ich habe so ein unbestimmtes Gefühl, dass wir an dieser Stelle einen entscheidenden Schritt weiterkommen könnten.«

Johannpeter nickte. »Und die beiden Personen haben auf jeden Fall von dem Bildtransport gewusst.«

In beiden Männern war auf einmal der Fahnder hellwach.

»Du warst doch gestern in Detmold und hast dir die Akte zu dem Fall besorgt«, fuhr Johannpeter fort. »Wurde das Alibi von diesem Steiner, dem Kurator, eigentlich überprüft?«

Schon wieder diese persönliche Anrede, als hätte er, Schwiete, mit Johannpeter schon Schweine gehütet. Schwietes Gefühlswelt stand kurz vor der Explosion. Das Verhalten seines Kollegen lenkte ihn immer wieder vom eigentlichen Fall ab. Das ärgerte Schwiete ganz besonders. Entweder würde er Johannpeter bei der nächsten unkorrekten Anrede wütend anfahren oder … Da hatte Schwiete eine Idee. Er tat etwas, was er sich selbst vor Kurzem noch nicht zugetraut hätte.

»Natürlich haben die Detmolder Kollegen das Alibi des Kurators überprüft«, sagte er. »Ich finde aber, es ist ein bisschen wackelig. Der Mann hat angegeben, zum fraglichen Zeitpunkt zu Hause gewesen zu sein. Er will an dem Abend eine Reihe von Telefonaten geführt haben. Natürlich haben die Detmolder Kollegen sein Handy gecheckt. Die Anruferliste stimmt auch mit den Angaben des Kurators überein. Aber wenn ich ehrlich sein soll, ich finde dieses Alibi etwas problematisch. Mit einem Handy kann man schließlich von überall her anrufen. Was meinst du dazu, Johannpeter?«

Der Kollege vom LKA verschluckte sich an dem heißen Kaffee, den er gerade trinken wollte. Hatte er richtig gehört? Hatte dieser Schwiete ihn geduzt? Das kleine Wort »du« hatte Johannpeter so aus der Fassung gebracht wie schon lange nicht mehr.

Schwiete hatte es viel Überwindung gekostet, mit seiner seit Jahrzehnten kultivierten Verhaltensweise zu brechen. Sicher würde er ab heute nicht jedermann duzen, aber er hatte erkannt, dass es manchmal gut war, lieb gewonnene Gewohnheiten über den Haufen zu werfen, um angemessen zu handeln.

»Da bin ich ganz Ihrer Meinung, Herr Schwiete, das ist wirklich ein etwas problematisches Alibi«, entgegnete Johannpeter.

Beide Männer mussten grinsen. Sie hatten die Basis ihrer Zusammenarbeit gefunden.

Schwiete sah auf seine Uhr. »Es wird Zeit. Na, dann wollen wir beide noch einmal ins Lippische fahren und uns diesen Otto Nolte genauer ansehen.«

Fünfundvierzig Minuten später standen die beiden Polizisten vor dem schmiedeeisernen Tor einer ockerfarbenen Villa aus der Zeit des Historismus. Johannpeter betätigte die Gegensprechanlage. Wenige Sekunden später öffnete sich das Gitter mit quietschenden Geräuschen. Ein weißer Kiesweg führte durch ein parkähnliches Grundstück zu dem herrschaftlichen Haus.

Auch wenn viele Künstler zu Lebzeiten arme Schlucker sind, hat Kunst häufig mit Geld zu tun, dachte Schwiete, während das Polizeifahrzeug langsam auf das Haus zurollte.

Otto Nolte war ein unscheinbarer Mann um die sechzig. Er bat die beiden Polizisten in einen altmodischen Wintergarten.

Eine ältere Dame, anscheinend der gute Geist des Hauses, fragte nach ihren Getränkewünschen.

Als alle versorgt waren, eröffnete Schwiete das Gespräch.

»Herr Nolte, Ihnen wurde im Januar dieses Jahres ein Bild von Böckstiegel geraubt.«

Nolte nickte. »Stimmt, aber jetzt ist es ja wieder da. Für mich ist also alles in Ordnung. Ich verstehe daher nicht, wieso Sie sich deswegen noch einmal bemühen.«

Schwiete wiegte den Kopf. »Aus Ihrer Sicht, Herr Nolte, ist das sicherlich richtig. Aber in Paderborn ist ein Mann umgebracht worden, ein gewisser Lorenz Plückebaum. Er besaß einige Skizzen und Studien zu Ihrem Bild *Herbstlicher Sonnenuntergang.*«

»Na, da schau her, der gute Lorenz«, murmelte Nolte. »Lorenz Plückebaum war ein guter Bekannter von mir. Sie müssen wissen, dass er ein profunder Böckstiegel-Kenner war und ein ebenso leidenschaftlicher Sammler wie ich. Wir haben uns viel ausgetauscht. Aber von den Skizzen, die Sie erwähnen, wusste ich nichts. Handelt es sich dabei um Originale?«

Johannpeter zuckte mit den Schultern.

»Das kann ich Ihnen noch nicht sagen, Herr Nolte, es deutet aber vieles darauf hin. Das Papier, auf dem die Kohlezeichnungen erstellt wurden, ist nicht erst gestern gekauft worden. Ich habe die Blätter zu einem Fachinstitut geschickt, um eine Altersbestimmung vornehmen zu lassen. Es gibt jedoch noch keine konkreten Ergebnisse.«

»Die Frage mag etwas pietätlos klingen, meine Herren, aber wer verwaltet Plückebaums Nachlass?«, erkundigte sich Nolte. Schwiete glaubte, in seinen Augen ein ganz besonderes Leuchten zu erkennen.

»Auch dazu können wir noch nicht viel sagen«, entgegnete Schwiete. »Es scheint so, als hätte Plückebaum keine Angehörigen, und ein Testament ist auch noch nicht aufgetaucht.

Aber das ist nicht der Grund unseres Kommens. Die Skizzen, die wir gefunden haben, sind lediglich ein Querverweis zu Ihrem Bild. Ob die Spur, die sich daraus ergibt, wirklich von Bedeutung ist, wird sich zeigen.«

Schwiete legte eine Liste auf den Tisch, auf der die Personen aufgeführt waren, die nach den Ermittlungen der Detmolder Polizei von dem Bildertransport gewusst hatten.

»Das sind die Personen, die nach jetzigem Kenntnisstand aufgrund ihres Wissens als mögliche Täter infrage kommen. Die Detmolder Kollegen haben herausgefunden, dass alle ein mehr oder weniger schlüssiges Alibi haben. Haben denn noch weitere Leute gewusst, dass das Bild nach Rietberg gebracht werden sollte?«

Nolte wurde unsicher. »Na ja, jetzt, wo Sie Lorenz Plückebaum ins Spiel bringen, bekommt die Angelegenheit noch mal eine etwas andere Wendung. Genau der war es nämlich, der irgendwann an mich herangetreten ist und mich mit einem gewissen Herrn Dr. Levenstein bekannt gemacht hat. Die beiden Männer haben mich überredet, ihnen das Bild zur Verfügung zu stellen. Sie wollten prüfen, ob die Ausstellungsräume für Bilder von Böckstiegel geeignet sind, ganz unabhängig vom Thema. Sie wollten einfach wissen, wie Bilder von diesem Maler in den Rietberger Räumen wirkten.«

Bingo, dachten die beiden Polizisten. Levenstein und Plückebaum waren sicher nicht unmittelbar in den Bildertransport involviert gewesen, hatten aber Bescheid gewusst. Bei den Ermittlungen hatte man sie als mögliche Täter gar nicht in Betracht gezogen.

23

Schwiete hatte mehrere Tage mit Hochdruck an seinem Fall gearbeitet. Nach dem Besuch bei Nolte schienen sich ein paar vielversprechende Anhaltspunkte herauszukristallisieren.

Inzwischen hatte er mit Johannpeter und Linda Klocke die Ergebnisse noch einmal abgeglichen und die Arbeitsschwerpunkte neu festgelegt. Schwiete musste gestehen, dass es ihm richtig Spaß gemacht hatte, mit den beiden Kollegen zusammenzuarbeiten. Vielleicht würde er im hohen Alter doch noch ein Teamspieler. Seit er eine Umgehensweise mit Johannpeters Art gefunden hatte, klappte die Zusammenarbeit wunderbar.

Schwiete hatte die Woche über so viel gearbeitet, dass er nur ein paarmal mit Karen Raabe telefoniert hatte, ohne dass es jedoch zu einem weiteren Treffen gekommen war. Die Telefongespräche hatten ihm das Gefühl gegeben, dass seine Freundin seit dem letzten Zusammentreffen emotional etwas stabiler war.

Und nun hatten sie sich für das bevorstehende Osterwochenende verabredet. Zunächst wollten sie einen Spaziergang machen und anschließend irgendwo essen gehen. Es war so warm, dass Schwiete nur einen leichten Sommermantel überzog und sich dann auf den Weg zum Konrad-Martin-Platz machte, wo Karen Raabes Wohnung lag.

Solche Treffen verursachten bei Schwiete immer noch ein Wechselbad der Gefühle. Über viele Jahre war er in den Augen vieler Kollegen der schrullige Eigenbrötler gewesen. Schwiete selbst sah sich nicht so, aber er wusste natürlich, dass er sich in vielen Dingen von anderen Menschen unterschied. Sein ewiges Junggesellendasein war nur einer dieser Unterschiede gewesen.

Das hatte sich nun geändert. Er war einer Frau nähergekommen. Aber diese ungewohnte Nähe verunsicherte ihn mehr, als dass sie ihn bestärkte. Während ihres letzten gemeinsamen Treffens hatte Karen Raabe ihm gesagt, dass er das Beste sei, das ihr je passiert sei. Diese Aussage hatte Schwiete gutgetan. Sie hatte ihm einen Moment lang Sicherheit gegeben. Aber eben nur einen Moment.

Schwiete war jemand, der seinen eigenen Empfindungen durchaus vertraute. Von der Gefühlswelt anderer Menschen hatte er sich jedoch nach Möglichkeit immer ferngehalten. Die Tatsache, dass nun die Befindlichkeit einer anderen Person maßgeblich auf sein eigenes Dasein Einfluss nahm, sorgte bei ihm für Unsicherheit.

Als Schwiete an der Paderborner Stadtbibliothek vorbeikam, fiel ihm der Koi-Karpfen ein, sozusagen sein Haustier, das hier im Paderquellgebiet lebte und das er seit Jahren regelmäßig besuchte. Immer dann, wenn er in einem Fall nicht mehr weiterkam oder über etwas nachdenken musste, setzte er sich ans Quellbecken vor der Stadtbibliothek und schlug mit einem Zweig so lange vorsichtig auf die Wasseroberfläche, bis sein Karpfen herangeschwommen kam. Die Treue des Fisches belohnte der Polizist jedes Mal mit ein paar Brocken trockenen Brotes, das er, seitdem er das Tier kannte, immer in der Tasche hatte. Schwiete sah dann zu, wie der Fisch die Brotkrumen genüsslich fraß. Dabei hielt er dann so etwas wie stille Zwiesprache und hatte, wenn der Fisch wieder davonschwamm, meistens eine Idee, wie es in der jeweiligen Angelegenheit weitergehen könnte.

Also suchte sich Schwiete einen Stock, nahm seinen gewohnten Platz ein und begann damit, den Fisch zu locken. Keine drei Minuten später ließ sich der rotgoldene Koi-Karpfen das mitgebrachte Brot schmecken. Schwiete hielt seine Zwiesprache und bekam Klarheit über sein weiteres Vorgehen in Sachen Karen Raabe.

Als der Fisch wenig später davonschwamm, stand Schwiete auf, drehte sich um und sah in die Augen des Mannes, der wohl schon geraume Zeit hinter ihm gestanden hatte. Es war Johannpeter.

»Cool!«, war das einzige Wort, das der Polizist vom LKA hervorbrachte.

Noch vor wenigen Tagen hätte Schwiete sich geärgert, dass sich Johannpeter so unbemerkt genähert und dadurch etwas sehr Persönliches von ihm erfahren hatte. Doch seit sich das Verhältnis der beiden Männer grundlegend verändert hatte, wusste Schwiete, dass er Johannpeter in jeder Hinsicht vertrauen konnte. Der würde sich ganz sicher nicht über ihn lustig machen oder gar sein Erlebnis weitertragen.

Johannpeter wusste natürlich nichts über die Hintergründe, die Grund des Treffens mit dem Fisch waren. Schließlich hatte Schwiete ja nicht laut mit dem Tier gesprochen. Den LKA-Kollegen beeindruckte offenbar vor allem die Dressurleistung, die er zu sehen bekommen hatte.

»Sie müssen mir erzählen, wie Sie diesen Fisch dazu gebracht haben, auf das Zeichen zu reagieren, das Sie mit dem Stöckchen gegeben haben. Wie wäre es, wenn wir einen Kaffee zusammen trinken und Sie mir davon erzählen würden?«

»Ein anderes Mal gern, Johannpeter, aber heute muss ich dir einen Korb geben. Ich habe eine Verabredung.«

Wenig später wurde Schwiete von einer gut gelaunten Karen Raabe begrüßt. Von ihrer Angespanntheit und Niedergeschlagenheit beim letzten Besuch war nichts zurückgeblieben. Sie gab Schwiete einen Begrüßungskuss und nahm ihn in den Arm.

»Möchtest du noch einen Kaffee? Oder sollen wir gleich zu unserem Spaziergang aufbrechen?«

Schwiete hatte Lust zu laufen, und so machte sich das Paar auf den Weg zu Karens altem Volvo.

»Was hältst du vom Haxtergrund?«, fragte sie, während sie das Auto aufschloss. Schwiete hatte nichts Besseres vorzuschlagen, und so gingen die beiden eine Viertelstunde später Hand in Hand den Ellernbach entlang.

Auch das war für Schwiete eine völlig neue Situation. Er – händchenhaltend mit einer Frau beim Spaziergang. Hin und wieder sah er sich verstohlen um. Ihm war zumute wie einem Dreizehnjährigen, der das erste Mal mit seiner Freundin Hand in Hand geht und befürchtet, sein Vater könne ihn in dieser ungewöhnlich vertrauten Situation erwischen. Und doch war es zugleich ein wunderbares Gefühl.

Schließlich brachte Schwiete zur Sprache, was er sich vorhin, im Beisein des Koi-Karpfens, überlegt hatte. Er erzählte Karen Raabe von seiner Unsicherheit und wie wichtig es für ihn sei, zu wissen, wie sie ihre Beziehung sehe.

Karen Raabe antwortete mit der Gegenfrage, wie er denn ihr Verhältnis benennen würde.

»Ich möchte gern, dass ich dich als meine Partnerin bezeichnen darf, und ich möchte das, was wir miteinander erleben, Beziehung nennen«, sagte Schwiete etwas schüchtern.

Karen Raabe küsste ihn dafür.

24

Es war ein milder Frühlingsabend. Otto Nolte hatte einen kleinen Spaziergang durch seinen parkähnlichen Garten gemacht und anschließend ein einfaches, aber deftiges Abendessen zu sich genommen. Die Wurstbrote hatten hervorragend geschmeckt, ebenso wie das kühle Detmolder Bier, das er dazu getrunken hatte. Das Einfache ist doch meist auch das Beste, überlegte er und schob sich dabei das letzte Stückchen Sülze in den Mund.

Viele seiner Bekannten gaben sich die Klinke der Sternerestaurants in die Hand. Otto Nolte wusste eine solche Bewirtung durchaus zu schätzen, doch für seine Lebensqualität brauchte er keine von einem Starkoch zubereiteten Gerichte. Wenn es ums Essen ging, liebte er das Einfache.

Vor Kurzem hatte im lippischen Bega ein Hofladen eröffnet, und seine Haushälterin Mathilde, die seine Vorlieben kannte, war in der Nähe bei einem Verwandtenbesuch gewesen und hatte ihm einige Dosen Wurst mitgebracht. Noch am gleichen Abend hatte sie Nolte eine anständige Bauernplatte mit ebendiesem Aufschnitt, ein paar Gurken und ein paar Scheiben Tomaten serviert.

»Die Wurst von Petigs müssen Sie probieren, Herr Nolte!«, hatte die alte Dame das Abendbrot mit einem gewissen patriotischen Stolz angepriesen. »Gute Wurst muss man eben doch auf dem Bauernhof kaufen.«

Nolte musste ihr recht geben. Die Wurst war wirklich köstlich. Er schob den leeren Teller ein paar Zentimeter in Richtung Tischmitte. Für Mathilde war dies das Zeichen zum Abräumen.

Er selbst würde jetzt im Herrenzimmer seine obligatorische Zigarre rauchen und einen Verdauungscognac trinken. Anschließend würde er sich in seine hauseigene Galerie begeben, um sich seine Schätze anzusehen und sich zu überlegen, welches der Kunstwerke in den klimatisierten Tresor wandern würde und welches andere seiner Bilder er auf den frei gewordenen Platz hängen würde. Nolte wechselte jeden Tag ein Bild aus, sodass seine kleine private Ausstellung ein ständig neues Gesicht erhielt. Dieses Ritual beging er an jedem Abend, den er in seinem Haus verbrachte.

In seinem Raucherzimmer angekommen, wählte er mit Bedacht eine Zigarre aus seinem Humidor aus, hielt sie sich unter die Nase, sog den Duft ein und legte sie auf ein kleines Tischchen, auf dem schon ein mächtiger Kristallaschenbecher stand. Dann ging er zur Anrichte und nahm sich eine Flasche Kaws X Hennessy. Wenn es um Kunst ging, gab es bei Otto Nolte keine Kompromisse. Als er vor einigen Jahren erfahren hatte, dass der New Yorker Graffitikünstler Kaws in Zusammenarbeit mit dem berühmten Cognachersteller eine Flasche kreiert hatte, war ihm augenblicklich klar gewesen: Eine solche Flasche musste er haben.

Otto Nolte erfuhr, dass diese Special Edition im September 2011 in den USA erscheinen würde, dass eine Freigabe in Europa allerdings nicht geplant war. Selbst in den Staaten würde es nicht leicht werden, eine solche Flasche zu ergattern, da sie nur über einige wenige außergewöhnliche Vertriebswege auf den Markt gebracht werden sollte.

Egal, Nolte verfügte über die nötigen Kontakte, und schon in der zweiten Septemberwoche besaß er zwei dieser seltenen Flaschen. Die eine stand noch immer ungeöffnet an einem sicheren Ort. Aus der zweiten trank er bisweilen seinen Feierabendschnaps.

Natürlich hatte Mathilde ihm schon einen vorgewärmten Cognacschwenker auf den Tisch gestellt, doch gerade als Nolte ihn sich nehmen wollte, vibrierte sein Handy. Verärgert griff er nach seinem Telefon. Es musste etwas Wichtiges sein, denn nur etwa fünfundzwanzig Personen kannten diese Nummer. Und diejenigen, die sie kannten, wagten sie nur zu benutzen, wenn etwas ganz Außergewöhnliches anstand.

Um herauszufinden, wer es riskierte, ihn jetzt zu stören, sah Nolte auf das Display: »Unbekannt«. Er runzelte die Stirn. Normalerweise nahm er anonymisierte Anrufe erst gar nicht entgegen. Später fragte er sich, warum er in diesem Fall eine Ausnahme gemacht hatte.

»Hören Sie, Nolte«, hörte er eine durch Helium veränderte Stimme. »Das Gemälde *Herbstlicher Sonnenuntergang*, das Sie zurückbekommen haben, ist eine Fälschung. Ich habe das Original gestohlen und bin noch in dessen Besitz. Sie sind von der Versicherung betrogen worden.«

»Sie sind ja irre!«, rief Otto Nolte ins Telefon. Doch der unbekannte Anrufer hatte längst aufgelegt.

25

Es waren gut zehn Tage vergangen, seitdem Horst Schwiete zum ersten Mal den Arzt und Vorsitzenden der Kunstfreunde in dessen Haus in Gütersloh aufgesucht hatte. Damals hatte er nicht damit gerechnet, jemals wieder dort hinzukommen. Aber mittlerweile waren im Rahmen der Ermittlungen einige Fragen aufgeworfen worden, die dringend geklärt werden mussten.

Pablo, der junge Gordon Setter, war an diesem Dienstag nicht weniger begeistert über Schwietes Besuch. Schwanzwedelnd stand er vor der Haustür, als der Polizist aus dem Auto stieg, um dann wie eine Rakete vorzuschnellen, als Schwiete das Gartentörchen öffnete. Wieder gelang es diesem nicht rechtzeitig, dem Ansturm auszuweichen, wieder musste er Pablos Liebesbezeugungen über sich ergehen lassen. Er wagte kaum, dabei Luft zu holen.

Als Dr. Levenstein endlich seinen Hund am Halsband zurückriss, fühlte Schwiete förmlich die ersten Herpesbläschen heranreifen. Verzweifelt klopfte er echte und eingebildete Hundehaare von seiner Hose, ekelte sich vor einem feuchten Fleck, der wahrscheinlich nie wieder rausgehen würde, und gab dem Arzt höflich lächelnd die Hand. Falls er noch einmal hierherkommen müsste, würde er sich vorher eine dieser Ganzkörperkombis der Kollegen von der Spurensicherung überziehen, schwor er sich.

Pablo musste im Flur bleiben, als Levenstein seinem Gast

einen Platz im Sessel anbot. Eine Minute lang konnte Schwiete hören, wie der Hund an der Wohnzimmertür kratzte, dann wurde es ruhig.

»Herr Dr. Levenstein«, begann Schwiete das Gespräch, »Sie haben sich im Januar zusammen mit dem verstorbenen Lorenz Plückebaum an den Kunstsammler Nolte aus Detmold gewandt und ihn gebeten, Ihnen das Gemälde *Herbstlicher Sonnenuntergang* von Peter August Böckstiegel auszuleihen. Wofür brauchten Sie dieses Bild?«

Levenstein war offenbar verblüfft über diesen überfallartigen Gesprächseinstieg, denn er setzte sich plötzlich sehr gerade hin und drückte den Rücken durch. Als er sich gesammelt hatte, antwortete er:

»Na ja, Sie werden das vielleicht etwas verdreht finden. Aber so sind Künstler nun mal. Unser Verein organisiert eine Ausstellung in Rietberg. Es geht dabei allerdings ausschließlich um die Kriegsbilder von Böckstiegel. Zeichnungen, Aquarelle und so weiter. Kleine, aber sehr eindrucksvolle Arbeiten, die man auch an der Front anfertigen konnte, aber keine großen Gemälde. Die aktiven Künstler in unseren Reihen waren nun der Meinung, man müsse sich selbst und die Räumlichkeiten im Vorfeld ein wenig in Böckstiegel-Stimmung versetzen. Den Spirit des Künstlers sozusagen schon mal in die Räume holen. Deshalb wurde der Sammler aus Detmold gebeten, sein Gemälde für ein paar Wochen zur Verfügung zu stellen. Mit der eigentlichen Ausstellung hatte das aber nichts zu tun. So weit klar?«

»Nein«, erwiderte Schwiete. »Das hört sich ziemlich esoterisch an.«

»Ist es wohl auch«, warf Levenstein verlegen lächelnd ein. »Aber so ist das eben bei uns. Wir sind ein Verein, der einerseits aus Sammlern und sonstigen Kunstliebhabern besteht und andererseits aus aktiven Künstlern. Da gilt es, ein großes Spannungsfeld zu überbrücken. Ein Sammler ist nichts ohne den Künstler, und der Künstler kann nicht leben ohne einen, der ihm seine Werke abkauft. Eine schwierige und konfliktträchtige Konstellation. Auch einen Calvados?«

Schwiete lehnte dankend ab. Aus einer edlen antiken Vitrine holte Levenstein sich eine Flasche und ein Glas und schenkte sich ein. Dann fuhr er fort:

»Sie können mir glauben, wir Sammler verdrehen auch die Augen, wenn wir so was hören. Den Spirit in die Räume holen. Mein Gott, was für ein abgehobenes Getue! Aber wir haben gelernt, dass es für alle von Vorteil ist, Kompromisse zu schließen. Die Künstler brauchen ihre Streicheleinheiten, um kreativ zu sein, also sollen sie die bekommen. Das allein war der Grund, warum dieses Gemälde nach Rietberg geschafft werden sollte.«

Schwiete stand auf, ging zum Fenster und schaute in den Vorgarten hinaus. Dann drehte er sich ruckartig wieder um.

»Wer wusste denn vom Transport des Gemäldes?«

Dr. Levenstein nahm einen großen Schluck, bevor er zögernd erklärte: »Alle, die mit der Planung der Ausstellung zu tun hatten. Unser gesamter Vorstand und natürlich die Künstler, die in die Vorbereitung involviert waren. Warum wollen Sie das wissen? Sie glauben doch nicht etwa, dass …«

»Ich glaube nicht, ich ermittle«, erklärte Schwiete. »Da muss ich nun mal alle möglichen Aspekte beleuchten. Denken Sie in Ruhe nach, und schicken Sie mir bitte per Mail eine Liste der Leute, die von diesem Transport gewusst haben können.«

Er setzte sich nicht wieder hin, sondern schob gleich die nächste Frage nach: »Herr Dr. Levenstein, wo waren Sie am 24. Januar gegen zweiundzwanzig Uhr?«

Der Hausherr schnappte nach Luft.

»Ich muss doch bitten, Herr Kommissar!«, rief er empört. »Sie werden …«

»Hauptkommissar, bitte«, rutschte es Schwiete heraus,

wobei ihm in derselben Sekunde seine Pingeligkeit schon peinlich war. »Wir wollen doch korrekt bleiben.«

»Von mir aus auch Hauptkommissar, wenn Ihnen der Titel so wichtig ist«, erwiderte Levenstein und schickte ein arrogantes Lachen hinterher. Der großbürgerlich gönnerhafte Tonfall war wie weggeblasen.

Aber Schwiete konterte ruhig: »Mir ist mein Dienstgrad genauso wichtig wie Ihnen der Doktortitel. Wir haben beide hart dafür arbeiten müssen. Wenn ich Sie korrekt anspreche, kann ich das auch von Ihnen erwarten. So, und jetzt beantworten Sie bitte diese einfache Frage.«

Nun hielt es auch Dr. Levenstein nicht mehr im Sessel. Er sprang auf und drehte verärgert eine Runde um den großen Wohnzimmertisch. Schwiete hatte manche Schwäche, aber seine große Stärke war Geduld. Während der smarte, braun gebrannte Hausherr immer nervöser seine Kreise zog, fror Schwiete seine Empfindungen förmlich ein und wartete darauf, bis der Herr Doktor endlich etwas von sich gab.

»Ich weiß es nicht!«, brach es ganz plötzlich aus Levenstein heraus. »Ich kann mir das Hirn zermartern, aber ich habe keinerlei Erinnerungen an diesen Abend. Wahrscheinlich war ich zu Hause und habe mit meinem Hund gespielt, oder ich habe ferngesehen. Keine Ahnung! Seit ich nicht mehr praktiziere, führe ich auch keinen Terminkalender mehr. Aber was spielt das alles für eine Rolle? Verdächtigen Sie mich etwa, den Transport überfallen zu haben? Was für eine unsinnige Idee. Ich habe mit meiner Praxis gut verdient. Wenn ich ein Bild besitzen möchte, dann kaufe ich es mir. Für einen Böckstiegel reicht es allemal.«

Schwiete ging darauf nicht ein. »Denken Sie bitte noch einmal nach. Wenn Sie mir die Mail mit der Personenliste schicken, können Sie auch gleich dazuschreiben, wo Sie damals waren. Ich wünsche Ihnen ein schönes Wochenende!«

Levenstein schaute ihn wütend an, riss sich aber zusammen.

»Sie kennen ja den Weg hinaus«, brummte er.

Den Weg kannte Schwiete, das war seine kleinste Sorge. Aber außerhalb des Wohnzimmers, auf dem Flur, wartete Pablo darauf, seinem neuen Freund das ganze breite Spektrum seiner Zuneigung zu zeigen. Schwiete wappnete sich innerlich, holte tief Luft und öffnete die Wohnzimmertür.

26

Linda Klocke hielt sich nun schon seit mehreren Stunden in Plückebaums Haus auf. Die Paderborner Spurensicherung hatte ihren Job mittlerweile erledigt. Ihre Aufgabe war es nun, die Unterlagen zu sichten, um auf diesem Wege mehr über den Toten zu erfahren. Zunächst hatte sich Linda Klocke seine Konten vorgenommen. Plückebaum war reich gewesen. Und zwar in mehrfacher Hinsicht. Die Bilder, die er besaß, waren laut Johannpeter über eine Million Euro wert, die Gesamtsumme aller Gelder auf den deutschen und Schweizer Konten war ähnlich hoch.

Linda Klocke wunderte sich. Im Vergleich zu den ständigen Bareinzahlungen, die Plückebaum in den letzten Jahren getätigt hatte, war seine Lehrerpension geradezu ein Almosen. Anhand der Kontoauszüge stellte sie fest, dass er keineswegs ein eiserner Sparer gewesen war. Denn Plückebaum hatte nicht nur hohe Beträge eingezahlt, sondern auch immer wieder größere Summen abgehoben, wahrscheinlich, um sich Bilder zu kaufen.

Bestimmt war der Kunstmarkt eine gute Möglichkeit, um Schwarzgeld zu waschen und das Finanzamt zu betrügen. Die Polizistin nahm sich vor, mit ihrem Kollegen Johannpeter über diese Angelegenheit zu reden.

Nachdem sie sich einen Überblick über Plückebaums Vermögen verschafft hatte, nahm sie sich dessen Kalender vor. Zunächst schlug sie das Datum auf, an dem der Kunstraub stattgefunden hatte. Für zwanzig Uhr war »Treffen mit Ansbach-Heller und Dr. Levenstein, Vorbereitung Jahreshauptversammlung« eingetragen.

»Mist!«, fluchte Linda Klocke laut. Schon wieder war eine vielversprechende Spur im Sande verlaufen. Anscheinend hatten sowohl Plückebaum als auch Levenstein für diesen Abend ein Alibi. Somit hatte die Paderborner Polizei wieder einmal keinen Verdächtigen mehr.

Sie blätterte weiter in dem Kalender, bis sie am heutigen Tag angelangt war. Für fünfzehn Uhr gab es folgenden Eintrag: »Weiden im Frühjahr, E. v. S., siehe Schwarzbuch.«

Was bedeutete das? Ob E. v. S. ein Namenskürzel war? Die Polizistin sah auf die Armbanduhr. 14:32 Uhr. Was, wenn dieser oder diese E. v. S. in einer halben Stunde hier aufkreuzte?

Das wäre was, dachte Linda Klocke. Sie begann sich gerade Hoffnungen zu machen, da fiel ihr siedend heiß ein, dass der Streifenwagen, mit dem sie gekommen war, direkt vor dem plückebaumschen Haus stand. Der musste da weg, aber ganz schnell. Eine Sekunde später riss Linda Klocke die Haustür auf und spurtete zum Auto. Gerade als sie die Fahrertür öffnete, bog ein dicker schwarzer Daimler in die Annette-von-Droste-Straße ein. Er fuhr im Schritttempo in Richtung Husener Straße weiter. War das schon der erwartete Besuch? Die Polizistin prägte sich das Nummernschild ein. Das Fahrzeug würde sie später überprüfen lassen.

Hastig startete sie den Motor des Polizeifahrzeuges und fuhr hundert Meter weiter. Sie bog links in die Mallinckrodtstraße ein und suchte sich dort einen Parkplatz. Kaum hatte sie den Passat in die Parkbucht manövriert, da sprintete sie auch schon wieder zurück zum plückebaumschen Haus. Um keinen Verdacht zu erregen, drosselte sie auf der Annette-von-Droste-Straße ihr Tempo. Dabei beobachtete sie aufmerksam die Straße. Ihre Armbanduhr zeigte 14:46 Uhr.

Linda Klocke würde rechtzeitig wieder am plückebaumschen Haus sein. Sie ließ noch einmal forschend ihren Blick schweifen, sah dann vor sich hin auf den Gehweg – gerade noch rechtzeitig, um einer Tretmine auszuweichen, die der wahrscheinlich riesigste Köter der Gegend hier abgelegt hatte. Sie fluchte leise über diese Sorte Hundebesitzer, denen es anscheinend egal war, wo ihre vierbeinigen Freunde ihr Geschäft verrichteten und welche Folgen daraus erwachsen würden.

Wenig später stand sie wieder auf dem plückebaumschen Anwesen. Kaum hatte sie die Haustür hinter sich geschlossen, rief sie in der Kreispolizeibehörde an und gab das Autokennzeichen des schwarzen Daimler durch.

»Der gehört den Besitzern des größten Saftladens in Paderborn. Die Familie hat da in der Gegend ein Anwesen«, erklärte der Kollege, der heute Dienst hatte, nach einem kurzen Blick in die Datenbank.

Linda Klocke wusste sofort, um welches Unternehmen es sich bei diesem sogenannten Saftladen handelte. Also Fehlanzeige, dachte sie. Die Minuten schlichen dahin. Der Zeiger der Küchenuhr zeigte eine Minute vor drei an, als es klingelte. Durch Linda Klockes Blutbahn wurde eine gewaltige Menge Adrenalin gepumpt. Sie griff nach ihrer Waffe und öffnete mit zitternden Knien die Eingangstür.

Im nächsten Moment sah sie das breite Grinsen ihres Kollegen Johannpeter. Doch als der in den rabenschwarzen Lauf der Walther P99 blickte, gefror sein smartes Gesicht für den Bruchteil einer Sekunde. Doch dann erkannte er Linda Klocke hinter der Waffe.

»Na, Kollegin, Hilfe gefällig?«, fragte er gut gelaunt. Anscheinend hatte er so etwas wie Urvertrauen hinsichtlich ihrer Kompetenz im Umgang mit Waffen.

Linda Klocke ließ die Pistole sinken. »Komm rein!«, raunzte sie ihn an und zerrte ihn an seinem Jackenärmel hastig in den Flur.

»Na, das ist mal eine Begrüßung«, sagte Johannpeter erstaunt. »Erst hältst du mir deine Knarre unter die Nase, und dann zerreißt du mir fast die Jacke. Weißt du, was die gekostet hat? Außerdem wäre es ganz reizend, wenn du mir mitteilen würdest, was ich Böses getan habe.«

Linda Klocke ließ seinen Jackenärmel los. Erschöpft sank sie auf Plückebaums Schreibtischstuhl und schob Johannpeter mit einem Seufzer den Kalender des Toten hin. Ein kurzer Blick genügte dem Polizisten, um sich das Verhalten seiner Kollegin zu erklären.

»Das war ja ein dummer Zufall«, bestätigte er. »Aber ich kann dich zumindest ein bisschen beruhigen. Auf der Straße habe ich niemanden gesehen. Außerdem bin ich mir sicher, dass die meisten Anhänger der regionalen und überregionalen Kunstszene inzwischen wissen, dass Plückebaum nicht mehr unter den Lebenden weilt. Sollte es sich bei der fraglichen Person um jemanden aus diesen Kreisen handeln, können wir also davon ausgehen, dass sie nicht kommen wird.«

»Wäre ja auch zu schön gewesen«, meinte Linda Klocke.

Johannpeter sah sich den Kalendereintrag noch einmal genauer an.

»Mit den Initialen E. v. S. kann ich im Moment auch nichts anfangen«, sagte er nachdenklich. »Aber dafür kann ich dir sagen, dass *Weiden im Frühjahr* der Titel eines Gemäldes von Peter August Böckstiegel ist, das wir hier im Kellertresor gefunden haben. Es ist relativ unbekannt, ganz anders als das Gegenstück *Weiden im März*, das meines Wissens im Geburtshaus des Malers in Werther-Arrode hängt. Die beiden Bilder haben die gleichen Abmaße, nämlich fünfundachtzig mal hundert Zentimeter. Und beide weisen links oben die Signatur ›P. A. Böckstiegel‹ auf. Alles deutet darauf hin, dass es sich auch bei *Weiden im Frühjahr* um einen echten Böckstiegel handelt. Der Fachwelt war dieses Gemälde aber bisher völlig unbekannt. Ich habe es bereits an ein Institut nach London geschickt, wo weltweit anerkannte Experten arbeiten, darunter auch ein ehemaliger Studienkollege von mir. Er hat mir versprochen, sich der Sache persönlich und sofort anzunehmen. Normalerweise dauert so etwas Jahre.«

»Könnte es also sein, dass Plückebaum dieses Bild an diesen ominösen E. v. S. verkaufen wollte?«, mutmaßte Linda Klocke.

Johannpeter überlegte. »Halte ich für eher unwahrscheinlich. Wenn ein so fanatischer Sammler wie Plückebaum ein unbekanntes Bild eines doch relativ renommierten Malers wie Böckstiegel besitzt, dann wird er es mit Sicherheit nicht ohne Weiteres verkaufen. Doch je mehr ich mich mit diesem Lorenz Plückebaum beschäftige, umso rätselhafter wird der Kerl für mich. Er galt als einer der anerkanntesten Böckstiegel-Kenner, war aber nicht einmal Mitglied der Bielefelder Böckstiegel-Gesellschaft. In diesem doch recht renommierten Verein hätte Plückebaum mit seinem Wissen und seinen Bildern eine durchaus bedeutende Rolle spielen können. Es schien ihn aber nicht zu interessieren. Hingegen war Plückebaum Mitglied des Freundeskreises Westfälische Moderne, eines Gemischtwarenladens, über den viele vermeintliche Kunstkenner die Nase rümpfen. Übrigens zu Unrecht, wie ich mittlerweile finde. Wobei dieser Freundeskreis mit den Kapazitäten, die er in seinem Mitgliederregister ausweist, weitaus renommiertere Ausstellungen organisieren könnte, als er es bisher getan hat. So etwas scheint die Leute in diesem Klübchen nicht zu interessieren.«

»Okay, aber was hat das mit unserem Fall zu tun?«, kam es von der immer ungnädiger werdenden Linda Klocke.

»Auf den ersten Blick nichts«, gab Johannpeter ein bisschen kleinlaut zu. »Aber es fühlt sich irgendwie … na, wie soll ich es ausdrücken? Es fühlt sich irgendwie … komisch an.«

Langsam wird mir klar, warum zwischen Johannpeter und Schwiete ein zartes Pflänzchen des gegenseitigen Verständnisses zu sprießen beginnt, schoss es Linda Klocke durch den Kopf. Auch ihr Kollege Schwiete berief sich auf sein Bauchgefühl, wenn er glaubte, sich der Lösung eines Falls zu nähern.

»Jedenfalls war Plückebaums Verhalten völlig unlogisch«, fuhr Johannpeter fort. »Einerseits war der Typ in einem Verein, der sich auf die Fahnen geschrieben hat, die Künstler der Gegend der hiesigen Bevölkerung näherzubringen. Andererseits hat er unbekannte Bilder in seinem Keller gebunkert, die, solange sie nicht bekannt sind, am Kunstmarkt keine Wertschöpfung beziehungsweise Wertsteigerung durch entsprechende Nachfrage erfahren.«

»Apropos Wertsteigerung«, hakte Linda Klocke nach. »Wie funktioniert das eigentlich auf dem Kunstmarkt? Wer sagt, wie viel ein Bild wert ist? Und wie läuft das mit dem Handel? Das musst du mir erklären!«

Johannpeter verzog sein Gesicht zu diesem unwiderstehlichen jungenhaften Grinsen, das Linda Klocke so mochte und über das sie sich ständig ärgerte, weil sie es mochte.

»Dazu brauche ich aber etwas Zeit«, erklärte Johannpeter. »Wie wäre es, wenn wir das heute Abend beim Essen machen?«

»Verstehe ich nicht«, kam es verdutzt von Linda Klocke.

»Na, ich lade dich zum Essen ein. Rein dienstlich, versteht sich. Ich soll dir doch den Kunstmarkt erklären. Warum nicht in netter Umgebung? Und wir beide suchen jetzt das sogenannte Schwarzbuch, auf das Plückebaum in seinem Kalender verweist.«

27

Das frisch durchrenovierte Haus an der Goldbachstraße im schicken Bielefelder Westen ließ auf ein überdurchschnittliches Einkommen der Bewohner schließen. Hauptkommissar Horst Schwiete war beeindruckt. Wenn er auch noch einen freien Parkplatz gefunden hätte, wäre sein Glück perfekt gewesen. Aber erst in der Dorotheenstraße wurde er fündig. Mürrisch lief er die Strecke zurück bis zu dem Haus, in dem Walburga Ansbach-Heller wohnte, eines der Vorstandsmitglieder des Freundeskreises Westfälische Moderne.

Frau Ansbach-Heller hatte kurze blonde Haare und war lässig mit Jeans und Pulli bekleidet. Sie gab Schwiete die Hand und führte ihn in eine tadellos gepflegte Wohnlandschaft. Eine stattliche Anzahl moderner Gemälde schmückte sowohl den Flur als auch das Wohnzimmer. Schwietes Schulwissen über moderne Kunst war bestenfalls rudimentär, aber selbst ein Ignorant wie er konnte ahnen, dass an diesen Wänden echte Werte hingen.

»Sie sind Journalistin?«, fragte er.

»Ja, freie Journalistin mit dem Spezialgebiet bildende Kunst. Ich fahre in der ganzen Welt herum, besuche Ausstellungen, schreibe darüber und biete die Texte den Feuilletons nahezu aller Medien an. Das heißt, den großen Zeitungen und Zeitschriften, aber ich arbeite auch für den Rundfunk und fürs Internet. Und wenn möglich auch fürs Fernsehen, die zahlen immer noch am besten. Darf ich Ihnen einen Tee anbieten?«

Schwiete lehnte dankend ab.

»Ich bin etwas erschöpft«, entschuldigte sie sich, als sie mit einer dampfenden Teetasse wieder ins Wohnzimmer kam. »Ich war nämlich einkaufen. Auf meine Art einzukaufen ist allerdings recht anstrengend.«

Schwiete runzelte fragend die Stirn, und sie erklärte:

»Ich kaufe nämlich nicht im Supermarkt ein, sondern möglichst direkt beim Produzenten. Dazu muss ich viel herumfahren, von einem Hofladen zum anderen. Das dauert seine Zeit, ist anstrengend und kostet viel Geld. Aber ich will es einfach so. Das ist es mir wert.«

Schwiete fragte nicht weiter nach, auch wenn sie ihm sicher gern eine ganze Flut von Erklärungen gegeben hätte. Er interessierte sich nun mal nicht für ihr Einkaufsverhalten. Stattdessen steuerte er direkt aufs Thema zu.

»Frau Ansbach-Heller, Sie sind im Vorstand des Freundeskreises Westfälische Moderne, bin ich da richtig informiert?«

Etwas enttäuscht pustete sie in den Tee, um ihn abzukühlen. Dann antwortete sie hörbar gelangweilt:

»Stimmt! Das hätten Sie aber auch auf unserer Internetseite nachlesen können. Dazu muss niemand den weiten Weg von Paderborn nach Bielefeld machen. Offenbar hat die Polizei mehr Zeit, als ich immer dachte.«

»Wissen Sie, es ist immer wertvoll, die Menschen, von denen man Informationen wünscht, persönlich kennenzulernen. Das rundet das Bild ab. Aber sagen Sie, wie wird es in Ihrem Vorstand denn jetzt weitergehen, wo eines der Vorstandsmitglieder gestorben ist?«

Mittlerweile schien der Tee Trinktemperatur erreicht zu haben, denn sie nahm einen ersten vorsichtigen Schluck, bevor sie antwortete.

»Wir werden bei der nächsten Hauptversammlung einen neuen Vorstand wählen, so, wie jeder andere Verein das auch macht. In der Zwischenzeit werde ich zusammen mit Herrn Dr. Levenstein und Frau von Sintfeld die Vereinsgeschäfte allein führen.«

»Wie war die Zusammenarbeit mit Lorenz Plückebaum? War er eher der Typ Sammler oder der Typ Künstler? Herr Dr. Levenstein hat mir den Unterschied zu erklären versucht.«

»Tatsächlich? Na ja, er muss es ja wissen. Es gibt ja nichts, was Ärzte nicht wissen. Um Ihre Frage zu beantworten, der gute Lorenz war eine Art Hybrid. Er verstand von allem ein bisschen. War ein eifriger Sammler und als Maler ein brauchbarer Handwerker. Aber er konnte nicht fruchtbar sein, verstehen Sie? Weder als Sammler noch als Maler war er originell, er ahmte immer nur das nach, was andere als bedeutend definiert hatten. Er schuf nichts, er arbeitete nach. Weit entfernt von jedem Genie. Aber man soll ja über Tote nicht schlecht reden, verzeihen Sie.«

Schwiete war verwirrt über diesen Ausbruch. Offenbar war dieser Verein eher ein Haifischbecken als ein beschaulicher Hort der schönen Künste. Er beschloss, in dieser Wunde weiterzubohren.

»Warum wurde Plückebaum denn dann überhaupt in den Vorstand gewählt? Wie hat er sich denn selbst gesehen?«

»Wissen Sie, um in einem Verein nach oben zu kommen, bedarf es nicht großer Kompetenz, sondern starker Ellenbogen. Und die hatte Lorenz. Außerdem machte er mit Levenstein meistens gemeinsame Sache. Wenn es darum ging, Vorstandsbeschlüsse zu fassen, dann waren die beiden, bei allen sonstigen Unterschieden, ein Arsch und eine Hose, Sie verstehen? Ich hatte da nie eine Chance. Als Frau schon gar nicht.«

Wieder nahm sie einen Schluck Tee und fuhr fort:

»Wie Plückebaum sich selbst gesehen hat, weiß ich natürlich nicht. Ich vermute mal, dass er sich für einen ebenso bedeutenden Künstler wie Kunstsachverständigen hielt, der immer unterschätzt worden ist, von allen. Er war einer dieser Menschen, die sich ständig von der ganzen Welt betrogen und missachtet fühlen. Ich könnte Ihnen da Geschichten erzählen.«

»Wenn ich Sie richtig verstanden habe, dann hatten Sie nicht das beste Verhältnis zu Lorenz Plückebaum. Ihnen ist klar, welche weiterführenden Fragen dies bei einem Mordfall mit sich bringt, oder?«

Schlagartig errötete Walburga Ansbach-Heller, als hätte jemand eine innere Lampe angeknipst. Vermutlich war ihr in diesem Augenblick klar geworden, in welche Situation sie sich eben gebracht hatte. Sie stammelte ein paar Worte, fing sich aber rasch wieder und entgegnete:

»Ja, das ist mir klar. Aber es ist nicht zu ändern, wir hatten nicht das beste Verhältnis. Deswegen habe ich aber noch lange nicht die Absicht gehabt, ihn umzubringen. Ich habe auch keine Ahnung, wer so etwas Schreckliches getan haben könnte. Glauben Sie mir das?«

Schwiete verdrehte genervt die Augen.

»Ich stelle Fragen und analysiere die Antworten. Mein Glaube spielt hier keine Rolle. Gestatten Sie mir noch eine ganz konkrete Frage.«

Er beobachtete sie scharf, versuchte, jede noch so kleine Reaktion zu erfassen, während er ein kleines schwarzes Notizbuch aus der Manteltasche zog und aufschlug. Endlich hatte er die richtige Stelle gefunden.

»Dieses Notizbuch mit Kalender haben wir bei Lorenz Plückebaum gefunden. Für Freitag, den 24. Januar um zwanzig Uhr gibt es folgenden Eintrag: ›Treffen mit Ansbach-Heller und Dr. Levenstein, Vorbereitung Jahreshauptversammlung‹. Können Sie dieses Treffen bestätigen?«

Frau Ansbach-Heller musste erst in ihrem eigenen Terminkalender nachblättern. Dann lachte sie boshaft und sagte: »Stimmt, das Treffen war tatsächlich geplant. Wir hätten sogar wichtige Dinge zu besprechen gehabt. Aber es wurde abgesagt, ganz kurzfristig, wie ich mich erinnere. Wir haben das Treffen dann zwei Wochen später durchgeführt.«

»Wer hat denn das Treffen abgesagt?«, wollte Schwiete wissen.

»Gunther, also Herr Dr. Levenstein. Er konnte an dem

Abend nicht, aus irgendwelchen persönlichen Gründen. Wahrscheinlich ging es wieder mal um seine geschiedene Frau. Eine sehr kluge Person übrigens, die ich zu ihrem Entschluss, sich von diesem Wichtigtuer zu trennen, nur beglückwünschen kann. Ist das alles wichtig?«

»Ja, das ist sogar sehr wichtig. Das war nämlich der Abend, an dem das Böckstiegel-Gemälde gestohlen wurde. Schade, wäre dieses Treffen planmäßig über die Bühne gegangen, hätten wir zumindest für Sie, für Herrn Dr. Levenstein und den verstorbenen Plückebaum ein wunderbares Alibi gehabt, was den Diebstahl angeht. So müssen wir Ihnen leider noch viele, viele Fragen stellen, fürchte ich. Kann ich nun doch eine Tasse Tee haben?«

28

Die Ermittlungen im Mordfall Plückebaum zogen sich schon fast drei Wochen hin. Doch bis jetzt war nicht einmal das Mordmotiv klar. Es war einfach zum Verrücktwerden! Schwiete raufte sich die Haare. Die einzige Spur war eine mögliche Querverbindung zum Gemäldediebstahl im Januar.

Die Tür flog krachend auf. Schwiete wurde aus seinen Überlegungen gerissen. Wie kriegt der Kerl das nur hin?, dachte er. Ohne seinen Blick zu heben, wusste er, dass sein Kollege Kükenhöner den Raum betreten hatte. Kein anderer Mensch auf dieser Welt verfügte über die einzigartige Fähigkeit, mit beliebigen Gegenständen einen höllischen Lärm zu erzeugen.

Kükenhöner fläzte sich in einen Sessel und begann ungefragt zu reden.

»Mensch, Horsti, hast du schon gehört? Die Razzia im Bordell in der Marienloher Straße war ein voller Erfolg. Wir haben sechs junge Frauen vorgefunden, die nach eigenen Angaben zur Prostitution gezwungen wurden. Hast du einen heißen Tipp bekommen? Oder wusstest du davon? Jetzt sag nicht, es war mal wieder dein siebter Sinn.«

Kükenhöner machte eine Pause und wartete auf eine Antwort. Nachdem Schwiete sich jedoch zehn Sekunden lang nicht geäußert hatte, redete Kükenhöner einfach weiter.

»Ist auch nicht so wichtig, das war ja eh nicht unser Ressort, aber die von der Sitte haben nicht schlecht gestaunt, als ich ihnen die Frauen vorbeigebracht habe. Ich glaube, die Kollegen waren auch ein bisschen sauer, dass ich einfach so in den Laden an der Marienloher Straße rein bin, ohne ihnen vorher Bescheid zu sagen.«

Wieder machte Kükenhöner eine Pause. Und wieder wartete Schwiete einfach, bis sein Kollege weiterberichtete.

»Egal«, fuhr Kükenhöner fort, »um dir die Bordellgeschichte zu erzählen, bin ich ja gar nicht hier. Aber ich wollte dir wenigstens eine kurze Rückmeldung zu dem kleinen Auftrag geben, den du mir neulich erteilt hattest.«

Schwiete nickte. »Danke, Karl, das hast du gut gemacht. Also können wir die Marienloher Straße abhaken.«

Der Polizist nickte zustimmend.

»Gut, also dann zu den Telefonlisten der Handys von Dr. Levenstein und Hagen Steiner.« Kükenhöner blätterte in seinen Unterlagen. »Da haben wir richtig Glück gehabt, dass die Telefongesellschaften die Daten noch gespeichert hatten.«

Kükenhöner grinste so sehr, dass Schwiete befürchtete, die Mundwinkel könnten seine Ohren berühren.

»Du bist also fündig geworden?«, fragte er.

»Und wie! Dieser Steiner hatte ja angegeben, dass er am 24. Januar um zweiundzwanzig Uhr zu Hause gewesen sei und in dieser Zeit mehrfach telefoniert habe, weil er irgendwas mit Kunst zu organisieren gehabt habe. Das stimmt auch. Jedenfalls sind von seinem Festnetzanschluss und auch von seinem Handy in der fraglichen Zeit mehrere Telefonate geführt worden.«

Kükenhöner machte eine bedeutungsvolle Pause.

»So, und jetzt halt dich fest, Horsti. Dieser Dr. Levenstein, der hat in der besagten Zeit ebenfalls zweimal telefoniert. Und jetzt rate mal, von wo?«

Schwiete sah seinen Kollegen fragend an. Der hob einen Finger, um dem, was er jetzt zu sagen hatte, ein besonderes Gewicht zukommen zu lassen.

»Also, der Standort desjenigen, der die Gespräche mit Levensteins Handy geführt hat, war bei beiden Gesprächen keine zweihundert Meter von dem Ort entfernt, an dem zu genau dieser Zeit der Überfall auf den Bildertransport stattgefunden hat.«

29

Hier war ich ja schon mindestens zehn Jahre nicht mehr, dachte Felix Johannpeter, während er die Kilianstraße hinaufging. Auf der rechten Seite standen noch einige Häuser aus der Zeit des Historismus. Für Paderborner Verhältnisse waren diese Bauten eine Rarität. Denn die meisten historischen Gebäude der Stadt hatten die Bombenangriffe der Alliierten während des Zweiten Weltkriegs nicht überlebt. Hier irgendwo musste Linda Klocke wohnen. Johannpeter querte einen Spielplatz und suchte die Häuserreihe ab. In der Hand hielt er einen Strauß Blumen. Wie war noch mal die Hausnummer? Johannpeter hatte sie vergessen. An der Tür links neben der Garage, hatte seine Kollegin ihm gesagt, da musst du klingeln.

Links neben der Garage. Er war die Straße schon zweimal abgelaufen. Auf einer Einfahrt stand ein weißer BMW Z4.

Daneben führte ein schmaler Weg zu einer unscheinbaren braunen Metalltür. Sie war in eine Gartenmauer eingelassen, die die Garage und das Haus miteinander verband. Ob das der Zugang zum Haus seiner Kollegin war? Johannpeter umrundete den BMW, las das Nummernschild: PB-LK-1, und kombinierte. Die Initialen konnten für Linda Klocke stehen. Dann fiel ihm ein, dass er sie doch immer mit so einem alten Polo durch die Gegend hatte fahren sehen.

Er ging zur Tür. Rechts daneben sah er einen weißen Knopf und ein Schildchen mit dem Namen Klocke.

»Na denn«, sagte er zu sich selbst und drückte. Es war nichts zu hören. Johannpeter wartete. Er drückte noch einmal. Wieder nichts, dann hörte er seine Kollegin rufen: »Moment, ich komme! Eine alte Frau ist doch kein D-Zug!«

Im nächsten Moment wurde die Metalltür aufgerissen. Linda Klocke war in einen weißen Frotteebademantel gehüllt. Aus ihren Haaren tropften kleine Wasserrinnsale.

»Ach, du bist schon da. Ich hatte erst in einer halben Stunde mit dir gerechnet. Jetzt hast du mich unter der Dusche erwischt.«

Johannpeter setzte sein breites Großer-Junge-Grinsen auf. »Entschuldige, aber ich war mit meiner Arbeit früher fertig, als ich geplant hatte. Da habe ich mich einfach auf den Weg gemacht. Aber ich kann noch eine Runde um den Block drehen. Dann hast du genügend Zeit, dich anzuziehen. Wenn du die nur schon mal versorgen könntest?«

Er hielt ihr den Blumenstrauß entgegen. Linda Klockes Teint veränderte die Farbe. Etwas verlegen lächelte sie ihren Kollegen an. »Ach, Felix, das wär doch nicht nötig gewesen.« Sie betrachtete die Blumen und schien ganz angetan. »Ach was, komm rein, Felix! Ich beeile mich, in zehn Minuten bin ich fertig.«

Sie trat beiseite und gab den Blick in den Garten frei. Ein etwa ein Meter breiter Gang führte in einen etwas verwilderten, wunderschönen Garten, in dessen Mitte ein riesiger Kirschbaum blühte.

»So ein schöner Garten«, meinte Johannpeter bewundernd. »Und das mitten in Paderborn.«

»Ja, mit der Wohnung habe ich wirklich Glück gehabt.«

Linda Klocke ging voraus. Die zwei Stufen einer Treppe führten direkt in ein großes Wohnzimmer, das zum Garten hin ein riesiges Glasfenster hatte. Linda Klocke nahm ihren Kollegen mit in ihre Wohnküche, stellte ein Glas Wasser und einen Espresso auf den Tisch, dann verschwand sie hinter einer Tür, wahrscheinlich der des Badezimmers.

Johannpeter nippte an seinem Kaffee, trank einen Schluck Wasser und stand auf. Um sich die Zeit zu vertreiben, sah er sich die Bilder an, die an den Wänden hingen, und die Rücken der Bücher, die penibel geordnet in den Regalen standen. Dann ging er zurück in die Küche, setzte sich wieder auf den ihm zugewiesenen Platz und ließ seinen Blick über den Esstisch schweifen. Auf dem hinteren Drittel des Tisches lag eine Rechnung, die offenbar seine Kollegin erstellt hatte. Adressat war seine Lieblingszeitschrift *Ruhrgebiet Kulturgebiet.* Johannpeter sah etwas genauer hin. Die Rechnung betraf die von ihm so geschätzte Kolumne von Tina Hatz-Nötig. Darauf waren Überschriften aufgelistet, die ihm bekannt vorkamen, daneben standen Zahlenkolonnen und ganz unten: »Hiermit erlaube ich mir, die Summe von …«

Ratsch! Der Brief wurde von der Tischplatte gerissen.

»Das hast du nicht gelesen!«, sagte Linda Klocke in entschiedenem Tonfall.

Johannpeter saß da und starrte sie fassungslos an. »Du bist also …« Er räusperte sich. »Du bist … Das gibt's doch gar nicht. Ich meine …«

»Das hast du nicht gelesen!«, wiederholte sie. »Es war mein Fehler. Ich habe vergessen, den Brief wegzuräumen. Ich hatte ganz vergessen, dass du ja angeblich mein größter Fan bist beziehungsweise der größte Fan von Tina Hatz-Nötig. Jetzt weißt du, wer dahintersteckt, und vergisst es auch ganz schnell wieder, sonst rede ich kein Wort mehr mit dir.«

»Ja, aber …«, versuchte Johannpeter einzuwenden.

»Nichts aber!«, fuhr seine Kollegin dazwischen. »Wollten wir nicht essen gehen?«

Johannpeter war sprachlos. Wie gerne hätte er Linda Klocke gefragt, wieso ausgerechnet sie, eine Paderborner Polizistin, diese Kolumne schrieb. Er hätte gerne gewusst, wo sie die ganzen Ideen hernahm, mit denen sie so pointiert und amüsant auf die brennendsten Leserfragen zu sexuellen Angelegenheiten antwortete. Doch stattdessen nickte er nur – wie ein kleiner Junge, zu dem man gesagt hatte: Ruhe – oder ab ins Bett. Für ihn war seine bisher eher unscheinbare Kollegin auf einmal die Größte.

»Wie wäre es mit meinem Hausspanier?«, versuchte Linda Klocke wieder Normalität zu schaffen.

Wieder nickte Johannpeter.

Fünf Minuten später saßen die beiden in der netten Kellerbar La Bodega und ließen sich schon bald darauf die leckeren Tapas schmecken.

»Erzähl doch mal, was für kriminelle Handlungsweisen es auf dem Kunstmarkt so gibt, von denen der normale Sterbliche in der Regel gar nichts erfährt«, sagte Linda Klocke. »Schließlich sind wir nicht zum Spaß hier. Du hattest mir doch versprochen, mir einen Einblick in den Kunstmarkt zu gewähren. Also, ich höre!«

Johannpeter verzog das Gesicht. »Linda, meine Liebe, es ist so ein netter Abend. Es gibt so viele Themen, über die wir uns unterhalten könnten, und du willst über die Arbeit reden.«

Er lächelte sein charmantestes Lächeln. Vergeblich! Linda Klocke wollte über nichts anderes reden. Sie wollte etwas über den Kunstmarkt erfahren.

»Also gut, fangen wir mit Beltracchi an. Der ist übrigens hier ganz in der Nähe geboren worden, in Höxter nämlich. Damals hieß er noch Wolfgang Fischer. Heute ist er einer der bedeutendsten Kunstfälscher unserer Zeit.«

Linda Klocke nickte. »Ist mir bekannt. Hat der nicht dieses Gemälde gemalt – *Rotes Bild mit Pferden*, angeblich ein Campendonk?«

»Ganz genau. Das Bild hat in einer Versteigerung 2,9 Millionen gebracht, plus Aufschlag«, wusste Johannpeter. »Der ganze Betrug ist im Prinzip nur aufgeflogen, weil der Fälscher eine Farbe benutzt hat, die es erst seit ungefähr fünfzig Jahren gibt.«

»Habe ich gelesen! Titanweiß oder so ähnlich«, versuchte Linda Klocke das Gespräch zu befeuern.

»Richtig. Beltracchi hat im Grunde genommen das Œuvre mancher bedeutender Maler um einige Bilder erweitert. Nur dass diese nicht von den Malern selbst stammten, sondern von Beltracchi. Der würde wahrscheinlich sagen, er habe sozusagen den Stil der bekannten Maler in sich aufgenommen und in deren Geist weitergemalt. Im Übrigen ohne jedes Unrechtsbewusstsein.«

Johannpeter legte wieder eine dieser Denkpausen ein, die Linda Klocke so hasste.

»Der Kunstmarkt muss auch für Geldwäsche herhalten«, fuhr er fort. »Vielleicht kennst du ja den Film *Mickey Blue Eyes* mit Hugh Grant. In dem Streifen wird anschaulich geschildert, wie die Mafia mithilfe eines Auktionshauses ihr schmutziges Geld wäscht.«

Johannpeter nahm sich die letzte Olive aus der kleinen braunen Tonschale und bestellte sich noch eine Karaffe Rioja. »Und nun zu den Banalitäten des Geschäfts, die aber richtig Geld bringen, und zwar nicht den Künstlern«, fuhr er fort. »Es gibt zum Beispiel Wettbewerbe, an denen die aufstrebenden jungen Künstler teilnehmen. Hast du einige dieser Wettbewerbe gewonnen, steigt dein Marktwert. Du musst jemanden aus der Jury kennen, zum Beispiel deinen ehemaligen Prof, der dich schon auf der Kunsthochschule gepuscht hat. Sitzt vielleicht auch noch der Galerist unter den Entscheidern, der deine Bilder verkauft, dann hast du oft schon so gut wie gewonnen. Da können noch so viele andere junge begabte Künstler ausstellen – die Entscheidung fällt garantiert auf den Künstler mit den besten Kontakten. Der Galerist kann anschließend die Bilder zu einem höheren Wert verkaufen. Und der Kunstprofessor kann sich damit schmücken, dass es mal wieder einer aus seiner Klasse ganz nach oben geschafft hat.«

Inzwischen hatte der Kellner die Weinkaraffe gebracht und schenkte Johannpeter nach.

»Dann gibt es da noch die sogenannten berühmten Galerien. Wenn du bei denen unterkommst, sind deine Bilder gleich das Doppelte wert«, erklärte er seiner Kollegin. »Das heißt aber nicht unbedingt, dass du auch das Doppelte an ihnen verdienst. Die Kohle sacken die Galeristen ein. Du darfst dankbar sein, dass sie deine Bilder vermakeln. Robert Rauschenberg hat einmal gesagt: ›Ich hätte auch gerne eins meiner Bilder. Leider kann ich es nicht bezahlen.‹«

»Du meinst also, der Wert eines Bildes hängt von vielen Faktoren ab, wobei das Genie des Künstlers oft nicht das entscheidende Kriterium ist?«

»So könnte man es ausdrücken«, sagte Johannpeter und nahm einen großen Schluck Rotwein.

30

Heute wollte aber auch rein gar nichts gelingen.

Herbert Höveken strich noch einmal mit dem feinen Schmirgelpapier über die glatte, glänzende Holzfläche. Dann machte er einen Schritt zurück und schaute kritisch auf den Sarg, der langsam seiner Vollendung entgegenging. Es war eine Sonderanfertigung, entworfen von einem enthusiastischen Paderborner Fußballfan, der durch seinen Tod vor zwei Tagen nun den direkten Aufstieg in die ewige himmlische Liga geschafft hatte. Der Sarg war blau, schwarz und weiß lackiert, in den Vereinsfarben des SC Paderborn. Oben auf dem Deckel prangte groß das Vereinslogo. Höveken hatte diesen Sarg nach der Zeichnung des Verstorbenen komplett selbst geschreinert. Als Tischler und Bestatter von altem Schrot und Korn konnte er das noch selbst. Seine Tischlerwerkstatt war zwar alt und klein, brachte aber manchmal wahre Wunderdinge hervor.

Nur mit der Lackierung hatte es von Anfang an Schwierigkeiten gegeben. Ob es am Wetter lag oder an seiner Verfassung, auf jeden Fall ging ihm diese Arbeit nicht so gut von der Hand. Wieder und wieder hatte er eine Lackschicht aufgetragen, dann so lange geschliffen, bis sie nahezu wieder abgetragen war, und dann wieder von vorn begonnen. Seine Stimmung passte zum Objekt, und am liebsten hätte er sich gleich mit diesem, wie er fand, geschmacklosen Sarg begraben lassen.

»Die Bekloppten sterben nicht aus«, brummte er schlecht gelaunt und schliff vorsichtig weiter. Doch was soll's?, sagte er sich dann. Der Sarg ist im Voraus bezahlt worden, also mache ich ihn auch fertig. Und zwar so gut, wie ich das kann. Handwerkerehre. Außerdem brauche ich jeden Cent.

Als die neue Lackschicht endlich seinen Anforderungen

entsprach, schaute er auf die große Werkstattuhr. Es war fast sechs Uhr: Zeit, für heute Feierabend zu machen. Nun würde er noch eine Kleinigkeit essen, allein in seiner Junggesellenwohnung über der Werkstatt, dann würde er sich »schön machen« und rübergehen zu Hilde Auffenberg. Heute traf sich wieder die Ükernrunde. Für Herbert Höveken, der sich weitgehend aus dem gesellschaftlichen Leben der Stadt zurückgezogen hatte, der Höhepunkt der Woche. Das lag nicht nur an der netten Gesellschaft, sondern vor allem an der Gastgeberin, die Höveken seit Jahren verehrte und der er, so gut er konnte, den Hof machte.

In den letzten Tagen hatte er vorübergehend das Gefühl gehabt, Hilde könne etwas mit diesem jungen Bildhauer haben. Nun, nach einigem Nachdenken, konnte er darüber schmunzeln. Wahrscheinlich hatten seine finanziellen Sorgen ihn so überempfindlich werden lassen, dass er schon das Gras wachsen hörte. Zwischen den beiden lagen mindestens zwanzig Jahre.

Er war fast schon wieder gut gelaunt, als sich die Werkstatttür öffnete und Hilde Auffenberg mit ernster Miene hereintrat.

»Herbert«, begann sie vorsichtig, »es tut mir leid, aber die Ükernrunde muss diese Woche ausnahmsweise mal ausfallen. Zumindest kann sie nicht bei mir in der Küche stattfinden. Ihr könnt euch ja gern woanders treffen, aber ich habe leider keine Zeit. Mach dir einfach einen schönen Abend.«

Höveken spürte, wie es in seinen Kniekehlen kribbelte, als müsse er gleich vor Schwäche zusammensacken. Er setzte sich auf seinen Werkstatthocker und starrte sie entgeistert an.

»Aber warum denn? Wir treffen uns doch sonst einmal pro …«

»Ich kann heute wirklich nicht«, unterbrach sie ihn ungehaltener, als sie vermutlich geplant hatte.

Bei Höveken mischten sich Panik und Trotz, als er in ruppigem Tonfall fragte: »Was hast du denn vor? Eine Verabredung?«

Sie schaute ihn lange an.

»Herbert, ich sehe keinen Grund, mich vor dir für mein Privatleben rechtfertigen zu müssen. Wenn ich sage, dass ich keine Zeit habe, dann erwarte ich, dass du das so akzeptierst. Aber wenn du es unbedingt wissen willst: Ja, ich habe mich zum Essen verabredet.«

»Mit diesem Jüngling? Diesem Bildhauer?«, fragte Höveken, innerlich zitternd.

»Und wenn es so wäre? Was ginge dich das an?«, fauchte sie, marschierte energisch aus der Werkstatt und ließ einen Herbert Höveken zurück, dem soeben ein ganzes Gebäude an Hoffnungen und Wünschen eingestürzt war und der nun wie betäubt auf seinem Hocker saß.

Erst nach guten zehn Minuten hatte er sich wieder so weit im Griff, dass er einen Entschluss fassen konnte. Heute Abend würde er in die nächstbeste Kneipe gehen und sich mal so richtig volllaufen lassen. Das war schon viele Jahre nicht mehr vorgekommen, er hatte schon fast vergessen, dass es eine solche Möglichkeit überhaupt gab. Es war irgendwie ein gutes Gefühl, diese Mischung aus Wut und pubertärer Trotzreaktion, fand er und stand auf.

31

Hilde Auffenberg war auch jetzt, fast eine Stunde nach ihrem Gespräch mit Herbert Höveken, noch immer geladen. Dieser Kerl, dachte sie verbittert, was glaubt der eigentlich für Rechte bei mir einklagen zu können? Tut gerade so, als wären wir verheiratet und stünden kurz vor der Goldenen Hochzeit.

Sicher, Hilde Auffenberg zählte Herbert Höveken zu ihren

Freunden, aber damit war es auch gut. Mehr war nicht zu holen. Nicht für Höveken und nicht für irgendeinen anderen. Sie hatte in diesem Leben nicht mehr vor, sich von einem Mann abhängig zu machen. Nein, das Leben bot einer allein lebenden Frau mit guter Gesundheit und ebensolcher Pension zu viel, um sich durch die Wehwehchen eines alternden Mannes die Laune verderben zu lassen, fand sie.

Kurz darauf parkte sie ihren hochbetagten Golf vor der hohen Hainbuchenhecke, die das Bildhaueratelier von Hagen Steiner umgab. Fast im selben Augenblick kamen die beiden Hunde des Künstlers auf sie zugeschossen. Hilde Auffenberg blieb sicherheitshalber im Auto sitzen. Sie war zum ersten Mal allein hier und wusste nicht, was sie sich bei den Hunden erlauben konnte.

Doch schon kam der rettende Engel in Gestalt des Bildhauers durch die breite Lücke in der Hecke, die eine Art Hofeinfahrt bildete. Nun stieg sie aus und wollte Steiner die Hand zur Begrüßung geben. Doch der scherte sich wenig um Konventionen und nahm sie herzhaft in den Arm. Hilde Auffenberg fühlte sich etwas benommen. Was war denn heute mit den Männern los? War irgendwas mit ihr? Für einen kurzen Moment kam sie sich vor wie ein Vamp, musste dann aber innerlich schmunzeln. Sie war eine Frau von Ende sechzig, ihretwegen verloren Männer nicht mehr den Verstand. Oder doch? Wenn sie sah, wie der zwanzig Jahre jüngere Mann sich um ihr Wohlergehen bemühte, wie er geschäftig hin und her rannte, bis alles so war, wie es seiner Meinung nach sein sollte ... Nun war sie völlig durcheinander. Sie fühlte sich verunsichert und geschmeichelt zugleich.

Eigentlich wollte sie mit ihm über ihren Beitrag zur Ausstellungspädagogik sprechen, spürte aber schnell, dass dem Bildhauer an diesem Thema wenig lag. Er hatte offenbar etwas ganz anderes auf dem Herzen und schien nicht so recht zu wissen, wie er beginnen sollte. Plötzlich erschien er ihr trotz seiner beeindruckenden körperlichen Präsenz wie ein kleiner Junge. In einer sehr spontanen Geste, die sie zwei Sekunden später bereits wieder bereuen sollte, bot sie ihm das Du an.

»Als die Ältere von uns beiden darf ich die Initiative ergreifen, oder? Also, ich bin Hilde.«

Steiner griff diesen Vorstoß mit einer Begeisterung auf, die ihr übertrieben erschien und ihn in ihren Augen noch ein Stück kindlicher machte. Er bestand auf einem Verbrüderungskuss, zwar nur auf beide Wangen, aber dafür mehrfach. Hilde Auffenberg spürte einen ersten, ganz leichten Widerstand in sich aufsteigen. Ein solches Übermaß an Emotionen war ihr nicht geheuer, damit konnte die Urpaderbornerin einfach nicht umgehen. Gern hätte sie nun das Du wieder zurückgenommen, aber das wäre ihr peinlich gewesen.

Steiner hatte bereits eine halbe Flasche Rotwein getrunken, als er endlich das Thema Kunst verließ und damit begann, in immer enger werdenden konzentrischen Kreisen auf sein eigentliches Anliegen zu sprechen zu kommen.

»Lorenz Plückebaum«, brummte er und goss sich ein weiteres Weinglas voll. »Hast du ihn eigentlich gut gekannt?«

»Na ja, wie man einen Kollegen eben so kennt, wenn man ihm beinahe zwanzig Jahre lang an nahezu jedem Schultag im Lehrerkollegium begegnet ist. Auch ohne befreundet zu sein, erfährt man eine Menge voneinander. Selbst wenn man sich nicht leiden kann.«

»Konntest du ihn nicht leiden?«

»So kann man das auch nicht sagen«, druckste sie herum, »eigentlich waren wir uns in herzlicher Gleichgültigkeit verbunden, wenn du verstehst, was ich meine.«

»Wie war er denn so als Mensch?«, bohrte Steiner nach, was Hilde Auffenberg noch mehr verblüffte. »War er sympathisch, ging er so, oder war er ein mieses Dreckstück?«

Diesen letzten Ausdruck trug er mit einer Vehemenz vor, die sie aufhorchen ließ.

»Weder noch. Wir waren einfach nicht füreinander geschaffen, unsere Interessen waren zu verschieden. Wir hatten beruflich miteinander zu tun, aber unsere Gespräche gingen über Höflichkeitsfloskeln nicht hinaus. Warum willst du das alles wissen?«

»Na ja, es berührt einen schließlich, wenn man mit jemandem in einem Verein ist und glaubt, ihn zu kennen – und dann passiert so was. Da will man doch wissen, woran es gelegen hat. Warum hat einer so was gemacht?«

»Du redest ja wie der gute Horst Schwiete«, versuchte Hilde Auffenberg die angespannte Atmosphäre etwas aufzulockern. Dann fiel ihr ein, dass Steiner Schwiete noch gar nicht kannte. »Das ist mein anderer Mieter, den du noch gar nicht kennengelernt hast. Er ist Polizist und will auch immer ganz genau wissen, warum einer was macht und warum nicht.«

Interessiert blickte Steiner sie an.

»Sprecht ihr über seine Fälle?«, wollte er dann wissen.

»Manchmal«, entgegnete sie, vorsichtig geworden. »Aber wir gehen dabei nie ins Detail, das darf er ja nicht.«

»Ist dein Schwiete auch für den Mordfall Plückebaum zuständig?«, kam sofort die nächste Frage.

Das ging Hilde Auffenberg nun deutlich zu weit.

»Also, weißt du, so was möchte ich eigentlich nicht mit dir besprechen. Ich habe mich auf einen netten Abend mit einem freundlichen und kreativen Mann gefreut und habe kein Verhör erwartet. Was willst du eigentlich von mir wissen?«

Steiner sprang auf. Für den Bruchteil einer Sekunde befürchtete sie, er wolle sich auf sie stürzen, als seine mächtige Gestalt so direkt vor ihr hochschoss. Aber er schien nur peinlich berührt und um Schadensbegrenzung bemüht zu sein.

»Entschuldige bitte«, rief er immer wieder, »ich bin ein schlechter Gastgeber und ein langweiliger Gesprächspartner! Tut mir furchtbar leid. Trink noch ein Glas, und lass uns über was ganz anderes sprechen. Ich bin ein Vollidiot!«

Wieder etwas zu dick aufgetragene Emotionen, fand Hilde Auffenberg, die für so etwas ein geschultes Auge hatte. Das Gespräch kam aber, trotz Steiners Bemühungen, nicht mehr richtig in Fahrt. Nach einer weiteren Viertelstunde stand Hilde Auffenberg auf, um zu gehen. Er beteuerte noch einmal, wie leid es ihm tue, sie nicht gut genug unterhalten zu haben.

»Wir sollten uns wieder treffen. Was hältst du davon, wenn ich am Wochenende nach Paderborn komme und wir ein bisschen bummeln gehen? Vielleicht lerne ich dann sogar deinen Kommissar kennen. Wer weiß?«

»Ja«, murmelte sie, ohne ihm den Termin zu bestätigen, »wer weiß.«

Sie war erleichtert, als sie wieder allein in ihrem Golf saß und Richtung Paderborn fuhr. Das war ein denkwürdiger Abend geworden. Warum nur legte Steiner so großen Wert darauf, etwas über Horst Schwiete zu erfahren? Hatte er bei seinem Besuch in der letzten Woche schon darauf spekuliert, Schwiete bei ihr anzutreffen? War diese Idee mit der Ausstellungspädagogik nur ein Vorwand gewesen, um mit ihr ins Gespräch zu kommen? Vielleicht sollte sie Schwiete davon berichten.

Es war fast Mitternacht, als sie ihr Auto auf dem Maspernplatz parkte. Auf dem Weg nach Hause kam sie am »Rock-Café« vorbei und warf im Vorübergehen einen flüchtigen Blick durch die offene Tür. Zu ihrem großen Erstaunen sah sie Herbert Höveken, der heftig wankte und eben vom Wirt sanft zur Tür geleitet wurde. Höveken stierte sie orientierungslos an. Der Wirt, ein Mann mit langen weißen Haaren, den Hilde Auffenberg gut kannte, freute sich.

»Gut, dass du kommst, Hilde. Er hat es zwar nicht weit bis nach Hause, aber ich kann hier gerade nicht weg und würde ihn ungern allein gehen lassen. Nimmst du ihn mit?«

Seufzend hakte sie sich bei ihrem völlig betrunkenen Freund

und Nachbarn unter und geleitete ihn langsam um die nächste Ecke. Höveken lachte laut und schrill. Als er auch noch singen wollte, stauchte sie ihn zusammen. Wieder starrte er sie an, als wäre sie ein weißes Kaninchen, das er soeben aus dem Zylinder gezaubert hatte. Dann riss er sich von ihr los, lachte wieder und rief so laut, dass vermutlich die ganze Straße aufgeweckt wurde:

»Hilde Auffenberg, du bist das schärfste Weib der Welt! Ich werde dich heiraten! Jawoll, heiraten. Ob du willst oder nicht.«

32

Der absolute Wahnsinn! Noch völlig euphorisiert verabschiedete sich Johnny Winter von seinen beiden wesentlich älteren Begleitern. Er hatte zusammen mit Willi Künnemeier und dem nach seinem ungewöhnlichen Saufgelage wieder halbwegs regenerierten Herbert Höveken eben den 2:0-Sieg seiner Paderborner gegen Sandhausen miterlebt. Spektakulär war weniger das Ergebnis als der daraus resultierende Tabellenplatz. Nachdem Fürth bereits am Freitag gegen 1860 München verloren hatte, stand Paderborn auf dem zweiten Platz und damit auf einem direkten Aufstiegsplatz zur ersten Bundesliga. Nun hatten sie es selbst in der Hand. Wenn der SC Paderborn sich keine Niederlage erlaubte, konnte ihn niemand mehr abfangen. Keine Relegation, sondern direkter Aufstieg.

Das musste Winter – und mit ihm die ganze Stadt – erst einmal verarbeiten. Auf eine solche Entwicklung war hier niemand eingestellt gewesen. Nach den ersten Spielen dieser Saison war der Blick nur nach unten gegangen, war darauf ausgerichtet gewesen, den Abstieg zu vermeiden. Und dann so was!

Ein Sieg nach dem anderen. So schnell konnte sich die westfälische Volksseele einfach nicht umstellen.

Eigentlich war Johnny Winter nie Fußballfan gewesen. Sein Interesse hatte ausschließlich der Musik und der Beziehungspflege zu jungen Damen gegolten. Es waren Künnemeier und Höveken gewesen, die ihn irgendwann zu Beginn der Rückserie einfach mitgeschleift hatten. Seitdem saßen die drei so ungleichen Männer bei jedem Heimspiel auf ihrem Platz im Block R. Hier hatten sie zwar nicht den allerbesten Blick aufs Spielfeld, aber einen Logenplatz, wenn es darum ging, das Treiben in der Fankurve zu beobachten. Und das war manchmal mindestens so spannend wie das Spiel. Heute hatte dort ein Mann ein Transparent hochgehalten, das einen Terminkonflikt ansprach, den es so zurzeit nur in Paderborn geben konnte. Auf dem Stofftuch stand: »Bitte keine Relegation – wir haben Schützenfest!«

Aber nun hatte Winter anderes zu tun. Hilde Auffenbergs Jugendfreundin Edda von Sintfeld hatte mit ihm gesprochen und ihm angeboten, auf ihrem Sommerfest zu spielen. Dabei hatte er den Mund etwas zu voll genommen und so getan, als wäre er Chef einer nahezu professionellen Tanzkombo. In Wirklichkeit gab es gar keine Band. Schon vor langer Zeit war Winter aus der Tanzkapelle Ramona ausgestiegen. Nicht die Tatsache, dass er ausgestiegen war, hatten ihm die ehemaligen Musikerkollegen verübelt, sondern die Art und Weise. Winter musste zugeben, dass er damals die Nase ziemlich hoch getragen hatte. Tanzmucke war seinerzeit nicht vereinbar mit seinen Ambitionen als Rockmusiker gewesen. Jetzt, da Winter einen seiner ehemaligen Mitstreiter nach dem anderen anrief, rächte sich sein Hochmut. Mit wachsender Panik ging er in Gedanken alle Leute durch, die irgendwann einmal seinen Weg als Tanzmusiker gekreuzt hatten.

Das Angebot der adeligen Dame war alles andere als unattraktiv. Sie war bereit, eine überdurchschnittliche Gage zu investieren, die Winter unbedingt mitnehmen wollte. Nur hatte er nicht die geringste Lust, sie gleichmäßig unter den Musikern aufzuteilen. Sein Plan war, die anderen mit dem üblichen Kleingeld abzuspeisen und den dicken Brocken auf sein eigenes Konto einzuzahlen. Schließlich hatte er den Job aufgetan und musste nun aus dem Nichts eine Band und ein Programm zusammenstellen. Außerdem brauchte er dringend Geld, denn seine neue Freundin war anspruchsvoller als die Vorgängerinnen. Sie selbst hatte einen gut bezahlten Job, war aber nicht bereit, ihren Lover durchzufüttern, wenn sie abends ausgingen.

Nun war Winter an einem Punkt angelangt, an dem ihm nichts anderes übrig blieb, als den Mann anzurufen, mit dem er sich bei seiner Trennung von Ramona am heftigsten überworfen hatte – mit dem dicken Egon, Bandleader der Tanzkapelle. Wenn er Egon überzeugen könnte, dann wäre der Rest kein Problem mehr.

»Davon habe ich schon gehört«, unterbrach ihn Egon, als Winter zu einer weitschweifenden Erklärung ausholen wollte. »Du hast wie immer das Maul zu voll genommen, und jetzt hast du ein Problem. Woher ich das weiß?« Winter hörte seinen Gesprächspartner laut lachen. »Du warst doch lange genug im Geschäft. Die Tanzmucken-Szene ist wie ein Dorf. Hier kennt jeder jeden, und alle plaudern das weiter, was sie gehört haben. Hier bleibt nichts geheim. Du kannst dir deine Einführung also schenken und gleich zur Sache kommen.«

»Wenn du schon alles weißt, brauche ich ja nicht mehr zur Sache zu kommen. Das heißt also, du hast kein Interesse?«

Insgeheim hatte er sich bereits darauf eingestellt, dass Egon absagen würde.

»Ich habe gehört, dass du alle angesprochen hast, die in der Lage sind, ein Instrument hochzuhalten«, erwiderte Egon. »Keiner will mitmachen, weil du bei allen den Großkotz gespielt hast und nun unten durch bist. Ich bin also deine letzte Hoffnung, stimmt's?«

Winter brummte Unverständliches und druckste herum, musste aber am Ende zustimmen.

»So!«, triumphierte der Dicke. »Ich mache dir jetzt einen Vorschlag, den du entweder annimmst oder auch nicht. Gehandelt wird nicht. Also, du kannst die komplette Ramona haben, aber die Gage zahlst du uns im Voraus. Keine Tricks.«

Egon nannte eine Summe, die Winter erschaudern ließ. Das war ja fast die komplette Gage! Nun trat genau das ein, was er hatte vermeiden wollen. Am liebsten hätte er das Handy gegen die Wand geworfen. Sollte er das Engagement absagen? Unmöglich. Selbst das, was an Gage für ihn bleiben würde, war immer noch mehr als nichts. Und Hilde Auffenberg würde ihm ewig böse sein, wenn er ihre Freundin im Stich ließe. Das wollte er auf gar keinen Fall riskieren.

33

Jetzt wohnte Horst Schwiete schon so viele Jahre im Paderborner Land, aber in Anreppen war er noch nie gewesen. Neugierig sah er sich um, während Linda Klocke am Montagmorgen mit dem Dienstwagen die Bundesstraße verließ. Vor ihnen tat sich weites, flaches Land auf. Feine Nebelschwaden hingen über den Wiesen, gespeist vom Wasser der nahen Lippe. Die Frühlingssonne wärmte noch nicht, erheiterte aber das Gemüt.

Schwiete, der im waldreichen und bergigen Eggegebirge aufgewachsen war, hatte sich mit dem Flachland immer schwergetan. Doch fast widerwillig musste er sich eingestehen, dass ihm die Weite und das frische Grün gefielen.

Felix Johannpeter beugte sich von der Rückbank vor und bemerkte: »Hübsch hier! Hätten Sie wohl nicht gedacht, was?«

Schwiete schmunzelte innerlich. Offenbar konnte Johannpeter seine Gedanken lesen. Wo sollte das noch hinführen? Aber er musste sich auf seinen Magen konzentrieren. Jetzt, auf der schmalen Landstraße, kam Linda Klockes äußerst offensiver Fahrstil richtig zur Geltung. Sie nahm die Kurven immer um einiges schneller, als Schwietes Gleichgewichtssinn dies akzeptieren konnte. In der Folge davon wurde ihm schwindelig und leicht übel.

Auf dem Schotterplatz vor dem Haus des Bildhauers brachte Linda Klocke den Wagen abrupt zum Stehen. Schwiete drückte die Beifahrertür auf und freute sich auf frische Luft und festen Boden unter den Füßen. Doch auf einmal standen ein riesiger und ein kleiner Hund direkt vor ihm und drohten ihm mit der Anwendung von körperlicher Gewalt, falls er es wagen sollte auszusteigen. Schwiete schlug die Tür wieder zu. Zu seinem Erstaunen stellte er fest, dass weder Linda Klocke noch Felix Johannpeter seine Bedenken teilten. Sie stiegen aus und sprachen die Hunde ganz unbefangen an. Die beiden ungleichen Tiere waren nicht minder verblüfft als Schwiete und schienen kurzzeitig nicht recht zu wissen, wie sie sich zu verhalten hatten. Ihr Herrchen befreite sie aus dieser Gewissensnot, indem er sie zurückpfiff und dann auf das Polizeiauto zukam.

»Schönen guten Morgen, die Herrschaften«, dröhnte seine tiefe Stimme. »Womit kann ich Ihnen dienen?«

Schwiete, der bei Hagen Steiners Ankunft endlich aus dem Auto geklettert war, vergewisserte sich noch einmal, dass die Hunde einen ausreichenden Sicherheitsabstand einhielten, und stellte dann sich und seine Begleiter vor. Der Künstler nickte ihm wenig begeistert zu, betrachtete Linda Klocke mit einem erotisch interessierten und Johannpeter mit einem streng prüfenden Blick, als der ihm als Kunstexperte des LKA vorgestellt wurde. Schließlich bat er die Polizisten ins Atelier.

Es dauerte eine Weile, bis alle eine Sitzgelegenheit gefunden hatten. Steiner musste erst mit seinen Riesenpranken allerlei Werkzeug von den Stühlen räumen. Schwiete zog sich bescheiden in eine dunkle Ecke des großen Raumes zurück und schaute sich interessiert die halb fertigen oder gerade frisch begonnenen Steinplastiken an. Das Ganze machte mehr den Eindruck einer ganz normalen Steinmetzwerkstatt als den eines Künstlerateliers. Allerdings musste er feststellen, dass selbst sein ungeschultes Auge Gefallen an den kleinen und großen Statuen fand.

»Herr Steiner«, begann Linda Klocke, »eine Routinefrage vorweg. Sie haben bei einem früheren Gespräch angegeben, am Abend des 24. Januars zu Hause gewesen zu sein. Können Sie Ihre Angabe so aufrechterhalten, oder waren Sie doch woanders?«

Steiner schien ein bisschen beleidigt zu sein. »Das stimmt immer noch. Natürlich«, erklärte er.

Nun übernahm Johannpeter die Gesprächsführung.

»Können Sie uns erklären, warum Sie dieses Böckstiegel-Gemälde unbedingt in Ihre Ausstellung bringen wollten? Es hatte doch weder thematisch noch stilistisch mit dem Ausstellungsthema zu tun. Es wäre schlichtweg ein Fremdkörper gewesen.«

Der kräftige Bildhauer schaute ihn misstrauisch von oben bis unten an.

»Das Bild sollte gar nicht ausgestellt werden. Wegen mir hätte das Gemälde auch nicht kommen müssen«, antwortete er und machte eine abschätzige Handbewegung. »Aber der gute Lorenz, dieser Schlauberger und unübertroffene Böckstiegel-Kenner, wollte das unbedingt so. Auch sein Spezi, der mindestens ebenso kluge wie wohlhabende Dr. Levenstein, meinte, dieses Bild sei wichtig, um die Wirkung der Böckstiegel-Bilder in den Räumlichkeiten zu testen. Ich fand's idiotisch. Aber Sie wissen ja: Wer die Musik bezahlt, der bestimmt die Melodie. Schließlich ist es das Geld von Levenstein und seiner eitlen Bande von Kulturbeflissenen, das so eine Ausstellung überhaupt erst möglich macht. Da sind schon mal kleinere Zugeständnisse notwendig.«

Als Schwiete, der bis dahin still in seiner Ecke gesessen hatte, sich nun räusperte, schauten ihn alle verblüfft an, als hätte man seine Anwesenheit bereits vergessen.

»Das ist komisch«, begann Schwiete leise, »ich war letzte Woche bei Herrn Dr. Levenstein und habe ihm im Prinzip dieselbe Frage gestellt wie mein Kollege eben Ihnen. Und ob Sie es glauben oder nicht – der Herr Doktor hat mir so ziemlich genau das Gegenteil erzählt. Nach seiner Darstellung waren es die aktiven Künstler im Ausstellungsteam, die das Bild probehalber mal hinhängen wollten, um den ›Spirit‹ in die Räume zu bringen, worüber er sich ziemlich amüsiert hat. Verzeihen Sie einem ungebildeten Polizisten seine Zweifel, aber einer von Ihnen war offenbar nicht ehrlich mit mir. Was sagen Sie dazu?«

Steiner schwieg mürrisch. Erst nach einer gefühlten Ewigkeit raunzte er Schwiete an: »Dazu sage ich gar nichts. Entweder Sie glauben mir oder diesem aufgeblasenen Dandy. Suchen Sie sich einen aus. Aber was spielt das für eine Rolle? Ich kann das Gemälde nicht gestohlen haben, da ich zu Hause war. Ich habe sogar von hier aus einige Telefongespräche geführt. Sie können diese Leute fragen, die werden Ihnen alles bestätigen. Möchten Sie die Namen?«

Schwiete winkte ab, er hatte die Telefongespräche schließlich überprüfen lassen. Linda Klocke schrieb sich die Namen trotzdem sorgfältig auf und versprach, Steiners Angaben nachzugehen. In Wirklichkeit hatte auch sie natürlich längst von Kükenhöners Recherchen erfahren und wusste, dass die Überprüfung nichts Neues ergeben würde. Somit war Steiner aus dem Spiel. Doch der sollte sich nicht zu sicher fühlen.

Johannpeter hatte sich währenddessen vor einigen halb fertigen Arbeiten Steiners aufgebaut, betrachtete sie mit fachmännischem Blick und schürzte anerkennend die Lippen.

34

Einen Tag später stand Hauptkommissar Horst Schwiete zum dritten Mal im Vorgarten des eleganten Wohnhauses in Gütersloh. Aber diesmal war alles anders. Niemand reagierte auf sein Klingeln. Weder kam der Hausherr Dr. Levenstein an die Tür, noch sprang Pablo voller Begeisterung an ihm hoch. Nichts, keine Regung.

Schwiete hatte eine ganze Truppe mitgebracht: Felix Johannpeter, Linda Klocke sowie zwei junge Männer aus Gütersloh. Einer davon war ebenfalls Polizist, der andere Richter am dortigen Amtsgericht. In einem weißen VW-Bus saßen drei Männer von der Spurensicherung und warteten auf ihren Einsatz.

In der edlen Lederaktentasche des jungen Richters steckten zwei amtliche Bescheide. Der eine berechtigte Schwiete und seine Kollegen, den Besitzer des Hauses – notfalls auch gegen dessen Willen – zur Befragung mitzunehmen. Der andere war ein Durchsuchungsbeschluss für Levensteins Haus. Man war gut gerüstet, eigentlich hätte alles glattlaufen können. Aber nun öffnete niemand die Tür, und als man durch die Fenster lugte, war niemand im Haus zu sehen. Immerhin blieb ihm die Begegnung mit Pablo erspart, tröstete sich Schwiete.

Die Herren von der vereinten Paderborner und Gütersloher Staatsgewalt steckten eben die Köpfe zusammen, um ihr weiteres Vorgehen abzustimmen, da öffnete sich im Nachbarhaus die Tür, und ein älterer Mann kam heraus.

»Wollen Sie zu Dr. Levenstein?«, fragte er ebenso fröhlich wie neugierig.

Als Schwiete ihm dies bestätigte, lachte der Nachbar und fuhr fort: »Da können Sie lange klingeln, der ist nicht da.«

Der Richter stellte sich mit Namen und Funktion vor und

verlangte in barschem Ton weitere Erklärungen. Damit schien er dem Rentner auf den Schlips getreten zu haben, denn dessen Miene verfinsterte sich, und er gab nicht minder schroff zurück:

»Ich wollte doch nur helfen. Und gleich wird man hingestellt wie ein Verbrecher. Also so was. Ich weiß doch auch nur, dass er weg ist. Was wollen Sie denn noch wissen?«

Bevor diese Informationsquelle komplett versiegen würde, mischte sich Schwiete ein. Betont freundlich gab er dem älteren Herrn zu verstehen, dass sein Nachbar ein wichtiger Zeuge sei, dass man ihm lediglich einige Fragen stellen wolle und dass kein Grund bestehe, sich um Dr. Levenstein Sorgen zu machen. Das stimmte zwar so nicht, immerhin wollte man Levenstein ja verhaften, aber das musste der Nachbar nicht alles wissen, fand Schwiete.

Der Richter starrte ihn ebenso verblüfft wie verständnislos an. Wieder einmal fand Schwiete sich darin bestätigt, dass ein Prädikatsexamen und eine Promotion noch lange kein Garant für Tüchtigkeit im Beruf waren. Offenbar hatte Schwiete den richtigen Ton getroffen, denn der Nachbar legte nach:

»Er ist heute Morgen weggefahren. Zu irgendeiner Kunstmesse wollte er, keine Ahnung, wohin genau. Er fährt ja dauernd auf solche Messen. Um sich auf dem Laufenden zu halten, sagt er immer. Also ich hätte dazu keine Lust. Einmal hat meine Frau mich moralisch gezwungen, auf diese Documenta nach Kassel zu fahren. Du meine Güte, was da …«

Um den Mann wieder zum Thema zurückzuführen, hakte Schwiete schnell ein: »Hat er gesagt, wann er wiederkommt?«

»So richtig wusste er das wohl selbst nicht. Ich denke, er ist am Wochenende wieder hier. Ist es denn so wichtig, was Sie wissen müssen?«

Plötzlich drängte sich, aus dem Haus kommend, ein dunkelbraunes, zotteliges Wesen am Knie des Nachbarn vorbei. Schwiete fand keine Zeit mehr, hinter dem Richter in Deckung zu gehen, als Pablo, der vor lauter Wiedersehensfreude mehr quiekte als kläffte, schon an ihm hochsprang und seine lange, feuchte Hundezunge einmal quer durch Schwietes Gesicht zog.

»Bäh!«, machte Schwiete angewidert und schüttelte sich, als Pablo endlich von ihm abließ und sich erwartungsvoll vor ihn stellte. »Was macht denn der Köter bei Ihnen?«

»Der ist bei mir in Pension«, erwiderte der alte Herr. »Pablo kommt immer zu mir, wenn sein Herrchen mal wieder wegfährt. Ist doch 'n lieber Kerl, finden Sie nicht auch?«

So viele lose Fäden. Schwiete saß an seinem Schreibtisch und fuhr sich erschöpft übers Gesicht. Am liebsten hätte er jetzt alles stehen und liegen lassen und wäre zu Karen Raabe gefahren. Die hatte er schon seit Tagen nicht mehr gesehen. Plötzlich überkam ihn eine bisher nicht gekannte Sehnsucht. Im nächsten Moment haderte er mit dem Leben und mit sich selbst. Nie war er einer Frau so nahe gewesen. Nie hatte er solche Glücksmomente erlebt. Und was machte er? Er jagte irgendwelchen Verbrechern nach, anstatt sein Lebensglück zu pflegen, das ihm noch so fragil erschien.

Er wurde unglaublich ärgerlich – ärgerlich auf sich selbst, da er nicht in der Lage war, mit solchen Situationen umzugehen. Statt bei Karen Raabe zu sein, um sich ihren Zärtlichkeiten hinzugeben, verplemperte er seine Zeit hier im Gebäude der Kreispolizei. Schwiete wollte ihre Stimme hören, wenigstens das wollte er sich gönnen. Er griff zum Telefon. Doch seine Liebste war nicht zu erreichen.

Schwiete versuchte, sich wieder auf den Fall Plückebaum zu konzentrieren. Er raufte sich die Haare, während er sich seine Notizen genauer ansah. Im Verlauf der Ermittlungen hatte sich Plückebaum als einer der bedeutendsten Kunstsammler Ostwestfalens herausgestellt. Außerdem war er als ausgewiesener Böckstiegel-Fachmann in der Kunstszene gut vernetzt und anerkannt, aber auch sehr umstritten gewesen. Neben einem reichhaltigen Fundus an bekannten Bildern hatte er einige unbekannte Werke berühmter Maler besessen und darüber hinaus ein hübsches Vermögen auf verschiedenen Bankkonten.

Wenn Schwiete seinem Kollegen Johannpeter glauben durfte, stellten die neu entdeckten Bilder eine kleine Sensation dar. Vorausgesetzt, es handelte sich dabei um Originale. Die Überprüfung auf Echtheit der Gemälde, die Johannpeter angeordnet hatte, war noch nicht abgeschlossen. Daher hielt sich die Polizei gegenüber der Presse bisher bedeckt.

Einen wirklichen Mordverdächtigen gab es bisher nicht, aber mehr und mehr Indizien deuteten auf eine Verbindung zu dem rätselhaften Bilderraub im Januar hin. In den beiden Fällen waren nicht nur ähnliche Akteure involviert, sondern es gab auch ansonsten zahlreiche Berührungspunkte. Das war schon mehr als auffällig.

Schwiete konzentrierte sich zunächst auf Plückebaum. Vom äußeren Erscheinungsbild her hatte er hager und asketisch gewirkt, unauffällig. Viele Zeugen hatten ihn als unzufrieden, nörglerisch, verhärmt und unsicher beschrieben. Er habe ständig an seinen Nägeln herumgekaut, und zwar bis sie blutig gewesen seien. Auf Äußerlichkeiten hatte Plückebaum wohl keinen großen Wert gelegt.

Vielleicht war gerade seine Unscheinbarkeit der Grund dafür, überlegte Schwiete, dass der Fall sich so kompliziert gestaltete. Vielleicht war Plückebaum in den Ereignisverlauf, den die Ermittler erforschten, viel öfter involviert gewesen. Nur hatten ihn alle übersehen, es erinnerte sich niemand an ihn.

Wenn Schwiete seiner Vermieterin Hilde Auffenberg glauben durfte, so wäre niemand aus dem Lehrerkollegium jemals auf die Idee gekommen, dass Plückebaum ein renommierter Kunstsammler gewesen war. Als Maler hingegen war er wohl eher ein kleines Licht gewesen. In der Kunstszene hatte man ihn allerdings als profunden Kunstkenner ernst genommen. In dieser Rolle war aus dem grauen Plückebaum plötzlich eine anerkannte Persönlichkeit, eine Lichtgestalt geworden. Beliebt war er weder als Lehrer noch als Kunstkenner gewesen.

Schwiete überlegte. Künstler waren eitel. Sie wollten der Welt etwas sagen und gaben dabei einiges von sich preis. Wie musste es aber jemandem ergehen, der sich als Künstler verstand, von dem aber niemand etwas erfahren wollte? Und Plückebaums Bilder wurden offenbar ebenso wenig wahrgenommen wie er als Person. Die einzigen Nischen in seinem Leben waren die, in denen er sich als Kunstsammler bewegte und in denen er als Kunstkenner galt. Dabei glaubte Schwiete zu wissen, dass beide Rollen für Plückebaum im Grunde uninteressant waren. Er wollte Künstler sein, wollte als solcher im Mittelpunkt stehen. Doch diese Rolle wurde ihm verwehrt. Dann musste Plückebaum ein sehr unglücklicher Mensch gewesen sein, dachte Schwiete.

Das Ganze ergab noch kein vollständiges Bild. Ein paar Puzzlestücke fehlten noch. Schwiete wusste oder – besser gesagt – fühlte mit absoluter Sicherheit, dass er auf der richtigen Spur war, aber er konnte es wieder einmal niemandem vermitteln. Bei der Polizeiarbeit zählten Fakten, keine Gefühle.

Nur Johannpeter schien ihn zu verstehen. Er hatte sich nicht einmal gewundert, dass Schwiete manchmal mit einem Koi-Karpfen sprach. Und er fand seinen Ordnungssinn nicht pedantisch, sondern war fasziniert und nannte sein Verhalten geradlinig und klar.

Vielleicht hatte Schwiete in Johannpeter jemanden gefunden, mit dem er über seine Intuition bei der Ermittlungsarbeit reden konnte? Er nahm sich vor, es demnächst einmal auszuprobieren.

35

Da war er ja endlich, der Versicherungsfritze. Auf dem Display des Überwachungsmonitors war ein hagerer Mittfünfziger mit Glatze und Kinnbart zu sehen. Sympathisch sieht der nicht aus, dachte Nolte und betätigte eine Taste. Das schmiedeeiserne Tor rollte zur Seite, während der Hausherr überlegte, wo er diesen Mann schon mal gesehen hatte.

Wenig später führte seine Haushälterin den Mann ins Zimmer. Auch jetzt, da die beiden Männer sich gegenüberstanden, stieg Noltes Sympathie für seinen Gast nicht weiter, ganz im Gegenteil.

»Kommen Sie mit!«, befahl er dem Versicherungsangestellten und schritt voraus ins Nachbarzimmer. Hier hing das Böckstiegel-Bild mit dem Titel *Herbstlicher Sonnenuntergang*. Er deutete auf das Gemälde und blaffte den Versicherungsvertreter an:

»Herr Plöger, was meinen Sie, was passiert ist?«

Dieser zuckte mit den Schultern, anscheinend völlig unbeeindruckt von dem unfreundlichen Empfang.

»Keine Ahnung, ich vermute, Sie werden es mir gleich sagen.«

Mit dieser Souveränität hatte Nolte nun wieder nicht gerechnet. Der Kerl war ja kalt wie eine Hundeschnauze. Als langjähriger Chef eines mittelständischen Unternehmens war Nolte es gewohnt zu bestimmen. Er war von seinem Vater zum Patriarchen erzogen worden und forderte Respekt, um nicht zu sagen Unterwürfigkeit von den Menschen ein, mit denen er es zu tun hatte. Ausnahmen gestand er seinen Freunden, der Polizei und dem Finanzamt zu. Das war es aber auch schon. Und jetzt kam dieser Versicherungsschnösel daher und versuchte, ihm auf Augenhöhe zu begegnen.

»Ganz genau, Herr Plöger, das werde ich Ihnen sagen. Seit

Tagen belästigt mich ein anonymer Anrufer und versucht, mir einzureden, dass Sie mir ein falsches Bild untergeschoben hätten, während er, dieser Anrufer, im Besitz des Originals sei.«

Nolte starrte Plöger mit verärgertem Gesichtsausdruck an und setzte nach: »Was sagen Sie dazu, Herr Plöger? Haben Sie mir ein falsches Bild untergeschoben? Betrügen jetzt schon die Versicherungen?«

Es herrschte einen Moment eisige Stille, der Plöger nach wenigen Augenblicken mit einem gelassenen Schulterzucken begegnete.

»Bevor wir Ihnen das Bild zurückgegeben haben, wurde es von verschiedenen Experten auf Echtheit geprüft. Uns, der Versicherung, reicht das. Für uns stehen die Aussagen der Experten gegen die des Spinners, der Sie belästigt, Herr Nolte. Aber bitte, beweisen Sie uns, dass wir Ihnen ein falsches Bild untergeschoben haben, dann bekommen Sie selbstverständlich den Versicherungswert ausbezahlt. Mindestens die Hälfte des Geldes, das Sie dann von uns bekommen, könnten Sie aber gleich an Ihre Gutachter weiterreichen. Da können Sie sicher sein.«

Nolte schnaufte. Was hatte er denn hier für einen unverschämten Menschen vor sich? Er sog Luft in seine Lungen, um den nötigen Atem zu haben, damit er Plöger jetzt endgültig die Meinung geigen konnte. Doch der fuhr in aller Seelenruhe fort: »Sie können sich natürlich auch jederzeit an einen anderen Versicherer wenden, mit dem Sie dann zukünftig zusammenarbeiten.«

Bei Nolte klingelten plötzlich sämtliche Alarmglocken. Hier lief gerade etwas gewaltig aus dem Ruder. Dieser Versicherungsfritze war wirklich mit allen Wassern gewaschen. Doch wie kam er jetzt aus dieser Nummer heraus?

»Ich glaube, Herr Plöger, jetzt verlassen Sie Ihren Kompetenzbereich!«, donnerte Nolte los. »Sie werden nur wenige Kunden haben, die so viel Geld bei Ihnen lassen wie ich. Das

Ganze ist wohl doch eine Nummer zu groß für Sie. Und bevor Sie sich jetzt hier um Kopf und Kragen reden, werde ich die Angelegenheit mit Ihrem Chef besprechen, den ich seit vielen Jahren kenne. Das Gespräch zwischen uns ist beendet, Herr Plöger.« Nolte drehte sich um und marschierte Richtung Tür.

»Mathilde!«, donnerte er durchs Treppenhaus. »Herr Plöger möchte gehen.«

36

Schwiete war erleichtert gewesen, als Linda Klocke schließlich zusammen mit Herrn Dr. Levenstein in der Kreispolizeibehörde eingetroffen war. Die Gütersloher Kollegen hatten nämlich gemeldet, dass der Arzt im Ruhestand nach seiner Reise wieder aufgetaucht sei. Zwei Stunden später hatte Linda Klocke, zusammen mit zwei uniformierten Polizisten aus Paderborn und einem aus Gütersloh, vor seiner Tür gestanden und ihm den amtlichen Bescheid unter die Nase gehalten. Levenstein hatte großes Theater gespielt, sich aufgeregt, nach seinem Anwalt verlangt, seine Unschuld beteuert und war die Empörung in Person gewesen. Am Ende war ihm nichts anderes übrig geblieben, als seinen Nachbarn wieder einmal zu bitten, Pablo zu übernehmen. »Nur für ein paar Stunden«, hatte er gesagt, »dieses Affentheater wird sich schnell aufklären.«

Nun saß Dr. Levenstein in einem der Vernehmungszimmer vor Horst Schwiete und schwieg eisern.

»Ihr Anwalt kommt gleich«, versuchte Schwiete ihn zur Kooperation zu bewegen. »Keine Ahnung, wo der steckt. Zu dieser Uhrzeit wahrscheinlich im Stau.«

Der Mediziner antwortete ihm nicht.

»Können Sie uns wenigstens sagen, wo Sie sich in den letzten Tagen aufgehalten haben?«, versuchte es Schwiete erneut.

»Das finden wir doch über kurz oder lang sowieso heraus. Warum machen Sie es uns und sich selbst so schwer?«

Kein Wort, nur ein böser Blick und trotzig vor der Brust verschränkte Arme. Schwiete gab auf. Er musste warten, bis der Anwalt eintraf. Vermutlich würde Levenstein auch dann nichts Substanzielles berichten. Schwiete würde in diesem Fall die Befragung seinem Mitarbeiter Karl Kükenhöner überlassen. Der würde zwar schnell mit dem Anwalt aneinandergeraten, aber vielleicht brachte Kükenhöner mit seiner plumpen Art die beiden so aus der Fassung, dass Levenstein sich verplapperte. Wenn das alles nichts half, hatte Schwiete immerhin seine eigenen Nerven geschont.

Er verließ das Vernehmungszimmer und ging in sein Büro. Nachdem er seine neuesten Mails gelesen hatte, rief er Linda Klocke zu sich.

»Für heute Nachmittag habe ich die beiden Fahrer des Gemäldetransportes zu uns bestellt«, berichtete er. »Wir müssen dringend unser Bild von dem Überfall abrunden. Vor allem will ich wissen, ob sie uns etwas über den Täter sagen können. Ich glaube, unsere Detmolder Kollegen haben seinerzeit den Fall etwas stiefmütterlich behandelt. Können Sie die Befragung übernehmen, Frau Klocke? Ich muss ganz dringend zu einem anderen Termin. Und wir sollten die Chance zu einer Gegenüberstellung dieses arroganten Herrn Dr. Levenstein mit den beiden Fahrern nutzen. Vielleicht haben wir ja Glück, und sie erkennen in ihm den Mann, der sie im Winter brutal überfallen hat. Nehmen Sie sich ein paar Kollegen als Vergleichspersonen, Sie kennen ja das Vorgehen. Ich verlasse mich auf Sie.«

»Sie sind Herr Reinhard Graeff, wenn ich richtig informiert bin«, wandte sich Linda Klocke einige Stunden später an einen der beiden Männer, die ihr gegenübersaßen. »Sie waren der Fahrer des Transporters, der am 24. Januar das Gemälde von

Detmold-Hiddesen nach Rietberg bringen sollte. Ich habe noch einige Fragen an Sie und an Ihren Kollegen.«

Die beiden Herren schienen sich nicht besonders gut leiden zu können, denn sie hatten sich so weit auseinandergesetzt, wie es der kleine Raum in der Paderborner Kreispolizeibehörde zuließ.

Reinhard Graeff nickte zustimmend.

»Wie kam es denn, dass Sie diese Fahrt durchgeführt haben? Nach unseren Informationen war ursprünglich einer Ihrer Kollegen dafür eingeteilt worden.«

»Das stimmt«, erwiderte Graeff mit ruhiger Stimme, »aber mein Kollege war kurzfristig krank geworden, und ich selbst musste einspringen. Ich war davon alles andere als begeistert, das können Sie mir glauben. Bei so einem Dreckswetter bin auch ich am liebsten zu Hause auf dem Sofa. Hätte ich gewusst, was an diesem Abend noch alles passiert, wäre ich bestimmt nicht gefahren. Für kein Geld in der Welt.«

»Beschreiben Sie mir doch bitte noch einmal den Verlauf der Fahrt, bis zu dem Moment, an dem Sie niedergeschlagen wurden«, bat ihn Linda Klocke.

»Aber das haben wir doch damals schon alles Ihren Kollegen in Detmold erzählt«, brauste der andere Mann auf. »Dafür haben Sie uns extra nach Paderborn kommen lassen?«

Linda Klocke versuchte, ruhig zu bleiben. Tatsächlich hatten sie Graeff und seinen damaligen Beifahrer den weiten Weg machen lassen, damit sich die Paderborner Polizei ein eigenes Bild vom dem Überfall machen konnte. Sie versuchte, den beiden Fahrern möglichst verständnisvoll den Grund zu erläutern. Doch die beiden blieben reserviert und widerborstig. Lipper eben, dachte Linda Klocke und rollte innerlich die Augen.

Graeff, der deutlich intelligenter zu sein schien als sein Beifahrer, berichtete mit betont gelangweilter Stimme und ließ nichts vom Ereignisverlauf aus. Auch nicht die kleinen Streitereien mit seinem Kollegen während der Fahrt und auch nicht seine Einschätzung der Qualität des Gemäldes.

»Also, wenn Sie mich fragen, ist es um das Bild nicht schade«, brummte er. »Das male ich Ihnen morgen neu, wenn Sie wollen. Kann überhaupt nicht verstehen, warum einer Kopf und Kragen riskiert, um so eine Farbkleckserei zu klauen.«

Linda Klocke versuchte vorsichtig, aber bestimmt, ihn wieder zum Thema zurückzulenken.

»Wer von Ihnen beiden hatte denn als Erster Kontakt zum Täter?«, wollte sie wissen.

»Ich«, meldete sich der Beifahrer mürrisch. »Aber ich kann Ihnen gleich sagen, dass ich so gut wie nichts von ihm gesehen habe. Nur gespürt habe ich den Drecksack. Wissen Sie, wir hatten dieses Problem mit dem Baumstamm. Und da kam, wie ein rettender Engel, von hinten dieses Auto. Wir hatten uns schon auf tatkräftige Hilfe gefreut. Aber es stieg keiner aus dem Auto. Sehen konnte man auch so gut wie nichts. Ich habe mir dann die Taschenlampe geschnappt und bin losgezogen, um nachzugucken, was da los war. Als ich vor diesem Auto stand, war es leer und …«

»Konnten Sie im Dunklen erkennen, um welchen Autotyp es sich handelte?«

»Wenn ich mich dafür interessiert hätte, schon. Ich hatte ja die Taschenlampe. Aber glauben Sie mir, in dem Moment hat mich der Fahrer mehr interessiert als das Auto. Ich kann nur sagen, dass es ein großer Pick-up war, aber fragen Sie mich nicht nach einer Marke. Denn in dem Augenblick, als ich mit der Lampe ins Fahrerhaus geleuchtet habe, hat mich dieser Schweinehund feige von hinten angegriffen.«

»Sie sind sich so sicher, dass es ein Mann war. Warum?«

»Warum? Frau Kommissarin, schauen Sie mich an! Ich bin einen Meter fünfundachtzig groß und wiege fast hundert Kilo. Dieser Kerl hat mir von hinten einen Arm um den Hals gelegt und mir mit dem anderen den Mund zugehalten. Dann hat er mich rückwärts vom Auto weggezerrt wie ein Kleinkind. Nichts für ungut, Frau Kommissarin, aber wenn Sie das bei mir versucht hätten, dann hätte das nicht funktioniert. Das war ein Mann, und was für einer. Ja, und dann hat er mir so ein Pfund in die Fresse gehauen, dass ich gleich weg war. Drei Zähne waren auch futsch, wie sich später rausgestellt hat. Wenn ich diesen Verbrecher irgendwann mal zu packen kriege, dann habe ich hoffentlich einen Baseballschläger dabei.«

Dann schilderte Graeff die Ereignisse aus seiner Sicht. Auch er konnte nicht viel über die Person des Angreifers sagen, sondern nur die Einschätzung seines Kollegen bestätigen, dass es sich um einen ungewöhnlich kräftigen Mann handeln musste. Groß und breitschultrig. Vom Auto hatte er so gut wie gar nichts erkennen können.

»Keine Ahnung, wie lange ich weg war«, sagte er. »Als Erstes habe ich nach dem Handy in der Innentasche meiner Jacke gegriffen. Es war noch da, genau wie mein Geld und meine Papiere. Nur die Schiebetür des Wagens stand offen und ... ja, und das Bild war weg. Ich bin dann erst mal im Dunkeln herumgeirrt und habe meinen Kollegen gesucht. Dann habe ich ihn im Straßengraben gefunden. Er war zwar auch schon wieder wach, aber vollkommen unterkühlt. Natürlich habe ich gleich Polizei und Krankenwagen gerufen. Der Kerl und sein Auto waren natürlich schon weg. Nicht mal Reifenspuren konnte die Polizei später finden, weil es so stark geschneit hat. Den Rest kennen Sie ja. Ich habe jetzt noch Kopfschmerzen, wenn ich daran denke.«

In diesem Moment klingelte das Telefon. Linda Klocke hob ab. Es war ein Kollege, der ihr Bescheid gab, dass für die Gegenüberstellung alles vorbereitet war.

Sie wandte sich wieder an die beiden Fahrer und bat sie mitzukommen. Verwundert trotteten die beiden Männer hinter ihr her durch den Flur und fanden sich wenig später in einem kleinen Zimmer wieder, von dem aus man durch ein Fenster in einen größeren Raum sehen konnte.

»Wir werden jetzt eine Gegenüberstellung vornehmen«, erklärte Linda Klocke. »Gleich werden fünf Männer in den angrenzenden Raum kommen. Vier davon sind Kollegen von der Polizei. Alle fünf werden ihr Gesicht verdeckt haben – auch Sie konnten dem Täter ja nicht ins Gesicht sehen. Urteilen Sie allein anhand der Statur, der Körperhaltung und der Art, sich zu bewegen. So, da sind sie schon.«

Im Gänsemarsch kamen fünf Männer in den Raum. Alle trugen eine schwarze Sturmhaube über dem Kopf und hielten ein Pappschild mit einer Nummer in den Händen.

»Was meinen Sie?«, fragte Linda Klocke. »Könnte es einer davon gewesen sein? Stellen Sie sich noch einmal die Situation von damals vor. Wer passt am besten zu Ihren Erinnerungen?«

Die beiden Fahrer sahen sich die fünf Männer lange und sorgfältig an. Dann schüttelte Reinhard Graeff den Kopf.

»Keiner von denen! Die Nummer vier ist zwar groß genug, aber nicht so breitschultrig. Die anderen passen gar nicht. Nein, da bin ich mir ganz sicher.«

Sein Beifahrer stimmte ihm zu. Die beiden schienen nicht den geringsten Zweifel an ihrem Urteil zu haben.

»Das war eindeutig«, meinte Linda Klocke, als sie wenig später zu ihren Kollegen ins Büro kam. Johannpeter und Kükenhöner rissen sich gerade die Sturmhaube vom Kopf.

»Gut, dass ich nicht bei der GSG 9 arbeite«, schnaufte Kükenhöner. »Wenn ich mir vorstelle, ich müsste ständig mit so 'ner dämlichen Haube bei der Arbeit herumlaufen, nee danke!«

»Ihr wart große Klasse als Laienschauspieler«, sagte Linda Klocke. »Leider müssen wir akzeptieren, dass Dr. Levenstein wohl nicht der Mann war, der das Gemälde gestohlen hat. Zumindest hat er es nicht selbst gemacht. Hat ihn schon einer wieder zurück in seine Zelle gebracht?«

37

»Das wird eine riesige Katastrophe!«, rief Johnny Winter und raufte sich die langen, lockigen Haare. »Ich glaube, ich schmeiße besser alles hin und lasse mich hier nie wieder blicken.«

Seit einer halben Stunde saß Winter in der Küche seiner Vermieterin und beklagte sein Schicksal. Hilde Auffenberg hatte ihm Kaffee gemacht und mit unendlicher Geduld zugehört. Nun reichte es selbst ihr.

»Hör endlich auf!«, fiel sie ihm energisch ins Wort, als er zu einem neuen Klagelied ansetzen wollte. »Du weißt doch, dass einer gelungenen Aufführung oft eine verpatzte Generalprobe vorausgeht. Das machst du doch nicht zum ersten Mal.«

Winter starrte sie aus rot geränderten Augen an, denen man den Schlafmangel ebenso ansah wie seine wachsende Panik. Er schüttelte den Kopf.

»Du verstehst mich nicht«, erklärte er. »Es geht hier nicht darum, dass mal einer einen falschen Ton gespielt hat oder so. Das kommt immer mal vor, so kurz vor dem Auftritt. Geschenkt! Aber hier hat gar nichts geklappt, nichts hat zusammengepasst. Diesen Haufen von talentlosen Ignoranten kannst du beim besten Willen nicht als Band bezeichnen. Das sind keine Musiker, das sind Stümper. Und das werden auch morgen Abend, wenn es losgeht, noch Stümper sein. Ich sage dir, das geht so was von in die Hose, das glaubst du nicht. Am besten lasse ich mich krankschreiben. Krank und bettlägerig. Kannst du mich nicht bei dieser alten Tussi entschuldigen?

Vielleicht findet sie ja bis morgen eine andere Band. Besser als wir sind die dann allemal.«

»Mal ganz davon abgesehen, dass die Frau, die du als alte Tussi bezeichnest, genauso alt ist wie ich, werde ich dich nicht entschuldigen. Das fehlte ja noch, dass ich deine Feigheit unterstützen sollte. Natürlich findet sie bis morgen Abend keine neuen Musiker mehr. Wie denn wohl? Morgen ist Sonntag, der 4. Mai, überall finden jetzt Stadtfeste und auch schon die ersten Schützenfeste statt. Wie soll sie da an Musiker kommen? Los, nun reiß dich zusammen und tu meiner alten Freundin den Gefallen. Das wird schon klappen. Ich garantiere dir, am Ende des Abends reden alle nur noch von der großartigen Tanzkapelle, und du kannst dich vor neuen Aufträgen gar nicht retten.«

Livrierte Diener gab es nicht, dafür bildeten die jungen Servicekräfte des sündhaft teuren Partycaterings einen erfrischenden Gegensatz zur morbiden Schönheit des großen Saals im Schloss der von Sintfelds. Annähernd hundert Gäste standen mit einem Glas Sekt in der Hand in kleinen Gruppen zusammen. Vereinsmitglieder mit Begleitung, Künstler und andere Gäste, die sich um die westfälische Kunstszene verdient gemacht hatten. Die Männer waren mehrheitlich in dunklen Anzügen erschienen, die Damen durchweg in festlicher Abendgarderobe. Einige wenige Männer stachen durch ihre unkonventionelle, fast provozierend schrille Kleidung wie Paradiesvögel aus der eleganten Menge heraus. Das werden die Künstler sein, dachte Hilde Auffenberg amüsiert, während sie sich neugierig einen Weg durch die Grüppchen bahnte.

Sie ging an den Rand des Saals, an dem eine kleine Bühne aufgebaut war. Hier stand Johnny Winter mit seiner hastig zusammengetrommelten Kapelle und spielte einschmeichelnde Melodien, die dem munteren Geplapper auf dem

Parkett einen kultivierten Hintergrund verleihen sollten. Richtige Tanzmusik würde es erst im weiteren Verlauf des Abends geben, nach dem Büfett und nach der Rede von Frau Ansbach-Heller.

Wie ein Lauffeuer hatte sich die Nachricht verbreitet, dass der Erste Vorsitzende, Dr. Levenstein, nicht wie geplant den Abend als Hauptredner eröffnen würde. Auch Mutmaßungen, er könne wegen einer plötzlichen Erkrankung verhindert sein, zerschlugen sich schnell. Es dauerte nur Minuten, bis alle im Raum wussten, dass Dr. Levenstein diesen Abend in einer Zelle der Paderborner Kreispolizeibehörde verbringen würde. Das ergab jede Menge Gesprächsstoff.

Hilde Auffenberg freute sich, dass Winter mit seiner Kapelle offenbar wesentlich besser zurechtkam, als er befürchtet hatte. Die fünf Männer spielten zusammen, als hätten sie nie etwas anderes gemacht. Der Sound war rund und weich und passte wunderbar in diesen Rahmen. Sie winkte Winter anerkennend zu, sah ihn zufrieden zurücklächeln und machte sich dann auf, die Gastgeberin zu suchen.

Edda von Sintfeld stand unter Strom. Sie fühlte sich für alles verantwortlich. Es war ihr Schloss, es war ihre Planung und Organisation, ihre Auswahl des Caterers, ihre Tanzkapelle. Keine Sekunde blieb für eine entspannte Plauderei, ständig wurde sie gefordert, musste kleine und größere Entscheidungen treffen, war die Schaltzentrale für den gesamten Ablauf des Abends. Und immer wieder wurde ihr gratuliert. Zu diesem herrlichen kleinen Schloss, zum tollen Ambiente und der Ausgestaltung dieses Sommerfestes. Hilde Auffenberg war offenbar eine der wenigen Personen, bei der die gestresste Gastgeberin etwas lockerlassen konnte.

»Läuft doch alles gut, oder?«, fragte Hilde Auffenberg.

»Ja, ganz wunderbar«, erwiderte Edda von Sintfeld, noch etwas außer Atem. »Mal von diesem Skandal um Dr. Levenstein abgesehen. War das ein Schock, als ich die Nachricht erhalten habe. Großartig, dass Frau Ansbach-Heller so spontan einspringt und die Festrede hält. Ohne echte Vorbereitungszeit. Aber nun muss ich wieder los, Hilde. Du siehst ja, da will schon wieder der Caterer mit mir sprechen. Übrigens, dein Johnny Winter macht seine Sache ganz großartig. War ein toller Tipp von dir.«

Nach dem Sektempfang gingen die Besucher in einen kleineren Saal, in dem festlich gedeckte Tische standen und ein beeindruckendes Büfett aufgebaut war. Als alle Gäste einen Platz gefunden hatten, ließ Edda von Sintfeld eine kleine Glocke erklingen und begrüßte die Mitglieder des Freundeskreises Westfälische Moderne zu ihrem diesjährigen Sommerfest.

»Leider haben wir in diesem Jahr eine besondere Situation, da unser Erster Vorsitzender …«, hier machte sie eine kleine Pause, »… nun ja … verhindert ist. Wir alle sind sicher, dass es sich hier um ein Missverständnis handelt, das sich in Kürze aufklären wird. Ich möchte nun unserer hochverehrten Zweiten Vorsitzenden, Frau Walburga Ansbach-Heller, das Wort erteilen.«

Während Edda von Sintfeld sich setzen durfte, stand Frau Ansbach-Heller auf, lächelte huldvoll in die Runde und begann ihren Vortrag. Auch sie ging kurz auf das »Missverständnis« ein, verbunden mit dem Wunsch, es möge sich alles recht schnell aufklären, und bot dann einen Rückblick auf die vergangenen zwölf Monate. Des verstorbenen Vorstandsmitglieds Lorenz Plückebaum wurde erneut in einer Schweigeminute gedacht.

Dann gab Frau Ansbach-Heller einen Ausblick auf die geplante Böckstiegel-Ausstellung. Am Ende dankte sie allen Gästen für ihren individuellen Beitrag zum Wirken des Freundeskreises – den Sammlern und Sponsoren ebenso wie den Kunstschaffenden in ihren Reihen, die ja schließlich »das Salz in der Suppe« seien, wie sie betonte. Sie sprach wiederholt von den »verehrten Künstlern«, die »uns lieb und teuer« seien. Als hätte man es mit einer exotischen, vom Aussterben bedrohten Tierart zu tun, deren Erhaltung man sich etwas kosten ließ.

Als von einem Platz weiter hinten mürrisch gebrummt wurde, schaute Hilde Auffenberg dezent hin. Sie kannte den Mann, der offenbar nicht einverstanden war mit dem, was hier gesagt wurde. Seine hünenhafte Gestalt war nicht zu übersehen. Ein bisschen freute sich Hilde Auffenberg sogar, dass Hagen Steiner sich nicht behandeln lassen wollte wie ein Almosenempfänger. Aber er schien der Einzige zu sein, alle anderen schauten starr nach vorn zur Referentin. Die kam schließlich zum Ende und gab das Büfett frei.

Eine Stunde lang ertönten die Geräusche von rund hundert Menschen, die sich hungrig auf die Speisen stürzten, sich dabei unterhielten und lachten, mit den Stühlen scharrten und mit dem Besteck klimperten. Von dem Büfett waren offenbar alle begeistert, wie Hilde Auffenberg zufrieden feststellte. Es war ihr nicht gleichgültig, ob die Organisation ihrer alten Freundin gut ankam oder nicht. Dann ließ Edda von Sintfeld wieder ihre Glocke erklingen und schleuste die Gäste zurück in den großen Saal, wo Johnny Winter und seine wackeren Mitstreiter wieder ihre Positionen eingenommen hatten.

Nun durfte Winter loslegen. Endlich keine leise, feine Salonmusik mehr, sondern richtige Mucke. Zwar nur Tanzmucke, aber immerhin. Er holte tief Luft und griff beherzt in die Saiten.

Es dauerte eine Weile, bis sich die ersten Mutigen auf die Tanzfläche wagten. Den Reigen eröffnete Hilde Auffenberg, der sowohl der Erfolg ihrer alten Schulkameradin als Gastgeberin als auch der Erfolg ihres Mieters Johnny Winter als Musiker am Herzen lag. Sie fackelte nicht lange, als die ersten Töne erklangen, schnappte sich den völlig überraschten Hagen Steiner und zerrte ihn auf die Tanzfläche.

Eine halbe Stunde später wogten die Tanzenden hin und her, als wäre dies die natürlichste Art der Fortbewegung. Winter war selig, wie sein breites Dauergrinsen erkennen ließ. Er taute nun auf, gab alles und riss seine Band mit sich.

Hilde Auffenberg stand mit einem Glas Wein in der Hand in einer kleinen, aber sehr angeregt diskutierenden Gesprächsgruppe. Hagen Steiner und Walburga Ansbach-Heller waren wieder einmal nicht derselben Meinung. Steiner hatte ihre Formulierung von den »lieben und teuren Künstlern« wieder aufgegriffen und redete sich nun in Wallung. Hilde Auffenberg, Edda von Sintfeld und eine üppige, leicht vulgär wirkende Blondine, die Steiner ihnen kurz vorher als seine Freundin vorgestellt hatte, wohnten der zunehmend heftiger werdenden Debatte besorgt bei, jederzeit zum Eingreifen bereit. In Hörweite standen zwei andere Runden, deren Gespräche sofort verstummten, als es hier immer aggressiver wurde.

»Wir stehen doch nicht wie der Esel im Stall und lassen uns von euch füttern!«, dröhnte Steiner mit seiner dominanten Stimme. »Wir sind es doch, die etwas schaffen, die etwas leisten. Ihr kauft uns doch nur etwas ab, wenn es euch auch gefällt und wenn ihr euch davon eine Wertsteigerung versprecht. Das macht ihr doch nicht aus Gutmenschentum!«

»Das behauptet ja auch niemand«, giftete Ansbach-Heller nicht minder erregt zurück. »Aber du musst doch zugeben, dass der beste Künstler vor die Hunde ginge, wenn ihm niemand seine Werke abkaufen würde. Der Künstler ist also auf den Sammler oder den Sponsor angewiesen. Während der Sponsor, der ja in der Regel ein finanziell gut gestellter und wirtschaftlich unabhängiger Mensch ist, sein Geld auch für was anderes ausgeben könnte. Er ist also in gar keiner Weise auf den Künstler angewiesen, um sein Leben zu fristen. Kapierst du, wo hier der Unterschied liegt?«

Der riesige Mann schnappte nach Luft. Bevor er lospoltern

konnte, legte Hilde Auffenberg beruhigend eine Hand auf seinen rechten Arm und sagte versöhnlich:

»Ich glaube, diese Aussage war nicht ganz so gemeint, wie sie vielleicht klang. Vielmehr wollte Frau Ansbach-Heller doch wohl sagen, dass ...«

»Quatsch!«, rief Steiner erbost dazwischen. »Genau so hat sie es gemeint. Ich kenne diese eitlen Geldsäcke doch. Haben irgendeinen stupiden Beruf, verdienen sich 'ne goldene Nase und kaufen mit ihrem Geld das, was ihnen selbst völlig abgeht: Kreativität, Ausdrucksfähigkeit und vor allem Sinnlichkeit. Ihr schmückt euch doch mit uns und seid stolz, wenn ihr mit uns per Du seid. So, wie alle hier in diesem albernen Verein per Du sind. Ob sie sich leiden können oder nicht. Ihr sonnt euch in unserem Glanz. Ihr seid doch die Leute, die auf trostlosen Empfängen und spießigen Essenseinladungen herumhängen und sich vor ihren ebenso trostlosen Gesprächspartnern damit brüsten, dass sie Duzfreunde von berühmten Künstlern sind. Ihr kauft bei uns nicht nur ein Kunstwerk – ihr kauft euch das, was den Menschen vom Tier unterscheidet, nämlich Kultur. Ohne uns seid ihr ...«

»Jetzt reicht es aber, Hagen!«, donnerte Edda von Sintfeld in der Lautstärke, die ihre feine, kultivierte Stimme maximal zuließ. »Nichts gegen ein anständiges Streitgespräch, aber jetzt bist du etwas zu weit gegangen. Ich bitte dich, deine Worte zu mäßigen, und fände es auch angemessen, wenn du dich bei Walburga entschuldigen würdest.«

»Lass gut sein, Edda«, winkte Frau Ansbach-Heller mit einem verächtlichen Lächeln ab. »Manche Leute haben eben nie gelernt, sich zu benehmen, und werden es auch nicht mehr lernen. Mit Hammer und Meißel auf einem großen Stein herumzuklopfen mag als Therapie ganz hilfreich sein. Dazu braucht man viele Muskeln, aber nicht unbedingt viel Hirn. Und so etwas wie Geschmack und Kultur fehlt dann auch oft, wie man sieht.«

Mit leicht angewiderter Miene musterte sie Steiners Freundin von oben bis unten. Besorgt stellte Hilde Auffenberg fest, dass Hagen Steiner kurz vor einer Detonation stand. Sie wollte sich für ihn einsetzen, wollte die anmaßenden Worte von Frau Ansbach-Heller zurückweisen, aber Steiner kam ihr zuvor. Mit hochrotem Kopf und geballten Fäusten, aber erstaunlich gefasster Stimme wandte er sich an Edda von Sintfeld:

»Edda, es gibt jetzt zwei Möglichkeiten. Entweder du wirfst diese Frau achtkantig raus, oder ich gehe und komme nie wieder. Entscheide dich schnell!«

Die bedauernswerte Gastgeberin schlug die Hände zusammen. Mit allem Möglichen hatte sie gerechnet: dass das Büfett nicht schmecken, dass es nicht genug zu essen geben oder dass die Musik nichts taugen würde. Aber nicht mit einem derart handfesten Streit zwischen zwei der profiliertesten Vereinsmitglieder. Hilde Auffenberg empfand tiefstes Mitleid mit ihrer alten Schulbanknachbarin. Aber dann bewies Edda von Sintfeld, dass sie ihren Adelstitel zu Recht trug. Sie riss sich zusammen und entschied:

»Hagen, ich muss leider feststellen, dass du diesen Streit angefangen hast. Entschuldige dich bei Walburga oder geh! Eine andere Möglichkeit sehe ich nicht.«

Steiner starrte sie ungläubig an. Als er erkannte, dass es ihr bitterer Ernst war, fasste er sie am Arm und zog sie dicht an sich heran. »Okay, ich habe verstanden. Du schlägst dich also auf die Seite des Geldes. Was hätte man von einer Adeligen auch anderes erwarten können.«

Dann umfasste er mit seiner Riesenpranke die schmale Taille seiner Freundin und schob sie in Richtung Ausgang. Von dort aus drehte er sich noch einmal um und zeigte allen seinen hoch erhobenen Mittelfinger. Seine Donnerstimme übertönte sogar die Musik, als er rief:

»Wir sprechen uns noch! Mit mir seid ihr noch lange nicht fertig!«

38

Der Bus, vollbesetzt mit Fans des SC Paderborn, fuhr an, rollte gemächlich über die Lößnitzer Straße und begab sich auf den zeitraubenden Rückweg nach Paderborn. Die Fans standen noch unter dem Eindruck des Fußballspiels gegen den FC Erzgebirge Aue. Künnemeier sah aus dem Fenster.

»Ich muss doch immer wieder staunen, wenn ich hier im Osten bin. Die Gegend rund ums Stadion hier in Aue sieht fast so aus wie bei uns im Haxtergrund.«

»Ja, aber die Straßen sind besser«, entgegnete Höveken.

»Klar, ist ja unser Geld«, setzte ein Fan hinzu, der auf der Bank hinter Künnemeier und Höveken saß.

»Geld hin oder her«, meinte Künnemeier. »Ich finde, die haben das mit dem Standort hier ganz gut gelöst. So mitten im Wald, das hat schon was. Da störst du keinen. Wir hätten unser Stadion damals in den Haxtergrund bauen sollen, dann hätten wir in Paderborn jetzt keine Probleme mit den Anwohnern.«

»Aber im Moment ist doch alles gut, oder etwa nicht?«, fragte Höveken.

»Ja, schon«, kam es von Künnemeier. »Aber ich sage euch, das mit den Abendspielen nächste Saison, in der ersten Bundesliga, das wird wieder Ärger geben.«

»Oh, oh, oh, Willi, beschrei es nicht, noch sind wir nicht aufgestiegen«, warnte Herbert Höveken. »Du solltest das Fell des Bären nicht verteilen, bevor er erlegt ist.«

»Das mache ich doch auch gar nicht«, lenkte Künnemeier ein. Auch er war, wie viele Paderborner, ein bisschen abergläubisch. »Ich meine doch nur wegen des Ärgers mit dem Stadion, den wir bestimmt bekommen werden, wenn wir aufsteigen. Wir hätten schön unten im Haxtergrund bauen sollen, genau unter der Brücke.«

»Ja, aber dann wär doch keiner ins Stadion gegangen. Die hätten alle oben auf der Brücke gestanden und sich von dort aus das Spiel angesehen«, mischte sich der Fan ein, der hinter Künnemeier saß und dem Gespräch weiter zugehört hatte. »Außerdem würde es jedes Wochenende Stau in Richtung Lichtenau und zurück geben.«

Künnemeier sah den Mann entgeistert an. »Sag mal, was erzählst du denn da? Kommst du etwa aus dem Lippischen?«

»Nee, ich komme von Dörenhagen«, erklärte der Fan. »Aber ich arbeite in Detmold, bei der Bezirksregierung.«

»Siehst du, da haben wir es. Das Lippische färbt anscheinend auch auf die Leute ab, die da arbeiten«, meinte Künnemeier. »Ein Paderborner geht ins Stadion, weil er Fußball gucken will. Ein Lipper hingegen geht auf die Brücke zum Fußballgucken, weil er Geld sparen will. Die sind nämlich alle geizig, die Brüder im Lippischen. Und darum gibt es auch in Lippe keinen vernünftigen Fußballverein. Weil die in Detmold und Umgebung zu kniepig sind, um Eintrittsgelder für Fußball zu bezahlen.«

Künnemeier machte eine Kunstpause.

»Und wenn man in Dörenhagen wohnt und in Detmold arbeitet, dann färbt der lippische Geiz offenbar ab. Oder wie ist das bei dir, Junge?«, setzte er nach.

»Wieso? Das verstehe ich jetzt nicht«, entgegnete der Fan von der hinteren Bank verwundert.

»Na, ist doch klar. Wenn du noch ein echter Paderborner bist, dann gehst du jetzt nach vorne zum Busbegleiter und kaufst uns drei Flaschen Bier. Eins für meinen Kumpel Höveken, eins für mich und – wenn du auch eine Flasche haben willst – eine für dich. Wenn aber der Geiz aus Lippe schon auf dich abgefärbt hat, dann lässt du das bleiben. Was ist? Bist du ein Paderborner oder nicht?«

39

Keine zehn Minuten nach Hagen Steiners dramatischem Abgang hatte man ihn schon vergessen und sprach über andere Dinge. Steiner war als Feuerkopf bekannt, manchen war er noch nie richtig geheuer gewesen. Ihn umgab stets eine unterschwellig aggressive Aura, die den Kontakt mit ihm spannend, aber auch anstrengend machte. Man hatte sich daran gewöhnt und schenkte seinen Marotten keine weitere Beachtung. Ein Künstler eben, sei's drum!

Hilde Auffenberg war nicht die Frau, die schüchtern in der Ecke stand und darauf wartete, angesprochen zu werden. Sie ging von Gruppe zu Gruppe, stellte sich kurz vor und plauderte ebenso elegant wie oberflächlich. So kam sie mit den unterschiedlichsten Menschen zusammen. Mit Unternehmern, Ärzten und Rechtsanwälten, aber auch mit Lehrern und sogar mit einem Versicherungsfachmann, der bei seiner Versicherung eine Art Spezialist für Kunstdiebstähle war. Man war gerade wieder beim Thema Dr. Levenstein angekommen. Der Versicherungsmann namens Plöger schüttelte den Kopf, als neue Spekulationen zur möglichen Schuld Levensteins beim Diebstahl des Böckstiegel-Gemäldes aufkamen.

»Nein«, warf er etwas oberlehrerhaft ein, »glauben Sie mir, das ist alles Quatsch. Der Dieb, wer immer es war, hat das Bild wieder zurückgegeben. Ob nun aus Reue oder aus irgendwelchen anderen Gründen, ist doch egal. Hauptsache, es ist wieder bei seinem Besitzer. Ich kann Ihnen aus meiner Berufspraxis heraus sagen, dass so ein Verhalten gar nicht so selten vorkommt. Die Gelegenheit ist günstig, also greift der Dieb zu. Dann erlebt er die Reaktion der Öffentlichkeit darauf, es steht in der Zeitung, kommt im Fernsehen, die Kollegen sprechen darüber und so weiter. Dann gehen bei ihm die Nerven durch, und er gibt das Diebesgut klammheimlich wieder zurück. So merkt keiner, von wem es kommt. Passiert immer wieder.«

Während er dozierte, verteilte er munter Visitenkarten. »Sie sind ja alle Sammler. Wenn Sie Ihre Schätze gut und günstig versichern möchten, bin ich Ihr Ansprechpartner.«

Man nahm ihm zwar die Visitenkarten höflich ab, aber auf große Gegenliebe stieß diese etwas plumpe Werbeaktion nicht.

Hilde Auffenberg schaute beiläufig auf ihre Armbanduhr und stellte fest, dass es mittlerweile fast halb elf war. Die Nacht konnte noch lang werden, und da brauchte sie interessantere Gesprächspartner als diesen langweiligen Versicherungsmenschen. Schließlich war sie hier, um sich zu amüsieren. Sie schlenderte aus dem großen Saal, um sich mal kurz die Beine zu vertreten. Winters Musik war zwar richtig gut, aber auch laut, und sie brauchte einen Moment Ruhe. Durch einen langen Flur ging sie hinaus in den Schlossgarten.

Die barocke Anlage mochte noch vor wenigen Jahren wunderbar in Schuss gewesen sein und wirkte auf den ersten Blick auch jetzt noch beeindruckend, doch beim genaueren Hinschauen – und Hilde Auffenberg war immer schon eine Frau gewesen, die genau hinschaute – fiel ihr auf, dass dieser große Garten dringend der Hand eines richtigen Gärtners bedurfte. Hier hatte ihre Freundin offenbar gespart. Oder hatte sie sparen müssen?

Dieser neue Gedanke irritierte Hilde Auffenberg ein wenig. Sie war immer ganz selbstverständlich davon ausgegangen, dass eine Schlossherrin unermesslich reich sein musste. Doch wovon lebte Edda von Sintfeld eigentlich? Nur vom Erbe ihres Mannes, oder hatte sie weitere Einkommensquellen? Einen normalen Beruf hatte sie anscheinend nie gehabt, also konnte sie auch keine nennenswerte Rente bekommen. Neugierig geworden, beschloss Hilde Auffenberg, sich bei nächster Gelegenheit einmal dezent in diese Richtung vorzutasten.

Es war nicht nur angenehm still im Garten, sondern auch recht kühl. Gerade als sie entschieden hatte, wieder hineinzugehen, sah sie zwei Schatten dicht nebeneinanderstehen. Sie wollte sich diskret zurückziehen, aber als sie eine wohlbekannte Frauenstimme hörte, war die Neugierde stärker als die gute Erziehung.

»Und Levenstein war an jenem Abend tatsächlich bei dir?«

Die Stimme gehörte eindeutig der größeren der beiden schattenhaften Gestalten. Hilde Auffenberg war davon überzeugt, dass es sich dabei um Walburga Ansbach-Heller handelte. Die andere Stimme war ihr noch vertrauter.

»Ja, wenn ich's dir doch sage«, antwortete Edda von Sintfeld genervt. »Warum glaubst du mir denn nicht?«

»Ich glaube dir ja. Es ist nur von großer Bedeutung, deshalb will ich es so genau wissen. Wir reden also wirklich über den Abend des 24. Januars? Was macht dich so sicher, dass es genau dieser Tag war?«

»Weil ich ein gutes Gedächtnis habe, ganz einfach. Warum willst du denn überhaupt wissen, ob Levenstein an diesem Abend bei mir war?«

»Weil wir eigentlich an diesem Abend eine Vorstandssitzung geplant hatten«, meinte Walburga Ansbach-Heller seufzend. »Und die wurde von unserem guten Doktor ganz überraschend abgesagt. Die Polizei fragt jeden nach einem Alibi, denn an diesem Abend wurde dieses dusselige Böckstiegel-Bild geraubt. Wäre er zur Vorstandssitzung gekommen, hätte Levenstein ein tolles Alibi gehabt. Hat er jetzt aber nicht. Stattdessen steht er unter Verdacht, weil er den Termin abgesagt hat. Du siehst, ich habe gute Gründe, mich zu erkundigen, warum er damals hier bei dir war. Das betrifft unseren ganzen Verein.«

Edda von Sintfeld überlegte fast eine Minute, ehe sie antwortete: »Gut, du weißt ja, dass Levenstein ganz verrückt nach Bildern von Böckstiegel war und ist. Er hat Lorenz Plückebaum immer heftig um dessen großartige Sammlung beneidet. Zum Jahreswechsel hatte Lorenz ein kleines finanzielles Problem, und er hatte mich gebeten, ein Bild aus seiner Sammlung für ihn zu verkaufen. Er selbst wollte nicht als Verkäufer auftreten, das ließ seine Eitelkeit wohl nicht zu. Das kam ab und zu mal vor, wenn er gerade einen größeren Ankauf plante und nicht ausreichend flüssig war. Also habe ich vorsichtig herumgehorcht, wer Interesse haben und auch entsprechend zahlungskräftig sein könnte. Ich bin dann schnell auf unseren guten Doktor gestoßen. Ja, und an jenem Abend haben wir uns getroffen und den Verkauf und die Übergabe des Bildes besprochen. Es ist dann leider nicht mehr zum Verkauf gekommen, weil Lorenz ja … du weißt schon. Aber Dr. Levenstein war hier, da kannst du dich drauf verlassen. Er hat also ein Alibi für den Abend, wenn es dir darauf ankommt. Vermutlich wird er es bitter nötig haben. Ich gehe gleich in mein Arbeitszimmer. Dann bringe ich meinen Terminkalender mit, und wir können genau nachschauen, wann der Doktor hier war, damit du sicher sein kannst.«

»Hast du denn dafür jetzt Zeit? Schließlich bist du hier die Gastgeberin, und drinnen im großen Saal tanzen fast hundert Leute.«

Edda von Sintfeld lächelte. »Kein Problem! Die Feier läuft doch gut. Ich muss einen wichtigen Anruf im Büro erledigen. Das duldet keinen Aufschub. Ich bin in einer Viertelstunde wieder im Saal, dann können wir weiterreden.«

Damit verschwanden die beiden Frauen im Schloss. Hilde Auffenberg blieb allein im Garten und machte sich ihre Gedanken. Ob das, was sie soeben gehört hatte, auch Horst Schwiete interessieren würde? Vermutlich schon.

Sie wartete etwas, damit die beiden anderen nicht mitbekamen, dass sie ihr Gespräch belauscht hatte. Dann ging auch sie zurück in den hell erleuchteten Saal, zurück zu dem Gewirr aus lachenden und plaudernden Stimmen, zurück zur mitreißenden Musik von Winter und seiner Band. Alles war in bester Ordnung.

40

Es war mittlerweile stockdunkel geworden, doch im Fanbus des SC Paderborn kam richtig Stimmung auf. Künnemeier nahm einen ordentlichen Schluck Bier.

»Junge, Junge, Aufstieg in die erste Bundesliga. Stellt euch das mal vor.«

»Hör auf, Willi! Ich hab dir schon hundertmal gesagt, du sollst das Fell des Bären nicht verteilen, bevor …«, mahnte Herbert Höveken.

»Das mache ich doch gar nicht«, entgegnete Künnemeier zum wiederholten Mal. »Aber stell dir vor, wenn wir aufsteigen, fahren wir nächstes Jahr nach Dortmund, Schalke und Bayern. Nicht mehr auf so einen Sportplatz im Wald wie heute in Aue. Mensch, Mensch, Mensch, die erste Bundesliga, das wär was.«

Mittlerweile war Künnemeiers Sitzbank von mehreren Männern umgeben, die den alten Schützenoberst seit vielen Jahren kannten und wussten: Wo Künnemeier war, da war Spaß angesagt. Alle hatten sie was zu sagen.

Ein Malermeister aus Wewer, den Künnemeier noch aus seiner aktiven Zeit als Schützenoberst kannte, mischte sich ins Gespräch.

»Aber wenn Aufstieg, dann direkt nächsten Sonntag gegen Aalen. Auf Relegation habe ich keinen Bock.«

»Was ist denn mit dir los, Erwin? Ist doch egal, ob nächste Woche gegen Aalen oder anschließend in der Relegation, Hauptsache erste Bundesliga.«

»Nee, das ist nicht egal«, erwiderte der Malermeister aufgebracht. »Du hast doch keine Ahnung, Künnemeier. Seitdem du kein aktiver Schützenbruder mehr bist, hängst du doch nur noch mit deinen versoffenen Rentnern in irgendwelchen Cafés im Ükern herum.«

»Jetzt mach aber mal halblang, Erwin. Natürlich bin ich noch auf dem Laufenden«, rechtfertigte sich Künnemeier.

Der Mann aus Dörenhagen, der bei der Bezirksregierung in Detmold arbeitete, stellte seit über einer Stunde eindrucksvoll unter Beweis, dass er vom lippischen Geiz noch nicht infiziert worden war. Zur Freude aller brachte er mittlerweile die dritte Runde Bier und wurde von den Männern mit großem Hallo begrüßt.

»Was glaubt ihr denn, wer von den Mannschaften der ersten Bundesliga in die Relegation geht?«, ergriff Höveken wieder das Wort.

»Ich wette auf Hamburg«, kam es wie aus der Pistole geschossen von Künnemeier.

»Jau, die spielen so elendig Fußball – die sind sogar zu schlecht, um direkt abzusteigen«, sagte der Mann aus Dörenhagen.

Die Männer lachten über diesen Witz.

»Sagt mal, ist der Schiri, dieser Hoyzer oder Holzer, eigentlich noch im Knast?«, fragte einer.

»Nein, der Wettskandal war doch schon 2005. Das ist lange her. Der Kerl ist bestimmt schon längst auf Bewährung wieder draußen und pfeift jetzt in den Vereinigten Emiraten oder so. Die Scheichs wollen doch sicher immer vorher wissen, wer gewinnt«, entgegnete der Mann aus Dörenhagen.

Wieder lachten die Männer und prosteten sich mit ihren Bierflaschen zu.

»Erwin, jetzt sag mir aber endlich mal, warum wir nicht erst nach der Reli aufsteigen sollen. Das wäre doch prima. Dann könnten wir noch zwei schöne Spiele sehen. Und wenn wir dann Hamburg weggehauen haben, steigen wir schön auf und feiern ordentlich.«

»Das will ich dir sagen, Künnemeier«, entgegnete der immer aufgeregter werdende Malermeister. »Erstens würden das meine Nerven nicht durchhalten, und zweitens ist das Rückspiel am 18. Mai. Und weißt du, was am 18. Mai in Wewer los ist?«

Künnemeier schüttelte verdattert den Kopf.

»Mann, da ist bei uns Schützenfest, du Blödmann!«

Edda von Sintfeld bog am Ende des langen Flures nicht in den lärmenden Saal ab, sondern ging eine Treppe hinauf, die in drei Windungen in die obere Etage führte. Sie schaltete das Licht ein und stand in einem etwas schmaleren Flur, von dessen Wänden Porträts verstorbener Hausbewohner auf sie herabblickten. Winters Musik und die schwatzende Menge waren nur noch wie durch Watte zu hören. Sie blieb einen Moment stehen, um die relative Stille zu genießen, aber auch um Luft zu holen. Die Treppe machte ihr von Jahr zu Jahr mehr zu schaffen. Und an diesem Abend war sie körperlich und nervlich ohnehin nahe am Limit. Vielleicht waren die Ereignisse der letzten Tage und die Vorbereitung des Sommerfestes doch etwas viel für sie gewesen? Schließlich war sie keine sechzig mehr.

Langsam ging sie weiter, bis sie vor einer dunklen, reich verzierten Holztür stand. Sie kramte in der kleinen Handtasche, die sie den ganzen Abend bei sich getragen hatte, zog einen langen, altmodischen Schlüssel heraus und schloss die Tür auf, die sich leise quietschend öffnete. Die Deckenlampe beleuchtete einen großen Raum mit dunklen, schweren Möbeln, die allesamt die Zierde eines jeden Antiquitätenladens gewesen wären. Das Arbeitszimmer ihres verstorbenen Mannes wirkte, als hätte es jemand in den Fünfzigerjahren verlassen und seitdem nichts mehr daran verändert. Nur der Laptop, den Edda von Sintfeld nun startete, stammte aus der Gegenwart.

Während das Gerät bootete, zog sie den Terminkalender aus ihrer Handtasche. Den Laptop benutzte sie zwar für E-Mails und manches andere, ihre Termine trug sie jedoch nach wie vor mit einem dünnen Bleistift in ein in Leder eingebundenes Büchlein ein. Sie warf einen schnellen Blick auf den 24. Januar und nickte zufrieden. Endlich war der Laptop betriebsbereit. Sie rief eine Mail auf, überflog sie kurz, schmunzelte und griff zum Telefon. Als sie die erste Ziffer angewählt hatte, hörte sie auf dem Flur ein leises Knarren. Das Geräusch kannte sie, es konnte nur entstehen, wenn jemand über die alten Eichendielen ging und versuchte, leise aufzutreten. Wer war denn so dreist und kam nach oben in ihren Privatbereich? Verärgert drehte sie sich um und sah zur Tür, die im selben Moment von einem massigen Körper fast ausgefüllt wurde. Edda von Sintfeld riss sich zusammen, unterdrückte ihren ersten Schrecken und versuchte, eine Frage zu stellen:

»Aber was …?«

Noch bevor sie den Satz beenden konnte, war der Besucher mit zwei, drei schnellen Schritten hinter ihr und verschloss ihren Mund mit seiner kräftigen Hand. Er warf einen hastigen Blick auf den Bildschirm ihres Laptops und brummte zufrieden:

»Ist ja hochinteressant! Geht aber außer uns beiden niemanden etwas an.«

Im selben Moment spürte Edda von Sintfeld, dass der Mann die linke Hand in ihren Nacken legte und die rechte Hand gegen ihre Stirn presste. Eine kurze, heftige Panikattacke war das Letzte, was sie von dieser Welt wahrnahm.

41

Langsam kehrte im Fanbus des SC Paderborn Ruhe ein. Hier und da hörte man mehr oder weniger lautes Schnarchen. Herbert Höveken und Willi Künnemeier saßen auf ihrer Bank und tranken den letzten Schluck Bier. Als auch diese Flaschen geleert waren, sah Künnemeier seinen Freund und Nachbarn an.

»Noch eine?«

Höveken schüttelte den Kopf. »Nee, lass mal, Willi. Mir reicht's. Ich habe morgen noch einiges vor der Brust. Aber wie wäre es mit einem schönen Schnäpschen so zum Abschluss?«

Er zog einen edlen Flachmann aus der Tasche und hielt ihn Künnemeier hin. Der nahm einen kleinen Schluck und nickte anerkennend.

Während Höveken sich ebenfalls einen Schluck genehmigte, war Künnemeier mit seinen Gedanken schon wieder beim SC Paderborn.

»Wenn alles gut geht, spielen wir nächstes Jahr in der ersten Bundesliga. Kannst du dir das vorstellen, Herbert?«

»Jau, das wär was«, antwortete der verträumt. »Wer hätte das vor fünf Jahren gedacht? Und wenn man sich das richtig überlegt, haben wir, seit wir in der zweiten Bundesliga spielen, schon ein paar Spuren im deutschen Fußball hinterlassen. Bis jetzt waren wir noch kein Kanonenfutter für die Großen.«

Künnemeier nickte und nahm noch einen kleinen Schluck aus Hövekens Flachmann. »Nee – und das werden wir auch in Zukunft nicht sein. Das war schon alles gut, was in den letzten Monaten passiert ist. Immer der Verein mit dem kleinsten Etat und dann auch noch der Baustopp von unserem Stadion vor ein paar Jahren.« Künnemeier ließ die Erinnerungen noch einmal Revue passieren. »Und doch sind wir nicht pleite, sondern oben mit dabei. Selbst wenn wir nicht aufsteigen – das, was unsere Jungens in dieser Saison geleistet haben, das war schon nicht schlecht.«

Höveken nickte. »Ich glaube, da hat unser Trainer aber auch einen ordentlichen Anteil dran. Der Breitenreiter, der ist schon gut.«

»Hoffentlich können wir den ein paar Jahre halten«, überlegte Künnemeier.

»Wenn wir aufsteigen, bleibt der«, sagte Höveken im Brustton der Überzeugung.

»Dann muss der Verein aber ein bisschen was tun. Der Breitenreiter steigt nicht mit Paderborn in die erste Bundesliga auf, um dann gleich im nächsten Jahr wieder abzusteigen. Dazu ist der zu ehrgeizig.«

»Stimmt auch wieder«, gab Höveken zu. »Aber das sind ungelegte Eier. Erst mal müssen wir aufsteigen.«

Künnemeier nickte. »Du, Herbert, weißt du, was ich seit einiger Zeit mache?« Er wartete die Reaktion seines Kumpels nicht ab, sondern erzählte gleich weiter. »Ich gehe seit einiger Zeit vor jedem Spiel vom SC in den Dom und stecke eine Kerze an. Ich sage dir, das hilft. Seitdem ich das mache, spielen die Jungens wie die Götter.«

»Na, das ist aber jetzt pure Blasphemie«, entgegnete Höveken.

»Blasfee… was?«, fragte Künnemeier irritiert.

»Ach, egal, Willi«, sagte Höveken und hielt Künnemeier den Flachmann hin.

So hatte sich Hilde Auffenberg das Sommerfest eines seriösen Kunstvereins nicht vorgestellt. Eigentlich ging es hier zu wie auf einem Schützenfest. Es war kurz vor Mitternacht, die Menge tanzte, sang mit, reckte die Arme nach oben, wenn Winter es von ihr verlangte, und war komplett außer Rand und Band. Als Winter das Torjubellied der Paderborner Fußballer anstimmte, brachen alle Dämme, und selbst die betulichsten, blassesten und blutärmsten Liebhaber ernster Kunst ließen sich anstecken und grölten aus voller Kehle: »Hermann Löns, die Heide, Heide brennt …«

Hilde Auffenberg schüttelte den Kopf und schmunzelte. Sie gönnte Winter diesen Erfolg aus vollem Herzen. Da fiel ihr Blick auf ihre Armbanduhr. Sie hatte Edda von Sintfeld versprochen, ihr bei der Organisation des Mitternachtsimbisses zu helfen. Es wurde allerhöchste Zeit. Doch ihre Freundin schien wie vom Erdboden verschluckt zu sein. Langsam begann Hilde Auffenberg sich Sorgen zu machen. Vielleicht war ihr übel oder schwindelig geworden, und sie hatte sich zurückziehen müssen. Da es nicht Hilde Auffenbergs Natur entsprach, einfach abzuwarten, machte sie sich auf die Suche. Sie sprach eine tanzende jüngere Frau an, mit der sie bereits vor dem Fest bekannt gemacht worden war, und fragte nach der Gastgeberin.

»Keine Ahnung«, kam die Antwort, »aber ich habe gehört, dass Sie diese Band besorgt haben. Glückwunsch! Das ist ja die geilste Kapelle, die ich in den letzten Jahren gehört habe.«

Damit drehte sie sich von Hilde Auffenberg weg und tanzte weiter. Auch zwei andere Versuche endeten damit, dass niemand eine Ahnung zu haben schien, wo sich Edda von Sintfeld gerade aufhielt.

Hilde Auffenberg verließ den großen Saal. Schlagartig nahm der Lärm ab. Vielleicht war die Hausherrin ja in der Küche? Sie ließ sich von einer der Servicekräfte den Weg zeigen. Aber dort waren nur drei Mitarbeiter des Caterers damit beschäftigt, das Mitternachtsessen vorzubereiten. Weder hier noch bei den Toiletten war Edda von Sintfeld in der letzten halben Stunde gesichtet worden. Blieben nur noch die Privaträume. Sollte sie einfach dort nachschauen? Eigentlich fand Hilde Auffenberg das unhöflich, aber was, wenn es ihrer alten Schulkameradin tatsächlich nicht gut ging? Wenn sie jemanden brauchte, der sich um sie kümmerte?

Während sie noch fieberhaft überlegte, kam Walburga Ansbach-Heller aus der Toilette und ging an ihr vorbei in Richtung Saal. Wenn jemand über den Verbleib der Gastgeberin Bescheid wissen konnte, dann diese Frau, die noch vor einer Stunde mit Edda von Sintfeld vertrauliche Dinge im Garten besprochen hatte.

»Weiß ich auch nicht!«, beantwortete Frau Ansbach-Heller die Frage nach dem Verbleib der Hausherrin. »Aber vor längerer Zeit schon hat sie mir gesagt, sie wolle kurz in ihr Arbeitszimmer gehen. Ich weiß das, weil sie mir ihren Terminkalender mitbringen wollte. Seitdem habe ich sie nicht wiedergesehen. Ist was mit ihr?«

Nun blieb Hilde Auffenberg nur ein ratloses Schulterzucken. Sie musste sich zusammennehmen, um nicht zu verraten, dass sie eben das Gespräch der beiden Damen im Schlosspark belauscht hatte.

»Nein«, entgegnete sie so unbefangen wie möglich, »ich muss nur dringend mit ihr sprechen wegen des Mitternachtsessens. Und ich kann sie einfach nicht finden.«

»Ach, das Essen …«, winkte Ansbach-Heller lachend ab. »Wer will denn essen, wenn da drin die Bude bebt? So eine Stimmung hatten wir noch nie, und ich bin schon viele, viele Jahre in diesem Verein.«

Weg war sie. Zurück blieb eine Hilde Auffenberg, die immer weniger wusste, was sie tun sollte. Doch sie hatte ein ungutes Gefühl. Hier war irgendetwas nicht in Ordnung, und ihr blieb nichts anderes übrig, als weiterzusuchen.

Mit ein wenig schlechtem Gewissen stieg sie die mächtige, alte Holztreppe empor. Oben angekommen, atmete sie mehrmals tief durch. Dann versuchte sie, nicht auf ihr Herzklopfen zu achten, und betrat einen langen Flur.

»Edda?«, rief sie leise.

Als keine Antwort kam, rief sie lauter. Aber auch diesmal blieb alles ruhig. Nur der stark abgedämpfte Lärm des Festes eine Etage unter ihr war zu hören. Und ihre eigenen Schritte, als sie weiter durch den dunklen Flur schlich. Sie wollte eben wieder umkehren, als sie einen Lichtschimmer sah, der aus einem Türspalt fünf Meter von ihr entfernt stammte. Hilde Auffenberg zögerte kurz, gab sich dann aber einen Ruck und ging weiter, bis sie direkt vor der Tür stand.

»Edda? Bist du hier?«

Als wieder keine Antwort kam, schluckte Hilde Auffenberg kurz und stieß die Tür weit auf. Und dann schrie sie, wie sie noch nie in ihrem Leben geschrien hatte.

Künnemeier war wohl etwas weggenickt. Jetzt, da er wieder die Augen öffnete, taten ihm Rücken und Schultern weh. Lange mach ich das mit dem Fanbus auch nicht mehr mit, dachte er und stöhnte herzhaft. Das half zwar nicht gegen die Schmerzen, erleichterte aber ungemein. Er stand auf, ging ein paar Schritte durch den Mittelgang des Busses und setzte sich dann wieder auf seinen angestammten Platz. Höveken war durch diese Aktion wieder aufgewacht, was Künnemeier sehr entgegenkam.

»Sag mal, Herbert«, eröffnete er das Gespräch. »Ich will dir ja nicht zu nahe treten, aber in letzter Zeit hatte ich so den Eindruck, dass nicht mehr so viel gestorben wird wie früher oder aber dass die Toten ihre Särge überall kaufen, nur nicht bei dir. Ich meine, wenn du Hilfe brauchst, ich kann dir mit Geld ein bisschen unter die Arme greifen, du musst es nur sagen.«

Die beiden Männer schwiegen eine Zeit lang. Der Fanbus glitt nicht mehr so dahin wie zu Beginn der Fahrt, sondern ruckelte mittlerweile über das eine oder andere Schlagloch, sodass die Fahrgäste ziemlich durchgeschüttelt wurden.

»Wir sind wieder im Westen. Die Straßen werden schlechter«, brach Höveken das Schweigen und fuhr fort: »Du bist ein feiner Kerl, Willi. Mir ging es wirklich ziemlich dreckig.

Der Pleitegeier saß schon bei mir auf dem Dach, aber ich hoffe, ich bin jetzt aus dem Gröbsten raus. Du glaubst es nicht, aber vor ein paar Monaten war der Präsident vom SC bei mir und wollte einen Sarg kaufen.«

Künnemeier staunte: »Du meinst, der …«

»Genau der. Ein verdientes SC-Vereinsmitglied war gestorben, das seinerzeit viel für die Fusion des TuS Schloß Neuhaus mit dem FC Paderborn getan hatte. Also einer der Männer, die den Grundstein für den jetzigen Erfolg des SC Paderborn gelegt haben. Der Präsident wollte ihn mit einem ganz besonderen Sarg ehren: innen mit einem Seidenstoff in den Farben des SC Paderborn ausgeschlagen und oben auf dem Deckel das Vereinswappen, das ich eigenhändig geschnitzt habe.«

»Ja, aber war dieser eine Sarg denn so teuer, dass du jetzt saniert bist?«, fragte Künnemeier zweifelnd.

»Das nicht, aber auf der Beerdigung waren wohl einige Fürsten aus anderen Bundesligavereinen, die waren so angetan von dem Sarg, dass sie ihren verdienten Mitgliedern auch so einen Abgang ermöglichen möchten.« Höveken machte ein zufriedenes Gesicht. »Jedenfalls kann ich mich seitdem vor Aufträgen nicht mehr retten.«

Höveken wurde jäh unterbrochen.

»So, Jungens, Maspernplatz, wir sind zu Hause. Alle wach werden, alle aussteigen. Das war hoffentlich das letzte Auswärtsspiel in der zweiten Bundesliga«, witzelte der Busfahrer. »Nächstes Jahr um diese Zeit geht's vermutlich zu den Bayern.«

42

Edda von Sintfeld saß in ihrem Schreibtischstuhl aus schwarzem Leder. Auf den ersten Blick sah sie aus, als wäre sie eingeschlafen. Erst als Hilde Auffenbergs Blick auf den Kopf der Freundin gefallen war, hatte sie angefangen zu schreien. Dieser lag absurd verrenkt auf der rechten Schulter, die weit aufgerissenen Augen starrten an die Decke des behaglichen, wenn auch etwas altbacken eingerichteten Arbeitszimmers.

Hilde Auffenberg versuchte, sich zusammenzureißen. Panisch schaute sie sich in dem großen Raum um, aber es war niemand sonst zu sehen. Dann erst ging sie langsam auf ihre ehemalige Klassenkameradin zu. Auch ohne medizinische Bildung wurde Hilde Auffenberg schnell klar, dass die alte Dame tot war. Was immer auch hier geschehen war, dies war kein Schwächeanfall gewesen und auch keine Herzattacke. Hier hatte ein Mord stattgefunden. Und sie konnte nichts mehr tun, um Edda zu helfen.

Mit fliegendem Puls rannte sie den Flur entlang, polterte die Treppe hinunter, riss fast eine der Servicedamen um und stürzte in den großen Saal. Völlig außer Atem wollte sie die Nachricht in die wogende, lärmende, tanzende Menge schreien. Im Film wäre nun schlagartig alles verstummt, die Menge hätte den Atem angehalten und ihr gebannt gelauscht. Aber hier blieb ihr Rufen ungehört, es versickerte wie ein Rinnsal im Wüstensand. Niemand achtete auf sie, niemand wollte wissen, was sie zu berichten hatte. Als sie sah, dass sie so nichts erreichen würde, rannte sie quer über die Tanzfläche, achtete nicht darauf, dass sie einige Tanzende anrempelte und aus dem Gleichgewicht brachte, störte sich nicht an deren wütenden Bemerkungen. Sie hatte ihr Ziel fest im Blick und steuerte unbeirrt darauf zu.

Am Rand der Bühne angekommen, suchte sie den Blickkontakt zu Winter. Der war vollauf damit beschäftigt, Gitarre zu spielen, zu singen und sich von der Menge feiern zu lassen. Endlich schien er die verzweifelt winkende ältere Dame wahrzunehmen, denn er grinste zufrieden herunter, so, als wollte sie ihm einfach Komplimente für seine Musik machen. Dann aber wurde auch ihm klar, dass es ihr bitterernst war. Er beendete das Lied etwas überhastet und beugte sich zu ihr herunter.

»Gib mir sofort das Mikrofon!«, schrie sie ihn an, um den allgemeinen Lärm zu übertönen.

»Was soll ich?«, brüllte Winter zurück, der offenbar glaubte, seinen Ohren nicht zu trauen.

»Das Mikrofon, verdammt noch mal! Sofort!«, legte sie unmissverständlich nach. »Das ist mein Ernst. Du wirst gleich verstehen, warum.«

Winter wirkte verunsichert. Es lief so gut für ihn, und es widerstrebte ihm zutiefst, den guten Draht zu den Tanzenden in Gefahr zu bringen. Aber es war nicht irgendjemand, der das Mikrofon haben wollte. Es war immerhin Hilde Auffenberg, seine Vermieterin, seine Freundin, sein Muttterersatz. Mit einem tiefen Seufzer übergab er ihr das Mikro.

Hilde Auffenberg war immer noch etwas außer Atem, sprach aber klar und deutlich: »Bitte hören Sie alle kurz zu. Es ist etwas Schreckliches passiert. Das Fest muss sofort beendet werden!«

Als eine halbe Stunde später die Polizei aufkreuzte, hatte sich bereits alles verändert. Die Musik war ebenso verstummt wie die lauten Gespräche. Wer etwas zu sagen hatte, tat dies so leise und so unauffällig wie möglich. Als wären alle Anwesenden schlagartig wieder nüchtern geworden.

Johnny Winter stand frustriert vor dem Haupteingang des Schlosses und rauchte eine Zigarette nach der anderen, als der Tross der Polizeifahrzeuge direkt vor ihm stoppte. Horst

Schwiete stieg als Erster aus und begrüßte ihn kurz. Winter grinste nur schief.

»Wo ist Hilde?«, fragte Schwiete besorgt. »Wie geht es ihr?«

Winter zuckte ratlos mit den Schultern. Er hatte Hilde Auffenberg nicht mehr gesehen, seit sie mit ihrer Ansage von einer Sekunde auf die andere den größten Erfolg seiner Musikerlaufbahn abrupt gestoppt hatte.

Da ihm Winter offenbar nicht weiterhelfen konnte, ließ Schwiete ihn einfach stehen und eilte ins Schloss. Ein kleiner Tross von Beamten folgte ihm. Man wies ihm den Weg ins Arbeitszimmer, und Schwiete, der schon einen langen Arbeitstag hinter sich hatte, mobilisierte die letzten Energiereserven und hastete die Treppe hinauf.

Am Fundort der Toten traf er auf Hilde Auffenberg, die offenbar damit beschäftigt gewesen war, alle Neugierigen fernzuhalten. Sie stand mit dem Rücken zu ihm, als er hereinkam, und forderte eben sehr energisch einen Gast auf, den Raum zu verlassen. Dann drehte sie sich zu Schwiete um und stöhnte erleichtert auf.

»Gut, dass Sie endlich da sind, Schwiete. Nicht zu glauben, wie entsetzlich manche Leute sind. Aber ich habe es geschafft, dass nichts verändert worden ist. Wirklich!«

Schwiete bedankte sich bei ihr. Dann drehte er sich zur Tür um und rief seinen Leuten zu: »Sorgen Sie dafür, dass alle vom Tatort verschwinden! Und zwar sofort! Aber sehen Sie zu, dass keiner, ich betone, keiner das Haus verlässt. Notieren Sie schon mal die Personalien aller Gäste, und legen Sie mir gleich eine Liste vor.«

Inzwischen waren auch die Kollegen von der Spurensicherung angekommen und quetschten sich mit ihren Koffern durch die Schar der Schaulustigen.

»Bitte bleiben Sie noch einen Moment hier, Frau Auffenberg«, rief Schwiete seiner Vermieterin zu. »Ich bin gleich bei Ihnen.«

Er unterdrückte seinen Widerwillen und betrachtete die merkwürdig verrenkt dasitzende Frau von Sintfeld. Dann ließ er seinen Blick durch das geräumige Arbeitszimmer schweifen, das nach seinen Kriterien total vollgestopft war mit Möbeln, Bildern und irgendwelchen Staubfängern. Kein Raum, in dem ein Horst Schwiete sich wohlfühlen könnte.

»Schön hier«, kommentierte neben ihm eine Frau der Spurensicherung. »Total behaglich. So schön retro.«

Schwiete verdrehte die Augen und versuchte, sich auf den Schreibtisch zu konzentrieren, an dem Frau von Sintfeld gesessen hatte. Der Laptop lief noch, war aber in den Stand-by-Modus gewechselt. Schwiete drückte eine Taste, kam aber nicht weiter, weil nun ein Passwort gefordert wurde.

»Das kriegen wir schon hin, keine Sorge«, versprach ihm ein junger Spurensicherer. »So was knacken wir in Nullkommanix. Mitnehmen?«

»Mitnehmen!«, wies ihn Schwiete an.

Drei Minuten später beschloss er, dass er nun genug gesehen hatte. Für die Feinarbeit und die Dokumentation des Tatortes würde die Spurensicherung sorgen. Das war nicht seine Aufgabe. Er drehte sich um und ging zu Hilde Auffenberg, die völlig erschöpft in einem Sessel saß – möglichst weit von der Toten entfernt.

»Tut mir leid für Sie«, versuchte Schwiete sie zu trösten. »Ich habe gehört, dass Sie Frau von Sintfeld gefunden haben. Können Sie mir den Hergang erzählen? Fangen Sie ruhig ganz von vorn an.«

43

Nach Schwietes Gespräch mit Hilde Auffenberg hatte die eigentliche Ermittlungsarbeit begonnen. Der Festsaal war voller komplett ernüchterter, besorgter und verstörter Gäste gewesen. Die Polizisten hatten sich jeden Einzelnen vorgenommen, ihn befragt und die Gespräche dokumentiert. Eine ermüdende Fleißarbeit, von der Schwiete wusste, dass sie nur selten zu brauchbaren Ergebnissen führte. Nur in einem Punkt waren sich fast alle Festbesucher einig gewesen: Es hatte eine laut und aggressiv geführte Auseinandersetzung gegeben zwischen dem Opfer und dem berühmt-berüchtigten Bildhauer Hagen Steiner. Worum es dabei letztlich gegangen war, hatten die meisten allerdings nicht mitbekommen.

Schwiete hatte Kükenhöner beauftragt, sich mit dem richterlichen Notdienst kurzzuschließen, um eine sofortige Verhaftung Steiners zu ermöglichen. Kükenhöner hatte sich gleich darum gekümmert und gehofft, ein paar Stunden frei zu haben, doch der völlig übermüdete Schwiete hatte ihn angewiesen, die Festnahme gleich durchzuführen. Nun stand Kükenhöner zusammen mit zwei jungen uniformierten Kollegen im Dunklen vor einem alten Haus in Anreppen, aus dem lautes Hundegebell ertönte.

Als Kükenhöner die Klingel drückte, wurde das Gebell deutlich aggressiver, und er meinte herauszuhören, dass es sich um einen großen und einen kleinen Hund handelte. Sie mussten sich also auf etwas gefasst machen. Einer der beiden jungen Kollegen stand neben ihm, während der andere den Hintereingang sicherte. Da nicht gleich jemand öffnete, hatte Kükenhöner Zeit, sich kurz im Lichtkegel seiner Taschenlampe umzuschauen. Der Hofplatz war übersät mit großen und kleinen, teils bearbeiteten Steinen. Gerümpel aller Art, zwei Autoreifen und ein alter Schrank erweckten den Eindruck, als hätte man das alles hier abgestellt und dann vergessen. Auch wenn Kükenhöner bei Weitem nicht so pingelig war wie Schwiete, runzelte er doch missbilligend die Stirn. Im Hintergrund stand ein roter Pick-up.

Endlich hörte er im Haus Schritte, die näher kamen. Ein kleines Fenster neben der Haustür wurde aufgestoßen, und eine verschlafene Frauenstimme fragte: »Was ist los? Was wollen Sie?«

Kükenhöner stellte sich und seinen Kollegen vor und begründete den Besuch zu dieser ungewöhnlichen Uhrzeit. Die Frau schloss das Fenster wieder, schrie die Hunde an, endlich still zu sein, und öffnete die Haustür. Vor Kükenhöner stand eine große Frau von Ende dreißig, mit einer atemberaubend weiblichen Figur. Ihre Haare waren vom Schlaf zerzaust, und ihr Nachthemd, über das sie in der Eile eine kurze Lederjacke geworfen hatte, ließ keine männlichen Fragen offen. Mit der rechten Hand hielt sie den großen Hund fest und mit der linken den kleinen. Kükenhöner schluckte. Er war sich nicht ganz sicher, was ihn zurzeit mehr verunsicherte: die beiden geifernden Hunde oder dieser Overkill an Weiblichkeit. Er riss sich zusammen, versuchte, der Frau ins Gesicht zu schauen und seinen Blick nicht immer wieder tiefer rutschen zu lassen.

»Ist Herr Steiner im Haus? Und wer sind Sie?«, fragte er, wobei er kaum in der Lage war, das laute Bellen zu übertönen.

»Mein Name ist Alena«, antwortete die Frau und gähnte herzhaft. »Alena Landeck. Ich bin die Lebensgefährtin von Herrn Steiner, aber wir wohnen nicht zusammen. Um Ihre Frage zu beantworten: Ja, er ist da. Aber er schläft noch tief und fest.«

»Sie wollen mir doch nicht erzählen, dass er bei diesem Lärm schläft!«, brummte Kükenhöner. »Bitte schließen Sie die Hunde irgendwo ein, damit wir hereinkommen können. Sonst muss ich mir gewaltsam Eintritt verschaffen.«

Bei diesen Worten klopfte er auf die mächtige Beule, die

unter seinem zerknitterten Sakko zu erkennen war. Die Frau verstand offenbar und zog die widerstrebenden Hunde zurück in den Flur, dann schob sie die Tiere in einen anderen Raum und schloss die Tür.

»So, ich stehe Ihnen zur Verfügung. Sie können jetzt kommen.«

Kükenhöner unterdrückte die Frage, was dieses Angebot wohl beinhalten mochte, und trat zögernd in den schmalen, nach nassem Hund riechenden Flur.

»Wo ist er?«

Sie zeigte nach oben. »Soll ich ihn wecken?«

»Nein, bleiben Sie hier. Das machen wir schon.«

Kükenhöner zog seine Dienstwaffe aus dem Holster, bedeutete seinem jungen Kollegen, ihm zu folgen, und ging langsam die quietschende Holztreppe hoch. Hinter der verschlossenen Küchentür tobten die beiden Hunde.

»Erste Tür rechts«, rief Alena Landeck. »Aber seien Sie nett zu ihm. Er ist unschuldig, ganz gleich, was Sie ihm vorwerfen.«

»Ja, ja«, murmelte Kükenhöner, »das sagen sie alle.«

Während sein Kollege sich mit schussbereiter Waffe neben der Tür postierte, drückte Kükenhöner die Klinke herunter, stieß die Tür nach innen auf und machte einen Schritt ins Zimmer. Dabei hielt er seine Dienstpistole in Augenhöhe vor sich.

»Stehen Sie auf!«, befahl er in barschem Ton. »Herr Steiner, Sie sind verhaftet.«

Im hinteren Bereich des Zimmers, das vom Lichtschein der Flurlampe nur matt erleuchtet wurde und in dem es nach Männerschweiß, Alkohol und kaltem Rauch stank, regte sich etwas. Ein unverständliches Brummen war zu hören, das klang, als hätte Kükenhöner einen urzeitlichen Höhlenbären aus seinem Winterschlaf aufgeweckt.

»Los, Mann, machen Sie schon!«, rief Kükenhöner. »Ich erkläre Ihnen alles, wenn Sie unten sind.«

Steiner brummte erneut, diesmal noch lauter und ärgerlicher. Dann stemmte er ächzend seinen Oberkörper hoch und schaute den Polizisten verblüfft an. Es dauerte eine Weile, bis er registriert hatte, worum es ging. Dann aber war er sehr plötzlich auf den nur mit Boxershorts bekleideten Beinen und baute sich vor Kükenhöner auf. Dem wurde etwas mulmig. Aber er riss sich zusammen, hielt die Waffe noch fester umklammert und rief:

»Ziehen Sie sich an! Dann kommen Sie mit runter. Mein Kollege wird im Zimmer bleiben. Nicht, dass Sie uns aus dem Fenster springen.«

»Aus dem Fenster springen? Ich?«, höhnte Steiner mit leicht lallender Stimme. »Eher werfe ich diesen Jungbullen da raus. Von mir aus soll er zugucken, wie ich mich anziehe, wenn er daran Spaß findet. Soll es ja geben.«

Als Kükenhöner wieder unten bei der nervös wartenden Alena Landeck ankam, sagte sie:

»Gestern Abend nach unserer Rückkehr hat er sich mit einer halb vollen Flasche Brandy aufs Sofa gesetzt und sie geleert. Er war sternhagelvoll. Und ich habe keine Ahnung, ob er jetzt überhaupt schon wieder irgendetwas kapiert. Er ist wahrscheinlich noch total geschwächt.«

»Das ist nicht weiter schlimm«, meinte Kükenhöner lachend, »er soll nichts kapieren, sondern einfach nur mitkommen – ohne Schwierigkeiten zu machen. Das reicht mir schon.«

Kurz darauf gab es in der Etage über ihnen einen Schrei, dann einen gewaltigen Wumms, als wäre etwas sehr Schweres an die Wand geflogen. Kükenhöner erstarrte kurz vor Schreck, bevor er, den Griff der Dienstwaffe mit beiden Händen umklammert, die Treppe hochrannte. Oben stieß er die Zimmertür erneut auf und stolperte über den dort liegenden Kollegen. Der junge Mann krümmte sich vor Schmerzen und stöhnte. Kükenhöner sah sich leicht panisch um. Schließlich blieb sein Blick am offenen Fenster haften. Im selben Moment zerfetzte draußen vor dem Haus ein Pistolenschuss die morgendliche Stille Anreppens. Von Hagen Steiner war im Zimmer nichts mehr zu sehen.

Voller böser Vorahnungen eilte Kükenhöner zum Fenster und schaute hinaus. Was er unter sich in der beginnenden Morgendämmerung erkennen konnte, gefiel ihm gar nicht. Er hörte, wie ein starker Dieselmotor ansprang und ein Auto sich in Bewegung setzte. Noch ein Schuss, das schrille Pfeifen eines von Metall abprallenden Projektils. Dann gab der Fahrer des Autos Vollgas und war auf und davon.

Wie in Trance starrte Kükenhöner nach unten auf ein Schuppendach, keine zwei Meter unterhalb des Fensters. Das Dach war aus massiven Holzbohlen, mit Teerpappe überzogen und hielt eine Menge aus. Vom Fenster aus hinunterzuspringen war nicht wirklich gefährlich gewesen. Vor dem Schuppen tauchte nun der junge Kollege auf, den Kükenhöner als Sicherungsposten am Hintereingang postiert hatte.

»Er ist weg!«, rief der Polizist, während sich seine Stimme vor Aufregung fast überschlug. »Mit dem Auto! Ich wollte ihn aufhalten, aber …«

Kükenhöner winkte resigniert ab und drehte sich zu dem anderen Kollegen um, der immer noch in der Nähe der Zimmertür lag und vor Schmerz wimmerte. Später sollte er zu Protokoll geben, dass Steiner völlig unerwartet auf ihn zugesprungen sei, ihn gepackt und hochgehoben habe wie ein Kind. Dann habe er ihn mit einer solchen Kraft gegen die Wand geworfen, dass er nichts habe entgegensetzen können.

Doch jetzt hatte Kükenhöner Eiligeres zu tun, als sich um den Verletzten zu kümmern. Er rannte wieder zum Fenster und schrie dem Kollegen zu:

»Sofort die Zentrale anrufen! Die sollen eine Fahndung nach dem Auto auslösen. Haben Sie das Auto erkennen können?«

»Nein«, rief der junge Beamte, »nur dass es ein roter Pickup war. Sonst nichts. Aber das finden wir raus.«

Im nächsten Moment fiel Kükenhöner siedend heiß ein, dass Steiners Freundin sich womöglich mittlerweile aus dem Staub gemacht haben könnte. Doch zu seiner grenzenlosen Erleichterung stand sie immer noch unten im Flur, als er hektisch die Treppe heruntergepoltert kam.

»Los, ziehen Sie sich was Ordentliches an!«, rief er ihr unfreundlich zu. »Und dann kommen Sie mit. Ich glaube, Sie haben uns viel zu erzählen.«

44

Hilde Auffenberg starrte ins Leere. Ihr Make-up war verschmiert, und sie war hundemüde, denn sie hatte die ganze Nacht nicht geschlafen. Doch sie wusste, wenn sie sich jetzt ins Bett legen würde, fände sie dennoch keine Ruhe. Der schrecklich verdrehte Kopf und dieser grauenhafte Blick, den sie bei Edda von Sintfeld gesehen hatte, würden ihre Gedanken beherrschen und sie am Einschlafen hindern. Also saß sie in ihrer Küche und grübelte.

Wieder traten ihr Tränen in die Augen, die sie mit einem zerknüllten Papiertaschentuch abwischte, das sie schon länger in ihrer Hand hielt, wodurch sie dem Make-up-Desaster ein neues Design verpasste.

Edda von Sintfelds Tod hatte Hilde Auffenbergs Welt in ihren Grundfesten erschüttert. Auch wenn sie jahrzehntelang keinen Kontakt mehr zu ihr gehabt hatte, empfand sie nun, da ihre Jugendfreundin brutal ermordet worden war, einen unendlichen Schmerz. Dabei schockierte sie nicht nur die grausige Tat an sich, sondern auch die Tatsache, dass der Mord in einem Umfeld verübt worden war, wo Hilde Auffenberg niemandem der Anwesenden eine solch widerwärtige Handlung zugetraut hätte.

Sofort war Steiner verdächtigt worden. Ein Mann, der sie in den letzten Wochen auf eine gewisse Art und Weise sehr gefangen genommen hatte. Durch seine manchmal fast animalischen Gebärden, durch seinen mächtigen, ach so männlichen Körper. Durch die Präsenz, die er ausstrahlte. Er war ein Bär von einem Mann und hatte doch etwas fast Kindliches an sich. Das hatte er auch am Vorabend wieder bewiesen. Er hatte sich mit der Festrednerin angelegt und schon vor dem Mord das Fest verlassen, und zwar mit Pauken und Trompeten. Sein Verhalten hatte ihn verdächtig gemacht.

Aber war er wirklich der Mörder? Nein, das konnte nicht sein, dieser Steiner brachte keine Menschen um. Der war laut und unangepasst, und für seine Kunst würde er vieles tun, da war sich Hilde Auffenberg sicher. Aber jemanden umbringen? Nein, das konnte sie nicht glauben.

Da wurde sie von einem Geräusch gestört. Vorsichtig klopfte jemand an die Küchentür. Schon an der Art, wie da an das Holz gepocht wurde, vorsichtig, fast schüchtern, erkannte sie, wer da auf dem Flur stand und um Einlass bat.

Es war ihr alter Freund Höveken, der sich seit Wochen von ihr zurückgezogen hatte, weil er eifersüchtig war – auf ebendiesen Steiner, mit dem Hilde Auffenberg in den letzten Wochen etwas Zeit verbracht hatte und für den sie, jedenfalls meinte das Höveken, mehr empfand, als gut war.

Doch sie wusste, dass er ihr jetzt keine Vorwürfe machen würde, nein, er würde versuchen, sie auf seine umständliche Art zu trösten. Hilde Auffenberg musste lächeln. Sie schniefte ein letztes Mal in ihr Taschentuch und sagte trotz ihres etwas derangierten Aussehens: »Herein.«

»Sage ich doch, dass sie uns nicht vor die Tür setzt!«, trompetete Willi Künnemeier, der seinem schüchternen Kumpel

Höveken wie immer bei schweren Aufgaben Beistand leistete. Er drängte sich an dem Bestatter vorbei in die Küche.

»Frau Auffenberg, Sie erleben aber auch immer Sachen. Na, macht nichts, Herbert und ich sind ja da, wir bügeln das alles schon wieder glatt. Und Johnny Winter, auf den können wir uns auch verlassen. Der ist nur noch ein bisschen mitgenommen von dem Verbrechen. Ehrlich gesagt, sieht der genau so fertig aus wie Sie.«

Herbert Höveken verzog hinter Künnemeier das Gesicht zu einer entschuldigenden Grimasse, doch Künnemeier brabbelte ungebremst weiter.

»Das war aber auch ein Ding, wie ich das so von Johnny gehört habe. Aber wir finden den Mörder schon, lassen Sie uns nur machen. Das haben wir ja bis jetzt immer hingekriegt. Bis der Schwiete, dieser Beamte, in die Gänge kommt, kann man ja lange warten. Die Polizeimühlen mahlen eben langsam. Und nun erzählen Sie doch mal, damit wir ein paar Anhaltspunkte bekommen und endlich ermitteln können.«

45

Selten hatte Horst Schwiete seinen ungeliebten Kollegen Karl Kükenhöner so kleinlaut erlebt. Vor zwei Stunden war er mit Alena Landeck im Schlepptau zur Kreispolizeibehörde zurückgekehrt und hatte Bericht erstattet. Der Gesuchte war spurlos verschwunden, ein junger Polizist verletzt, ein anderer frustriert wegen seiner beiden Fehlschüsse. Und Kükenhöner selbst war auch nicht mehr der Alte. Und das aus gutem Grund, wie Schwiete fand. Wenn diese Geschichte die Runde machte, war Kükenhöner die Lachnummer der ostwestfälischen Polizei. Er, der erfahrene Beamte, der in der Vergangenheit keine Gelegenheit ausgelassen hatte, anderen ihre

Fehler um die Ohren zu hauen, war offenbar von den überreichen weiblichen Reizen Alena Landecks derart abgelenkt worden, dass ein Mordverdächtiger in aller Ruhe einen Polizisten hatte krankenhausreif schlagen und dann auch noch fliehen können. Ganz so war es nicht abgelaufen, wie Schwiete wusste, aber so ähnlich würde es kolportiert werden. Wäre Schwiete nicht so entsetzlich übernächtigt gewesen, hätte ihm Kükenhöner vielleicht sogar etwas leidgetan.

»Das Auto haben wir identifizieren können, und die Fahndung nach Steiner ist raus«, berichtete Schwiete. »Er fährt einen alten, roten Nissan-Pick-up, Baujahr 1998. Im Moment können wir in dieser Sache nicht mehr machen. Dafür sollten wir sofort diese Frau Landeck vernehmen. Sie ist die Einzige, die uns vielleicht einen Hinweis auf Steiners Verbleib geben kann. Außerdem haben wir eine Menge Fragen an sie wegen des gestrigen Abends. Wer übernimmt das?«

Sofort meldete sich Kükenhöner. »Ich! Der Schlampe werde ich schon die Würmer aus der Nase ziehen. Ihr werdet sehen.«

Schwiete schwieg eine volle Minute, während er immer wieder aufs Neue seine drei Bleistifte auf dem Schreibtisch ausrichtete. Wer diese Marotte von ihm nicht kannte, hätte vermuten können, er sei mit seinen Gedanken ganz woanders. Insider hingegen wussten, dass dies Verhalten der Ausdruck höchster Konzentration war. Schließlich schob Schwiete alle Bleistifte auf einmal zur Seite, stand auf und sagte entschlossen:

»Nein! Du bist mir im Augenblick zu befangen. Ich möchte nicht, dass einer von uns einen Fehler macht, nur weil er zu viel Wut im Bauch hat. Ich hingegen bin in diese Fluchtgeschichte gar nicht involviert, also werde ich die Befragung selbst durchführen.«

»Aber das ist doch totaler Schwachsinn!«, schrie ihn Kükenhöner an. »Was redest du denn da?«

Doch Schwiete machte ihm mit einer deutlichen Handbewegung klar, dass er keine Diskussion zulassen würde.

»Es bleibt dabei, Karl. Wenn du drüber geschlafen hast, wirst du mir recht geben. Schickt mir die Frau ins Vernehmungszimmer.«

Schwiete saß bereits am Tisch des kleinen Raumes und spielte auch hier mit seinen Bleistiften, als eine junge Beamtin die vor Wut schäumende Alena Landeck hereinbrachte.

Genau so hatte er sich immer die Brunhilde der Nibelungen vorgestellt. Ihre Wangen waren vor Wut gerötet, sie hatte den Kopf erhoben und die Brust herausfordernd nach vorn geschoben. So viel üppige Sinnlichkeit auf einmal drohte ihn fast zu ersticken. Es hätte ihn kaum erstaunt, wenn in diesem Moment Wagners Walkürenritt in den staubtrockenen Behördenräumen erklungen wäre. Als Linda Klocke erschienen war, begann Schwiete mit der Befragung. Doch Alena Landeck fuhr ihm wütend dazwischen:

»Wenn dieser Wahnsinn hier vorbei ist, werde ich mir den Kerl, der mich hergeschleppt hat, zur Brust nehmen. Was glaubt der denn, wer er ist? Schimanski? Der hat mich behandelt, als hätte er irgendeine Nutte aus dem Straßengraben gezerrt. Aber nicht mit mir. Das wird der noch bereuen.«

Schwiete war wie erschlagen von dieser unerwarteten Angriffswelle. Gleichzeitig gratulierte er sich zu seinem Entschluss, Kükenhöner die Vernehmung entzogen zu haben. Er ging auf Alena Landecks Ausbruch nicht weiter ein, sondern fragte betont sachlich:

»Bitte beschreiben Sie mir, was gestern Abend nach dem Streit passiert ist. Was haben Sie und Herr Steiner gemacht?«

Die Walküre schnaubte, sträubte sich aber nicht weiter.

»Wir sind nach Hause gefahren. Schnurstracks. Das können Sie mir glauben. Wir hatten die Nase voll von Gesellschaft und wollten niemanden mehr sehen oder hören. Normalerweise bleibe ich bei Hagen ja nicht über Nacht, er mag das nicht so. Abends noch ein bisschen Sex, gern auch zweimal, aber dann will er seine Ruhe haben, und ich fahre in meine eigene Wohnung. Ist vielleicht auch besser so. Klappt jedenfalls seit Jahren ganz gut.«

»Interessant«, unterbrach Schwiete ihren Redefluss, »aber zurück zu gestern. Wie war es gestern?«

»Gestern hat Hagen zu Hause seine Jacke und seine Schuhe in die Ecke geworfen, hat die Hunde gestreichelt, eine noch halb volle Flasche Brandy aus dem Schrank geholt und sich damit aufs Sofa gesetzt. Ja, eigentlich war ich von da an überflüssig, aber Hagen war so schlecht drauf, dass ich mir gedacht habe: Bleib besser bei ihm, damit er keine Dummheiten macht. Die Flasche war ziemlich schnell leer. Dann hat er sich ins Bett gelegt und ist eingeschlafen. Und ich habe mich dazugelegt, konnte aber nicht schlafen, weil er so geschnarcht hat. Und dann, als ich gerade weg war, hat dieser Unmensch von Polizist bei uns geklingelt. Den Rest kennen Sie ja.«

Schwiete hatte sie scharf beobachtet, während sie erzählte.

»Ist Herr Steiner nach dem Eklat auf dem Fest denn sofort mit Ihnen zu seinem Auto gegangen und losgefahren? Sind Sie sich da ganz sicher? Oder musste er vielleicht noch einmal für längere Zeit aufs Klo und hat Sie warten lassen oder so was in der Art?«

Sie schaute ihn so entgeistert an, als hätte er sie gebeten, sich ihren Lippenstift ausleihen zu dürfen.

»Nein! Er hat mich an die Hand genommen und mich mitgezerrt. Raus aus der Bonzenhütte und rein ins Auto. Ich kam mir dabei ziemlich blöd vor, das können Sie mir glauben. Aber er wollte keine Sekunde länger dableiben als nötig.«

»Und das war alles? Hat er denn etwas über die Leute gesagt, mit denen er sich gestritten hat?«

»Und ob«, meinte Frau Landeck und lachte. »Den ganzen Weg bis nach Hause hat er in einer Tour geschimpft. ›Diese verdammte Schweinebande!‹, hat er getobt. Ach, ich will Ihnen die Details ersparen. Und zu Hause auf dem Sofa ging's weiter. Kein gutes Haar hat er an denen gelassen. Es sind aber auch wirklich arrogante Arschlöcher, das muss ich schon sagen. Ich konnte ihn gut verstehen.«

Schwiete hatte den Eindruck, dass die Frau tatsächlich die Wahrheit sagte. Er wechselte einen Blick mit Linda Klocke, die zur selben Einschätzung gekommen zu sein schien.

»Frau Landeck, warum ist Herr Steiner bei der versuchten Festnahme geflüchtet?«, setzte Schwiete die Befragung fort. »Warum ist er nicht einfach mitgekommen und hat uns das Gleiche erzählt wie Sie jetzt? Ist Ihnen klar, dass er sich gerade dadurch besonders verdächtig macht?«

Nun hielt sie resigniert die Hände hoch und schaute ihn traurig an.

»So isser eben! Hagen denkt mit allen möglichen Körperteilen, aber selten mit dem Kopf. Ich weiß nicht, warum er abgehauen ist. Da werden Sie ihn schon selbst fragen müssen. Wahrscheinlich ist er einfach durchgedreht. Panik, was weiß ich. Aber eines weiß ich ganz sicher: Er hat diese alte Frau nicht umgebracht, basta.«

»Was macht Sie da so sicher?«, fragte Linda Klocke.

Wieder schnaubte Alena Landeck wütend.

»Ich hab's Ihnen doch erklärt. Weil wir nach dem Streit sofort weg sind. Er hatte überhaupt keine Zeit, sie umzubringen. Und danach war ich keine Sekunde von ihm getrennt. Das kann ich beschwören. Außerdem hat er ausgerechnet diese Dame eigentlich ganz gut leiden können. Okay, es kam zu einer Auseinandersetzung mit ihr, aber nur, weil sich die Sintfeld eingemischt hatte. Eigentlich hatte sich Hagen nämlich mit dieser Ansbach-Heller gestritten. Aber die lebt ja noch, oder?«

Schwiete kramte seine Bleistifte zusammen und stand auf.

»Danke, Frau Landeck, meine Kollegin wird Sie jetzt nach

Hause fahren. Bitte halten Sie sich bereit. Wir werden sicher noch die eine oder andere Frage haben. Ich hoffe, Sie haben keinen empfindlichen Magen, denn unsere Frau Klocke fährt ziemlich rasant. Viel Glück!«

46

Die Augen brannten. Schwiete rieb sich das Gesicht. Er war jetzt über dreißig Stunden auf den Beinen. Das war schon lange nicht mehr vorgekommen. Und wenn er ehrlich zu sich selbst war, war das auch künftig kein erstrebenswertes Ziel mehr für ihn. Er musste sich eingestehen, dass er langsam alt wurde.

Auch Kükenhöner sah keineswegs frischer aus. Anders war es bei Johannpeter und Linda Klocke. Sicher waren die beiden jungen Kollegen auch müde, aber gegen Kükenhöner wirkten sie wie das blühende Leben.

Schwiete kratzte sich an seinen Bartstoppeln. Er musste ein paar Stunden schlafen, und zwar ganz schnell. Doch eine Angelegenheit wollte er vorher noch zu Ende bringen. Dieser Dr. Levenstein saß immer noch in seiner Zelle. Schließlich war er bis vor einigen Stunden verdächtigt worden, ein Bild gestohlen und vielleicht einen Mord begangen zu haben.

Den Böckstiegel hatte er nicht geraubt, das hatte zumindest die Gegenüberstellung mit den beiden Fahrern ergeben. Ob er ein Drahtzieher im Hintergrund gewesen war, würde sich erst noch herausstellen. Und ihn aufgrund von Mordverdacht weiter in Haft zu behalten war nicht vertretbar. Den Haftbefehl würde kein Richter dieser Welt unterschreiben. Schwiete beschloss, ihn so schnell wie möglich wieder auf freien Fuß zu setzen, bevor der Kerl ihm noch richtig Ärger machte. Er griff nach dem Telefon und rief in der Zentrale an.

Kurze Zeit später brachte ein Kollege der Schutzpolizei den mittlerweile recht derangierten Dr. Levenstein in Schwietes Büro. Die Tage in der Untersuchungshaft hatten dem arroganten und blasierten älteren Herrn gewaltig zugesetzt. Von seiner vorgetäuschten Selbstsicherheit war nicht mehr viel vorhanden.

Schwiete bot ihm einen Stuhl an und fragte ihn, ob er etwas trinken wolle. Levenstein schüttelte den Kopf und musterte sein Gegenüber genau.

»Ich weiß nicht, wer von uns hier den erschöpfteren Eindruck macht«, bemerkte er sarkastisch. »Haben Sie heute Nacht durchgemacht, um meine Unschuld zu beweisen?«

Schwiete verzog sein Gesicht. »Nun ja, ich habe wirklich die ganze Nacht durchgearbeitet«, erklärte er. »Ich weiß ja nicht, wie Sie zu Frau Edda von Sintfeld gestanden haben. Leider muss ich Ihnen mitteilen, dass sie letzte Nacht auf dem Sommerfest, das sie für den Verein ausgerichtet hatte, ermordet worden ist.«

Augenblicklich wich jede Farbe aus Levensteins Gesicht.

»Die gute Edda!«, rief er aus. »Sie hat so viel für uns, also den Freundeskreis Westfälische Moderne, getan.«

Die Tränen liefen ihm die Wangen hinunter.

»Wir waren nicht immer einer Meinung«, fuhr er fort. »Wir waren auch keine Freunde, aber ich habe sie sehr geschätzt. Ich glaube, sie war mir die Liebste unter allen diesen Möchtegernkünstlern, blasierten Sammlern, Geldsäcken und sogenannten Kunstliebhabern. Edda war eine Frau, die ihren Beruf verstand und die meines Erachtens eine grundehrliche Kunsthändlerin war.«

»Edda von Sintfeld hat Ihnen kurz vor ihrem Ableben noch ein wasserdichtes Alibi für den 24. Januar gegeben. Sie sind also frei, Herr Dr. Levenstein. Sie können gehen. Vorher hätte ich aber noch ein paar Fragen an Sie. Frau von Sintfeld ist nun schon das zweite Mitglied Ihres Kunstvereins, das ermordet wurde. Können Sie sich vorstellen, aus welchem Grund?«

Levenstein schüttelte mechanisch den Kopf.

»Sie sollten bedenken: Wenn es jemand auf den Vorstand Ihres Vereins abgesehen haben sollte, dann wären Sie als Nächster an der Reihe, oder aber Frau Ansbach-Heller. Sehen Sie irgendwelche Zusammenhänge zwischen den beiden Morden und Ihrer Tätigkeit in diesem Vorstand?«

Levenstein wurde noch ein bisschen blasser. Dann sagte er jedoch mit fester Stimme: »Nein, das kann ich mir auf keinen Fall vorstellen. Ich bin mir sicher, die Morde haben nichts mit unserer Vorstandstätigkeit zu tun.«

»Noch eine Frage, Herr Dr. Levenstein. Frau von Sintfeld hat am gestrigen Abend einer anderen Person berichtet, dass Sie am Abend des 24. Januars bei ihr gewesen seien, um ein Bild zu kaufen. Darf ich fragen, um welches Bild es sich dabei handelte?«

Levenstein sah den Polizisten an und schien zu überlegen, ob er auf diese Frage eine Antwort geben sollte. Dann seufzte er. »Wahrscheinlich werden Sie es ja ohnehin herausbekommen. Plückebaum besaß einen unbekannten Böckstiegel. *Weiden im Frühjahr.* Das wollte ich unbedingt haben. Plückebaum hätte es mir nie verkauft, da war ich mir sicher. Doch als ich Edda von meinem Traum berichtete, dieses Bild zu besitzen, da hat sie gelächelt.« Levenstein wischte sich eine Träne aus dem Augenwinkel. »Und dann hat sie mir mit einem schelmischen Gesichtsausdruck eröffnet, dass sie bei Plückebaum noch einen gut habe, wie sie das nannte. Sie hat mir versprochen, in dieser Frage zu vermitteln. Doch Plückebaum wollte nicht verkaufen. Er war selber fanatischer Liebhaber Böckstiegels. Und wer als Sammler ein solches Bild besitzt, der gibt es nur her, wenn es gar nicht mehr anders geht. Also nannte er eine horrende Summe, die ich nicht zu zahlen bereit war und auch nicht zahlen konnte. Doch Edda sagte mir, ich solle mal abwarten, sie werde das schon hinkriegen.« Levenstein seufzte. »Und jetzt sind beide tot, und niemand weiß, wo das Bild landen wird.«

Levenstein wollte sich vom Stuhl erheben und den Raum verlassen, da ergriff Schwiete noch einmal das Wort.

»Mein Kollege hat das Bild von einem Londoner Institut prüfen lassen. Es stammt gar nicht von Böckstiegel. Auf dem Bild sind in geringen Mengen Substanzen nachgewiesen worden, die die Gutachter eindeutig zu dem Schluss kommen lassen, dass das Bild nicht von Peter August Böckstiegel gemalt wurde.«

Levenstein starrte Schwiete an, als hätte der ihm gerade berichtet, das Museum of Modern Art sei gestern in die Luft gesprengt worden.

»Mein Kollege Johannpeter geht sogar noch weiter. Er vermutet, dass Plückebaum selbst der Maler des Bildes *Weiden im Frühjahr* war. Haben Sie schon Bilder von Plückebaum oder Edda von Sintfeld gekauft?«

Levenstein ließ sich mit zitternden Händen wieder auf den Stuhl nieder, von dem er sich gerade erhoben hatte.

47

Es war kurz nach Mittag. Alle Polizisten, die sich auf dem sintfeldschen Anwesen die Nacht um die Ohren geschlagen hatten, brauchten dringend ihren Schlaf.

»Wir treffen uns heute Abend um achtzehn Uhr in der Kreispolizeibehörde, dann geht es weiter«, erklärte Schwiete. »Vorher brauchen wir alle ein bisschen Ruhe. Ich habe mit der Gerichtsmedizinerin gesprochen. Sie hat mir versichert, in vier bis fünf Stunden die ersten Ergebnisse zu liefern.«

Er drehte sich in Richtung Kükenhöner, der bisher fast apathisch dreingeblickt hatte. Doch nun reagierte er prompt.

»Ach komm, Schwiete, nicht schon wieder ich. Ich hasse diesen Höllenhund von Sekretärin, die aussieht wie ein Grufti. Und die alte Krähe kann mich auch nicht leiden. Wahrscheinlich lässt die aus purer Bosheit irgendwo eine abgeschnittene Hand rumliegen oder nervt mich mit irgendwelchen anderen Leichenteilen. Ihr wisst doch, wenn es um angegammelte Gliedmaßen geht, reagiere ich immer etwas sensibel.«

In der kleinen Runde wurde leise gekichert. Kükenhöner backte ganz gegen seine sonstige Gewohnheit kleine Brötchen.

»Linda, kannst du mir diesen Job nicht abnehmen?«, bat er. »Ich bezahle dir auch eine Woche lang das Mittagessen, egal, wo wir essen gehen. Komm, Mädchen, sei kein Frosch.« Bevor die Kollegin etwas erwidern konnte, schob er nach: »Ach ja, und das mit dem Mädchen habe ich natürlich nicht so gemeint. Ist mir einfach so rausgerutscht. Wollte ich nicht sagen. Nimm es also bitte nicht persönlich.«

Wieder war leises Kichern zu hören.

»Ich kann das mit der Pathologie übernehmen«, meldete sich Johannpeter. »Ich komme sowieso fast am Johannisstift vorbei. Dann gehe ich da eben kurz rein.«

Seit dem Ereignis auf der Judomatte vor zwei Wochen hatten die beiden Männer nur das Nötigste miteinander geredet. Die nette Geste des jungen Kollegen schien nun aber auszureichen, um Kükenhöner zu versöhnen. Er warf Johannpeter einen dankbaren Blick zu.

»Geht doch klar, Herr Schwiete, oder?«, fragte Johannpeter zur Sicherheit nach. Und als der nickte, waren alle Kollegen in weniger als drei Sekunden auf dem Heimweg, um eine Mütze Schlaf zu nehmen.

Als Johannpeter um kurz nach sechs die Tür zum Besprechungsraum öffnete, saßen schon alle Beteiligten auf ihren Plätzen.

»Soll ich gleich loslegen, oder passt es gerade nicht?«, fragte er in die Runde.

»Du kommst genau richtig, Johannpeter, leg los!«, erteilte Schwiete ihm das Wort.

»Also, im Grunde hat die Gerichtsmedizinerin Frau Dr. Sonnenschein … Was für ein Name für eine Frau, die den ganzen Tag an Leichen herumschnippelt«, bemerkte Johannpeter grinsend, fuhr aber rasch mit seinem Bericht fort, als Schwiete sich laut vernehmlich räusperte. »Was ich sagen wollte: Frau Dr. Sonnenschein hat mir im Grunde keine Neuigkeiten mit auf den Weg gegeben. Frau von Sintfeld wurde von einer Person umgebracht, die über richtig viel Kraft verfügte und das Töten gelernt hat. Wahrscheinlich handelte es sich um einen Mann, der das Opfer von hinten gepackt und ihm mit einem geübten Griff die Wirbelsäule gebrochen hat. Auf der Kleidung gibt es jede Menge unterschiedlicher Faserspuren und auf der Haut einen DNA-Cocktail sondergleichen. Ach, das hätte ich beinahe vergessen! Frau Lamberti war geradezu enttäuscht, dass ich bei ihr aufgekreuzt bin und nicht unser werter Kollege Kükenhöner. Aber sie lässt dich herzlich grüßen.«

Kükenhöner verdrehte genervt die Augen. »Die Frau ist eine Hexe, ich sage es euch«, presste er zwischen den Zähnen hervor.

»Vielen Dank. Von dieser Seite ist im Moment also kein zieldienlicher Hinweis zu erwarten«, fasste Schwiete zusammen. »Haben wir sonst noch was auf der Agenda?«

Johannpeter meldete sich noch einmal.

»Eben, auf der Fahrt zur Kreispolizeibehörde, ist mir noch etwas eingefallen.« Er sah zu Linda Klocke. »In Plückebaums Kalender standen doch mehrere Einträge wie ›Treffen mit E. v. S.‹, oder?«

»Stimmt, das Kürzel hat Plückebaum öfter gebraucht«, bestätigte Linda Klocke. Dann schlug sie sich auf die Stirn. »Mensch, was waren wir betriebsblind! E. v. S. – Edda von Sintfeld! Das heißt vermutlich, Lorenz Plückebaum hat Bilder gefälscht, und Edda von Sintfeld hat sie für ihn beziehungsweise im gemeinsamen Interesse verkauft.«

»Etwas Ähnliches habe ich heute Morgen auch gedacht, als ich diesem Dr. Levenstein eröffnet habe, dass das Bild, das er unbedingt kaufen wollte, gar nicht von Böckstiegel gemalt wurde«, berichtete Schwiete. »Levenstein hat ein bisschen komisch reagiert, als ich ihn fragte, ob er schon öfter Bilder von Plückebaum oder Edda von Sintfeld gekauft habe. Da hätte ich nachfassen müssen. Aber es war den ganzen Morgen so eine Hektik, und ich war einfach zu müde.«

Johannpeter pfiff durch die Zähne. »Langsam wird ein Schuh aus der ganzen Angelegenheit. Die beiden haben also zusammengearbeitet. Da Edda von Sintfeld zumindest in der Gegend offenbar einen ganz guten Ruf als Kunsthändlerin hatte, konnten die Bilder sonst woher stammen. Keiner der regionalen Sammler hätte vermutet, dass die vermeintlich echten Bilder aus Plückebaums Fälscherwerkstatt stammten. Die beiden waren das perfekte Team.«

»Dann könnte es doch sein, dass jemand von dem Betrug Wind bekommen hat und sich deshalb an den Betrügern gerächt hat«, überlegte Linda Klocke.

»In dem Kalender war doch auch von einem sogenannten Schwarzbuch die Rede«, fuhr Johannpeter fort. »Darin wird Plückebaum wahrscheinlich genau Buch darüber geführt haben, welche Bilder er gefälscht und an wen er sie verkauft hat.«

»Ja, aber das Buch haben wir bis jetzt noch nicht gefunden.«

»Aber was hat dieser Steiner mit der ganzen Angelegenheit zu schaffen?«, mischte sich Kükenhöner ein.

Schwiete zuckte mit den Schultern. »Ich denke, seine Freundin sagt die Wahrheit und Steiner hat Edda von Sintfeld wirklich nicht umgebracht.«

»Aber die Art und Weise, wie die Frau umgekommen ist, weist eindeutig auf einen Bären wie Steiner hin.«

»Das stimmt schon, aber es könnte auch jemand ganz anderes gewesen sein. Zum Beispiel einer von den Gästen, der vielleicht schon gegangen war, als wir dort ankamen. Ich muss noch mal mit meiner Vermieterin Frau Auffenberg sprechen.«

»Ach, Horsti, denk doch mal an die Leute, die sich auf dem Fest rumgetrieben haben. Die Kerle hatten doch alle Muskeln wie ein Spatz Krampfadern. Von denen war keiner dazu in der Lage, einem Menschen die Wirbelsäule zu brechen. Außer diesem Bären von einem Bildhauer hätte das keiner geschafft. Tut mir leid, ich halte an diesem Steiner als Täter fest. Für mich ist das der Hauptverdächtige und damit weiterhin die Nummer eins.«

Schwiete überlegte einen Moment. Dann traf er eine Entscheidung. »Kükenhöner, du bleibst weiter an Steiner dran, und Frau Klocke und Johannpeter durchleuchten noch mal die Kunstszene: Nolte, Dr. Levenstein und wie sie alle heißen. Nehmt sie euch alle noch mal vor!«

48

Hagen Steiner lag auf einem muffig riechenden Sofa und rauchte. Er starrte an die Decke, zählte die Spinnen und hoffte, den unvermeidlich scheinenden Nervenzusammenbruch noch ein paar Stunden hinauszögern zu können. Seit einer knappen Woche schon hauste er in diesem kleinen, verwahrlosten Zimmer, ein Gefangener seiner Situation. Er hätte schreien können, minutenlang, stundenlang, wenn es nicht zu verräterisch gewesen wäre. Denn die Wände zur Nachbarwohnung waren dünn.

Nach seiner Flucht am frühen Montagmorgen war er planlos kreuz und quer durchs Delbrücker Land gefahren, ohne eine Idee, wohin er sich hätte wenden können. Ihm war klar gewesen, dass dies gefährlich war, dass die Polizei nach ihm suchen würde. Klug wäre es gewesen, so schnell wie möglich viele Kilometer zwischen sich und sein Haus in Anreppen zu bringen. Aber er war an diesem Morgen nicht klug gewesen. Mit seinem brummenden Kopf war er nicht in der Lage dazu gewesen, einen klaren Gedanken zu fassen. Nur fahren, immer weiterfahren, hatte sein vernebeltes Hirn ihm befohlen. In Bewegung bleiben, bloß nicht stillstehen.

Als seine brennenden Augen irgendwann ein Hinweisschild nach Rheda-Wiedenbrück gesehen hatten, da hatte es gefunkt. In der Nähe von Rheda-Wiedenbrück, auf einem nicht mehr bewirtschafteten Bauernhof, wohnte ein alter Bekannter von ihm. Kein sympathischer Mensch, niemand, den Steiner unter besseren Umständen besucht hätte. Aber Martin Heinze, für den Gesetze nie mehr als frei interpretierbare Handlungsvorschläge gewesen waren, schuldete ihm noch einen Gefallen. Und er war der Einzige, an den Steiner sich in seiner verzweifelten Lage wenden konnte, ohne ein großes Risiko einzugehen. Heinze war alles andere als begeistert gewesen, hatte versucht, ihn abzuwimmeln, als Steiner um Asyl gefragt hatte. Steiner war gezwungen gewesen, ihn an seine Schuld zu erinnern. Ein paar deftige Ohrfeigen hatten schließlich seinen Worten die nötige Überzeugungskraft verliehen.

Den viel zu auffälligen Pick-up hatten sie in einer Scheune versteckt, die weit weg vom Hof auf einem Acker gelegen war. Dort stand er nun, verdeckt von einer großen Plane. Den würde niemand finden. Steiner hatte kurz überlegt, ob er seine Freundin anrufen sollte, um ihr mitzuteilen, dass er in Sicherheit sei, hatte sich dann aber dagegen entschieden.

Aus Sicherheitsgründen, aber auch, weil er keine Lust gehabt hatte, mit ihr zu sprechen.

Steiner drückte die Zigarette auf der bereits überquellenden Untertasse aus und zog sein Handy hervor. Nicht, dass er telefonieren wollte. Es war die pure Langeweile, die ihn immer wieder auf das Display des Geräts schauen ließ. Irgendwie war das Mobiltelefon zu einem Souvenir aus seinem früheren Leben geworden. Das Einzige, was in seiner jetzigen Lage noch funktionierte. Sein unfreiwilliger Gastgeber besaß zum Glück ein passendes Aufladekabel, sodass Steiners Gerät auch in diesem Moment einsatzbereit war.

Er stand auf, reckte sich, machte zwei Kniebeugen, zündete sich eine weitere Zigarette an und legte sich wieder aufs Sofa. Seine Gedanken rasten wie in einem Kettenkarussell. Früher war er mal ein anständiger Kerl gewesen, fand er. Nie perfekt, immer zu aufbrausend, viel zu schnell mit seinen mächtigen Fäusten bei der Sache. Doch er war nie ausgerastet, hatte sich immer im letzten Augenblick zusammenreißen können. Warum nur war das bei Plückebaum anders gelaufen? Was hatte ihn daran gehindert, den alten Mann nur anzuschreien, ihm Angst einzujagen und dann wieder zu gehen? Nach zwei Tagen hätte er vermutlich bekommen, was er gewollt hatte. Einen fairen Anteil, nicht mehr und nicht weniger.

Er war so wütend gewesen, als er plötzlich die Zusammenhänge durchschaut hatte. Alles war umsonst gewesen, seine ganze Mühe vergeblich. Keine Frage, Plückebaum hatte ihn um die Früchte seiner Arbeit gebracht. Und so war es nicht mehr als recht und billig gewesen, dafür einen Anteil am Gewinn einzufordern.

Es war ein Scheißjob gewesen, in der Mordskälte bei dichtem Schneegestöber zwei Männer zu überfallen, sie nacheinander auszuschalten und dann das gut verpackte Bild aus dem Transporter zu holen und auf die Ladefläche seines Pickups zu wuchten. Eine wasserdichte Plane hatte er dabeigehabt, das Gemälde hatte beim Weitertransport keinen Schaden genommen. Er hatte alles richtig gemacht.

Erst als er davon ausgehen konnte, dass die Polizei ihre Ermittlungen eingestellt hatte, war er aus seiner Deckung gekommen und hatte das Gemälde der Versicherung des Besitzers angeboten. Für einen atemberaubend günstigen Preis, fand er noch heute. Aber dieser arrogante Drecksack von der Versicherung hatte ihm am Telefon beschieden, das Bild sei gar nicht verschwunden. Ganz im Gegenteil, es hänge sicher beim Sammler in Detmold. Steiner war fassungslos gewesen.

Und das, während er selbst das Gemälde direkt vor sich gehabt hatte, es hatte sehen und anfassen können. Er hatte sich wie in einem Psychothriller gefühlt, bei dem versucht wurde, ihm den Verstand zu rauben. Eine ganze Woche hatte Steiner gebraucht, um endlich klar sehen zu können. Und er hatte eine kleine, unscheinbare, aber wunderbar ausgeführte Skizze vor Augen. Eine Skizze, die einen Bildausschnitt genau des Gemäldes zeigte, das Steiner gestohlen hatte.

»Reiner Zufall«, hatte Plückebaum lachend gesagt. »Du weißt doch, dass ich so ein Böckstiegel-Junkie bin. Ich zeichne und male alles von ihm nach, was mir vor Augen kommt, um seinen Stil zu studieren. Und diese Skizze habe ich vor Jahren mal gemacht, ich hatte sie schon ganz vergessen.«

Von wegen! Plückebaum hatte offenbar vom Raub des Bildes gelesen und sofort seine Chance erkannt. Er war ein großartiger Maler gewesen, hatte Böckstiegel bis zum letzten Pinselstrich studiert gehabt und es war ihm in wenigen Wochen gelungen, eine perfekte Kopie des Gemäldes zu erschaffen, und das nur anhand einiger großformatiger Fotos. Das allein hätte Steiner nicht gestört, aber Plückebaum war abgebrüht genug gewesen, der Versicherung seine Fälschung als Original anzudrehen. Diese Versicherungsheinis waren auf ihn reingefallen, hatten sich von einem pensionierten Kunstlehrer übertölpeln lassen. Die Fälschung war, offenbar dank der

Inkompetenz eines Gutachters, über Nacht zum Original aufgestiegen. Und das Original, immer noch im Besitz Steiners, galt plötzlich nichts mehr. War nichts mehr wert.

Wütend war Steiner zu Plückebaum gefahren, um ihn zur Rede zu stellen und seinen berechtigten Anteil am Gewinn dieser kriminellen Aktion einzufordern. Aber es war schiefgelaufen. Er hatte die Nerven verloren, hatte nur einen winzig kleinen Teil seiner enormen Kraft angewandt. Aber das war schon zu viel gewesen. Plötzlich hatte der alte Mann auf dem Boden gelegen und sich nicht mehr gerührt. Panisch hatte Steiner das Haus verlassen und seit dieser Stunde keine Nacht mehr durchgeschlafen.

Als er wieder eine Zigarette anzünden wollte, stellte er fest, dass es die letzte in der Schachtel war. Er würde seinen Gastgeber bitten müssen, ihm neue zu besorgen. Ohne Zigaretten wäre es hier gar nicht auszuhalten. Nach drei tiefen Zügen schreckte er auf, da sein Mobiltelefon ein schrilles Klingeln von sich gab. Unsicher nahm Steiner es wieder zur Hand und starrte auf das Display, um den Anrufer erkennen zu können. Aber es war eine unterdrückte Nummer. Vielleicht war es wichtig. Er musste sich ja nicht zu erkennen geben. Seine Hand zitterte, als er mit einem leichten Wischer das Gespräch annahm und es mit einem vorsichtigen »Hallo?« eröffnete.

»Spreche ich mit Hagen Steiner?«, ertönte eine Männerstimme aus dem Gerät. »Mit dem Bildhauer Hagen Steiner?«

»Wer sind Sie?«, fragte Steiner.

Der Anrufer, wer immer es auch war, lachte. Seine Stimme hatte etwas Keckes, Herausforderndes, es war die Stimme eines Mannes, der sicher war, in der besseren Position zu sein.

»Mein Name tut nichts zur Sache. Fragen Sie mich lieber, wie ich an Ihre Handynummer gekommen bin. Das dürfte doch für Sie interessant sein, denn soweit ich weiß, haben Sie die Nummer nur einigen wenigen richtig guten Freunden mitgeteilt. Aber wer weiß, vielleicht gehöre ich ja bald auch zu diesem erlesenen Freundeskreis. Nun fragen Sie schon!«

»Also«, brummte Steiner zornig, »wo haben Sie die Nummer her?«

Wieder ein Lachen. »Ich habe sie aus einem kleinen schwarzen Notizbuch. Das gehört oder, besser, gehörte mal Ihrem Freund Lorenz Plückebaum. Das kleine Buch hat mir eine Menge verraten über die geschäftlichen Verwicklungen in Ihrem Kunstverein. Das ist ja eine saubere Bande, muss ich schon sagen. Hochinteressant.«

Steiner hyperventilierte. Er musste sich aufs Sofa setzen, um einem plötzlichen Schwächeanfall zuvorzukommen. Kalter Schweiß lief ihm in Rinnsalen von der Stirn herunter. Seine Gedanken rotierten in schwindelerregendem Tempo, sein Kopf drohte zu platzen.

»Wir werden uns treffen und reden«, fuhr der Mann am anderen Ende fort. »Ich stelle die Spielregeln auf. Hören Sie gut zu! Ach, fast hätte ich es vergessen … Als kleine Belohnung für meine Kooperation will ich ein bestimmtes Gemälde haben. Sie wissen schon, welches.«

49

Was war das wieder für ein Elend! Seit geschlagenen fünf Minuten versuchte Kükenhöner, die noch fehlende Zwanzig-Cent-Münze in den Geldschlitz des Kaffeeautomaten zu werfen. Doch sie fiel jedes Mal durch ins Geldrückgabefach. Er hatte alles versucht: Mit Gewalt hatte er die Münze in den Geldschlitz gedonnert, dann hatte er es mit Gefühl versucht, hatte sie angehaucht und wieder trocken gewischt. Nichts, der Automat verweigerte die Annahme. Was war nur mit diesem verdammten Geldstück los?

Plötzlich fiel ihm ein, dass er heute Morgen beim Brötchenholen ein weiteres Zwanzig-Cent-Stück zurückbekommen hatte, das er nicht ins Portemonnaie, sondern in die Hosentasche gesteckt hatte. Hastig durchsuchte er seine Kleidung und entdeckte prompt in der rechten Hosentasche ein Loch, durch das dieses verfluchte Geldstück mit allergrößter Sicherheit den Weg in die Welt gefunden hatte.

Kükenhöner fluchte. Jetzt reichte es. Er machte sich doch nicht zum Affen wegen dieses verdammten Kaffeeautomaten. Erst trat er dagegen. Als sein Fuß schmerzte, hämmerte er mit den Fäusten gegen die Blechummantelung des Kaffeespenders.

Die nächstgelegene Bürotür wurde aufgerissen.

»Sag mal, Kükenhöner, bist du eigentlich noch ganz dicht? Warum machst du hier so eine Randale?«

Ein Polizist in Uniform baute sich vor ihm auf und sah ihn verärgert an.

»Misch dich nicht ein, Perreira«, wütete Kükenhöner weiter. »Das ist eine Angelegenheit zwischen mir und diesem bescheuerten Kaffeeautomaten. Die Maschine nimmt einfach das letzte Geldstück nicht. Aber das werde ich dem Scheißding jetzt beibiegen. Und du hältst dich da raus, verstanden? Das ist nichts für einen Portugiesensoftie wie dich.«

Perreira streckte Kükenhöner die Hand entgegen. »Gib mir die Münze. Du hast einfach kein Gefühl in den Knochen.«

»Nein!«, brüllte Kükenhöner. »Das erledige ich selbst!«

Wieder drosch er mit seinen Fäusten gegen den Kaffeeautomaten und warf, nachdem er es dem Blechkasten seiner Meinung nach ausreichend besorgt hatte, die Münze in den Schlitz.

Es klimperte und klackerte, und schon wieder landete die Münze im Geldrückgabefach. Doch bevor er weiter auf den Automaten einprügeln konnte, drängte sich Perreira schützend zwischen ihn und Kükenhöner.

»Jetzt ist Schluss! Her mit dem Geldstück, du Sturkopf!«

Kükenhöner hatte resigniert. Kraftlos hielt er dem Kollegen die Hand hin, in der die Münze lag. Perreira nahm sie und steckte sie in den Schlitz. Es klickte, dann leuchtete ein Button mit der Aufschrift »Bitte Produkt wählen«.

Perreira grinste breit.

»Mit Gefühl, Kükenhöner, mit Gefühl, aber so was kennt ihr Ostwestfalen ja nicht. Dazu braucht es einen sensiblen Portugiesen wie mich.«

Normalerweise hätte Kükenhöner Perreira jetzt die Meinung gegeigt. Doch er war zu keinem Widerstand mehr in der Lage. Apathisch betätigte er den Kaffeeknopf. Während Perreira sich zu seinem Büro aufmachte, surrte der Automat, ein Becher fiel zur Hälfte heraus und verkantete dann. Wahrscheinlich hatte Kükenhöner durch die Bearbeitung mit Faustschlägen und Fußtritten dafür gesorgt, dass der genau ausgetüftelte Fallweg des Bechers gestört worden war. Mit dem Ergebnis, dass der nun folgende Flüssigkeitsstrahl sich genau neben dem Plastikbehältnis in den Überlauf ergoss.

Kükenhöner drehte sich frustriert um, stieß einen verzweifelten Seufzer aus und wankte in die Richtung seines Büros.

Perreira hatte seinen Kollegen beobachtet. Er legte ihm die Hand auf die Schulter und sagte: »Komm mit in mein Büro, Karl. Wir haben doch eine eigene Kaffeemaschine. Ich koche dir einen schönen frischen.«

Wie ferngesteuert folgte Kükenhöner seinem Kollegen. Es war einfach alles zum Kotzen. Der mutmaßliche Mörder war ihm entkommen. Zu Hause hatte er schon länger nichts mehr zu melden. Selbst die Kaffeeautomaten hatten sich jetzt gegen ihn verschworen. Eigentlich sollte er sich von der Haxtergrundbrücke stürzen.

Als die beiden Polizisten dem Brodeln und Zischen der Kaffeemaschine lauschten, stellte Perreira fest: »Ich merke schon seit ein paar Tagen, dass es dir nicht gut geht. Was ist los mit dir, Karl?«

»Ach, dieser Fall, an dem wir gerade arbeiten, geht mir ziemlich auf die Nerven. Die Beteiligten sind zum größten Teil arrogante Geldsäcke. Und dann ist mir auch noch der mutmaßliche Mörder durch die Lappen gegangen, weil ich mich so dämlich angestellt habe. Wir hatten ihn im ersten Stock seines Hauses bereits gestellt und wollten ihn festnehmen. Er wollte sich nur kurz was anziehen, doch kaum hatte ich ihm den Rücken zugedreht, da hat der einen Kollegen niedergeschlagen, ist aus dem Fenster gesprungen und mit dem Auto abgehauen.«

»Wie, der Kerl springt einfach so aus einem Fenster im ersten Stock?« Perreira konnte es nicht glauben.

Kükenhöner grinste schief.

»Der Kerl ist auf das Dach eines Schuppens gesprungen. Der Rest war ein Kinderspiel. Rein ins Auto und weg. Ich Blödmann hatte es nämlich nicht für nötig gehalten, mal einen Blick aus dem Fenster zu werfen, bevor ich aus dem Zimmer ging. Und weg war das Vögelchen.«

»Nun ärger dich mal nicht, Karl, das kann doch jedem passieren«, versuchte Perreira ihn zu trösten und schenkte ihm Kaffee ein.

»Und dann haut der Kerl mit so einem roten Pick-up ab. Eine total außergewöhnliche Karre. Die fällt jedem sofort auf. Aber denkste, wie vom Erdboden verschluckt ist diese verdammte Kiste, und dieser Steiner natürlich auch.«

»Weißt du was? Mir fällt gerade etwas ein. Wann ist dieser Typ aus der Annette-von-Droste-Straße eigentlich umgebracht worden?«

»Gefunden haben wir ihn am Freitag, dem 4. April. Der Mord muss aber über eine Woche früher geschehen sein.«

Perreira setzte sich an seinen PC und bearbeitete die Tastatur. Dann pfiff er durch die Zähne.

»Da haben wir es.«

Kükenhöner glotzte. Er verstand gar nichts.

»Was haben wir?«

»Am 24. März hat ein Anlieger aus der Schorlemerstraße den Fahrer eines roten Nissan-Pick-up angezeigt, weil der seine Einfahrt zugeparkt hatte. Der Mann wollte gegen zwanzig Uhr noch einmal ins Büro, kam aber nicht von seinem Anwesen runter, weil genau vor seiner Garagenauffahrt dieser Wagen stand.«

Kükenhöners Gesicht nahm einen noch dämlicheren Gesichtsausdruck an. Er verstand gar nichts. Was wollte ihm dieser Portugiese eigentlich sagen?

»Mann, kapierst du nicht? Die Schorlemerstraße mündet in die Annette-von-Droste-Straße. Und der Halter dieses Pick-ups heißt Steiner. Als die Kollegen kamen, war die Einfahrt wieder frei. Während der Hausbesitzer uns verständigt hat, muss Steiner gekommen und mit dem Auto weggefahren sein. Als wir ihn später zur Rechenschaft ziehen wollten, hat der Kerl sich doof gestellt. Er sei zu Hause gewesen und wisse von nichts, du kennst die Leier.«

Langsam fiel bei Kükenhöner der Groschen. »Der 24. März war mit ziemlicher Sicherheit der Tag, an dem dieser Plückebaum ermordet worden ist. Und Steiner war an dem Abend wahrscheinlich bei ihm.«

Die beiden Männer schwiegen eine geraume Zeit.

»Mensch, das ist es«, sagte Kükenhöner schließlich. »Steiner war zur vermuteten Tatzeit bei Plückebaum. Perreira, alter Portugiese, dafür hast du einen gut bei mir. Ich muss zu Schwiete.«

»Warte, Karl! Eine Frage stellt sich mir. Wenn du jemanden umbringen willst, parkst du dann vor einer fremden Einfahrt und ziehst so die Aufmerksamkeit auf dich?«

Kükenhöner stutzte. »Na ja, vielleicht wollte Steiner Plückebaum gar nicht umbringen, hat es dann aber aus irgendwelchen Gründen doch getan. Egal, Perreira, jetzt gehe ich zu Schwiete.«

50

Eine blau-weiß-schwarze Menschenmenge wogte am Sonntagnachmittag rund um die Benteler-Arena. Die Paderborner Fußballfans waren aufgedreht und johlten voller Vorfreude auf ein Ereignis, das eine ganz neue Epoche in der Paderborner Sportgeschichte einläuten würde. Sie alle hofften, dass die bislang so erfolgreichen Mannen des SC Paderborn auch an diesem letzten Spieltag der Saison einen Sieg einfahren würden. Ein Unentschieden konnte fatale Folgen haben, denn wenn Greuther Fürth, Paderborns Konkurrent um den zweiten Aufstiegsplatz, das parallel stattfindende Spiel gegen Sandhausen gewinnen würde, konnte es je nach Torverhältnis dazu führen, dass sich Paderborn mit dem Relegationsplatz zufriedengeben müsste.

Zum Glück war Aalen, der heutige Gegner, eine Mannschaft aus dem Mittelfeld, die man spielerisch wohl schlagen konnte. Aber die Nerven! Würden die Nerven dieser jungen, unerfahrenen Kerle mitspielen? Das war anderthalb Stunden vor dem Spiel das große Fragezeichen, das meistdiskutierte Thema unter den Fans.

Johnny Winter, Willi Künnemeier und Herbert Höveken standen vor dem Eingang und debattierten, ob sie schon hineingehen oder lieber noch draußen warten sollten. Die beiden älteren Herren waren unterschiedlicher Meinung. Johnny Winter war etwas genervt von seinen beiden älteren Begleitern. Künnemeier bestand darauf, noch draußen zu bleiben, weil ihn die Atmosphäre vor dem Stadion so begeisterte.

»Was willst du denn schon da drin?«, wollte er von Herbert Höveken wissen, der unbedingt jetzt schon seinen Sitzplatz im Block R besetzen wollte. »Du hast doch eine Eintrittskarte mit Platzreservierung. Den Platz nimmt dir keiner weg. Los, lasst uns noch ein Bier trinken!«

Doch Höveken sah das ganz anders. »Warum soll ich denn hier draußen stehen, wenn ich drinnen sitzen kann? Und Bier? Ich habe doch schon eines getrunken. Wenn ich jetzt noch eins trinke, dann schaffe ich es nicht bis zur Halbzeit. Das kenne ich doch – kaum stehe ich an der Pinkelrinne, fällt ein Tor. Nee, Jungs, ich gehe jetzt rein. Macht, was ihr wollt!«

Ohne sich weiter um seine Begleiter zu kümmern, zog Höveken seine Eintrittskarte aus der Tasche, hielt sie dem Ordner vor die Nase und verschwand zwischen den zahlreichen Fans, die sich im Eingangsbereich drängten.

Künnemeier seufzte resigniert. »Der gute Herbert wird immer wunderlicher. Los, gehen wir auch hinein.«

»Eine Zigarette noch«, meinte Winter. »Rauchst du eine mit?«

Künnemeier schüttelte den Kopf, während sich Winter im dichten Trubel seelenruhig eine Zigarette drehte und sich staunend umschaute.

»Was heute los ist, unglaublich«, bemerkte Künnemeier begeistert. »Kannst du dir vorstellen, dass hier vielleicht demnächst die Bayern spielen?«

»So weit ist es aber noch nicht«, erwiderte Winter. Je weniger Hoffnungen man sich macht, desto weniger kann man enttäuscht werden, lautete sein Leitsatz.

Auf einmal rief Künnemeier aufgeregt:

»Sieh mal, Johnny, da läuft doch der Slomka!«

Nun sah auch Winter den hoch aufgeschossenen Mann mit den weißen Haaren und der beeindruckenden Nase. Mirko Slomka, zurzeit Trainer des abstiegsbedrohten Hamburger Sportvereins, war offenbar nach Paderborn gekommen, um den künftigen Relegationsgegner zu studieren.

Als die Zigarette aufgeraucht war, gingen auch sie durch den Eingang und suchten ihre Plätze im Block R. Dort hatten sie nicht die allerbeste Sicht, aber immerhin Sitzplätze, und sie waren noch bezahlbar. Außerdem hatte man direkten Kontakt zu den richtigen, rauen und lauten Fans auf der sogenannten Finke-Fantribüne, zu den Stimmungsmachern. Noch war es verhältnismäßig ruhig im kleinen, überschaubaren Stadion. Aber es waren ja auch noch fast anderthalb Stunden bis zum Anpfiff zu überbrücken.

»Das schaffe ich nicht ohne ein neues Bier«, rief Künnemeier. »Das machen meine Nerven nicht mit. Johnny, nimm diesen Geldschein und besorg uns alten Männern mal was. Du hast die jüngsten Beine. Darfst dir auch eins mitbringen.«

Um kurz nach drei Uhr war das Stadion rappelvoll. Es herrschte eine merkwürdige Stimmung unter den Fans, ein bisschen wie an Heiligabend kurz vor der Bescherung. Alle fieberten dem Ereignis entgegen und konnten den Anpfiff kaum erwarten, gleichzeitig war da die Angst vor einer bitteren Enttäuschung. Auch Winter und seine beiden Begleiter saßen wie auf heißen Kohlen. Der Himmel hatte sich freundlicherweise aufgeklärt, und die Sonne kam immer häufiger durch.

Dann war es so weit. Schiedsrichter Florian Meyer pfiff das Spiel an. Sofort legten die Paderborner los, als ginge es um das blanke Überleben. Die Fans waren von der ersten Sekunde an mitgerissen, engagierten sich, schrien sich die Kehle wund. Künnemeier schlug Höveken mit aller Kraft auf die Schulter. Was als jovialer Ausdruck der Begeisterung gedacht war, sorgte bei dem armen Bestatter für einen Hustenanfall, der aber im ungeheuren Lautstärkepegel unterging.

Gerade schnappte sich ein Paderborner Spieler den Ball und wollte ihn schnell weitergeben. Doch der Pass war zu schnell, zu ungenau. Ein Aalener Spieler übernahm, und ein paar Sekunden später schlug der Ball im Paderborner Netz ein. Es stand null zu eins in der neunten Spielminute. Den Zuschauern blieben die Anfeuerungsrufe im Hals stecken, und die Stimmung gefror schockartig. Sollte es das schon gewesen sein? War das der Anfang vom Ende ihrer hochfliegenden Aufstiegsträume?

»Das darf doch jetzt nicht wahr sein!«, rief Künnemeier verzweifelt.

Doch die Schockstarre hielt nur wenige Sekunden an. Die Fans in der Finke-Kurve waren die Ersten, die wieder den Kopf hochbekamen, die Arme nach oben rissen und ebenso trotzig wie lautstark ins Leben zurückkehrten. Langsam, aber mächtig anschwellend, kamen die Anfeuerungsrufe der übrigen Zuschauer.

»Macht die Schwaben platt!«, schrie sich Künnemeier den Frust von der Seele, während Herbert Höveken still und beklommen neben ihm stand und offenbar mächtig litt. Winter drehte sich mit zitternden Händen eine weitere Zigarette.

Nur fünf Minuten nach dem großen Entsetzen fasste sich Mario Vrančić ein Herz und den Ball, umkurvte ein paar Aalener und bediente mit einem Bilderbuchpass seinen Teamkollegen Marc Vucinovic, der an der rechten Seite nach vorn durchgestoßen war. Dieser fackelte nicht lange und drosch den Ball ins gegnerische Netz. Eins zu eins. Künnemeier, Höveken und Winter klatschten sich voller Begeisterung ab. Das Stadion tobte.

Nun entfesselten die Paderborner Spieler ein Feuerwerk, das niemanden im Publikum kaltließ. Ein Paderborner machte an diesem Sonntagnachmittag das Spiel seines Lebens – Mario Vrančić. Nur sieben Minuten nach dem Ausgleichstor eroberte er wieder den Ball, drang durch die Aalener Abwehr und krönte sein atemberaubendes Solo mit einem satten Torschuss. Zwei zu eins. Das Stadion explodierte.

Künnemeier, Höveken und Winter lagen sich glücklich johlend in den Armen und hüpften herum wie Kinder. Wenn es dabei bliebe, war ihnen die erste Bundesliga sicher. Jetzt hieß es durchhalten. Bloß nichts anbrennen lassen.

Winter bückte sich und suchte seinen Tabakbeutel, der im

Torjubel hinuntergefallen war. Er fand ihn einen Meter entfernt, wo er von Künnemeiers schwarzen Sonntagsschuhen versehentlich platt getreten worden war. Das hinderte Winter aber nicht daran, sich umgehend mit der Produktion einer neuen Zigarette zu beschäftigen. Irgendetwas musste er ja tun, um die Nerven in den Griff zu bekommen.

51

Zwei Stunden nach dem beunruhigenden Anruf war sich Hagen Steiner immer noch nicht sicher, ob er der Aufforderung des Anrufers Folge leisten sollte. Es sprach einiges dafür, aber auch eine ganze Menge dagegen. Da Steiner noch nie ein Mann von großer Entscheidungsfähigkeit gewesen war, tat er sich schwer. Aber um sechzehn Uhr sprang er kurz entschlossen von seinem Sofa auf, verließ das Zimmer und rückte seinem unfreiwilligen Gastgeber auf die Pelle, der gerade mit einer Flasche Bier vor dem Fernseher saß und sich ein Fußballspiel anschaute.

»Ich muss zum Auto«, sagte Steiner. »Bring mich hin!«

»Was?«, rief Heinze. »Jetzt? Mann, das hier ist live. Hier spielt gerade Paderborn gegen Aalen. Es geht um den Aufstieg in die erste Liga. Das geht jetzt nicht. In anderthalb Stunden – okay, aber nicht jetzt. Los, hol dir ein Bier und setz dich!«

Steiner hatte sich noch nie für Fußball interessiert. »Ist mir scheißegal! Ich muss zum Auto, und zwar sofort. Da ich nicht weiß, wo diese verdammte Scheune steht, musst du mich hinbringen. Kapiert?«

Heinze starrte ihn wütend an. »Kriegst du das nicht in die Birne, du Riesenbaby? Ich gucke jetzt Fußball. Basta!«

»Das glaube ich nicht«, murmelte Steiner, umklammerte die Rückseite des Sessels mit seinen großen Pranken und kippte ihn mitsamt dem darin sitzenden Mann urplötzlich nach hinten. Der Sessel krachte auf den Fußboden, Heinze hinterher. Eine nun herrenlose Bierflasche kullerte über den Teppichboden. Steiner ließ dem anderen keine Sekunde Zeit, sich von dem Schreck zu erholen, sondern riss ihn hoch.

»Wir fahren jetzt auf der Stelle mit deinem Auto zu dieser Scheune. Kapiert?«

Der andere nickte.

Halbzeit! Erschöpft atmeten fünfzehntausend Menschen tief durch. Diese erste Halbzeit hatte viel von ihnen gefordert, aber es sah gut aus. Verdammt gut. Wenn es beim Zwei zu eins bliebe, dann würden sich die kühnsten Träume der Ostwestfalen erfüllen. Die Menschen verließen ihre Sitz- oder Stehplätze und strömten zu den Toiletten, vor denen sich in Sekundenschnelle lange Schlangen bildeten. Auch Künnemeier und Höveken stellten sich an, während sie Johnny Winter losgeschickt hatten, um für alle drei Currywürste zu holen. Dieser hatte weder Muße noch Lust gehabt, sich darüber zu ärgern. Er wurde getragen von der Euphorie dieses Spiels, und in dieser Stimmung wäre er zu allem bereit gewesen. Immerhin brachten die beiden Oldies auf dem Rückweg vom Toilettenbesuch Bier mit.

»Wahnsinn!«, rief Künnemeier wenig später mit vollem Mund. »Wenn die so weitermachen, haben wir die Sache im Sack.«

Winter war nach wie vor skeptisch. Und das aus gutem Grund, denn die Aalener Gäste schienen nicht hergekommen zu sein, um brav die Punkte abzuliefern. So einen verbissen kämpfenden Gegner hatte man in der Benteler-Arena lange nicht gesehen.

»Der Drops ist noch lange nicht gelutscht«, warf Winter zwischen zwei Bissen ein. »Das wird noch eine nervenaufreibende zweite Halbzeit, glaubt's mir.«

In diesem Augenblick liefen die Spieler wieder aufs Feld. Winter ließ seinen leeren Pappteller einfach auf den Boden fallen und nahm dafür den Trinkbecher in die Hand. Auch er würde viel Bier brauchen, um diese Spannung auszuhalten.

Mit zitternden Fingern tippte Heinze auf seinem Handy herum. Von unten hörte er Steiner brüllen: »Was ist denn los? Ich hab es eilig, verdammt!«

»Mann, kann ich nicht mal mehr in Ruhe pinkeln? Ich bringe dich sofort zu dieser verdammten Scheune, in der wir deine Karre abgestellt haben. Aber wenn ich unter Druck stehe, dann schlägt mir das immer gleich auf die Blase. Ich kann einfach keinen Stress ab.«

Aus seinem Handy ertönte eine blecherne Stimme. Hastig hielt Heinze den Apparat an sein Ohr.

»Heinze hier«, flüsterte er. »Wo bleiben Sie denn? Steiner will einen Ausflug machen. Wenn Sie in den nächsten fünf Minuten nicht hier aufschlagen, sind wir weg.«

»Halten Sie den Kerl noch fünf Minuten hin, dann sind wir da«, erklang die Stimme am anderen Ende.

Auf der Treppe waren Schritte zu hören. Hastig drückte Heinze das Gespräch weg und ließ das Handy in seiner Jackentasche verschwinden. Dann fummelte er an seinem Hosenstall herum. Steiner donnerte mit seinen Riesenfäusten gegen die Badezimmertür.

»Heinze, du Arsch, was machst du denn da drin?«

»Mann, ich muss pinkeln, verdammt noch mal, und wenn du da draußen so eine Randale machst, dann läuft bei mir gar nichts. Ich brauche Ruhe, verstanden? Also sieh zu, dass du nach unten kommst, sonst dauert es noch ewig, bis wir loskommen.«

In diesem Augenblick schrillte sein Handy. Mist, er hatte es nicht auf stumm gestellt. Hastig zog Heinze es aus seiner Tasche und drückte den Anrufer weg.

»Mit wem telefonierst du da?«, brüllte Steiner.

»Mit niemandem«, stotterte Heinze.

»Das kannst du jemandem erzählen, der die Hose mit der Kneifzange zumacht. Ich sag es zum letzten Mal! Tür auf!«

Obwohl Heinze seinen Harndrang vorhin nur vorgetäuscht hatte, drückte seine Blase von jetzt auf gleich mächtig. Hastig nestelte er an seinem Hosenschlitz, um ein nahendes Unglück zu verhindern.

Dabei trat er aufgeregt von einem Bein auf das andere und jammerte vor sich hin: »Scheiße, Scheiße, Scheiße.«

Steiner trat gegen die Tür. Heinze zuckte zusammen. Holz splitterte. Die Tür flog aus dem Rahmen. Mit zwei Schritten war Steiner bei Heinze und fasste ihn am Kragen. Er zerrte ihn zu sich herum, drehte ihm den Arm auf den Rücken und schrie: »Wo hast du das Telefon?«

»Jackentasche«, wimmerte Heinze mit schmerzverzerrtem Gesicht.

»Her damit!«, schrie Steiner. Er war jetzt ein geballtes Bündel wutgesteuerter Urgewalt.

Mit zitternden Händen fummelte Heinze nach seinem Smartphone. Steiner riss es ihm aus der Hand und drückte die On-Taste.

»Los, den PIN-Code!«

Als Heinze zögerte, verpasste Steiner ihm zwei heftige Ohrfeigen.

»Den Code«, wiederholte er und holte erneut aus.

Hastig nannte Heinze die Zahlenkombination. Steiner tippte sie ein. Auf dem Bildschirm erschien eine Liste von Anrufern. Steiner drückte auf die Telefonnummer des zuletzt eingegangenen Gesprächs und hielt das Gerät an sein Ohr.

»Polizeistation Rheda-Wiedenbrück«, meldete sich eine Stimme am anderen Ende.

52

»Das gibt's doch gar nicht!«, schrie Willi Künnemeier. »Warum pfeift der Kerl nicht ab?«

Die offizielle Spielzeit war längst vorbei, doch Schiedsrichter Meyer ließ nachspielen, Minute um Minute. Es stand nach wie vor zwei zu eins für die Paderborner. Aalen rannte immer wieder an, als ginge es ums Überleben. Auch auf den Sitzplätzen saß niemand mehr. Stehend verfolgten die Zuschauer die quälenden letzten Sekunden.

»Warum tun die das?«, fragte Herbert Höveken, der kaum noch hinschauen mochte. »Bei denen geht es doch um nichts mehr.«

Johnny Winter war in der letzten halben Stunde zum Kettenraucher geworden. Er konnte gar nicht so schnell neue Zigaretten drehen, wie er rauchen wollte. Dann endlich – der erlösende Schlusspfiff. Die Zuschauer lagen sich in den Armen, die Emotionen entluden sich und ließen das Stadion erzittern. Künnemeier und Höveken hopsten auf der Stelle und machten ihrer Begeisterung Luft. Johnny Winter stand sprachlos da und starrte auf das Spielfeld, wo die Spieler ein einziges unentwirrbar scheinendes Knäuel bildeten und wo jetzt einfach alle Dämme brachen.

Der Tumult dort unten wurde immer größer. Die ersten Zuschauer überwanden die Absperrung und bevölkerten den Rasen. Irgendjemand brachte den Spielern einen Kasten Bier, der sofort geplündert wurde. Der Stadionsprecher lief mit einem Handmikro über den Platz und rief über den Stadionlautsprecher: »Wir sind in der Bundesliga – Bayern statt Bielefeld!«

Irgendwann meinte Künnemeier: »Los, wir gehen! Ich will zum Rathausplatz, da geht's gleich richtig los, genau wie auf unserem Schützenfest. Wir müssen unbedingt dabei sein.«

Höveken schien wenig begeistert zu sein.

»Ach, ich weiß nicht«, klagte er. »So viele Menschen, das ist nichts für mich. Ich glaube, ich fahre mit dem nächsten Bus nach Hause.«

»Was, du willst auf halbem Wege schlappmachen?«, rief Winter fassungslos.

»Kommt gar nicht infrage«, ergänzte Künnemeier. »Wir waren fast bei jedem Spiel, da ist es doch selbstverständlich, dass wir auch bei der Aufstiegsfeier dabei sind. So was wirst du wahrscheinlich nie wieder erleben, Herbert. Also, Jungs, auf geht's!«

Hoffentlich hält diese verdammte Mistkarre durch, dachte Steiner. Voller Wut hatte er das Telefon, mit dem er Heinzes Verrat aufgedeckt hatte, mit aller Kraft gegen die Badezimmerwand gedonnert, sodass es in tausend Einzelteile zerborsten war. Anschließend hatte er dem Verräter wieder und wieder seine Faust ins Gesicht geknallt, bis seine Hand geblutet hatte. Feste Nahrung würde Heinze in den nächsten Wochen jedenfalls nicht zu sich nehmen können. Und selbst wenn es ein zweites Telefon gäbe, wäre er nicht in der Lage, ein nur ansatzweise verständlich artikuliertes Wort hervorzubringen. Doch die Prügel hatten Steiners Zorn nicht gelindert. Vielmehr fachten die Schmerzen, die von seiner blutenden Hand ausgingen, die Wut noch richtig an.

Trotzdem war es ihm gelungen, mit Heinzes altersschwachem Opel Corsa die Bundesstraße in Richtung Delbrück zu erreichen. Als er das Hinweisschild zum Betonwerk Lintel passierte, sah er in der Ferne blaue Blitze zucken. Die Polizei war auf Heinzes Hof eingetroffen. Keine Minute zu früh hatte er sein Versteck verlassen. Vielleicht war das Glück ja doch endlich mal auf seiner Seite.

Doch er hatte ein Problem. Er musste ins Atelier, um das Bild abzuholen. Bestimmt war Heinzes Auto mittlerweile zur

Fahndung ausgeschrieben. Bald würde die gesamte Polizei Ostwestfalens nach dieser Rostlaube von Corsa Ausschau halten. In diesem Moment fiel ihm eine Baumgruppe am Straßenrand auf. Die kam ihm bekannt vor. Gleich hinter den Bäumen ging ein Feldweg rechts ab. Steiner überlegte. War das nicht die Stelle, an der Heinze vor ein paar Tagen abgebogen war, um den Nissan in der Feldscheune zu verstecken?

Steiner trat auf die Bremse, riss das Lenkrad herum und bog in den Feldweg ein. Die Tatsache, dass er der Polizei erst mal durch die Lappen gegangen war, ließ ihn ruhiger werden. Er war nicht mehr so adrenalingesteuert wie noch vor Minuten. Langsam begann er nachzudenken. Er brauchte eine Strategie. Nach seinem eigenen Auto, dem roten Nissan, wurde mit Sicherheit auch gefahndet. Aber erst in zweiter Linie. Zunächst stand der altersschwache Corsa auf der Agenda der Polizei, glaubte er. Also würde er auf jeden Fall erst einmal das Fahrzeug tauschen.

Plötzlich fiel ihm ein, dass im Nissan noch ein Autoschlüssel lag: der von dem Bulli, welcher Edda von Sintfeld gehört hatte. Steiner hatte ihr geholfen, ein paar eigens von einem Getränkemarkt angemietete Tische und Stühle ins Schloss zu bringen, damit es beim Fest genügend Sitzgelegenheiten gab. Den Schlüssel hatte er nicht zurückgegeben, er lag noch im Handschuhfach des Nissan.

Steiner beschloss, mit dem Pick-up zum sintfeldschen Anwesen zu fahren und den Nissan gegen den Bulli zu tauschen. Anschließend würde er zu sich nach Hause fahren und das Bild holen. Er sah auf die Uhr. Das alles könnte sogar noch klappen, wenn er endlich diese verdammte Scheune finden würde.

Langsam kamen ihm Zweifel, ob dieser Feldweg wirklich zu der Scheune führte. Außerdem wurde es von Minute zu Minute dämmriger. Er fuhr noch zweihundert Meter weiter, dann entschied er, nach einer Wendemöglichkeit zu suchen, weil er mittlerweile glaubte, doch in den falschen Weg eingebogen zu sein. Wütend drosch er mit seiner verletzten Hand auf das Lenkrad ein und jaulte im nächsten Moment vor Schmerz auf. Diese verdammte unkontrollierte Wut, warum musste die ihn nur so beherrschen?

Gerade wollte er resignieren, da sah er das eben noch durch eine hohe Hecke verdeckte Gebäude, in dem sein Pick-up stehen musste.

53

Künnemeier, Höveken und Winter hatten einen der vielen Busse genommen, die vom Stadion aus in die Stadt fuhren. Am Westerntor stiegen sie aus, liefen durch die Einkaufsstraße und trafen um halb acht auf dem Rathausplatz ein, der bereits übersät war mit feiernden Menschen. Laute Partymusik dröhnte aus mehreren Lautsprechern. Von Minute zu Minute nahm das Gedränge zu. Wäre Willi Künnemeier mit seiner Thekenerfahrung von fast sechzig Schützenfesten nicht gewesen, dann hätten sie den Versuch, ein Bier zu bekommen, schnell wieder aufgegeben. Aber Künnemeier war keiner, der sich am Bierstand die Butter vom Brot nehmen ließ. Stolz kehrte er mit drei großen Bieren zu seinen Gefährten zurück. Nach dem ersten Schluck schaute er sich zufrieden um.

»Ist ja der Wahnsinn, was hier jetzt schon los ist«, sagte er. »Wie soll das erst werden, wenn nachher die Mannschaft ins Rathaus kommt?«

»Dann geht hier die Post ab!«, rief ihm ein wildfremder Mann zu, der neben ihm stand. »Aber auch woanders ist was los. Ich habe gerade per Handy erfahren, dass ein riesiger Autokorso immer um den Ring herum fährt.«

»Und das trotz des fiesen Regens«, sagte ein anderer

Mann – offenbar einer von denen, die immer und überall ein Haar in der Suppe finden müssen.

Winter fiel auf, dass Herbert Höveken gar nicht recht bei der Sache war. Immer wieder starrte er in dieselbe Richtung und machte den Eindruck, als hätte er etwas gesehen, was er nicht glauben konnte.

»Was ist los?«, fragte Winter. »Hast du ein Gespenst gesehen? Jogi Löw vielleicht? Würde mich nicht wundern, wenn der auch hier herumliefe.«

Aber Höveken schüttelte wortlos den Kopf und drängte sich durch die Menschenmenge, um das Objekt seiner Neugier besser sehen zu können. Dann kämpfte er sich energisch wieder zu seinen Gefährten zurück.

»Das gibt's doch gar nicht!«, rief er aufgeregt. »Dahinten ist dieser, dieser … Mist, ich habe den Namen vergessen. Aber das ist der Kerl, von dem Hilde neulich erzählt hat. Der Mann, der ihre Freundin ermordet haben soll. Obwohl er von der Polizei gesucht wird, läuft er hier rum, mitten zwischen all diesen Menschen. Ich fasse es nicht.«

Auch Winter und Künnemeier schauten nun angestrengt in die von Höveken angegebene Richtung. Aber sie konnten in der dichten Menschentraube nicht erkennen, wen er meinte. Höveken wurde immer aufgeregter.

»Wir müssen dranbleiben! Da, seht ihr? Dahinten, dieser große Kerl mit den breiten Schultern. Der quetscht sich überall durch. Los, hinterher!«

»Stimmt, das ist dieser Steiner«, sagte Winter. »Was zum Teufel macht der hier? Und wo will er wohl hin? Der fräst sich ja richtig durch die Menge. Wie eine Dampframme.«

»Worauf wartet ihr denn noch?«, rief Höveken. »Gleich ist er verschwunden. Wir müssen hinterher!«

Steiner schien ein brutaler Schläger zu sein, doch die drei hatten Hilde Auffenberg schließlich versprochen, nach dem Mann Ausschau zu halten, und da konnten sie jetzt, wo sich ihnen eine so ungeahnte Gelegenheit bot, nicht kneifen. Winter war gar nicht wohl bei der Sache. Er wollte feiern und nicht den Helden spielen, doch dann gab er sich einen Ruck und folgte den beiden älteren Herren durch die Menge.

Steiner steuerte geradewegs auf ein Geschäftshaus zu, das dem Rathaus genau gegenüberlag. Im Erdgeschoss des Gebäudes befand sich ein Ladenlokal, darüber hatten verschiedene kleine Firmen ihre Büros, und unter dem Dach waren Privatwohnungen. Obwohl Steiner größer, stärker und rücksichtsloser war als Winter, Künnemeier und Höveken, kam er nicht schneller voran. Er hielt ein großes, flaches Paket unter dem linken Arm, das ihn außerordentlich zu behindern schien. Schließlich war Steiner vor dem Geschäftshaus angekommen und sah auf seine Armbanduhr. Reflexmäßig tat Winter das Gleiche und stellte fest, dass es 19:55 Uhr war. Als er wieder zu Steiner schaute, sah er gerade noch, wie dieser auf eine Klingel drückte und Sekunden später im Haus verschwand.

»Los, Männer!«, rief Künnemeier wie ein General und wollte schon losstürmen.

»Moment! So geht das nicht«, rief Winter und hielt ihn fest. »Ich riskiere doch nicht Kopf und Kragen. Der Kerl ist ein Mörder, habt ihr das vergessen? Was habt ihr vor? Wollt ihr ihn etwa im Treppenhaus abfangen und überwältigen? Habt ihr euch mal diese Schultern angeschaut? Der Bursche macht uns drei mit der linken Hand fertig.«

»Willst du ihn etwa laufen lassen?«, konterte Künnemeier wütend. Höveken hielt sich vornehm zurück. Auch ihm schien immer unwohler in seiner Haut zu werden.

»Nein«, entgegnete Winter und zog sein Handy aus der Jacke. »Aber ich gehe nur da rein, um den Mann weiter aus sicherem Abstand zu beobachten. Ich will keine Konfrontation. Und vorher rufe ich erst mal Horst Schwiete an. Der soll sofort kommen und ein paar Leute mitbringen. Schließlich wird er dafür bezahlt.«

Hektisch wählte er Schwietes dienstliche Nummer, wobei er immer wieder von feiernden Fans angerempelt wurde. Die Leitung schien überlastet zu sein. Endlich kam eine schwache Verbindung zustande.

»Hallo? Bin ich da bei der Polizei?«, schrie Winter ins Gerät, um den Lärm zu übertönen. »Hallo, ich kann Sie nicht verstehen. Können Sie mich mit Herrn Hauptkommissar Schwiete verbinden? Hallo ...«

Enttäuscht nahm Winter das Handy vom Ohr und schaute auf das Display. »Die Verbindung ist abgebrochen. Ich versuche es gleich noch mal.«

Wenig später hatte er Horst Schwiete in der Leitung.

»Hier ist Johnny Winter. Ich stehe direkt am Rathausplatz. Was? Ja, am Rathausplatz!«

Er stöhnte laut. Die Verbindung war ebenso miserabel wie bei seinem ersten Versuch. Aber er gab nicht auf, sondern schilderte in wenigen Sätzen die Lage.

»Dieser Steiner verschwindet im Haus gegenüber. Ja, genau, das Haus, in dem unten dieser Krimskramsladen ist. Ihr müsst sofort kommen!«

Winter steckte das Handy wieder in die Gesäßtasche und wandte sich seinen Gefährten zu.

»Ich glaube nicht, dass Schwiete mich verstanden hat. Die Verbindung ist einfach eine Katastrophe. Hier sind zu viele Menschen auf einem Haufen. Gehen wir trotzdem der Sache nach?«

Er schaute in zwei Augenpaare, die unterschiedlicher nicht hätten sein können. Künnemeier blickte wild entschlossen drein, wie immer bereit, Kopf und Kragen zu riskieren. Höveken dagegen wirkte ängstlich. Er suchte nur nach einem plausiblen Grund, die Verfolgung abzublasen. Aber da er es gewesen war, der alles angezettelt hatte, kam er aus der Nummer nicht mehr heraus.

Bevor Höveken etwas sagen konnte, steuerte Künnemeier

auf die Eingangstür des Geschäftshauses zu und drückte auf die erstbeste Klingel, die nicht zu einem Büro zu gehören schien. Es dauerte nicht lange, da zeigte ein Surren an, dass die Tür offen war. Künnemeier stürmte hinein, Winter huschte hinterher und hielt Höveken die Tür auf. Der zögerte noch, gab sich aber schließlich einen Ruck und trat ebenfalls ein.

Als sich die Tür hinter ihnen schloss, fühlten sie sich wie in einer anderen Welt. Der tosende Lärm des Rathausplatzes war von einer Sekunde auf die andere ausgesperrt. Im Treppenhaus war es fast unheimlich still. Die drei Männer schauten sich fragend an, keiner hatte eine Ahnung, was sie tun sollten. Eigentlich hatten sie nur den Bildhauer weiter im Blick behalten wollen, doch der war nun weg, absorbiert von diesem großen Haus. Was nun?

»Hier unten kann er nicht sein«, stellte Winter fest, »das ganze Erdgeschoss ist von dem Ladenlokal belegt. Er ist garantiert weiter nach oben gegangen, wo die Büros sind. Wir müssen die Treppe hoch!«

»Auf keinen Fall«, sagte Höveken leise. »Was ist, wenn wir ihm da oben begegnen? Der macht uns doch platt, wenn er uns erkennt.«

»Da ist was dran«, meinte Winter nachdenklich. »Er ist schließlich auf der Flucht und will auf keinen Fall gesehen werden. Der wird um sich schlagen, hart und rücksichtslos.«

Kurzes Schweigen, dann durchbrach Künnemeier die Stille.

»Ich gehe alleine hoch!« Als die beiden anderen ihn entsetzt anstarrten, fuhr er fort: »Gar kein Problem. Mich kennt er nicht. Ich bin der Einzige hier, den er noch nie gesehen hat. Wenn er auf mich trifft, wird er keinen Verdacht schöpfen. Und wenn es sein muss, behaupte ich einfach, dass ich oben unterm Dach wohne. Macht euch keine Sorgen! Wer interessiert sich schon für einen alten Mann?«

Künnemeier wartete den Kommentar der anderen nicht ab, sondern stieg langsam und bedächtig die Treppe hinauf. Wenig später nahm die Treppe eine Kurve, und er war aus dem Blickfeld seiner Freunde entschwunden. Sie hörten von unten nur noch sein Schnaufen und die immer leiser werdenden Schritte.

54

Schwiete raufte sich die Haare. Er hatte das unangenehme Gefühl, dass sich gerade etwas anbahnte, was ihm gar nicht gefallen würde. Genau solche Situationen hasste er. Er hatte gerne die Kontrolle über die Ereignisse. Gerade hatte er einen Anruf bekommen. Dummerweise war die Nummer unterdrückt gewesen. Zwischen Rauschen und unerträglichem Hintergrundlärm hatte er eine blechern verzerrte Stimme gehört. Er hatte nur ein paar Worte verstanden: »Steiner«, »Krimskrams« und »Rathausplatz«. Dann war das Gespräch weg gewesen. Die Stimme des Anrufers hatte er nicht erkannt. Komisch, überlegte Schwiete, wieso bestand mitten in einer Großstadt wie Paderborn eine so schlechte Telefonverbindung?

Dann dachte er über die Worte nach. Steiner, Krimskrams, Rathausplatz. Darauf konnte er sich im Moment überhaupt keinen Reim machen. War etwa der flüchtige Bildhauer dort gesichtet worden? Aber wer wusste außerhalb der Polizeikreise, dass dieser Mann gesucht wurde?

An die Presse hatte Schwiete darüber bisher nichts verlauten lassen. Wenn Kükenhöner ihm nicht vorhin die Fakten auf den Tisch gelegt hätte, die Steiner eindeutig belasteten, dann hätte er die Fahndung sogar aufgehoben.

Wie gerne hätte er sich jetzt mit einem Kollegen ausgetauscht. Aber er war der Einzige von seinem Team, der sich im Moment in der Kreispolizeibehörde befand. Linda Klocke und Johannpeter hatten heute keinen Dienst, und Kükenhöner war vorhin zum Fußballspiel gegangen. Wenn Schwiete ihm diesen Termin gestrichen hätte, dann wäre er in den Hungerstreik getreten oder hätte sich vor der Kreispolizeibehörde angekettet. Wie konnte man nur so verrückt sein? Für Schwiete war das Leben und das Leiden eines Fußballfans ein Buch mit sieben Siegeln.

Wieder klingelte das Telefon. Für einen Sonntagabend herrschte ziemlicher Betrieb, dachte Schwiete und nahm den Anruf entgegen. Am anderen Ende meldete sich ein Kollege der Polizeistation Rheda-Wiedenbrück.

»Ihr sucht doch diesen Steiner, den Bildhauer. Der Kerl war bei einem Kleinkriminellen namens Heinze in der Gemarkung Lintel untergetaucht, aber irgendwie war er seinem Gastgeber nicht ganz geheuer. Nachdem Heinze sich einige Male bei Meinungsverschiedenheiten Ohrfeigen eingehandelt hatte, hat er uns heimlich mitgeteilt, dass sich dieser Steiner bei ihm aufhielt. Das hat dieser leider mitbekommen. Jedenfalls ist er uns durch die Lappen gegangen. Wären wir nur fünf Minuten früher auf dem Resthof angekommen, hätten wir Steiner womöglich dingfest machen können. Aber wie das nun mal so ist im Leben: Hätte, hätte, Fahrradkette.«

Hätte, hätte, Fahrradkette – welcher Mensch kreierte denn solche blöden Sprüche, überlegte Schwiete und war einen Moment abgelenkt. Dann war er wieder bei der Sache.

»Gibt es eine Spur oder einen Hinweis?«

»Der Kerl ist wie vom Erdboden verschluckt«, entgegnete der Wiedenbrücker Polizist. »Und aus diesem Heinze kriegen wir nicht die kleinste Information heraus. Der ist am Ende, wahrscheinlich wegen seines Verrats, noch einmal so dermaßen von diesem Steiner vermöbelt worden, dass er, selbst wenn er uns etwas sagen wollte, nicht dazu in der Lage wäre.«

»Vielen Dank für die Infos«, sagte Schwiete und legte etwas unvermittelt auf. Die Gedanken drehten sich in seinem Kopf. Steiner, Krimskrams, Rathaus – der rätselhafte Anruf von vorhin hatte plötzlich eine ganz neue Bedeutung bekommen.

55

Hagen Steiner musterte den Kerl, der ihn telefonisch hierherbeordert hatte. Hinter einem modernen Schreibtisch stand ein großer, kräftiger Mann von Ende fünfzig, der wie ein Manager gekleidet war. Er machte einen ruhigen, sehr selbstbewussten Eindruck.

Das Büro war geräumig und ohne jeden Sinn für Schönheit eingerichtet. Zweckmäßig, sauber, funktional und bis zum Gefrierpunkt unterkühlt.

»Schön, dass Sie gekommen sind«, sagte der Mann hinter dem Schreibtisch. Etwas scheinheilig, wie Steiner fand, denn freiwillig war sein Besuch wahrlich nicht. »Ist Ihnen jemand gefolgt?«

Steiner zuckte wortlos mit den Achseln.

»Wie ich sehe, haben Sie das Gemälde mitgebracht«, fuhr der Mann fort und wies auf das flache Paket, das Steiner unter dem Arm hielt. Sein anhaltendes Schweigen schien sein Gegenüber zunehmend zu irritieren, wie Steiner zufrieden feststellte.

»Dieses Büchlein«, sagte der Mann im dunklen Anzug und hielt dabei ein kleines, schwarzes Notizbuch hoch, »hat mir viel über die Mitglieder Ihres ehrbaren Vereins verraten. Freundeskreis Westfälische Moderne. Ich lache mich schlapp. Schon der Vereinsname zeigt, was für blasierte Affen sich dort tummeln. Aber manche von Ihnen sind nicht nur versnobt, sie sind auch verdammt geschäftstüchtig. So tüchtig, dass sie eine Menge Geld mit ihren kleinen schmutzigen Geschäften verdient haben. Zugegeben, ich habe auch eine kleine Rolle gespielt. Aber im Vergleich zu diesen Leuten bin ich immer mit einem Taschengeld abgespeist worden. Und das möchte ich ändern. Jetzt bin ich an der Reihe.«

Steiner verriet mit keiner Miene, ob er auch nur ein Wort von diesen kryptischen Andeutungen verstand. Er schwieg weiter eisern und fixierte den Mann, der ihm gegenüberstand, mit starrem Blick. Es war ihm schon immer als gute Strategie erschienen, sein Gegenüber durch Schweigen aus der Fassung zu bringen und zu Fehlern zu provozieren. Auch diesmal schien die Rechnung aufzugehen, denn der Anzugträger trommelte nervös mit den Fingern auf der akribisch aufgeräumten Schreibtischplatte herum. Doch Steiner musste feststellen, dass er ihn unterschätzt hatte. Der Mann schien durch sein Schweigen nicht unsicher zu werden, sondern wütend.

»Ich will das Böckstiegel-Gemälde«, forderte er. »Und wagen Sie es nicht, mir eine Fälschung anzudrehen. Ich bin vom Fach, ich würde das sofort merken. Diese kleine Provision habe ich mir in all den Jahren der Zusammenarbeit mehr als verdient.«

»Warum sollte ich Ihnen das Gemälde geben?«, konterte Steiner. »Ich habe Kopf und Kragen riskiert, um in seinen Besitz zu kommen. Ich habe auch nichts zu verschenken.«

»Reden Sie keinen Schwachsinn, Herr Steiner. Ich habe es Ihnen doch schon am Telefon erklärt. Sie haben keine Wahl. Entweder das Gemälde, oder Sie landen lebenslänglich im Knast. Ich bin in der Lage, jedes Gericht davon zu überzeugen, dass Herr Steiner neben dem Diebstahl dieses kleinen Gemäldes zwei eiskalt ausgeführte Morde auf dem Gewissen hat. Wie gesagt, ich kann, ich muss aber nicht. Rücken Sie das Gemälde raus, und alles ist vergessen!«

Steiner legte den Kopf schief und schaute sein Gegenüber prüfend an.

»Was sollte mich daran hindern, Ihnen so kräftig eins über die Rübe zu ziehen, dass Sie nicht mehr in der Lage sind, jemals wieder eine Aussage vor Gericht zu machen? Ich bin stärker, ich bin größer, ich bin jünger als Sie. Und hier ist niemand, der Ihnen helfen könnte.«

Ein wenig erstaunt war Steiner schon, als sein Gegenüber bei dieser Drohung ganz ruhig blieb und sogar ein wenig lächelte.

»Eine der wichtigsten Regeln im Krieg ist, niemals seinen Gegner zu unterschätzen. Sie sind größer, jünger und vielleicht kräftiger, mag sein. Aber auch ich bin nicht eben zierlich, wie Sie sehen. Und ich war in meinem ersten Leben Personenschützer. Ich sage nur: Nahkampfausbildung. Ich denke, ein bisschen ist noch übrig geblieben von dem, was ich damals gelernt habe. Sie sehen, ich mache mir nicht gerade in die Hose vor dem großen und gefährlichen Herrn Steiner. So, und nun her mit dem Schätzchen! Ich habe noch einen wichtigen Termin.«

Er kam hinter dem Schreibtisch hervor, machte einen Schritt auf Steiner zu und streckte fordernd die Hand aus. Der Mann war für sein Alter tatsächlich noch ganz gut in Schuss. Etwas viel Fett, aber auch noch reichlich Muskelmasse. Es würde nicht leicht sein, ihn zu überwältigen.

Steiner zog das flache Paket unter seinem Arm hervor und überreichte es an seinen Erpresser. Der wog es mit zweifelnder Miene einige Male prüfend in den Händen, dann ging er zufrieden lächelnd mit dem Paket wieder hinter seinen Schreibtisch. Während er damit begann, vorsichtig die Klebestreifen abzuziehen, die das hellbraune Packpapier zusammenhielten, beobachtete Steiner ihn mit lauerndem Blick.

Der Mann warf das Packpapier achtlos neben sich und starrte gebannt, als hätte er Steiners Anwesenheit völlig vergessen, auf die Rückseite des Keilrahmens, auf dem eine Leinwand aufgezogen war.

»Was soll denn …?«, stammelte er, nun komplett aus der Fassung gebracht, nahm den Rahmen in beide Hände und drehte ihn um. Mit weit aufgerissenen Augen starrte er fassungslos eine blendend weiße, fabrikneue Leinwand an, auf die jemand mit grobem Pinselstrich geschrieben hatte: »Leck mich am Arsch!«

56

Willi Künnemeier musste kurz verschnaufen, als er in der nächsten Etage ankam. Die Treppe war eng und steil, und Künnemeier war nicht mehr der Jüngste. Er horchte in den Flur hinein, doch es war nichts zu hören. Künnemeier ging zur nächsten Tür, auf der ein Schild mit dem Namen eines Finanzdienstleisters prangte, lauschte und drückte dann vorsichtig die Klinke hinunter. Die Tür war verschlossen. Systematisch und in aller Ruhe klapperte er die anderen Türen ab. Es schien sich ausschließlich um Büros kleinerer Dienstleister zu handeln. Alle Türen waren zu, was Künnemeier an einem Sonntagabend auch nicht weiter verwunderlich fand. Zufrieden mit sich ging er zurück zur Treppe, horchte wieder und stieg dann langsam, eine Stufe nach der anderen nehmend, ins zweite Obergeschoss hinauf.

Auch hier gab es einen Flur, rechts und links waren Türen mit Firmenschildern. Künnemeier holte Luft und marschierte los. Während er noch an der ersten Tür lauschte, hörte er im hinteren Bereich des Flures Stimmen. Laute und aggressive Männerstimmen. Dann wurde es wieder ruhig. Künnemeiers Herz klopfte nicht nur vom Treppensteigen, sondern auch vor Aufregung. Er ging in Richtung der Stimmen und versuchte vorsichtig aufzutreten. Dabei kam er an einer Spedition vorbei, an einer Firma, die IT-Support anbot, und an einer Consultingfirma.

Schließlich stand er vor einem Türschild, das zu einer bekannten Versicherung gehörte. Von hier kamen die Stimmen, die nun ruhiger geworden waren. Künnemeier konnte kein Wort verstehen. Er überlegte kurz, ging dann zur Tür und legte ein Ohr daran. Doch das hätte er sich sparen können, denn in diesem Augenblick wurden die beiden Männer wieder lauter. Nun konnte Künnemeier auch die beiden Stimmen auseinanderhalten. Eine Stimme klang sehr männlich und sonor wie die eines Opernsängers. Die andere Stimme war kraftvoll und so aggressiv wie eine Trompete.

Aber nicht der Tonfall war es, der Willi Künnemeier beinahe aus der Fassung brachte, sondern der Inhalt der Unterhaltung. Was er gerade gehört hatte, war ungeheuerlich. Horst Schwiete musste sofort davon erfahren. Doch vorher musste Künnemeier dafür sorgen, dass die beiden Männer nicht entkommen konnten.

Fieberhaft überlegte er, was er tun konnte. Er sah sich im Flur um. Als sein Blick auf einen großen Schrank fiel, der rund drei Meter von der Bürotür entfernt stand, kam ihm eine Idee.

Nach einer Schrecksekunde schnappte Schwiete sich seine Jacke und stürmte aus dem Büro. Steiner musste sich irgendwo auf dem Rathausplatz befinden, davon war Schwiete überzeugt. Er hetzte die Flure entlang zur Zentrale. Bei seinem Vorhaben brauchte er Unterstützung.

Als er die Tür des Glaskastens aufriss, in dem die Telefonzentrale untergebracht war, erschrak sich der Kollege so sehr, dass er den Inhalt seiner Kaffeetasse, aus der er gerade einen Schluck nehmen wollte, quer durch den Raum schüttete.

»Sag mal, Kollege, geht's noch? Noch so ein Auftritt, und

Sie dürfen den Defibrillator zum Einsatz bringen. Noch mal halte ich so einen Schrecken nicht aus.«

»Tut mir leid, aber ich brauche zwei Mann und ein Auto, und zwar sofort.«

Der Uniformierte sah Schwiete an, als hätte der verlangt, er solle sich augenblicklich nackt ausziehen.

»Wissen Sie eigentlich, was hier heute los ist, Herr Hauptkommissar?«

»Wieso?«

»Na, wir sind in die erste Bundesliga aufgestiegen! Da draußen tobt der Mob. Am Rathausplatz sind mittlerweile mehr als fünfzehntausend Menschen. Glauben Sie, da ist auch nur ein Streifenpolizist hier im Haus? Die sind alle in der Stadt.«

Schwiete starrte den Kollegen an. Steiner, der vielleicht eine tickende Zeitbombe war, hatte sich unter die fünfzehntausend feiernden Fans gemischt. Weshalb? Dieser Kerl war zu allem fähig.

Ein Dienstwagen, der in diesem Moment vor der Kreispolizeibehörde hielt, hinderte Schwiete daran, sich weiter auszumalen, wozu Steiner alles fähig wäre. Zur Verwunderung des uniformierten Kollegen machte er auf dem Absatz kehrt und rannte nach draußen.

Als er beim Fahrzeug im Hof angekommen war, hörte er Perreira gerade fluchen:

»Nun sieh dir mal diese Sauerei an. Der Typ hat doch volle Kanne in den Fußraum gekotzt. Am liebsten würde ich dem Drecksack mal so richtig den Arsch versohlen.«

Perreira und ein weiterer uniformierter Kollege zerrten einen völlig besoffenen, etwa siebzigjährigen Mann aus dem Fahrzeug, der fröhlich lallte: »Danke, lieber Gott, danke, dass ich das erleben durfte. Wir sind Bundesliga! Ohne dich hätte das nie geklappt. Und so lange, wie wir da oben mitspielen, gibt es jeden Sonntag eine Kerze, versprochen!« Dann riss sich der Alte aus dem Griff der Polizisten los, legte sich vor das Polizeifahrzeug und war in der nächsten Sekunde eingeschlafen.

»Jetzt pennt der Kerl schon wieder«, schimpfte Perreira. »Stell dir vor, Schwiete, genauso hat der Alte vor einer halben Stunde mitten auf der Kreuzung Westerntor gelegen und geschlafen. Es grenzt an ein Wunder, dass den Burschen keiner überfahren hat.«

»Hören Sie mal, Kollege!«, rief Schwiete dem Polizisten aus der Zentrale zu, der mittlerweile nach draußen gekommen war. »Bringen Sie den Alten in eine Ausnüchterungszelle!« Und zu Perreira und dem anderen Uniformierten sagte er:

»Los, wir müssen so schnell wie möglich zum Rathausplatz. Ich erzähle euch alles während der Fahrt.«

57

Die Stimmen hinter der Tür wurden wieder leiser, Künnemeier verstand kein einziges Wort mehr. Er schlich zurück zum Treppenhaus, ging ein Stockwerk tiefer und rief leise:

»Hallo, ihr beiden! Kommt hoch, schnell!«

Als keine Antwort kam, wiederholte er seine Aufforderung, diesmal etwas lauter. Es dauerte ein bisschen, aber dann hörte er Schritte von unten, die sich ihm langsam näherten. Schließlich stand Johnny Winter vor ihm und schaute ihn fragend an.

»Wo ist Herbert?«, fragte Künnemeier.

»Kommt gleich«, antwortete Winter gelassen. »Der kämpft noch mit sich, aber er wird gleich da sein.«

Und wirklich kam nun Höveken sichtlich nervös die Treppe hoch.

»Ihr seid wahnsinnig«, stöhnte er. »Was habt ihr eigentlich vor? Wollt ihr ihn eigenhändig festnehmen? Willi, weißt du eigentlich, wie alt du bist?«

»Red nicht rum!«, kommandierte Künnemeier. »Wir müssen nur schnell sein. Später erkläre ich euch alles. Ihr werdet nicht glauben, was ich gerade gehört habe. Kommt mit!«

Ohne ein weiteres Wort ging er die Stufen wieder hinauf, gefolgt von Winter und dem immer noch zögerlichen Höveken. Oben zeigte er wortlos auf die Bürotür, hinter der immer noch gesprochen wurde, nun aber in zivilisierter Lautstärke. Dann wies er auf den Flurschrank.

»Wir müssen ihn vor die Tür rücken!«, flüsterte Künnemeier. »Dann können sie nicht mehr raus. Das Fenster ist zu hoch, da können sie nicht einfach runterspringen. Los, packt mit an!«

Während Winter zum Schrank ging, schlug sich Höveken verzweifelt vor den Kopf.

»Ihr seid völlig verrückt«, murmelte er mutlos, fasste aber mit an. Auf Künnemeiers leises Kommando schoben sie den Schrank an und schafften es, ihn einen halben Meter von der Wand abzurücken. Wieder machte Künnemeier ein Zeichen, wieder spannten die drei Männer ihre Muskeln an und schoben den Schrank mitten auf den Flur. Die Hälfte war geschafft.

Gerade versuchten die drei, ihren Atem zu beruhigen, als es im Büro wieder lauter wurde. Hinter der geschlossenen Tür schrie der eine der Männer den anderen an. Ein paar Sekunden Stille folgten, es polterte und rumpelte mächtig, als wenn Möbel umgeworfen worden wären. Dann fiel ein Schuss.

Entsetzt starrten Künnemeier, Höveken und Winter sich an und wagten nicht, auch nur ein Glied zu rühren. Der Nachhall des Schusses pfiff noch in ihren Ohren, und sie waren außerstande, einen klaren Gedanken zu fassen. In diesem Moment wurde die Bürotür aufgerissen. Eine riesige Gestalt füllte fast den ganzen Türrahmen aus, trat hinaus auf den Flur und stand nun verblüfft vor den drei Männern. Mit seinem blutverschmierten Gesicht, dem zerfetzten rechten Hosenbein, aus dem es stark blutete, und einem wirren, gehetzten

Blick sah Hagen Steiner furchtbar aus. Winter konnte an ihm vorbei ins Büro sehen und den Blick auf einen männlichen, offenbar leblosen Körper erhaschen.

Steiner brüllte auf wie ein Stier, anscheinend vor Schmerz, setzte seinen Riesenkörper in Bewegung, warf Winter wie einen Kegel um, fegte mit der anderen Hand Künnemeier zur Seite und polterte die Treppe hinunter.

Ächzend versuchte Winter, sich wieder aufzurichten. Er war mit dem Hinterkopf gegen den Schrank geschlagen und fühlte sich noch etwas benommen. Künnemeier lag stöhnend auf dem Boden, während Höveken versuchte, ihm aufzuhelfen. Gerade als Künnemeier wieder stand und sich die schmerzende Schulter rieb, donnerten schwere Schritte die Treppe hoch. Wenig später stand Hagen Steiner schwer atmend wieder vor ihnen.

Winter registrierte, dass Steiner am rechten Oberschenkel heftig blutete. Seine hellblaue Jeans war an dieser Stelle zerrissen, und große Mengen Blut hatten den Stoff dunkel eingefärbt. Steiner sah gehetzt von einem zum anderen, bis sein Blick schließlich an Winter hängen blieb.

»Dich kenne ich doch!«, sagte Steiner ächzend. »Dich habe ich doch bei Hilde Auffenberg kennengelernt. Du warst der Musiker bei diesem verfluchten Sommerfest, oder?«

Als Winter ängstlich nickte, trat Steiner noch einen Schritt näher an ihn heran. Ein unangenehmer Geruch nach ungewaschenem Körper, zu oft getragener Kleidung und viel Blut stieg in Winters Nase. Aber er wagte nicht, einen Schritt zurückzutreten.

»Was macht ihr hier?«

Steiner fasste sich in einem Reflex an die blutende Stelle am Oberschenkel, stöhnte kurz auf und wischte das Blut an der Hand auf seinem karierten Holzfällerhemd ab. Winter fühlte Ekel in sich aufsteigen, und er war kurz davor, sich übergeben zu müssen. Seine beiden älteren Kameraden standen völlig unbeweglich mit dem Rücken zur Flurwand. Keiner sagte ein Wort. Winter war auf sich allein gestellt.

Aber Steiner schien mehr mit sich selbst beschäftigt zu sein als mit Winter. Fluchend versuchte er, ein paar Schritte zu machen, doch als bei jedem Versuch das Blut nur noch stärker floss, blieb er stehen.

»Ich kann nicht raus, weil draußen diese Verrückten sind«, fuhr Steiner fort. »Da käme ich in meinem Zustand nicht weit. Aber ich brauche sofort einen Arzt. Du …«

Wieder wurde er von einer Schmerzattacke unterbrochen. Dann sprach er mit zusammengebissenen Zähnen weiter:

»Auf dem Platz sind mit Sicherheit Sanitäter. Du wirst jetzt rausgehen und einen davon herholen. Und damit du das auch wirklich machst und nicht einfach abhaust, werde ich die beiden Alten hierbehalten. Ich verspreche dir, ich werde sie durch den Fleischwolf drehen, wenn du nicht in ein paar Minuten mit dem Sani wieder hier bist. Und keine Polizei. Verstanden? Los, Musiker, mach dich auf den Weg!«

58

Als Schwiete mit seinen Kollegen vom Parkplatz der Kreispolizeibehörde auf die Riemekestraße einbiegen wollte, musste er feststellen, dass diese voller Autos war. Schwiete konnte es nicht fassen. Waren die Leute auf einmal alle verrückt geworden?

Normalerweise konnten leichtsinnige Verkehrsteilnehmer an einem Sonntagabend um diese Zeit die Riemekestraße überqueren, ohne auch nur ansatzweise auf den Verkehr zu achten. Heute hingegen reihte sich Auto an Auto. Die Fahrer waren reizbar bis in die Haarspitzen, denn sie wollten alle zum Rathausplatz, um den Aufstieg zu feiern. Keiner von ihnen dachte auch nur eine Sekunde daran, dem Polizeifahrzeug das Einfädeln zu ermöglichen. Bis hierhin war man schließlich gekommen. Da wollte man keine wertvollen Meter verschenken, nur wegen eines vorwitzigen Streifenwagens.

»Los, Perreira, fahr rechts!«, rief Schwiete genervt. »Wir fahren über die Bahnhofstraße, und zwar mit Blaulicht und Sirene.«

Ob das hilft?, dachte Perreira zweifelnd.

Er sollte recht behalten. Trotz Blaulicht und Sirene gestaltete sich das Vorankommen weiterhin schleppend. Nach fünf Minuten Stop-and-go hatte Schwiete genug.

»Perreira, stell das Fahrzeug irgendwo ab! Wir laufen«, entschied er und dachte: Gott sei Dank sind in einer der kleinsten Großstädte Deutschlands die Wege nicht so lang.

»Oh nee, das ist jetzt nicht Ihr Ernst, Hauptkommissar«, maulte der beleibte Uniformierte auf dem Beifahrersitz.

»Doch«, sagte Schwiete. »Mein voller Ernst. Außerdem stinkt es in dem Fahrzeug bestialisch nach Erbrochenem. Ich brauche frische Luft.«

Perreira parkte im absoluten Halteverbot. Kaum stand der Passat, sprang Schwiete auf den Bürgersteig. Doch auf den Gehwegen sah es nicht viel anders aus als auf den Straßen. Die Leute drängten in Richtung Innenstadt, und je weiter die Polizisten sich dem Rathaus näherten, umso dichter wurde das Gedränge.

Schwiete schwitzte, und der dicke Kollege in Uniform schnaufte wie eine alte Dampflok. Dann fing es zu allem Übel wieder an zu regnen. Die Tropfen waren widerlich kalt.

»Wie viele Menschen werden wohl am Rathaus sein?«, fragte Schwiete.

»Die Kollegen haben vor einer Stunde über Funk durchgegeben, dass sie mit mehr als fünfzehntausend Paderborn-Fans rechnen«, entgegnete Perreira schwer atmend.

Sie standen vor einem Haus, in dem sich vor vielen Jahren

mal ein Geschäft für Sämereien befunden hatte. »Samen-Schmand« hatte der Laden geheißen. Schwiete hatte den Namen immer witzig gefunden. Dies war wahrscheinlich der Grund, warum er sich sofort wieder daran erinnern konnte. Nun beherbergte das Haus ein Ladenlokal, in dem allerlei Nippes verkauft wurde.

»Der Grund, warum wir hier sind, ist, dass ich vorhin einen seltsamen Anruf bekommen habe«, erklärte Schwiete seinen Kollegen. »Ich konnte nur ein paar Wörter verstehen: Rathausplatz, Steiner, Krimskrams.«

Perreira starrte Schwiete an, als hätte er ihm soeben befohlen, alle Fans festzunehmen, die hier auf dem Rathausplatz versammelt waren.

»Sag mal, Schwiete, geht's noch? Nur wegen eines schwachsinnigen Anrufs hetzt du uns bei diesem Sauwetter zu Fuß durch die halbe Stadt? Sieh dir mal den armen Kommissar Brechtken an, der steht immer noch kurz vor einem Herzkasper. Der kann solche Strapazen nicht mehr ab.« Perreira wies auf den heftig keuchenden dicken Kollegen.

Schwiete wiederholte leise die Worte: »Rathausplatz, Steiner und Krimskrams.« Auf einmal schlug er sich mit der flachen Hand gegen die Stirn und zeigte auf den Laden hinter ihnen.

Perreira starrte in die Schaufenster und sagte ganz leise: »Krimskrams.«

Wie eine Riesenwelle schlug Winter der Lärm des Rathausplatzes entgegen, als er aus der Haustür trat. Dicht an dicht standen die feiernden Menschen. In einer halben Stunde sollte die Mannschaft in den Fenstern des Rathauses auftauchen. Die Fans drängten und quetschten sich, um einen Platz mit guter Sicht zu ergattern. Kaum ein Durchkommen für Winter. Verzweifelt schaute er sich nach einem Fahrzeug des Roten Kreuzes um. Drei, vier Minuten trieb er orientierungslos in der Masse, wurde hin- und hergeschubst, kam seinem Ziel aber nicht erkennbar näher. Dann sah er, mehr oder weniger zufällig, wie sich in einigen Metern Entfernung ein kleiner Kreis von Menschen bildete.

Winter kämpfte sich vor und sah tatsächlich im Inneren des Kreises einen mit rot-weißer Warnweste bekleideten Sanitäter. Dieser kniete vor einem auf dem Boden liegenden jungen Mann und versuchte, mit ihm zu sprechen. Der Jugendliche war offenbar sternhagelvoll, und der Sanitäter drang kaum zu ihm durch. Winter verlor die Geduld. Er zwängte sich rücksichtslos durch den Ring der Schaulustigen und legte dem Sanitäter eine Hand auf die Schulter. Erschrocken drehte dieser sich um.

»Sie müssen sofort mitkommen!«, schrie Winter hektisch. »Wir haben einen Verletzten.«

Der Sanitäter musterte ihn von oben bis unten. Dann grinste er schief und rief in der den Umständen angemessenen Lautstärke:

»Was glauben Sie denn, was ich hier vor mir liegen habe? Der Junge ist schwer gestürzt. Den kann ich nicht einfach im Stich lassen. Sie müssen warten!«

Winter konnte es nicht glauben.

»Ich kann nicht warten, verdammt noch mal! Es geht um Leben und Tod.«

Nun riss dem Sanitäter der Geduldsfaden. Auch die Umstehenden murrten vernehmlich und schauten Winter drohend an.

»Mann, kapieren Sie nicht? Ich bin nicht der einzige Sanitäter hier auf dem Platz. Sie werden schon einen finden, der Zeit für Sie hat. Jetzt lassen Sie mich meine Arbeit machen!«

Wieder wollte Winter ihn an der Schulter fassen und ihn von dem Betrunkenen wegziehen, doch nun rissen zwei Männer den Musiker zurück und hielten ihn fest. Einer der beiden nahm ihn in den Schwitzkasten. Winter fluchte, brüllte, zappelte, schlug um sich. Es nützte ihm alles nichts. Der Sanitäter konnte in Ruhe seinen Job machen, während Winter kaum noch Luft bekam und ihm der Schweiß am Körper herunterlief. Einige Minuten dauerte sein Martyrium, dann erhob sich der Sanitäter und ging auf Winter zu. Winters Gegner gab ihn, wenn auch widerstrebend, frei.

»So, und nun zu Ihnen«, sagte der Sanitäter. »Was ist passiert?«

Winter ging voran, und der Sanitäter folgte ihm durch den Pulk von Feiernden, die lauthals *So ein Tag, so wunderschön wie heute* grölten. Winter spürte, dass ihm schon wieder schlecht wurde.

59

Der Sanitäter war einigermaßen verwirrt, als Winter ihm klarmachte, dass sein Verletzter sich nicht irgendwo auf dem großen Platz in einer dichten Menschentraube befand, sondern im zweiten Obergeschoss eines Geschäftshauses.

»Dafür bin ich aber nicht zuständig«, protestierte er. »Ich darf doch nicht einfach den Platz verlassen.«

»Ich habe doch gesagt, es geht hier um Leben und Tod! Es ist mir scheißegal, wer hier zuständig ist oder nicht. Hier muss ein Mensch gerettet werden, nur das zählt.«

Dabei unterließ Winter den Hinweis, dass es sich bei dem Verletzten vermutlich um einen dreifachen Mörder handelte. Ihm ging es allein um das Wohlbefinden seiner beiden älteren Freunde. Und da ließ er nicht mit sich spaßen. Er zerrte den widerstrebenden Sani mit sich ins Treppenhaus.

»Da hoch?«, fragte der Mann in der rot-weißen Weste, nun schon etwas eingeschüchtert.

»Da hoch!«, antwortete Winter mit fester Stimme.

Hagen Steiner lag, alle viere von sich gestreckt, auf dem Laminatboden des Flures. Nicht nur die Hose war am rechten Oberschenkel blutgetränkt, auch um ihn herum war überall Blut.

Der Sanitäter machte sich an die Arbeit. Winter schaute sich vergeblich nach seinen Gefährten um.

»Wo sind die beiden alten Männer?«, fragte er Steiner, doch der war nicht mehr in der Lage zu sprechen. Ein müder Blick in Richtung Tür musste Winter als Hinweis genügen. Offenbar hatte Steiner Künnemeier und Höveken in dem Büro eingesperrt, in dem auch die Leiche des Mannes lag, mit dem Steiner kurz vorher so heftig gestritten hatte. Sofort rannte Winter zur Tür, musste aber feststellen, dass sie verschlossen war.

»Wo ist der Schlüssel?«, schrie er Steiner an, der nun kurz davor war, sein Bewusstsein zu verlieren. Als der Riese nicht antwortete, kniete sich Winter neben ihn, um selbst in Steiners Hosentaschen nach dem Schlüssel zu suchen. Aber der Sanitäter unterband dies sofort.

»Finger weg von dem Mann!«, donnerte er. »Sehen Sie denn nicht, was hier los ist? Ich versuche, die Blutung zu stillen, und Sie Vollidiot pfuschen mir ins Handwerk. Keine Ahnung, wozu Sie diesen Schlüssel brauchen, aber Sie werden warten müssen, bis ich diesem Elefanten das Leben gerettet habe. Klar?«

Winter zog beschämt die Hand zurück und stand wieder auf.

Fast im selben Moment hörte er im Treppenhaus leise Geräusche. Er wollte eben zur Treppe gehen, um nachzuschauen, als zwei dunkle Silhouetten um die Flurecke wirbelten. Er blickte in die Mündungen zweier Pistolen.

»Halt, stehen bleiben! Hier spricht die Polizei!«

Hinter ihnen tauchte ein weiterer Mann auf, offenbar ebenfalls ein Polizist. Er gab den beiden Kollegen ein Zeichen, die Waffen herunterzunehmen. Als er näher kam, erkannte Winter, dass es Horst Schwiete war.

»Gott sei Dank«, entfuhr es ihm.

Schwiete wollte sich um den dahindämmernden Steiner kümmern, doch Winter drängte sich dazwischen.

»Herbert und Willi sind anscheinend in dem Raum da vorne eingesperrt, zusammen mit einer Leiche. Ich habe selbst den Schuss gehört und einen Mann da drinnen liegen sehen. Dieser Steiner hat ihn erschossen.«

Dann berichtete er atemlos, wie Steiner ihn gezwungen hatte, einen Sanitäter zu holen, indem er Künnemeier und Höveken als Geiseln genommen hatte. Offenbar war es Steiner gerade noch gelungen, die beiden Alten einzusperren, bevor er zusammengebrochen war.

»Den Schlüssel hat Steiner wahrscheinlich in seiner Hosentasche«, rief Winter aufgeregt, »aber ich durfte den Kerl ja nicht anfassen. Sonst hätte ich Willi und Herbert längst da rausgeholt.«

»Moment!«, rief der Sanitäter dazwischen und tastete Steiners Hosentaschen ab. Dann ließ er ein zufriedenes Grunzen hören und warf Schwiete einen kleinen Schlüssel zu.

»Geht doch«, sagte er dabei, »man muss nur etwas Geduld haben.«

»Haben Sie eine Waffe bei dem Mann gefunden?«, erkundigte sich Schwiete.

Der Sanitäter schüttelte den Kopf.

»Sucht den Flur ab«, befahl Schwiete seinen Männern. »Perreira, schau auch in die anderen Räume, sofern sie nicht verschlossen sind. Irgendwo muss er das Ding doch entsorgt haben.«

»Und ich rufe jetzt den Rettungswagen. Dieser Mann muss schleunigst in ein Krankenhaus«, meinte der Sanitäter.

»Sagen Sie mir bitte anschließend, in welches Krankenhaus er gekommen ist. Ich werde ihn aufsuchen, sobald ich Zeit finde. Bereiten Sie den Arzt schon mal auf meinen Besuch vor. Der Mann steht nämlich unter Mordverdacht.«

Der Sanitäter, der eben noch eine Hand auf Steiners Stirn gelegt hatte, zog diese schnell zurück. Er schaute den nahezu bewusstlosen Steiner mit einer Mischung aus Abscheu und Vorsicht an, nickte dann aber Schwiete zu.

Dieser zögerte, als er den Schlüssel in das Türschloss steckte.

»Und da ist wirklich eine Leiche drin?«, fragte er Winter misstrauisch. »Das hast du dir nicht eingebildet?«

»Quatsch!«, entgegnete Winter aufgebracht. »Da lag ein Toter auf dem Fußboden, das konnte ich ganz genau erkennen.«

Schwiete drehte den Schlüssel um und drückte die Tür nach innen auf. Das Büro sah aus wie nach einem Bombeneinschlag. Ein Stuhl war zertrümmert, ein Aktenschrank war umgekippt, das Display eines Laptops flimmerte jämmerlich auf dem Fußboden vor sich hin. Willi Künnemeier und Herbert Höveken lagen mitten auf dem Boden, mit Paketband gefesselt und geknebelt.

Hinter dem Schreibtisch versuchte ein dritter Mann stöhnend, sich aufzurichten. Der kräftig gebaute und geschäftsmäßig gekleidete Mann von Ende fünfzig sah kaum besser aus als Steiner. Aus einer Platzwunde an der Stirn lief ihm Blut über das Gesicht. Auch die Lippe war aufgeplatzt. Der Mann schwankte leicht, als er endlich aufrecht stand.

»Gut, dass Sie kommen!«, sagte er schwer atmend. »Mein Name ist Sven Plöger, Versicherungskaufmann. Ich bin überfallen worden.«

Mit dem Namen konnte Schwiete zunächst nichts anfangen. Ein Sven Plöger stand bei ihm auf keiner Liste, nach ihm wurde weder gefahndet, noch wurde er vermisst. Doch dann dämmerte es ihm langsam. Mit einem Herrn Plöger von irgendeiner Versicherung hatte er im Zusammenhang mit dem

Bilderdiebstahl telefoniert. Und dann war auch bei den Vernehmungen nach dem Mord an Edda von Sintfeld ein Plöger aufgetaucht. Er hatte als Gast am Sommerfest teilgenommen, war aber als Zeuge wenig ergiebig gewesen. Dieser Mann, von dem Winter angenommen hatte, er sei bereits seit über einer halben Stunde tot, stellte nun den Schreibtischstuhl wieder aufrecht hin und ließ sich laut ächzend darauf fallen. Erschöpft blickte er um sich und zog dann eine Schublade seines Schreibtisches auf, warf einen kurzen Blick hinein und sackte wieder auf dem Stuhl zusammen.

»Brauchen Sie einen Arzt?«, erkundigte sich Schwiete.

Plöger versuchte ein Grinsen, brachte aber, da ein großer Teil seines Gesichtes angeschwollen war, nur eine Grimasse zustande.

»Ich glaube nicht«, sagte er dann. »Das ist höchstens eine leichte Gehirnerschütterung. Der Rest sind Schürfwunden und blaue Flecken. Das wird schon wieder. Stellen Sie ruhig Ihre Fragen. Ich werde versuchen, alles zu beantworten, auch wenn es mir schwerfällt.«

Schwiete konnte hören, wie draußen auf dem Flur der Sanitäter mit der Besatzung des Rettungswagens telefonierte. Johnny Winter war ihm ins Büro gefolgt und stand nun verwirrt da. Während Perreira im Flur und den angrenzenden Räumen nach Steiners Waffe suchte, hatte sein Kollege bereits damit begonnen, Herbert Hövekens Fesseln zu lösen. Künnemeier musste sich noch etwas gedulden und konnte sich weder rühren noch sprechen. Winter war so mitgenommen, dass er gar nicht auf die Idee kam, den Polizisten zu unterstützen.

»Warum hat dieser Mann Sie überfallen?«, erkundigte sich Schwiete bei Plöger.

»Woher soll ich das wissen? Ich habe hier gesessen und gearbeitet. Das kommt sonntags öfter vor. Da ist es schön ruhig, und man kriegt die Sachen vom Tisch. Plötzlich sprang die

Tür auf und dieser Riesenkerl stand im Zimmer. Keine Ahnung, wer das ist. Er hat mich bedroht und wollte Geld.«

»Und? Haben Sie ihm Geld gegeben?«

»Nein!«, entgegnete Plöger selbstbewusst. »Sehe ich aus wie einer, der sofort klein beigibt? Es kam zum Handgemenge, wir haben uns geprügelt. Am Ende war der Kerl dann doch stärker als ich, und ich bin zu Boden gegangen. Mehr weiß ich nicht. Als ich aufwachte, lagen diese beiden gefesselten Herren auf dem Boden. Ehe ich mir über meine Lage klar werden konnte, sind Sie auch schon reingekommen. Den Rest kennen Sie.«

Schwietes Kollege hatte nun Höveken von seinen Fesseln gelöst und machte sich daran, Künnemeier zu befreien. Das erwies sich als schwieriger, weil Künnemeier einfach nicht stillhalten konnte. Sobald der erste Fuß frei war, wollte er aufspringen, was natürlich nicht möglich war.

Plöger hockte zusammengesackt auf seinem Schreibtischstuhl und hielt sich den Kopf.

»Gleich kommt ein Notarzt, der wird Sie versorgen«, versuchte Schwiete ihn zu beruhigen. »Aber eine Frage sollten Sie mir noch schnell beantworten. Welche Verbindung haben Sie zum Freundeskreis Modernes Westfalen? Schließlich waren Sie auf dessen Sommerfest.«

Wieder versuchte sich Plöger an einem Grinsen.

»Das heißt nicht Modernes Westfalen, sondern Freundeskreis Westfälische Moderne. Ganz einfach, mein Unternehmen hat sich unter anderem auf die Versicherung von Kunst spezialisiert. Und ich bin praktisch der Leiter dieser Sonderabteilung. Unsere Kunden sind vor allem Sammler. Daher der Kontakt zu diesem Verein und daher auch meine Einladung zum Sommerfest. Mehr habe ich mit diesen Leuten nicht zu tun. Aber natürlich kennt man mich in diesen Kreisen, und dieses verhinderte Bildhauergenie kennt mich auch. Wahrscheinlich hat der Kerl gedacht, in so einem Versicherungsbüro gäbe es einen fetten Tresor. So ein Schwachkopf.«

»Eben haben Sie noch so getan, als hätten Sie Steiner noch nie gesehen. Was denn nun?«

Plöger hob den Kopf. »Steiner heißt er? Soso. Wusste ich nicht. Ich hatte bei dem Fest nur kurz mit ihm gesprochen, mich vorgestellt und so weiter. Aber seinen Namen hatte ich fünf Minuten später schon wieder vergessen. Sie wissen doch, wie das ist. Das kann man doch nicht als kennen bezeichnen.«

Künnemeier war nun bis auf den Mundknebel frei. Er zappelte aufgeregt herum und gab unartikulierte Laute von sich. Als dann endlich der letzte Streifen Klebeband vom Gesicht entfernt war, holte er tief Luft, um dann verbal zu detonieren.

»Dieser Mann«, schrie Künnemeier und zeigte dabei auf den verblüfft dreinschauenden Plöger, »ist ein Mörder!«

Mit diesen Worten machte Künnemeier drei schnelle Schritte auf den Schreibtisch zu, hinter dem Plöger saß.

»Jawohl, ich habe es mit meinen eigenen Ohren gehört«, fuhr Künnemeier fort und schlug mit der Faust auf die Tischplatte. Plöger wirkte vollkommen überrascht und konsterniert, aber auch hellwach. Er ließ Künnemeier nicht aus den Augen, während er sich bei Schwiete erkundigte: »Kennen Sie diesen Verrückten?«

»Verrückt?« Künnemeier war außer sich. »Wollen doch mal sehen, wer hier verrückt ist.« Nun wandte auch er sich an Schwiete. »Er hat es selbst gesagt. Vorhin, als ich allein hier herumgeschnüffelt habe, hat dieser Mann laut und deutlich mit diesem Steiner gestritten. Ich konnte hören, wie dieser Drecksack sich gerühmt hat, irgendeinen alten Mann getötet zu haben. Und dann hat er zugegeben, diese alte Dame, die Bekannte von Hilde, ermordet zu haben. Ich bin dann sofort …«

Weiter kam er nicht, denn Plöger hatte inzwischen in seine Schreibtischschublade gegriffen, eine Pistole herausgeholt, war blitzschnell um den Tisch herumgehuscht und presste nun die Waffe an Künnemeiers Schläfe.

»Alle auf den Boden, sofort!«, wies er die übrigen Männer im Raum an. »Und die beiden Bullen rücken ihre Knarren raus.«

60

Willi Künnemeier spürte, wie der kalte Stahl auf seine Halsschlagader drückte. Für Sekunden setzte seine Atmung aus, als er sich der Gefahr bewusst geworden war. Er war nicht in der Lage, auch nur einen einzigen zusammenhängenden Gedanken zu fassen. Sein Hirn war im Panikmodus. Auch wenn er die Augen noch so weit drehte, war die Faust mit der Waffe darin nicht zu erkennen, da Plöger schräg hinter ihm stand und ihm die Pistole seitlich an den Hals drückte. Künnemeier starrte fassungslos die beiden Polizisten, Höveken und Winter an, die sich nun alle gehorsam auf den Fußboden legten, die Hände hinter dem Kopf verschränkt, ganz so, wie Plöger es ihnen befohlen hatte.

Nachdem der Versicherungsangestellte die Dienstpistolen von Schwiete und seinem uniformierten Kollegen eingesteckt hatte, trieb er Künnemeier rüde vor sich her in Richtung Ausgangstür. Im Türrahmen stehend, rief er Schwiete und seinem Kollegen zu:

»Keinen Mucks, wenn ihr den Alten lebend wiedersehen wollt!«

Ein weiterer brutaler Schubser ließ Künnemeier in den Flur torkeln. Irgendwie schaffte Plöger es, den Druck der Pistole dabei durchgängig aufrechtzuerhalten. An einer Wand des Flures sah Künnemeier eine große männliche Gestalt liegen. Offenbar war Steiner nun völlig bewusstlos. Der Sanitäter starrte ihn erschrocken an, als wäre Künnemeier ein Alien und gerade dabei, die Erde zu erobern. Er bekam von Plöger einen kräftigen Tritt gegen die Schulter und blieb wimmernd liegen.

Als Künnemeier und Plöger ein paar Meter in den Flur hineingekommen waren, tauchte aus einer der anderen Türen ein uniformierter Polizist auf. Es war Perreira, der vor Schreck erstarrte, als er ohne jede Vorwarnung plötzlich mit dieser Geiselnahme konfrontiert wurde. Ihm blieb keine Zeit, sich über seine Situation klar zu werden oder gar einen Plan zu entwickeln. Er hatte nicht mal Zeit, seine Dienstwaffe zu zücken. Künnemeier spürte, wie der Druck des Pistolenlaufs nachließ, dann knallte ein Schuss – so nah bei ihm, dass ihm beinahe das Trommelfell platzte und er nur noch ein schrilles Pfeifen hörte. Der uniformierte Polizist wurde vor Künnemeiers Augen nach hinten geschleudert, krachte an die Flurwand und sackte wie ein nasser Sack in sich zusammen.

Wieder setzte Plöger ihm die Waffe mit dem noch heißen Lauf an den Hals. Künnemeier schrie vor Schmerzen auf. Auf dem Treppenabsatz angekommen, legte Plöger ihm zusätzlich den linken Arm um den Hals, als wollte er ihn in den Schwitzkasten nehmen. Künnemeier rang nach Luft, wagte aber keinen Widerstand, der vermutlich auch zwecklos gewesen wäre. So gut es ging, versuchte er, in Plögers Würgegriff die Treppe hinunterzukommen. Nach dem Schuss auf den Polizisten hatte Künnemeier keine Hoffnung mehr. Dieser eiskalte Mörder würde auch mit ihm kein Mitleid haben. Sobald er als Geisel nicht mehr wertvoll war, würde Plöger ihn töten.

Fieberhaft jagte nun ein Gedankenfetzen den nächsten, keiner blieb lange genug, um zu einer rettenden Idee zu reifen. Schließlich stand er mit seinem Entführer vor der Eingangstür des Geschäftshauses. Plöger kam ihm so nahe, dass Künnemeier seinen Atem riechen konnte, und zischte ihn drohend an:

»Egal, was wir da draußen vorfinden, Alter – keine Zicken! Verstanden? Ich kann nicht gut mit der Knarre an deinem Hals durch die Menge gehen. Aber du kannst sicher sein, dass ich das Ding schussbereit in meiner Jackentasche habe. Eine falsche Bewegung, ein falsches Wort, und es ist aus mit dir. Bei dem Krach da draußen wird keiner auf den Schuss achten. Niemand wird sich wundern, wenn ein alter Mann bei all dem Chaos zusammenbricht und auf dem Boden liegt. Waffen habe ich ja nun genug. Besser, du machst, was ich sage.«

Mit diesen Worten zog er die schwere Eingangstür nach innen auf. Wie eine Woge brach der Lärm über sie herein. Bereits auf den ersten Metern wurde Künnemeier angerempelt, jemand schlug ihm begeistert auf die Schulter, er entging nur knapp einer Bierdusche. Aber jede Hoffnung, Plöger zu entwischen, zerschlug sich, als er feststellen musste, dass dieser es trotz der dichten Menschentraube schaffte, Körperkontakt mit ihm zu halten. Wenn auch der Druck der Pistolenmündung durch Plögers Jacke ein wenig gedämpft wurde, so reichte er doch aus, um Künnemeier die Gegenwart dieser tödlichen Bedrohung keine Sekunde vergessen zu lassen.

Als Horst Schwiete den Schuss im Flur hörte, brach etwas in ihm zusammen. Er hatte versagt, war nicht imstande gewesen, den alten Mann zu schützen. Auch Winter blickte entsetzt drein. Er ging, ebenso wie Schwiete, davon aus, dass es Willi Künnemeier erwischt hatte. Höveken hingegen schien sich aus der Realität verabschiedet zu haben. Er lag weiterhin, obwohl er nicht mehr bedroht wurde, flach auf dem Boden und wollte offenbar nichts mehr hören und sehen.

Vorsichtig rappelte Schwiete sich hoch und bewegte sich langsam zur Tür. Würde Plöger zurückkommen? Die Tür war nur angelehnt, und Schwiete versuchte, einen Blick in den Flur zu werfen. Aber von Künnemeier und Plöger war nichts mehr zu sehen. Direkt vor Schwietes Augen lag der bewusstlose Steiner, neben ihm saß der Sanitäter auf dem Boden und hielt sich stöhnend die Schulter. Ein paar Meter weiter lag sein Kollege Perreira. Schwiete war schnell bei ihm. Perreira blutete heftig in der Schlüsselbeingegend, war offenbar ohne Bewusstsein, atmete aber schwach, wie Schwiete zu seiner unendlichen Erleichterung feststellen konnte.

»Kümmert euch um ihn!«, rief er Winter und dem Beamten zu, die nun beide wie gelähmt hinter ihm standen und auf den daliegenden Perreira starrten. »Ich muss weiter!«

Er rannte zum Treppenhaus und horchte kurz hinunter. Plötzlich drang starker Lärm ins Haus. Plöger musste die Eingangstür geöffnet haben, um mit seiner Geisel hinauszugehen. Dann wurde es schlagartig wieder ruhiger, weil die Haustür wohl wieder geschlossen war. Schwiete polterte die Treppen hinunter und stand kurz darauf ebenfalls vor der Tür, die er nun vorsichtig aufzog.

Er sah weder Plöger noch Künnemeier, sondern nur die Köpfe der feiernden Menschenmasse. Was mochte Plögers Ziel sein? Schwiete überlegte kurz, kam aber zu keinem Ergebnis. Er würde sich auf gut Glück für eine Richtung entscheiden müssen. Der Versuch, über sein Handy Kontakt zu seiner Dienststelle aufzunehmen, scheiterte. Mittlerweile war hier der Empfang völlig zusammengebrochen. Schwiete kämpfte sich mit Ellenbogen und Bodychecks durch die Menge in Richtung Rathaus vor. Plötzlich erhaschte er einen kurzen Blick auf Plöger und Künnemeier. Gott sei Dank, dachte Schwiete, der alte Mann lebte noch. Mühsam und ohne Rücksicht auf Verluste arbeitete er sich zu den beiden vor.

Als er einem großen, schwergewichtigen Mann den Ellenbogen in die Rippen stieß, fuhr dieser einen oberschenkeldicken, fast komplett tätowierten Arm aus und brachte Schwiete durch einen Stoß aus dem Gleichgewicht. Er wäre gestürzt, wenn das in dieser dichten Menschentraube möglich gewesen wäre. So prallte er gegen zwei weitere Männer, die davon ebenfalls wenig erbaut waren und ihn festhielten. Während Schwiete aus den Augenwinkeln hilflos zusehen musste, wie Plöger und Künnemeier wieder in der Menge verschwanden, kam der große, dicke Mann, der über und über mit Emblemen des SC Paderborn geschmückt war, drohend auf ihn zu.

61

Künnemeier hatte keine Vorstellung, wohin Plöger ihn lenken wollte. Schon von Weitem war zu sehen, dass zwischen Rathaus und der »Bar Celona« kein Durchkommen war. Zu dicht standen hier die Leute im stärker werdenden Regen. Außerdem war dort ein riesiger Bierstand aufgestellt, der zusätzlich eine Menge Platz einnahm. Ein flüchtiger Blick auf seine Armbanduhr verriet Künnemeier, dass es kurz vor einundzwanzig Uhr war. Er erinnerte sich, dass für diese Zeit die Spieler des SC Paderborn im Rathaus angekündigt waren.

Plöger drängte seine Geisel auf die schmale Gasse zu. Doch diese war als Sicherungsmaßnahme komplett gesperrt worden. Laut fluchend, schubste Plöger den alten Mann wieder in eine andere Richtung. Offenbar wollte er an der Bühne vorbei, die direkt vor dem Hauptportal des Rathauses aufgebaut worden war. Dorthin wollten aber auch immer mehr andere Leute, denn mittlerweile waren die ersten Spieler im Fenster des Rathauses gesichtet worden. Gleich würde das Fenster sich öffnen, und der Tumult würde seinen Höhepunkt erreichen. Auf der Bühne stand der Stadionsprecher des SC Paderborn und rief über die Lautsprecheranlage:

»Wir sind erste Liga – Bayern statt Bielefeld!«

Das Volk jubelte und tobte. Um den Lärm zu übertönen, schrie Plöger in Künnemeiers Ohr: »Ich will zur Tiefgarage der Volksbank. Kennst du den Weg, Alter?«

Künnemeier hatte noch nie in dem neuen Parkhaus geparkt, aber als alter Paderborner wusste er natürlich, wie man hinkam. Jedenfalls an einem normalen Tag. Aber heute war kein normaler Tag. Rund um ihn herum schrien die Menschen lauter als zuvor. Als er einen kurzen Blick auf die Fassade des Rathauses warf, sah er, dass die Fenster nun offen standen und einige Spieler herauswinkten.

Wieder drückte Plöger ihm die Mündung der Pistole durch den Jackenstoff hindurch brutal in die Rippen. »Los, Alter, Tempo. Hier geht gleich gar nichts mehr!«, brüllte er.

Während die Menge sich zum gefühlt hundertsten Mal mit »Hermann Löns, die Heide brennt« die Kehle heiser schrie, ging Künnemeier auf, in welcher Gefahr er schwebte. Selbst wenn er mit seinem Geiselnehmer unbeschadet zum Parkhaus gelangen würde, wäre er noch lange nicht in Sicherheit. Ganz im Gegenteil. Falls die ganze Sache nämlich vor Gericht käme, dann war Künnemeiers Aussage über das, was er als Lauscher an der Tür gehört hatte, Plögers größte Gefahr. Steiner würde als Zeuge kaum glaubwürdig erscheinen. Nur Künnemeier konnte Plöger wirklich gefährlich werden. Deshalb hatte der sich nicht irgendeinen als Geisel ausgesucht. Deshalb war Künnemeier ausgewählt worden. Und deshalb würde Plöger ihn töten, sobald er seine Aufgabe als Geisel erfüllt hatte. Spätestens im Parkhaus.

Künnemeier spürte seine Beine taub werden. Wieder fühlte er die Pistole in seinen Rippen, wieder suchte er eine Lücke in der Menge, um sich in die von Plöger geforderte Richtung vorzuarbeiten. Ein Schritt nach dem anderen. Jeder Schritt brachte ihn dem sicheren Tod näher.

Hektisch blickte Horst Schwiete sich um. Weit und breit war kein Kollege zu sehen, und nun baute sich auch noch dieser Fleischberg vor ihm auf. Schwiete überlegte fieberhaft, was er tun könnte. Es war weniger die Sorge um sein eigenes körperliches Wohlergehen, denn auch wenn ein Hundertdreißig-Kilo-Mann vor ihm stand, konnte Schwiete sich durchaus Chancen ausrechnen, falls es zu einer Schlägerei kommen sollte. Gewicht und Muskeln waren schließlich nicht alles, wie Schwiete durch seine langjährige Kampfsporterfahrung wusste. Aber er war ja nicht auf den Rathausplatz gekommen, um sich zu prügeln, sondern um Willi Künnemeier aus den Klauen eines brutalen Mörders zu befreien. Und als wäre die Situation noch nicht verfahren genug, stellte sich nun noch ein zweiter Mann neben den Koloss und schaute nicht minder wütend auf Schwiete. Hatte er dem auch eine Rippe geprellt?

Schwiete zog rasch entschlossen seinen Polizeiausweis aus der Innentasche seiner Windjacke und hielt ihn dem Elefantenbaby vor die Nase. Der aber machte sich nicht einmal die Mühe, einen Blick darauf zu werfen. Er sah nur seine Chance auf eine ordentliche Prügelei, die er mit Sicherheit gewinnen würde, und das konnte er sich nicht entgehen lassen. Selbst die Hilfe seines Freundes, der sich nun vordrängen wollte, lehnte er ab, indem er seinen kaum weniger mächtigen linken Arm wie eine Schranke vor dessen Brustkorb hielt und ihn damit ausbremste.

Schwiete steckte seine Karte schnell wieder ein, krempelte die Ärmel hoch und atmete tief durch. Sein Problem war der Platzmangel, der dem unbeweglicheren Dicken zugute kam. Für seine Kampftechnik brauchte Schwiete einen etwas größeren Aktionsradius, hier konnte er seine Fähigkeiten nicht ausspielen. Es würde verdammt knapp werden. Da schlug sein Gegner bereits die erste, noch tastende Finte mit der rechten Faust. Diesmal konnte Schwiete noch mühelos ausweichen. Der nächste Schlag würde schneller, härter und zielgenauer kommen, das war ihm klar. Er brauchte nicht lange zu warten, da krachte eine mörderische Rechte gegen seine Schulter. Schwiete konnte sich eben noch so weit zur Seite drehen, dass der hammerharte Schlag ihn nur streifte. Dennoch war der

Schmerz heftig, und Schwiete hatte das Gefühl, den linken Arm nicht bewegen zu können. Schon holte der Dicke aus, um Schwiete endgültig auszuschalten, da steigerte sich der Lärm schlagartig ins Unerträgliche, und es kam Bewegung in die Menschenmassen.

Ehe Schwiete und der Dicke verstanden hatten, was passiert war, wurden sie mitgerissen von einigen Dutzend Leuten, die alles dransetzten, näher an die Bühne heranzukommen, wo nun die Spieler, der Vereinspräsident und der Bürgermeister aufgelaufen waren. Schwiete wurde von seinem Gegner getrennt, hatte Mühe, sich auf den Beinen zu halten, konnte dem Sog der zur Bühne strebenden Menge nichts entgegensetzen und gab schließlich jeden Widerstand auf.

Den Dicken war er losgeworden, aber wo steckten Plöger und Künnemeier? Die Zeit lief ihm davon.

62

Willi Künnemeier überlegte fieberhaft. Er musste etwas tun, und zwar sofort, wenn er die nächsten Minuten überleben wollte. Einfach loslaufen und hoffen, dass Plöger es nicht wagen würde, ihn vor den Augen so vieler Leute zu erschießen? Künnemeier verwarf die Idee sofort wieder. Plöger würde nicht zulassen, dass er ihm durch die Lappen ging. Eher würde er das gewaltige Risiko auf sich nehmen, beim Schuss gesehen zu werden. Noch immer war er direkt hinter Künnemeier, hielt den Körperkontakt aufrecht, hatte die rechte Hand in der Jackentasche an der Pistole und war jederzeit bereit, durch die Tasche hindurch zu schießen. Aller Augen würden sich auf den stürzenden Künnemeier richten, und das Schussgeräusch würde bei diesem Krach völlig untergehen. Plögers Chancen, unbemerkt zu entkommen, waren gar nicht so schlecht.

Mittlerweile hatten sie fast den schmalen und extrem dichten Schlund zwischen Rathaus und dem großen Gastronomiebetrieb »Bar Celona« passiert. Nur noch ein paar Meter, und sie befanden sich in der Zone hinter der Absperrung. Dort wurde es schlagartig ruhiger. Ruhiger und gefährlicher.

Künnemeier versuchte, mit einer leichten, kaum spürbaren Körperdrehung ein wenig die Richtung zu ändern. Nicht mehr geradeaus auf die Absperrung zu, sondern hin zu dem großen Bierstand. Doch Plöger war aufmerksam. Der Druck der Pistole in Künnemeiers Rücken wurde stärker.

»Keine Zicken, Alter!«, fauchte er Künnemeier von hinten ins Ohr. »Wir gehen geradeaus!«

Künnemeiers Verzweiflung nahm zu. Doch plötzlich potenzierte sich auch hier der Lärm noch einmal deutlich, und es kam Bewegung in die Masse. Künnemeier wagte nicht, in die Richtung zu blicken, in die so unvermutet alles drängte. Er hörte aber den Lautsprecher, der nun die Spieler auf der Bühne ankündigte. Auch Plöger schien irritiert zu sein. Er wurde angerempelt, der Druck der Waffe ließ kurz nach, kam wieder, ließ wieder nach. Der Druck der Masse wurde stärker, da die beiden sich schräg gegen den Strom zu bewegen versuchten. Sie mussten aufpassen, um sich auf den Beinen zu halten. Plöger fluchte, aber er konnte nicht verhindern, dass der direkte Körperkontakt zu Künnemeier etwas abriss. Jede Sekunde rechnete Künnemeier damit, dass Plöger aus Angst, ihn zu verlieren, zum letzten Mittel greifen und schießen würde.

Künnemeier warf einen schnellen Blick hinter sich und sah Plöger fast einen halben Meter entfernt. Das war seine Chance. Jetzt hieß es Tempo aufnehmen. Als Künnemeier den Kopf wieder nach vorn richten wollte, prallte er gegen eine Wand von drei Männern, die sich nicht dem allgemeinen Strom angeschlossen hatten, sondern ihren Stehplatz zu behaupten versuchten. Er knallte mit dem Kinn gegen die Schulter des einen Mannes und wollte sich eben hastig von der Dreiergruppe wegbewegen, als ihm ein anderer aus der Gruppe auf die Schulter schlug und laut brüllte: »Mensch, Willi! Du bist ja auch hier. Jetzt weiß ich, wer die nächste Runde bezahlt!«

Erstaunt starrte Künnemeier die drei Männer an. Mitten im Chaos, im Augenblick höchster Gefahr, standen hier drei alte Schützenbrüder, Mitglieder der Paderborner Maspernkompanie, und tranken Bier, als wäre es das Normalste der Welt.

Plöger hatte sich mittlerweile wieder herangekämpft, erkannte die Gefahr und versuchte, Künnemeier von der Gruppe abzudrängen. Aber die Schützenbrüder werteten Plögers Zerren und Schubsen einfach nur als grobe Rüpelei und stellten sich sofort an Künnemeiers Seite. Nun war es Plöger, der sich verwirrt und zunehmend panisch umsah. Sein Blick flackerte, und Künnemeier befürchtete, dass er sich gleich aus purer Verzweiflung den Weg freischießen würde.

Schwiete kam schlecht voran. Immer mehr Menschen strömten auf die Bühne zu, und da er nicht in diese Richtung wollte, war er ein Störfaktor, ein Fremdkörper, ein grobes Sandkorn im Getriebe. Aber ihm blieb keine Zeit, an die vielen blauen Flecken zu denken, die sich morgen auf seinem Körper zeigen würden. Er hob den Kopf so hoch es ging und hielt in dieser taumelnden, tobenden Menge Ausschau nach einem unscheinbaren alten Mann, der ohne ihn kaum eine Chance hatte.

Langsam näherte er sich, mit beiden Armen rücksichtslos Platz schaffend und von Dutzenden beschimpft, dem großen runden Bierstand zwischen Rathaus und der Kneipe. Einige Meter entfernt sichtete er plötzlich Künnemeier. Er musste den Kopf recken, um die Szene erkennen zu können, immer wieder huschte eine Gestalt durch sein sowieso schon knappes Blickfeld.

Willi Künnemeier stand zwischen drei anderen älteren Männern und starrte entsetzt Plöger an, der mit dem Rücken zu Schwiete stand. Dieser drängte, rempelte und schob und kam langsam näher heran. Einen winzigen Augenblick lang konnte er Plögers rechte Hand erkennen, die eine Pistole aus der Jackentasche zog. Künnemeier und seine drei Freunde versuchten, ängstlich einen Schritt zurückzuweichen, was zu weiteren Rempeleien führte. Aber offenbar bekam niemand außerhalb dieser Gruppe mit, was gerade geschah. Als Plöger die Waffe auf Brusthöhe anhob, war Schwiete noch einen Meter von dessen Rücken entfernt. Er schlug einem Mann, der ihm im Weg stand, brutal den Ellenbogen in den Bauch und fegte ihn kraftvoll beiseite. Noch ein halber Meter!

Gerade als Plöger abdrücken wollte, warf sich Horst Schwiete von hinten auf ihn.

63

An die gleißende Helligkeit musste sich Steiner erst gewöhnen. Es fiel ihm schwer, den Arm zu heben, und er fühlte sich unendlich schwach. Das verunsicherte ihn. Er nahm einen leichten, aber stechenden Schmerz in der Armbeuge wahr und stellte fest, dass an dieser Stelle eine Kanüle steckte. Dann sah er sich im Zimmer um. Sein Blick blieb auf einer zierlichen, blonden Frau in Uniform hängen. Steiner wollte etwas sagen, doch sein Mund war so trocken, dass er erst mühevoll seine Lippen befeuchten musste, bevor er ein Wort herausbrachte.

»So weit ist es also gekommen. Ich bin dermaßen abgewrackt, dass die Bullen glauben, es reicht, wenn mich eine junge Polizistin bewacht.«

»Mit Kerlen wie Ihnen würde ich jederzeit fertigwerden«,

konterte die junge Frau selbstbewusst. »Also lassen Sie es nicht darauf ankommen, heute nicht und auch nicht in zehn Jahren.«

»Na ja, in zehn Jahren bin ich ein alter Mann. Gibt es in diesem Laden was zu trinken? Ich glaube, ich bin fast verdurstet.«

Die Polizistin ging zu einem Beistelltischchen, goss Mineralwasser in ein Glas und reichte es Steiner, der in großen Schlucken trank.

»Kann ich noch etwas haben?«, fragte er anschließend. Die Frau schenkte nach.

»Jetzt ist aber Schluss mit dem Bedienen«, sagte sie dann. »Selbst ist der Mann. Sie haben einen lächerlichen Schuss durchs Bein, der kann doch einen Kerl, wie Sie einer sind, nicht gleich umhauen. Oder sind Sie auch so eine Mimose? Immer eine große Klappe, und wenn sie auch nur einen kleinen Tropfen Blut sehen, kippen sie um.«

Die Polizistin gefiel Steiner, und er wünschte, er hätte sie unter anderen Umständen kennengelernt.

»An sich nicht«, entgegnete er. »Aber irgendwie haben mich die ganzen Ereignisse in den letzten Tagen doch ziemlich umgehauen.«

»Na ja«, entgegnete die Polizistin. »Sie haben ganz schön viel Blut verloren. Wahrscheinlich sind Sie deshalb so schlapp.«

»Ich bin nicht schlapp«, meinte Steiner und grinste. »Ich bin nur schwach.« Er versuchte es mit dem charmantesten Lächeln, das er in seiner Situation zustande bringen konnte.

»Na dann«, sagte die Polizistin. »Meine Kollegen haben schon dreimal angerufen. Die haben heute noch was mit Ihnen vor. Fühlen Sie sich fit genug für eine erste Vernehmung?«

»Kein Problem. Ich gebe ja zu, dass ich Plückebaum getötet habe, aber es war ein Unfall. Wir haben gerangelt, und ich habe ihn weggestoßen. Nur ein bisschen. Aber der alte Mann ist ins Straucheln gekommen und hat sich den Kopf an einem Küchenschrank angeschlagen. Dabei wird er sich das Genick gebrochen haben. Ich hätte nicht abhauen sollen, aber ich war vollkommen mit den Nerven runter.«

»Nun bleiben Sie mal locker, Herr Steiner. Ich bin nur Ihre Aufpasserin. Vernommen werden Sie von unserem Hauptkommissar Schwiete.«

»Auch egal, dann wissen Sie schon mal Bescheid. Vielleicht hilft Ihnen dieses Wissen ja bei Ihrer bevorstehenden Polizeikarriere.«

»Ich glaube, eher nicht. Außerdem ist Plückebaum, soviel ich weiß, erschossen worden.« Im nächsten Augenblick hielt sie sich ihre Hand vor den Mund. »Oh, das hätte ich Ihnen vielleicht nicht sagen dürfen. Mist!«

Steiner starrte die Polizistin ungläubig an. »Sagen Sie das noch mal.«

»Na ja, jetzt, wo ich mich sowieso schon verplappert habe«, entgegnete die Polizistin kleinlaut. »Soweit ich weiß, ist dieser Plückebaum erschossen worden. Aber bitte, es kann sein, dass ich mich irre. Und noch was, von mir haben Sie das nicht.«

Steiner strahlte auf einmal. »Wenn das stimmt, was Sie da gerade gesagt haben, dann lade ich Sie zum Essen ein. Dann bekommen Sie meine wertvollste Skulptur. Ach, was sage ich, dann bekommen Sie von mir alles, was Sie wollen! Wenn es stimmt, dass Plückebaum erschossen worden ist, dann habe ich ihn nämlich nicht getötet. Dann habe ich keinen Menschen umgebracht. Dann bin ich unschuldig.«

Steiner lachte, erst ganz leise und dann aus vollem Hals. Und immer wieder sagte er: »Was für ein Glück, ich habe Plückebaum nicht umgebracht. Was für ein Glück.«

Es war fast Mitternacht, aber niemand der drei wollte ins Bett. Höveken, Winter und Künnemeier waren nicht mehr ganz nüchtern, doch bevor jeder seiner Wege ging, galt es den Tag noch einmal Revue passieren zu lassen. Eigentlich gab es dafür keinen besseren Ort als die Küche von Hilde Auffenberg, doch Herbert Höveken hatte dafür plädiert, sie nicht zu stören.

»Bestimmt schläft Hilde schon. Lasst uns lieber zu mir gehen. Bei mir im Sarglager habe ich noch einen schönen Roten und auch eine Kiste kaltes Bier.«

»Kommt überhaupt nicht infrage«, hatte Künnemeier widersprochen. »Wir haben Hilde Auffenberg versprochen, den Tod ihrer Freundin aufzuklären. Jetzt melden wir Vollzug. Das sind wir unserer Freundin schuldig. Kommt, die wecken wir jetzt. Johnny, du hast den Schlüssel, oder?«

Winter nickte und machte sich im nächsten Moment am Schloss der Haustür zu schaffen. Kaum hatten die drei Männer den Flur betreten, da posaunte Künnemeier auch schon los: »Frau Auffenberg, wir müssen Ihnen noch was erzählen!«

Nur wenige Sekunden später erschien die Hausherrin im Morgenmantel auf dem Flur und rügte ihn, er solle doch leise sein, schließlich schlafe Herr Schwiete schon. Der habe im Moment wirklich viel um die Ohren und brauche seinen Schlaf.

Höveken war wieder einmal schwer beeindruckt von seiner Freundin. Sogar wenn Hilde Auffenberg von drei mehr oder weniger Betrunkenen in ihrer Nachtruhe gestört wurde und sie ungeschminkt und unfrisiert ihre Frau stehen musste, sah sie noch immer verdammt gut aus.

»Ach, um Schwietes Schlaf brauchen Sie sich keine Sorgen zu machen, Gnädigste«, lallte Künnemeier. »Der Kommissar wird heute Nacht durcharbeiten müssen. Dafür haben wir gesorgt. Schließlich haben wir drei wie versprochen den Mörder Ihrer Freundin gefasst.«

Hilde Auffenberg war sprachlos. Nachdem sie sich wieder etwas gefasst hatte, öffnete sie wortlos die Küchentür und machte mit der Hand eine einladende Geste. Sie wollte alles wissen und bot den drei Herren einen Kaffee an, doch den wollte keiner.

»Gibt nur Herzklabastern«, winkte Künnemeier ab. »Aber wenn Sie noch ein Bier haben, nehme ich gerne eine Flasche. Die hab ich mir verdient.«

Die drei Männer berichteten von Steiner, von den Ereignissen in Plögers Büro und zu guter Letzt von der Geiselnahme.

»Ich hab ja schon viel erlebt«, gab der alte Schützenbruder zum Besten und nahm einen großen Schluck Bier. »Aber als mich dieser Plöger mit der Knarre in der Tasche durch die Menschenmenge auf dem Rathausplatz getrieben hat, da habe ich gedacht: Junge, Willi, jetzt hat deine letzte Stunde geschlagen. Doch dann sind mir meine alten Schützenbrüder über den Weg gelaufen. Was für ein Zufall! Die haben den Plöger ganz schön aus dem Konzept gebracht. Einen Moment habe ich gedacht, der Kerl bringt uns alle um.«

Künnemeier starrte auf die weiße Küchenwand.

»Ja, und dann kam Schwiete. Wie ein Stier hat der sich die letzten Meter durch die Menge gewühlt und sich dann auf Plöger gestürzt. Das hätte ich dem Jungen gar nicht zugetraut. Der ist immer so höflich, so zurückhaltend. Ich war immer der Meinung, der kann kein Wässerchen trüben, und ich hatte manchmal sogar die Befürchtung: Wenn Schwiete mal an einen richtig skrupellosen Verbrecher gerät, dann hat er keine Chance. Er hat einfach nicht diesen … diesen Killerinstinkt!«

Künnemeier ließ die Worte wirken.

»Doch da habe ich mich gewaltig geirrt«, fuhr er fort. »So ein japanischer Kung-Fu-Kämpfer ist ein Schiss gegen unseren Schwiete, das sage ich euch. Seitdem ich den in Aktion gesehen habe, wie der bei Verbrechern zulangen kann, da weiß ich eins: Schwiete möchte ich nicht im Dunkeln begegnen!«

Künnemeier trank den letzten Schluck Bier, und Hilde Auffenberg stellte ihm schmunzelnd eine volle Flasche hin.

»Ach, Frau Lehrerin, eine Sache wollte ich Ihnen schon lange mal sagen«, erklärte Künnemeier. »Ich meine, ich bin ja der Ältere, und wir kennen uns schon lange und haben ja mittlerweile auch schon das eine oder andere Verbrechen zusammen aufgeklärt. Da finde ich, wir sollten Du zueinander sagen. Ich meine nicht so mit Küsschen und Brüderschaft und so, aus dem Alter sind wir ja raus. Aber Du sagen, das fände ich nicht schlecht.«

Hilde Auffenberg hob ihre Tasse Pfefferminztee, prostete dem alten Schützenbruder zu, lächelte ihn an und sage: »Für dich ab sofort Hilde.«

64

Schwiete war erschöpft. Er und seine Kollegen hatten mal wieder die ganze Nacht durchgearbeitet. Auch wenn die Morde aufgeklärt waren, blieben viele offene Fragen.

Dieser Plöger war ein harter Brocken gewesen. Nach seiner Verhaftung hatte sich herausgestellt, dass er ein ehemaliger Polizist war. Seine Erfahrungen aus dieser Zeit hätte er bei der Vernehmung in die Waagschale werfen können. Lange hatte er nichts gesagt, hatte geleugnet und gelogen. Schwiete und Kükenhöner hatten sich Plöger abwechselnd vorgenommen und das bekannte Spiel »Guter Bulle – böser Bulle« gespielt. Sie hatten ihn unter Druck gesetzt, ihm Möglichkeiten eröffnet und ihm gedroht – vergeblich.

Doch kurz bevor Schwiete für den Moment aufgeben wollte, passierte irgendwas. Die beiden Polizisten schienen

Plögers Willen gebrochen zu haben, und auf einmal wurde er geständig. Alles gab er preis. Die Informationen sprudelten nur so aus ihm heraus. Vor mehr als zehn Jahren hatte er den Job als Polizist hingeworfen und war zur Versicherung gewechselt. Seine Aufgabe war es, gestohlene und gestohlen gemeldete Kunstwerke wiederzubeschaffen.

Obwohl Plöger seit dem Wechsel zu seinem neuen Arbeitgeber erheblich mehr verdiente, hatte ihm sein Einkommen anscheinend nicht ausgereicht. Als ihm der Fälscher Plückebaum und die Hehlerin Edda von Sintfeld vor einigen Jahren ins Netz gegangen waren, hatte er einen, wie er glaubte, genialen Plan entwickelt. Plöger hatte den beiden das gefälschte Bild abgenommen und sie dann laufen lassen. Anschließend hatte er dem bestohlenen Versicherten die Fälschung übergeben und ihm weisgemacht, es sei das Original. Zuvor hatte er es mit den entsprechenden Echtheitszertifikaten versehen lassen, ausgestellt von Instituten, die auf der Payroll der Versicherung standen. Dafür hatte er von seinem Arbeitgeber die Hälfte des Versicherungswerts kassiert.

Der Versicherung war es egal gewesen, an wen Plöger das Geld zahlte. So lief eben das Geschäft: Das Originalkunstwerk wurde zu einem erheblich unter dem Versicherungspreis liegenden Kurs von einem Hehler zurückgekauft. Auf diesem Weg bekam der Versicherte sein Bild zurück, und die Versicherung sparte einen Teil des Betrags, den sie hätte zahlen müssen, wenn sie den gesamten Versicherungswert hätte ersetzen müssen.

Das Original war in den meisten Fällen verschollen geblieben. Und wenn es wirklich mal wieder aufgetaucht war, hatten Plückebaum oder Plöger es sich unter den Nagel gerissen.

Seit dieser Zeit hatte Plöger einen stressfreien Job mit einem traumhaften Einkommen. Wurde ein Bild gestohlen, fertigte Plückebaum eine Fälschung an. Edda von Sintfeld verkaufte es dem Versicherungsdetektiv, und der machte aus dem gefälschten Bild mithilfe der Expertisen der für die Versicherung arbeitenden Institute ein Original.

Was Plöger damals, zu Beginn der gewinnbringenden Zusammenarbeit mit Plückebaum und Edda von Sintfeld, nicht bedacht hatte, war die Tatsache, dass er seitdem mit den beiden eine gemeinsame Leiche im Keller hatte. Nicht nur Plöger wusste über die Machenschaften der beiden anderen Bescheid – auch Plückebaum und Edda von Sintfeld wussten von seinen Betrügereien.

Irgendwann gab es Streit. Edda von Sintfeld und Plückebaum wollten mehr vom Kuchen, und als Plöger nichts abgeben wollte, begannen die beiden, ihn zu erpressen. Plückebaum hatte sich jedes Mal von der Kunsthändlerin einen schriftlichen Auftrag über die Kopie eines bestimmten Bildes erteilen lassen. Und auch Edda von Sintfeld hatte über jeden Bildverkauf einen Auftragsbeleg und eine Quittung mit dem Betreff »Anfertigung einer Bildkopie«.

Plöger hatte zu diesem Zeitpunkt erkennen müssen, dass dieser graue, unscheinbare Plückebaum ein mindestens ebenso genialer Fälscher war wie Beltracchi. Der Alte konnte nicht nur Bilder kopieren, sondern auch Unterschriften nachbilden, und zwar mit einer solchen Perfektion, dass selbst Plöger seinen eigenen Schriftzug nicht von dem unterscheiden konnte, den Plückebaum nachgemacht hatte.

Edda von Sintfeld und Plückebaum hatten ihn ausgetrickst. Er war der Einzige gewesen, dem man einen Betrug hätte nachweisen können. Die beiden anderen hatten eine lupenreine Weste. Nachdem der Streit erst einmal in Gang gekommen war, hatte Edda von Sintfeld ihm immer wieder gedroht, ihn ans Messer zu liefern.

Irgendwann war es Plöger zu viel geworden, und er war zu Plückebaum gefahren, um mit ihm zu reden. Er hatte geglaubt, mit dem Fälscher eher eine Lösung zu finden als mit der Kunsthändlerin, doch da hatte er sich geirrt. Plückebaum hatte ihn ausgelacht, hatte sich über ihn lustig gemacht, und zum guten Schluss hatte er ihn beschimpft.

Als Plückebaum den letzten Kübel Häme über Plöger ausgekippt hatte, waren die beiden Männer jäh gestört worden. Steiner hatte vor Plückebaums Haustür gestanden, hatte immer wieder wütend dagegengetreten und dabei geschrien und getobt.

Schon um der Nachbarn willen hatte Plückebaum den Bildhauer hereingelassen. Plöger war im Wohnzimmer geblieben, während die beiden Männer in der Küche lauthals gestritten hatten. Es ging um das Böckstiegel-Bild, das Nolte gestohlen worden war. Alles habe er nicht verstehen können, hatte Plöger in der Vernehmung gesagt, doch er sei sich sicher, dass Steiner im Besitz dieses Bildes sei. Zunächst hätten die beiden sich nur beschimpft, dann sei Steiner handgreiflich geworden. Es habe ein Gerangel gegeben, in dem Plückebaum natürlich keine Chance gehabt habe. Dann, so berichtete Plöger weiter, habe es gescheppert, eine Tür sei heftig zugeschlagen worden, und Steiner sei aus dem Haus gestürmt.

Plöger war, nachdem der Bildhauer verschwunden war, in die Küche gegangen und hatte den verletzten Plückebaum vorgefunden, der aber schon wieder bei Sinnen gewesen war. Kaum hatte Plückebaum wieder gestanden, hatte er grundlos begonnen, Plöger erneut zu beschimpfen. Diesmal war Plöger der Kragen geplatzt. Er hatte seine Pistole gezogen. Plückebaum habe ihn ausgelacht, erzählte er, und habe gesagt, er sei ein Dummkopf und ein Waschlappen und schon gar nicht dazu in der Lage, jemanden zu erschießen.

Umso verwunderter habe Plückebaum dreingeblickt, als sich das Projektil in seinen Leib gefräst habe. Schon in dem Moment, als die Kugel den Pistolenlauf verlassen habe, habe er, Plöger, gewusst, dass er einen Fehler gemacht habe.

»Ich hätte ihn nicht erschießen dürfen«, hatte Plöger in der Vernehmung gesagt. »Ich hätte ihn erschlagen müssen, dann wäre der Verdacht mit Sicherheit auf Steiner gefallen. Aber ich war so wütend, als Plückebaum mich beschimpfte. Da habe ich einfach die Nerven verloren.«

Schwiete war noch nie einem so kaltblütigen Mann begegnet wie diesem Plöger.

»Als ich dieser Hexe, dieser Edda von Sintfeld, das Genick gebrochen hatte, da hatte ich vorübergehend die Hoffnung, dass ich Steiner noch einmal neu als Verdächtigen ins Spiel bringen könnte«, hatte Plöger ausgesagt. »Ich wollte ihm bei mir im Büro die Knarre unterschieben. Es hätte wahrscheinlich geklappt, wenn mir nicht dieser bekloppte Musiker und die beiden Tattergreise in die Quere gekommen wären.«

Nach Plögers Geständnis hatte Schwiete sich Steiner vorgenommen, doch der hatte bis jetzt gegenüber der Paderborner Polizei bestritten, in Besitz des Bildes von Böckstiegel zu sein. Er behauptete, Plöger wolle ihm etwas anhängen, mit dem er nichts zu tun habe.

Sie würden noch einmal mit Nolte sprechen müssen, denn sie brauchten das Bild von ihm, um es noch einmal prüfen zu lassen. Das war die einzige Möglichkeit, mehr Klarheit in das Gewirr von Betrug, Mord und Totschlag zu bringen.

Doch bevor er zu Nolte nach Detmold fahren würde, brauchte Schwiete ein paar Stunden Schlaf, denn er konnte sich vor Müdigkeit kaum noch konzentrieren. Hinzu kam die ganze Verkommenheit der sogenannten Kunstszene, die sich ihm hier aufgetan hatte. Schon öfter hatte er die Erfahrung gemacht, dass sein Körper mit starker Erschöpfung reagierte, wenn ihn etwas besonders anwiderte.

Gerade wollte er die Utensilien auf seinem Schreibtisch ordnen, da klingelte sein Telefon. Alles in Schwiete sperrte sich dagegen, das Gespräch entgegenzunehmen. Doch als er die Nummer im Display erkannte, entschied er sich anders.

»Hallo, mein Lieber«, hörte Schwiete die angenehme Stimme von Karen Raabe. »Ich wollte hören, wie es dir geht.«

Was für eine schöne neue Erfahrung, dachte Schwiete. Jemand erkundigte sich nach seinem Befinden. Seit sein Vater gestorben war, hatte dies niemand mehr ernstlich getan. Er hatte schon gar nicht mehr gewusst, wie es sich anfühlte, wenn Menschen sich um ihn sorgten. Wie hatte er seine Einsamkeit nur so lange ertragen können?

65

Wieder ging es über die Gauseköte nach Detmold. Im Dienstwagen neben Schwiete saß Johannpeter, der inzwischen mit Nolte telefoniert hatte und dabei ganz vorsichtig hatte anklingen lassen, dass das Böckstiegel-Bild *Herbstlicher Sonnenuntergang* unter Umständen noch einmal begutachtet werden müsse. Auf einmal war Nolte ziemlich kurz angebunden gewesen und hatte das Telefongespräch beendet.

Schwiete hatte entschieden, Herrn Nolte sofort einen unangemeldeten Besuch abzustatten, und so saß er nun neben Johannpeter im Auto und betrachtete den schönen lippischen Wald. Am Straßenrand, keine drei Meter entfernt, äste ein Damhirsch. Der Junge lebt auch ganz schön gefährlich, dachte Schwiete.

»Ich möchte gerne eine Angelegenheit mit Ihnen besprechen, Herr Hauptkommissar«, sagte der junge Kollege auf einmal und sah Schwiete fragend an.

»Natürlich, schieß los«, erwiderte dieser.

»Wie Sie wissen, leben meine Eltern in Delbrück auf einem Bauernhof«, fuhr Johannpeter fort. »Sie haben sich immer gewünscht, dass ich zurück nach Ostwestfalen komme. Viele Jahre wollte ich das nicht. Ich habe kein Interesse an der Landwirtschaft. Doch mein Vater hatte immer wieder Anstrengungen unternommen, mich zu überreden, dass ich den

Hof doch noch übernehme. Ich hatte gehofft, wenn ich weit weg von zu Hause wohne, dann regelt sich das mit der Zeit.«

Johannpeter machte eine seiner manchmal nervigen Kunstpausen.

»Das ist in gewisser Weise auch eingetreten. Meine Eltern haben die Ländereien verpachtet. Es ist alles geregelt. Während meines Einsatzes als LKA-Beamter hier in Paderborn habe ich jetzt wieder zu Hause gelebt, und es hat mir erstaunlich gut gefallen. Da ist mir der Gedanke gekommen, doch nach Paderborn zurückzugehen. Ich habe mich mal mit dem Hauptpersonalrat der Polizei in Verbindung gesetzt und erfahren, dass es unter Umständen eine Möglichkeit gäbe, vom LKA nach Paderborn zu wechseln. Ihr Kommissariat hat wohl seit Jahren eine unbesetzte Stelle, die man mit etwas Glück wiederbeleben könnte. Ich möchte gerne, wenn Sie mich nehmen würden, einen offiziellen Versetzungsantrag stellen.«

Schwiete sah den jungen Kollegen für Sekunden an. Dann lächelte er und sagte: »Mach das!«

Der Kunstsammler war überhaupt nicht erfreut, als Johannpeter per Gegensprechanlage um Einlass bat.

»Ich habe Ihnen doch schon am Telefon gesagt, ich habe keine Zeit!«, blaffte Nolte.

»Schade«, sagte Johannpeter. »Dann kommen Sie doch morgen früh um neun Uhr zu mir nach Paderborn in die Kreispolizeibehörde.«

»Da habe ich auch keine Zeit!«, ertönte Noltes Stimme aus dem Lautsprecher.

»Das können Sie dann den Beamten erzählen, die Sie abholen werden, um Sie zu uns zu bringen. Schönen Tag noch, Herr Nolte.«

»Unverschämtheit!«, hörte Johannpeter es aus dem Lautsprecher knarzen. Dann summte der Türöffner. »Kommen Sie rein, in Gottes Namen!«

Zwei Minuten später saßen die beiden Polizisten dem verärgerten Mann gegenüber.

»Herr Nolte«, eröffnete Schwiete das Gespräch. »Es gibt Hinweise, dass die Versicherung nicht das Original erworben hat, um es Ihnen zurückzugeben, sondern eine Kopie.«

»Quatsch«, fiel ihm Nolte ins Wort. »Wer sagt denn überhaupt, dass die Versicherung das Bild zurückgekauft hat? Meines Wissens ist es zurückgegeben worden, weil der Dieb es nicht veräußern konnte. Mein Bild ist echt. Ich habe verschiedenste Expertisen. Die von der Versicherung und eine eigens von mir in Auftrag gegebene. Mein Bild ist ein echter Böckstiegel.«

»Na, wenn das so ist, dann steht doch einer weiteren Prüfung nichts entgegen«, meinte Johannpeter. »Dann haben Sie sozusagen noch mehr Gewissheit.«

»Da haben Sie zwar recht, aber mir reicht es jetzt. Ich habe keinerlei Lust mehr auf diesen Firlefanz. Mein Bild ist echt. Für mich gibt es keine Veranlassung zu weiteren Prüfungen, und damit basta! Das Bild bleibt, wo es ist.«

Schwiete und Johannpeter sahen sich verwundert an.

»Wenn ich sonst nichts mehr für Sie tun kann, meine Herren, muss ich Sie bitten, jetzt zu gehen. Ich habe zu tun.«

»Herr Nolte«, versuchte es Schwiete noch einmal. »Wenn die Versicherung Ihnen eine Fälschung gegeben hat, dann muss sie Ihnen den Schaden doch nachträglich ersetzen. Sie gehen überhaupt kein Risiko ein.«

»Wie oft soll ich es noch sagen: Das Bild ist echt. Und nun gehen Sie bitte.« Nolte ging zur Haustür und hielt sie ihnen demonstrativ auf.

Als die Polizisten wieder im Auto saßen, schüttelte Schwiete den Kopf. »Ich verstehe jetzt gar nichts mehr.«

»Ich schon«, entgegnete Johannpeter. »Ich schätze mal, dieser Nolte besitzt den Böckstiegel schon längere Zeit. Sagen wir mal zwanzig Jahre. Damals hatten diese Bilder auch schon einen gewissen Wert, doch der steht in keinem Verhältnis zu dem heutigen Wert. Mittlerweile haben die Amerikaner diesen Maler entdeckt, und auch sonst ist man auf Böckstiegel aufmerksam geworden. Ich schätze, der Wert des Bildes von Nolte hat sich in den letzten zwanzig Jahren verfünffacht. Wenn also Nolte das Bild vor zwanzig Jahren versichert hat und anschließend finanziell nicht mehr nachgebessert hat, dann bekommt er höchstens ein Fünftel von dem, was sein Böckstiegel auf dem Kunstmarkt erzielen würde. Dadurch, dass er es jetzt mit den Zertifikaten versehen unter Verschluss hält, bleibt dieses Bild das Original, auch wenn es eine Fälschung ist.«

Schwiete pfiff durch die Zähne.

»Und nehmen wir mal an«, fuhr Johannpeter fort, »das Bild ist eine Fälschung und der echte Böckstiegel taucht irgendwo auf, dann wird der Besitzer es an Nolte abtreten müssen, da es ihm ja rechtmäßig gehört. Ansonsten bleibt das Original ein quasi wertloser echter Böckstiegel. Nolte hat also alles richtig gemacht. Das Verbrechen, das hier in Paderborn passiert ist, wird in Düsseldorf schon keiner mehr zur Kenntnis nehmen. Geschweige denn in Genf, Paris oder New York. Und wenn Nolte clever ist, lässt er ein bisschen Gras über die Sache wachsen und verkauft es dann. Der ist auf jeden Fall einer der Gewinner in diesem gesamten Spiel.«

Eigentlich hätte Hagen Steiner glücklich sein können. Oder wenigstens zufrieden. Denn unterm Strich war er gut weggekommen.

Er war nach einer Woche Krankenhausaufenthalt wieder zu Hause, saß in seinem Atelier und sann über das Leben nach. Behutsam und voller Vorfreude hatte er sich die erste Zigarette seit Tagen angesteckt und inhalierte nun in tiefen Zügen. Aber es wollte nicht recht schmecken, und so drückte er sie wieder aus. Nichts war mehr so, wie es einmal gewesen war.

Die Welt des Hagen Steiner war aus dem Gleichgewicht geraten, war ins Trudeln gekommen, und die ganze Sache hätte gut und gerne in einer Katastrophe enden können, wenn er nicht einen Riesendusel gehabt hätte. Wäre er auch nur den Bruchteil einer Sekunde langsamer gewesen, als Plöger plötzlich die Waffe aus seiner Schreibtischschublade gezaubert hatte, dann wäre es mit ihm vorbei gewesen. Aber es war ihm so gerade noch gelungen, den Kerl mit einem kräftigen Stoß ins Wanken zu bringen, als der Schuss krachte und ihn nicht, wie von Plöger vermutlich vorgesehen, in den Herzbereich traf, sondern in den Oberschenkel. Das war der erste Glücksfall gewesen.

Seine Kraft hatte noch ausgereicht, Plöger für einige Minuten in die Ohnmacht zu schicken, dann war ihm klar geworden, dass er sich nun um sich selbst kümmern musste. Wieder hatte er Glück gehabt, dass diese drei Männer da gewesen waren. Selbst hätte er es nicht mehr geschafft, sich einen Arzt zu besorgen. Und als er wieder genesen war, hätte er eigentlich wegen Diebstahl eines wertvollen Gemäldes angeklagt werden müssen.

Dann war es fast etwas bizarr geworden mit dem Glück. Auf einmal war seine Tat gar keine Tat und seine Schuld keine Schuld mehr. Mit allem hatte er gerechnet während der langen und einsamen Stunden im Krankenbett, aber dass seine Karriere als Bilderdieb und künftiger Strafgefangener sich einfach in Luft auflösen würde, als wäre nie etwas geschehen, das hatte ihn sprachlos gemacht. Bis zu dieser Stunde in seinem Atelier.

Ihm war das Empfinden für das Wesen der Dinge verloren gegangen. Was war echt? Was war gefälscht? Oder war das alles völlig egal? Immer wieder schlug er sich mit der flachen Hand vor die Stirn, als könnte er damit seinem überreizten Denkapparat neuen Schwung verleihen. Eine neue Zigarette wanderte zwischen seine Lippen. Ein kurz aufflackerndes

Verlangen nach einem scharfen Getränk wischte er schnell beiseite. Nicht, weil sein Arzt es ihm noch nicht wieder freigegeben hatte. Das hätte Hagen Steiner nicht abgehalten. Aber seine Sinne waren verwirrt genug, er wollte sie nicht noch mehr durcheinanderbringen.

Mit einem gequälten Lächeln stieß er den Rauch aus und starrte auf das farbenfrohe Gemälde, das an der Wand seines Ateliers lehnte.

»Ein echter Böckstiegel«, murmelte er halblaut und schüttelte dabei immer wieder den Kopf. »Mit eigenen Händen geklaut. Da steht er nun und soll plötzlich nichts mehr wert sein. Ich fasse es nicht.«

Eine volle Zigarettenlänge starrte er mit rot geränderten, müden Augen auf das Objekt seiner Begierde, das nun für den Kunstmarkt jeden Wert verloren hatte. Wenn der Besitzer eines gestohlenen Gemäldes hochoffiziell der Öffentlichkeit mitteilte, dass sein Bild wieder unbeschadet zurück sei und Kunstsachverständige ihm die Echtheit bestätigten, dann würde das niemand mehr hinterfragen. Dann war faktisch die Fälschung zum Original aufgestiegen. Und das echte Bild hatte damit jeden Wert verloren.

Der Gedanke daran machte ihn schwindelig. Aber er musste auch schmunzeln, als er sich vor Augen führte, dass Wert eben etwas sehr Relatives sein konnte. Nicht nur in der Kunst, aber da vor allem. Es gibt in der Kunst keinen objektiven Wert, dachte er. Wert richtet sich nach dem schnöden Prinzip von Angebot und Nachfrage. Sein durch und durch echter Böckstiegel war nun nicht mehr nachgefragt und durfte nicht einmal in seinem Atelier hängen und ihn erfreuen. Man konnte schließlich nie wissen, wer eines Tages einen neugierigen Blick darauf werfen und sich gefährliche Fragen stellen würde.

Der Böckstiegel musste untertauchen, aus dem öffentlichen Leben verschwinden. Aber weggeben würde er ihn niemals. Für einen echten Künstler, und dafür hielt Steiner sich, hatte ein Kunstwerk einen anderen, einen inneren Wert. Er würde diesen Wert immer zu schätzen wissen. Der völlig überhitzte Kunstmarkt im Allgemeinen konnte ihn mal kreuzweise. Und der eitle, selbstgefällige Freundeskreis Westfälische Moderne erst recht.

Steiner zog ein kleines schwarzes Notizbuch aus der hinteren Hosentasche und blätterte ein wenig darin herum. Kopfschüttelnd und mit einem leisen Lachen in der Stimme brummte er immer wieder: »So eine Schweinebande!«

Dank

Es ist geschafft! Das Buch »Schweinebande« ist geschrieben. Und wieder einmal sind sämtliche Inhalte frei erfunden. Selbst die Titel der Bilder, die in diesem Buch vorkommen, haben wir uns ausgedacht. Eine Ausnahme: »Weiden im März«. Dieses Bild hat Peter August Böckstiegel wirklich gemalt.

Ach ja, und dann wär da noch etwas: Der Aufstieg des SC Paderborn in die 1. Bundesliga, das ist natürlich knallharte aber wunderbare Realität. Sollte jemand darüber hinaus Parallelen zur Wirklichkeit entdecken, ist das purer Zufall.

Beim Ausmerzen der Fehler haben uns Ille Rinke, Christiane Fischer, Andreas Kuhlmann, Frank Mühlenmeier und Andreas Naumann mit Rat und Tat zur Seite gestanden. Ihr Lieben, herzlichen Dank dafür.

Ganz besonders bedanken wir uns bei unseren Ehefrauen.